9787564597818.

U0558369

痴心三部曲 （二）

苦恋

李健伟　朱六轩　著

郑州大学出版社

目　录

边仍心系生产进度。是谁要把季健中置于死地而后快？是谁要把炭材厂往死里整呢？季健中心里怎么也无法平静。

困局来个"冷处理",以静制动,另谋出路。

一看捅了个天大窟窿的人跑了,冯建义抓住机会,遂在县委书记面前言明要"双规"季健中。刘振国以坚定的党性原则和灵活的领导艺术,既保护了企业干部,又严肃而婉转地批评教育了下属,并派人稳妥地平息了闹得沸沸扬扬的上访风波。

没了拦路虎,云霄翔等人借改革之名炮制了一个改制方案,和封春发勾肩搭背,不仅推翻上一届县委、县政府"黑白"搭配、抱团发展的决议,而且又免掉了季健中兼任的厂长职务,为云霄翔拿下耐火厂土地搞房地产开发打开了口子。

离开企业,季健中脑海里一刻也无法平静,但他想得最多的是无奈和憋屈。感受最多的是在逆境中体验到的世态炎凉,人情淡漠。眼下的路实在太难了,他也曾有过放下和逃避的想法,但他又于心不忍,仍依然故我,决不退缩。

一个接一个的业务电话和获批的国家级科研项目亟待落地,特别是厂劳模谢大姐的死,对季健中震动巨大。秘密回到鲁阳,厂党政工扩大会一致认为,经营环境严重恶化,只有易地办厂,才能东山再起,确保"鲁阳炭材"招牌不丢。

有了大伙七拼八凑到手的钱和租下的厂房,鲁阳新星炭材公司应运而生。然而,常年的关系户,定好的合同,对方突然变卦要全额付款后发车。无奈中，季健中求助地产商、同班同学王二怪。但当下搞实体的人竟同病相怜，遭遇如出一辙。

多年不遇的强降雨，使棠梨河洪水暴涨。自发前来抗洪的群众傻眼了，因为谁也估不透那洪水裹挟着杂物奔腾而来的力量有多大。就在洪水将要漫堤冲进炭材厂，人们束手无策时，却突然开来一支生力军，大伙众志成城，降伏了洪魔。

抗洪精神给了季健中莫大的精神动力。然而，筹不到钱，另起了炉灶就会跌得更惨。一筹莫展时，天天带着女儿回国解了燃眉之急，不仅接续了业务，保住了品牌，又在我国加入WTO前，为企业未来发展提前作了准备。

第一章　令人捉摸不透的"上帝"

北方钢铁率先在大型炼铁高炉炉衬材料及筑炉技术领域的改革与创新，很快便形成了"雁阵效应"。季健中带领着他的团队，历经艰难坎坷，终于打破了新型炭砖在大型高炉上应用的壁垒，用技术和真情融化了这块坚冰，迎来了阳光普照的春天。

这天，季健中突然接到青峰钢铁打来的电话。一听青峰钢铁公司考察团即日来鲁阳的消息，季健中心里又惊又喜。因为青峰钢铁和北方钢铁一样，都是国家重点钢铁企业。

青峰钢铁始创于民国年间，历史悠久。经过几十年的发展建设，它不仅是我国重要的以生产特种钢为主的钢铁企业，而且它的多个产品市场占有率均处国内前茅，产品远销数十个国家和地区，综合实力雄厚，企业名声显赫。

早在一年多前，由于青峰钢铁一千二百五十立方米高炉炉衬发生了异常侵蚀，如不处理，极有可能因铁水渗透，造成炉底烧穿的后果。

鲁阳炭材厂先前曾参与青峰钢铁三百五十立方米和六百五十立方米两座高炉的大修，无论产品还是筑炉技术，各方面都是叫得响的，在青峰钢铁有着良好的口碑。这次一千二百五十立方米高炉发生异常情况后，唐运生受邀，第一时间就带着技术人员赶赴现场，会同青峰钢铁的工程师们研究解决方案。

近年来，青峰钢铁根据国家建设和自身发展需要，先后投入巨资，从国外引进了一系列现代化大型生产设备和关键技术。企业提档升级后，整体水平又上了一个台阶。但因过度投资不可避免地发生了资金困难，炉子大修一事只好一拖再拖。当然，除了资金方面的实际情况外，还有另外一个原因，那便是围绕炉子大修选材一事，专家之间发生了激烈的争论。

在我国，若论钢铁产量，青峰钢铁仅能排在前十名，但凭工艺和设备的现代化程度，能超过青峰钢铁的并不多。说白了，在青峰钢铁，无论领导层，抑或是专家队伍中，海归派不乏其人。就这样，一边主张采用欧美或是日本的耐火材料，理由是，产品技术质量可靠，对安全生产相应的保障程度会更高一些，但价格昂贵，根据目前青峰钢铁的资金状况，确实有点力不从心。另一边则主张用国内的。尽管国内的耐火材料生产起步较晚，但发展速度却不慢。特别是炉衬结构技术，更是独树一帜。同时，在性价比方面，国内的耐火材料更具优势。但国内的耐火材料也有软肋，那便是，由于生产流程把控方面要求不严，产品质量相对来说就不是很稳定，致使行业的认可度不是很高。

那天，季健中和唐运生应邀到杨逸荭那里吃饺子的时候，谈起了青峰钢铁高炉大修的事。也就是次日，唐运生便以客户回访的名义到了青峰钢铁，见到了自己的同窗徐工。按照唐运生办事不显山不露水的一贯风格，他没有直接把北方钢铁合同一事告诉任何人，但恰逢北钢设计院炼铁室主任肖一琴打电话找他，借着回电话，他便不失时机地把北方钢铁合同的事给透了出来。在唐运生心里，尽管电话是在他的老同学办公室里回的，但他明白，隔壁的左手是青峰钢铁总工办的杨主任的办公室，而右手则是该处的海归派陈工的办公室。他相信，这两个人只要任何一方听到这一消息，就不会无动于衷。

果不出所料，也就在听到电话的当天晚上，杨主任掂了两瓶酒，喊上唐运生当年的同窗徐工就找来了。没有到外边，也没到职工食堂，就在唐运生下榻的客房里，三人喝着喝着就扯到了北方钢铁两千五百八十立方米高炉使用新型炭砖一事。

于是，唐运生一五一十把什么时候与北方钢铁签订的合同，以及炉衬结构、材料名称、数量、交货时间，甚至总造价也借着酒劲儿悄然地透露给对方。

同是钢铁企业，自然有联系的通道。杨主任把电话打到北方钢铁一问，有关北方钢铁高炉大修上的一些事情随之就一清二楚了。

早在一年多前，鲁阳炭材厂针对青峰钢铁高炉大修，就已经拿出了设计方案，是现成的。可眼下，人家又请了家炭材厂另搞了个方案，这就形成了竞争的态势。如今国家经济正在由计划经济向市场经济转变，市场经济与计划经济的最大不同点，就在于追求单位利益的最大化。

这样一来，有徐工这个媒介作用，有关青峰钢铁又请了一家炭材厂搞方案的消息，第一时间就传给了唐运生。

这时候，唐运生就在青峰钢铁蹲着，目的就是害怕早就下手的合同被人搅黄了。一听半路杀出个程咬金，唐运生头上的汗，忽一下就出来了。

顺着老同学提供的线索，唐运生找到地方一看，嘿，好家伙！好几位工程技术人员，正在挥汗如雨，一边讨论，一边设计。同时还有三四个貌似天仙的美女，风摆柳似的这个办公室出来，又进了那个办公室。

起初，唐运生还不知道这些个"天仙们"是干什么的，瞅机会道："姑娘，你是炭材厂的员工吗？"

"是呀！"

"你们生产什么产品啊？"

"什么产品？我管那干什么?!"那姑娘大惑不解地道。

唐运生也觉得莫名其妙，就愣愣地道："那你们来干什么？"

"公关呀！"

"公什么关？"

"什么？"姑娘瞪大了眼睛，扑哧一声笑出来，点着唐运生的鼻子尖，道，"井底之蛙！"

姑娘留下扑鼻的香水味，一扭三摆地走了，唐运生半天没有回过神儿来。

在青峰钢铁，那家炭材厂来的几个女子的本事还真是了不得。那酒量，一般的男人都比不上。还有她在你那办公室里泡着，甜蜜蜜地笑着，哥哥长、叔叔短不停地叫着，再有定力的人也难免不走神儿。

可对方的公关能力再强大，青峰钢铁那些个搞技术的谁也不敢在企业的大事上犯糊涂。

对方那个炭材厂，虽然起点高，资金也雄厚，可他们是个新厂子，产品压根还没有高炉方面的使用业绩。

而眼下的鲁阳炭材厂就不一样了。青峰钢铁的小高炉这几年一直用着鲁阳的新型炭砖，是老客户，既经济又放心不说，眼下又签下了北方钢铁大高炉的合同，用鲁阳的炭砖安全系数自然就更大了。反过来，若不用有着显著业绩的鲁阳产品，而用新发展的客户的炭砖，出了问题，就当下的管理模式，谁都明白会是一个什么样的结局。

这样一来，不正常的套路就用不上了。加之这时候高炉带病运转，成天提心吊胆，谁不捏着一把汗呀！毕竟冶炼本身就是高危行业，一般情况下高炉是不允许带病运行的。万般无奈之下，带病运转，生产上各个环节就得高度集中，否则，很容易酿成事故，甚至会造成重大人身伤亡，给企业造成无法弥补的损失。

面对当前的局面，青峰钢铁支持用鲁阳炭砖的一方占了上风。于是，青峰钢铁经多个部门研究，决定采用鲁阳炭材厂的新型炭砖和已在北方钢铁七号高炉上使用的新型炭砖—陶瓷砌体复合炉衬技术方案，并派专家组赴鲁阳考察。

又是一次大考。为了做到万无一失，唐运生拉上曹晖一起找到季健中商量，想把远在扬子钢铁的杨逸菡给请回来。毕竟人家名气大，由杨老坐镇，会收到意想不到的效果。

季健中想了下，说："论打交道，就青峰钢铁来说，谁也没有你唐工与他们打交道多，有你在什么都有了。他们不是发过来一个名单嘛，那几个人的情况我问了，说是专家组，但他们的重点不是来考察产品质量和技术的，而是来洽谈商务的。再者，扬子那边已开始施工，是关键时期，现场一定会遇到意想不到的问题，有杨老在，客户就会放心，顾厂长他们就有主心骨。我是这样想的，扬子是咱的新客户，是靠杨老的面子不费一枪一弹拿下的市场。扬子够朋友、讲义气，咱就更得够哥们儿。通过与扬子打交道，我悟出一个道理，做企业和做人一样，脸面值千金呀！作为供应商，咱们唯一能做的就是使出十二分的力气，把活儿干好，让人家放心。"

唐运生和曹晖两位高工对季健中讲诚信、守信誉的营商理念十分赞赏。他们相信，鲁阳炭材一定会后来者居上，而且这日子也绝对不会太远。

为做好接待工作，确保客户满意，季健中亲自安排办公室制定了接待方案。毕竟青峰钢铁是国家钢铁界的明星企业，是个精英荟萃的地方，莫说人家是来考察的，即便是随便来走走转转，你也应该拿出诚意，让人家感受到应有的礼遇。

客人是第二天上午到的。

来的是尊贵的客人，季健中还特地穿上了天天从国外给他捎回来的天蓝色高级衬衫，脖子上打着紫红色领带，黑皮鞋擦得锃亮，浑身上下无不透着当代企业家的风采。

待考察团的三辆高级轿车排成"一"字线刚一停下，季健中遂款步上前，拉开了车门，做出请客人下车的礼让，样子是那么彬彬有礼和富于大家风范。

双方相互作了介绍。一听带队的是青峰钢铁集团总经理助理张全刚，还有青峰钢铁耐火材料公司总经理助理司马跃，季健中遂再次上前与青钢的两位带队领导握手寒暄。

来到会议室，宾主分两边坐下。

负责接待的礼仪人员倒完茶退到一边去了，季健中亲手把有关产品方面的技术文件一一分发到客人手里，然后就鲁阳炭材的企业概况、生产规模、产品种类及客户业绩和科技发展等，作了简要介绍，并再次对考察团的到来表示欢迎。同时，他对青峰钢铁的社会贡献、团队素质、科技成就，以及青峰钢铁在当今中国钢铁界独一无二的影响力和崇高地位等，给予中肯的评价。希望在座的各位专家和领导在鲁阳多走走看看，不吝赐教，共同为国家的钢铁事业发展添上绵薄之力。

看得出张全刚助理对季健中的印象不错，有种相见恨晚的感觉。他谈了他的第一印象，待谈到企业发展的时候，他看了看接待室墙上挂着的一面面锦旗和奖牌，还有陈列在荣誉台上的各样奖杯等，只用五个字作了概括，"厂小贡献大"，说这是非常难能可贵的。

他五十出头，言谈举止稳重而又开朗，是个务实的人。对此，季健中心里非常高兴。因为，企业是脚踏实地一点一点干出来的，没有扑下身子务实肯干的精神能行吗？再者，在生意场上，与务实的人打交道，无形中会免去许多不必要的麻烦，最主要的是不会有过多的精神负担。

但司马跃的做派可就大不一样了。

下车后，他解开扣子，习惯性地一抖肩膀，紧跟在后的高秘书即心领神会地伸手帮他脱下风衣，然后折叠起来，又板板正正地搭在胳膊上。这场景，季健中只有在影视剧里才看到过。他把个别大国有企业极少数领导人的那种傲慢自大的做派表现得淋漓尽致。特别是健中同他握手时，他那漫不经心和不屑一顾的样子，简直傲慢至极。

司马跃三十多岁，身材魁梧，面色红润，戴着一副茶色眼镜，一袭黑色高级职场装束，使他颇具商界精英派头。而他手里拿的那把乳黄色义和扇坊高级折扇，则让他更像是江南风流才子。

刚才，宾主进门后，客人刚一落座，季健中就看到，面前的司马助理双手垫在脑后，身体向后仰着，跷着二郎腿，不用猜就知道对方是个妄自尊大且对鲁阳炭材厂打心里不怎么感兴趣的主儿。

此刻，待张全刚助理礼节性地讲了几句，就有关业务请司马助理讲话的时候，他先是耸了耸肩，又干咳了两声，以示人们注意。可是，当大家屏息聆听的时候，他却没有开腔，而是伸手拿起盘子里经过高温杀菌，此时还带着余热的湿毛巾。在别人看来，他是要擦擦手或怎么的。但他既没有擦手，也没有擦脸，而是对着面前米黄色的茶几边框蹭了两下，就随手把湿毛巾丢到一旁去了。

为了接待青峰钢铁的客人，接待室的茶几包括木制沙发，全是特意换上的高档水曲柳实木制品，大气而又环保，不仅油光闪亮，而且还散发着淡淡的木质香味。莫说座椅和茶几，就连整个会议室，其整洁的程度，真的是连个灰星儿也难以找到。

司马助理近似无声地把湿毛巾丢到一旁后，放眼朝面前的季健中瞟了下，道："大体情况不用看我就知道了。这样吧，给你们三个小时，一个小时介绍情况，一个小时现场参观，剩下最后一个小时谈商务。任务紧，天也热，我们准备速战速决。"

"好!"季健中看了看左右,知道司马助理没把鲁阳方面放在眼里,心里有些不快。

这时,司马助理突然挺直了身子,道:"厂里情况你刚刚介绍过了,听说你们正在赶制北钢的炭砖。这样吧,我们到现场看看再说。"

"不慌!不慌!"见司马助理起身要走,张全刚连忙道,"季厂长把文件发给大家了,有必要先仔细看看。特别是新的炉衬结构我们需要认真交流一下。至于现场嘛,一会儿再看也不迟。"显然,张全刚助理对司马跃盛气凌人及喧宾夺主的做派不太满意。

重新安定下来,司马助理朝对面墙上瞟了下,道:"我们第一次来鲁阳,你们能在这么个条件下,搞到这么多荣誉,说实话,这是我没有想到的。至于我们一行,包括我们集团总经理在内,都是寄予厚望的。季厂长是做企业的,就鲁阳炭材当下的条件,我不知道北方钢铁的订单你们是怎么拿到手的,当然我也无意知道。我要强调的是,但愿你们墙上的这么多荣誉是实至名归,也但愿我和张助理一行,包括我们集团上下满心的期望,最终不会变成失望。"

听了司马助理如此讥讽挖苦的话,季健中、安心平和唐运生三人心里不是十分不快,而是憋得难受。换个地方,或是换成别的任何一件事情,这三人指定会立马把话接住。毕竟,鲁阳炭材厂的所有荣誉,无一不是大伙儿用心血和汗水换来的,而绝不是走歪门邪道骗取的,岂容别人恣意诋毁。但季健中和安心平、唐运生知道当下要干什么,更知道海纳百川的道理。于是,压住心中的极度不快,三人不约而同地笑了下,谁也没有接腔。

在汉语词典里,就"笑"字而言,有暗笑、憨笑、欢笑、微笑……当然也有嘲笑、耻笑、讥笑、取笑……面对鲁阳人的笑,不知司马跃悟出的是什么笑意。

接下来,按照张助理的安排,就北方钢铁采用的新型炭砖—陶瓷砌体复合炉衬结构,双方技术人员进行了认真的交流。

这期间,见司马助理在接待室仰着脸一言不发旁若无人的样子,联想到对方刚刚说过的那番话,季健中心里不由得翻江倒海联想了许多。

他觉得，世界经济受先通胀后紧缩的影响，在企业效益普遍不景气的大环境下，青峰钢铁虽然是国家骨干企业，有着得天独厚的发展优势，但仍然逃脱不掉经济下滑、资金短缺这一厄运。若不然，带病运行的高炉绝不会拖到现在才启动大修。那么，从对方带着大修方案匆匆而来的样子，不难猜出他们要办的事情是多么紧迫。可是，这么急迫的事情在心里压着，又明明是来谈生意的，却又端着架子摆谱，这是为什么呢？难道真的是没看上鲁阳炭材厂吗？不可能呀！因为青峰钢铁眼下也是在咬着牙苦渡难关，外出考察花钱不说，上层能让你打无准备之仗吗？别的季健中不知道，就近期来说，青峰钢铁不是还另找了一家炭材厂，又做了个方案吗？怎么人都到鲁阳了，还说些离谱的话，这又是为什么呢？

这么前前后后地想了一通，季健中心里忽然就明白了，而且也不由自主地暗自叫苦。因为他意识到碰到了商战中的对手，遇到商海中的暗礁了。他觉得，司马助理软中带硬，一开场就来了个下马威，是要打一场心理战或搞一下火力侦察的。青峰钢铁当下修这么大的炉子，想要攀附者比比皆是。因此，寻弊索瑕，求全责备，是再自然不过的事情。若要给对方一个评判的话，司马跃刚刚来那一出，实际上就是黔驴技穷的表现。

那么，面对这样的情况又该怎么办呢？季健中觉得，人家找这事找那事，晾你一下是在挫你的锐气，是要跟你打心理战，比意志和耐性的。如果你把持不住，着急了，到那时你能不让步吗？你还有主动权吗？如果主动权让人家抓住了，价格上你还能保得住底线吗？还有，你吃不透人家坑里的水有多深，或是拿捏不准，看着到手的合同泡汤了，那不也是很正常的事情吗？

在商场上，越有希望的事，越容易泡汤；越有把握的生意，被人搅黄的系数就越大。

为了抓住主动权，既不让对方小瞧了，又要守住鲁阳炭材厂的利益底线和准确把握事情的尺度，当技术交流结束，双方再次坐下来的时候，季健中微微一笑，给对方来了个冷处理，道："张助理、司马助理，鲁阳和青钢，也不是第一次打交道。做企业，靠的是产品、是技术，还有信誉。这方面，实践是最好的证明。"说到这里，季健中略停了下，又道："司马助理说得对，耳听为虚，眼见为实。现在离午餐还有些时间，如果有兴趣的话，可以请大家在厂里四处走走看看，有个大体印象。当然，如果大家累了，想找个清静的地方换换脑子的话，我们可以带上技术文件，到山里头走走。景区里的蓝天白云指定比这里更好，景色更美，空气更清新湿润，是名副其实的颐养身心的好地方。"说到这里，他停了下，又道："司马助理，咱们下午就移师'半仙居'，把文件看完了，回去也好给老总们汇报。您看如何？"

当然，作为考察团随行人员，巴不得到山里住几天。因为那里可是集"雄、险、秀、奇、幽"于一体的好处所，有看不尽的美景。对于久居都市的人们来说，简直就是奢侈。

"谢谢了！谢谢了！"张助理十分不快地瞟了一眼司马助理，对季健中道，"谢谢季厂长的好意，有机会一定到山里放松放松。我们此次到贵厂，主要是对你们的新型炭砖和新的炉衬结构再深入了解一下。毕竟是新产品、新技术，是否能像唐工说的那样，说实话，我是外行，但我们司马助理可是这方面的专家。刚才呢，司马助理之所以那么说，无非是心里不踏实。毕竟，司马助理重任在肩呀！高炉大修是件大事，慎重比轻率好，有疑问说出来比窝在肚子里好。司马助理，是不是这样？"

司马助理之所以说那么一番话，当然不是像张助理说的"不踏实"，更不是"重任在肩"那么一回事，而是有猜不透的谜在心里藏着。

日前，唐运生在青峰钢铁碰到的那些个姑娘，她们所在的单位就是刘文革在湖北另起炉灶的韩坪炭材厂。

自那天刘文革从季健中办公室里悻悻而去之后，他就把在鲁阳炭材厂的东西收拾收拾，于次日叫了辆车拉回到湖北韩坪去了。当然，这一趟是花了不少路费的。可是他不用担心，莫说这么几个小钱儿，就是再大一点的花销，甚至是打个白条，刘文革也能从那家工厂里取出钱来。湖北韩坪炭材厂也是摸准了刘文革的脉，为了追求企业发展，便投其所好，一切都由着他的性子来。

自从季健中把北方钢铁的合同拿回来之后，刘文革心里就像一块石头压着似的难受。

你想，刘文革削尖脑壳弄了多年，一心想上大高炉，却怎么都上不去，甚至连个中型高炉也没上去。万万没想到，季健中一入道，就在大家欢天喜地过春节、吃春饼、外出踏青放风筝时，给轻而易举地把上大高炉的梦给圆了。对此，能得连头发梢儿都是空的刘文革能心平气和吗？能没有压力吗？加之积存在心里，对鲁阳炭材怎么都无法消解的个人成见，就在季健中紧锣密鼓"大干一百天"刚一拉开帷幕，作为湖北韩坪炭材厂的董事长，他立即亲自主持召开了董事会，意在抢在季健中前头，而且还要以湖北韩坪炭材厂的名义再搞一个方案，把青峰钢铁高炉大修合同抢到手里。毕竟，作为南方院派驻鲁阳炭材厂的工作组组长，有关鲁阳与青峰钢铁方面的业务交往，他不仅一点也不陌生，而且原有的业务关系，还真的是刘文革给建立起来的，并维持了这么多年。在青峰钢铁，他不仅有老同学，还有通过业务关系逐渐认识的一大帮企业才俊。特别是一年多前，青峰钢铁这座高炉出现问题之后，他也亲临现场参与大修方案设计，一切都了然于胸。看准了季健中拿下北方钢铁合同后，指定会盯上青峰钢铁这步棋，而且青峰钢铁的专家们也指定会因鲁阳的新型炭砖上了北方钢铁的大高炉，而结束争论敲定采购对象。于是，刘文革便紧锣密鼓地带着技术和公关人员，还有充足的活动经费，到了青峰钢铁。

在刘文革心里，他明白鲁阳炭材厂尽管砖不错，可山沟里没钱，无论厂房，抑或是装备，与湖北炭材比，各方面都不是一个档次的。用他在董事会上，同林如山打嘴仗时曾经说过的话说："湖北炭材投产之日，便是鲁阳炭材寿终之时。"

显然，刘文革觉得，就当下这环境，只要动点儿心思，暗中搞点儿小动作，拿下青峰钢铁高炉大修合同指定是小菜一碟。

还别说，他这一招还真的厉害。特别是当他以建立合作伙伴关系和参观指导的名义，把青峰钢铁的有关专家和部门负责人拉到湖北韩坪炭材的时候，迎来的是一片赞叹声。

可是，办公楼再气派，设备再新再现代化，还有如花似玉的公关小姐再会来事，红包再不菲，没有高炉业绩，尽管有些人在灯红酒绿面前晕乎了，但大多数人不仅不为所动，而且对刘文革来这一手十分反感，甚至对刘文革的人品都产生了怀疑。

这样，刘文革不仅在青峰钢铁没办成事，还弄得灰溜溜的。

但刘文革绝非等闲之辈，更非窝囊之人。就在他十分不甘心，准备带着技术和公关人员撤走的头天晚上，开始诉起苦了。而听他诉苦之人不是别人，而是他的莫逆之交——司马跃助理。

当然，司马助理在青峰钢铁属崇洋派的人物。眼下，看着自己力挺用国外炭砖的建议被否定了，作为青峰钢铁耐火材料公司总经理助理，司马跃当然希望用国内大企业的炭砖。这一点，他当然不是有什么私心，而是从公司的利益出发，要门当户对。出生在大上海，又有公派出国留学经历，尊享博士荣耀的司马助理打骨子里流的血，压根就不是平民的血。他不相信一个大山沟里的小企业，会把炭砖玩到国家的大高炉上。

听了刘文革诉的苦，还有鲁阳炭材和湖北炭材两家企业的真实对比，为着青峰钢铁高炉长寿和公司利益，司马助理要愤愤不平的刘文革不要灰心，说事情远没到完结的时候。意思是，鹿死谁手还不一定呢。

此刻，有着这么多的曲曲弯弯，戴着"有色眼镜"看鲁阳炭材的司马跃，不仅一切都觉得是那么不顺眼，而且还有一种逆反心理。可是，刚才张全刚那不快的眼神，无形中使司马跃心里"咯噔"一动。论职位，他和张助理都是助理，可人家那是集团总经理助理。而他呢？虽然也是助理，但充其量也不过是集团下属的二级机构经理助理。同时，他觊觎集团总经理助理位置多年，而且在早两年集团总经理助理职位竞争中，两人还暗中进行过较量。有着这层只可意会不可言传的因素，司马跃担心过分坚持己见，一旦耽误了大修，或是因用砖不慎将来出了问题，莫说跟姓张的争职位，怕是现有的职位也将不保。这么想了，司马助理就想借梯子下台。可是，就他的洋博士性格，无论如何也不会屈于人下。他看了一下张助理，又抬头看了看对面的唐运生和在座的鲁阳人，皮笑肉不笑地说："你们这个唐工可不简单，把产品说得那么好。唐工，你该不会是王婆卖瓜——自卖自夸吧！"

唐运生也笑起来，说："可不敢这么说。你知道，给北方钢铁生产的砖就要发车了。你们的高炉大，人家北钢的高炉也不比你们的高炉小啊！"

显然，唐运生对司马跃盛气凌人的做派心存不满，这是在明着挖苦对方。见对方听了这话面红耳赤了，又接着补充道，"你们和北方钢铁一样，都是国家钢铁产业的支柱型企业。我说过的话，都是负责任的话，都是为着国家高炉的高效、安全和长寿。"

"对、对，是这意思。"张助理附和着，随手拿起面前厚厚的一沓子技术文件，接道，"由于时间关系，文件我们慢慢儿看。下面呢，就按司马助理说的，我们到车间里实地察看一下，如果考察结果满意，咱们再往下边进行。"话说至此，大概是张助理担心司马助理再搞什么节外生枝的事，遂朝司马跃看了下，又道，"都是老关系了，我们主要是看产品，其他方面都不要求全责备。《陋室铭》中有句话我非常赞成，'山不在高，有仙则名；水不在深，有龙则灵'。"

这话说得中肯，季健中非常赞成，遂竖起了大拇指。

立时，接待室里，气氛缓和下来，除了司马助理佯装在那儿收拾手提包，其他人全都应和着站起来。

当然，等待季健中的较量，绝不会轻松。

第二章　商道弯弯

礼节性的程序完成后，一对一的商务谈判开始了。鲁阳炭材由季健中、唐运生和安心平参加。青峰钢铁是司马助理和他的秘书高明，还有一个是青峰钢铁耐材采购科科长吕和平。

不知是昨晚没休息好，还是耿耿于怀，司马助理情绪不高，显得懒洋洋的，甚至连他的折扇也撂到茶几上了。他的身子斜躺在沙发里，头靠在墙上，把腿伸得直直的，一直伸到茶几下面。

看双方都准备好了，客人还不开腔，季健中就有点等不及了。因为在谈判桌上，人家是客人，是找你来谈生意的，问题自然得由人家提出来。为了打破沉默，季健中遂笑吟吟地道："司马助理精神欠佳呀，要不要搞杯咖啡？"

听了这话，司马助理翻了下白眼，爱搭不理地解释道："我是想怎么才能快些结束这场谈判。"

"好！"季健中道，"司马助理，这没问题，我代表鲁阳方面表个态，一定积极配合。"

"是吗？"

"那当然。"

"好！"司马助理说着直起了身子，又伸手拿起折扇啪一声打开，扑扇了两下，然后又啪一声合住，振作起精神，道，"季厂长，该看的我们也看了，产品呢，也就那么回事。考虑到双方的合作关系，我们合计了下，也在电话中给集团汇报过了。上边的意思，既然我们先到的鲁阳，就先在鲁阳问问价钱。如果大差不差，由于时间关系，我们也不想再来回折腾。

你明白我的意思吗?"

季健中点着头,道:"明白。"

司马助理道:"那好,希望痛快点,给我们一个好价钱。不瞒你说,青峰钢铁目前的日子也不好过,要不然,我们是不会用国产货的。"

安心平不认同对方的话,欠了欠身子,笑了下,道:"进口产品,有进口产品的特点;国产货,有国产货的优势,各有千秋。鲁阳和青峰是老关系,又都是国有企业,在价格上,我们不会因为你们登门采购而漫天要价。"

"这次我们向你们采购的炭砖,主要分两个档次:一个是普通炭砖,一个是你们的新型炭砖。配套的材料粗缝糊和泥浆我们都有现成的采购价,不用讨价还价。"司马助理居高临下,用不容商量的口气安排说,"季厂长,报价吧!"

季健中皱了皱眉头,略加思索,说:"普通炭砖每吨一千八百元,新型炭砖三千一百五十元。"

"是吗?"司马助理瞪大了眼睛,显得十分惊讶,"看来季厂长是不想和我们合作了,哪有这样天价的炭砖啊!"

"就是。"青峰钢铁耐材采购科吕科长附和了下,侧脸看了看身旁的司马跃,转而盯上季健中,一脸哭笑不得的样子,说,"季厂长,咱们是老关系户,原来你们供应我们小高炉的普通炭砖只有一千三百五十元,怎么一下子就涨了这么多呢?"

"是这样——"唐运生连忙解释说,"你说得没错,原来小高炉的普通炭砖就是这个价钱,那是老设备、老产品。眼下经过改造和更新,产品提档升级,各种理化指标,那是老产品没法比的。就拿原材料成本来说,原来我们用的无烟煤是罐式炉煅烧的晋西煤,现在我们采用的是电煅烧炉,用的是宁北的优质煤,仅原煤价格就高了百分之五十。"

司马助理不以为然,道:"这是你们的事。你们随便把成本转嫁给客户这是没有道理的。"

"这不是转嫁。"参加谈判的副厂长安心平道,"原来的加工工艺很简单,不用打磨。现在我们确保现场施工砖缝在一毫米以下,精确度比原来的有很大的提高。同时，大中型高炉和小高炉所用产品档次的确不一样，价格自然就有高低之分。"

青峰钢铁采购科的吕科长说："大中型高炉用砖要好一点儿，我们明白。但一下子涨了三分之一，就是司马助理我们不说什么，回去后怎么办？老价钱在那儿放着，公司上下都知道，能接受吗？"

双方僵持不下，季健中从普通炭砖每吨一千八百元下调到每吨一千六百元，但司马助理仍然嫌贵不说，而且显得不耐烦了。他半闭着眼睛想了下，遂以命令的口吻一锤定音，说："一千五百元，多一分也不出了。季厂长，你看着办吧！"

季健中迟疑了一会儿，又用眼神和唐运生、安心平二人交流后，同意普通炭砖每吨再降五十元便是成交的底线。

"新型炭砖，我们没用过，情况怎么样，我们心里还没数。"吕科长说。

"我们有全部的检测指标，有关技术文件就在你们手里。"唐运生说着把手头的检测报告抽出来递给了吕科长，并介绍说，"这是检测数据，而且是北方钢铁技术鉴定中心检测的结果。此类炭砖主要用在炉底上层和炉缸部位，耐侵蚀和导热性能都远远高于普通炭砖。"

"你们卖给北方钢铁的炭砖每吨是多少钱？"司马助理的秘书高明好像知道什么似的突然问道。

季健中说："三千元。"

"那你为什么卖给我们三千一百五十元？"高秘书提出质问。

"三千一百五十元是产品定价。"安心平副厂长解释说，"但同时我们也研究过，对第一家客户可在三千一百五十元的价格上优惠百分之五，所以给北方钢铁是每吨三千元。"

"哎，这就对了！"吕科长笑起来，说，"北方钢铁是第一家客户，我们虽不是第一家客户，但总算是第一批客户吧！而且是找到你们门上来了。除了我们，还有哪个大中型高炉厂家来问价了？说实话，北方钢铁和我们只要用你们的砖，这就是活广告。你们对我们不光要优惠，还要给我们出广告费才对呢！"

吕科长这话虽然远了些，但也有一定的道理，且在一定程度上缓和了谈判现场那种剑拔弩张的紧张气氛。

但由于双方坚持自己的价格底线，两个小时过去了，仍然在唇枪舌剑，各不相让。

这时，司马助理对季健中坚持在价格上不再松口感到很是不满。因为背后有个还在青峰钢铁等他消息的刘文革，而且刘文革还给他透的有价格底线。他觉得，虽然公司上下大都倾向于鲁阳炭材，不怎么看好湖北炭材，说湖北炭材是新建的厂子，担心技术质量不牢靠，但司马助理始终不这么想。他认为，新厂子更注重市场开拓，是创牌子的时候，一定会从各方面都倍加小心。何况湖北炭材是从鲁阳炭材比葫芦画瓢移植过去的，而且起点又高。如果与湖北炭材成交的话，不说湖北方面会给他什么好处，单就价格来说，指定会令他满意。

想到这里，司马跃忽一下就把正躺着的身子直起来，他把铅笔往桌子上一摔，愤愤地道："不谈了，去别的厂家买。我就不信了，离了鲁阳，我们修不了炉子！"说罢，伸手拿起本子，起身就往外走。

这情况是季健中万万没有想到的。他虽然猜不准内中情由，但他断定这绝不是因为价格问题没谈妥这么简单，遂急忙道："司马助理！"见司马跃听到喊声愣住了，季健中往前走了两步，伸手拦住对方，道："我们鲁阳人是直筒子脾气，生意场上凭的是真诚。不就是几块砖的事嘛，为了青峰钢铁的炉子大修，司马助理，您看着办吧！"说罢这话，季健中见司马助理愣愣地看他，知道是点住了对方的死穴。波澜壮阔的改革大潮，清流之下能没有泥沙吗？若不然，谁愿花钱弄些漂亮小姐来公关呀！还有谁愿意在经济往来中搞回扣啊！季健中暗想，作为人，有点私心是在所难免的。但作为留学归来、学富五车的博士，年纪轻轻就混到部门总经理助理的位置上，而且不难判定，如若不出意外，撇开晋升集团总经理一职不说，弄个副总指定是早晚的事。权衡利弊，季健中认为，司马跃这个人，更看重的应该是自己的学识、名誉、地位和仕途，而绝不会在一己私念上犯糊涂、做蠢事、弄出什么意外之事往自己脸上抹黑。这么一想，季健中十分自信地又道："司马助理，我们两个单位是多年的老关系了。说实话，新型炭砖的研制我们投入得较多，还望理解。而且，从北方钢铁技术中心的检测数据看，各项理化指标，确实较上一代产品更好，更实用。"说到这里，季健中笑了下，道："这样吧，司马助理，生意上的事，需两相情愿，不可勉强。要说的话，我也说了。你呢，也不要急，再慢慢儿想想。"说着，季健中掏出传呼机看了下，又十分礼貌地说声"对不起"，道："北方钢铁呼我，我去回个电话。"

这回轮不到司马跃走了，而是季健中拿起面前的文件，往胳肢窝里一夹，回到自己办公室去了。

这一下，司马跃愣住了，而且开始感到头疼了。青峰钢铁和鲁阳炭材上上下下多年的合作都十分愉快，现在闹到这一步，从主观上，他是没有想到的。在他身后，虽然有个刘文革的韩坪炭材厂，可那毕竟是个新厂子。产品是靠工人生产出来的，而员工们对生产工艺、机器操作的熟练程度，会直接影响到产品的质量。这样，他就觉得，万一刘文革那边不争气，弄一个闪失出来，自己就无法向公司交代。因为他和刘文革来来往往的，是秃子头上的虱子——明摆着的。在他心里，他最怕业务活动中不经意间的什么内情被人知道。有着这方面的顾虑，司马助理就觉得，过于坚持使用湖北炭材厂的产品也是不妥当的。

这时候，司马跃心里对两个人十分腻烦。第一个当然是季健中。因为是季健中无形中让他产生了纠结，徒生了烦恼。另一个自然是刘文革。如若没有姓刘的插这一杠子，纵然不用进口炭砖而用鲁阳的炭砖，对他又会有什么实质性的影响呢？

现场静得都能听到自己的心跳了。

司马助理、高秘书和吕科长，三双眼睛，你看看我，我看看你，不知道接下来该如何是好了。

在三楼紧靠楼梯特意为青峰钢铁客人腾出来的办公室里，正向总部汇报业务进展情况的张全刚，听到门外响起了脚步声，抬头一看是季健中朝办公室去了，他禁不住就是一愣。

正常情况下，谈判结束，是双方握手言欢的场面，可季健中怎么就一言不发地回到办公室，而且自己又听到嘭的关门声了呢？他断定是司马跃把事情给弄僵了。作为考察团带队的，张全刚立时急了。毕竟，刘文革带着技术和公关人员在青峰钢铁出现，张助理和姓刘的不仅有所接触，而且还十分善意地劝对方不要心急，说企业有那么高的起点，今后有的是机会。看透刘文革无孔不入的天性，张助理料定刘文革在司马助理那里下了大功夫。眼下，之所以把事情弄到这一步，定是湖北炭材厂刘文革的影响力在司马助理身上起了作用，从而把鲁阳人得罪了。

来到接待室，张全刚助理一看双方冷场了，他定了下神，十分客气地道："唐工、安厂长，请二位行个方便，我和司马助理说句话。"

唐运生和安心平听了，什么也没说，礼貌性地点了下头，然后拿起材料，起身走出接待室。

本来有司马跃这个年轻人在前面站着，又是主管这方面业务的，有关合同上的事，张助理是不想说恁些、管恁多的。可现在就不行了。他觉得，该说的还是得说，该管的也不能不管。此次考察，顺顺利利地把合同签下来，把高炉大修用材落实下来，是他的首要任务。不管动机如何，他都不愿看到有节外生枝之事发生。

坐下来，张全刚一看司马助理等人大眼瞪小眼的样子，知道面前尴尬的局面没法收拾了，他道："怎么回事？合同签不下来？"

司马助理听问，这就没好气地道："他们完全没有诚意。"

听了这话，张助理愣了下却没有立即接腔。作为企业，谁会把找上门的客户给拒之门外呢？显然，张助理不赞成对方的说辞，遂转向吕和平科长，道："吕科长，你的意思呢？"

吕和平在耐火公司工作的时间比司马助理还长，在论资排辈的国有企业里说话还是有一定分量的。但他没想到张助理会问他，忽就挺起了身子，看看面前的人，理了下思绪，这才道："把砖买回去，把炉子修了是正事。就鲁阳来说，两家是老关系，合作多年了，产品和技术都不错。眼下这种情况，老总们倾向于鲁阳。司马助理讨价还价，也就是想着省俩修炉经费，为的是单位利益。这一点儿，绝对没有问题。我的意思是，看季厂长那儿能不能再松松口，若能松口，一切都好说。若人家不松口，究竟该怎么办，你们是领导，看着办就是了。"

张助理愣愣地看看吕科长，又看看秘书高明和司马跃，沉思一下，然后吩咐高明把季健中等人又给叫了进来。

这时，张助理俨然成了中间人。他安抚了两边，十分和蔼可亲地笑着，并以商量的口气叫了一声"季厂长"，说："眼下呢，之所以司马助理跟你争价格，是因为公司就给他那么多钱，只能节约，不能超支。你呢，只当那炉子就是你季厂长的，现在已经到了不修不行的地步。青峰钢铁和鲁阳合作多年，虽说是两个单位，但都是国有企业，从根儿上说，那不就是一家人吗？季厂长，有关价格问题，你能不能再降点。"

这番话让季健中十分感动。

他就是这么个性格，为着人家的一句真心话，只要是真诚的合作、平等的买卖，他不仅会把你当成朋友，而且什么都不计较。就像当下僵持不下的价格，在这种心情支配下，他一定会不惜赔本赚吆喝，接受你所报出的价格。

可是，刚刚司马跃来那一家伙，实在让季健中感到窝火。于是，事情就不能那么来了。

有着这么个宁折不弯的性格，季健中待张助理话音落地，十分机智地谈了当下几种主要原材料的市场进价，以及普通炭砖和新型炭砖的价格构成，明敲明打叫对方知道，现在的报价利润空间已经很小了。但为着刚才张助理那番苦心和司马助理屈尊下来还愿继续谈，季健中便让了一步，同意以普通炭砖每吨一千五百元、新型炭砖每吨三千零五十元的价格成交。

当晚，为了祝贺合作成功，季健中特意在县委招待所，请刚刚升任县长的刘振国和经贸委的老主任赵亮等领导作陪，宴请青峰钢铁考察团一行，喜悦之情，溢于言表。

可是，菜都上齐了，司马助理先是不下车，说是累了，身体不得劲儿。后来好说歹说，人是从车上下来了，但就是不往主宾席上就座，包括青钢的张助理在内，一圈人干着急都没办法。司马助理是重要客人，是这次合作成功与否的主要决策者，人家不往上坐，主宾席位置在那儿空着，菜肴再丰盛，酒水再陈再香，你说你怎么吃、怎么喝吧！

这真是牵着不走，打着倒退。

看司马助理坐在副主宾席上再劝也劝不动，宴席就要冷场了，青钢的张助理实在没办法，就无奈地说："不过来就不过来吧，也别让刘县长和赵主任就这么干等着。"

可是，季健中却不能这样。季健中一眼就看出来了，这不仅仅是对方到不到主宾席上就座的事，而是人家有心事。在市场经济交往中，客户就是上帝，谁敢得罪呀！怎么办呢？季健中真的犯难了。

正在这时，忙着为客人准备土特产的厂招待所服务员白小鸽到了。

小白在季健中来炭材厂之前，就已经在招待所工作了多年，曾经历了温、林两任厂长。她个头不高，圆圆的脸庞，两只眼睛不大，但透着一股灵气，工作十分勤快，但凡住过招待所的客人，都夸她好。她虽然是个初中生，文化水平不高，但人机灵得很，你一个眼神，她很快就能心领神会。

此刻，一看冷场了，小白遂走上来，笑吟吟地唤了声"司马助理"，然后附耳道："您的电话，请跟我来一下！"

可能是工作习惯，司马助理看了下小白，遂不假思索地跟着过来了。正没办法的季健中知道小白使的是调虎离山之计，慌忙上前，这才顺势把司马助理给推到主宾席上坐下。

见是这样，精明而又强势的司马助理哭笑不得，但他自有报复小白的办法。看斟满了酒，司马助理以感谢小白这两天在工作中的热情服务，叫小白连饮满满三杯。对此，小白毫无惧色，在笑声中端起酒杯一一饮下，司马助理这才拿起了筷子。

席罢，回到客房，季健中和安心平几个班子成员碰了头，觉得司马助理入座前来那一出子绝不是无缘无故。想想眼下外边业务往来中请客送礼之风，还有提成回扣那些个乌七八糟的事，安心平说："别看合同签了，可接下来事儿稠着哩。如果不和司马助理搞好关系，以后的合同执行起来指定还会有许多障碍。因此，我建议给司马助理搞一个红包，以表谢意。"

"嗯！"季健中点了点头，"少了是看不起人家，多了咱这是闺女穿她娘的鞋——前（钱）窄。再说了，双方都是国有企业，局限性太大了。同时，和司马助理第一次打交道，交情不深，也不知道人家会不会接？"说到这里，健中想了下，对安心平道："这样吧，准备个红包，你先试一下。"

拿着红包，安心平推开了司马助理的房门。见司马助理正在低头写着什么，遂大大咧咧地表示着歉意，便把装着现金的信封，塞到了司马助理身旁的手提包里。

司马助理听见动静，自然第一时间就猜到了对方这是在干什么。就那么写着东西，忙得连头都没抬，一本正经地对安心平说："安厂长，请不要搞小动作，我们这是工作。"

"嘻，司马助理说哪里去了。为了方便联系，季厂长让我给您解决点儿电话费，实在不成敬意。祝我们合作愉快！也承蒙您关照，回头有空了，请务必多过来走走看看，多指导指导。若有不周的地方，还望海涵！"

安心平说着想转身离开，就见司马助理突然抬起头，又伸手把安心平拉住，道："刚才，我们签的合同，是一份无效合同。"

一听此话，安心平吓得一身冷汗忽就出来了。他立时认识到，自己是撞到枪口上了，遇上了一位滴水不进的廉洁之人。这么想了，安心平连忙道："对不起！对不起！如有不当的地方，请不必认真。"

见是这样，司马助理先笑了下，让安心平坐下，道："我是助理，最大的权限，单份合同余额不能超过一百万元，而刚才签下的合同金额是一百九十八万元。"

安心平一听是这，忙擦了下头上的汗，机智地道："那还得麻烦您帮忙呀！"

"这个嘛，我来想办法。"司马跃说着，伸手拿起刚刚签过的合同，接道，"拿回去，改成两份合同。"

安心平听此，颇带感激地拱手一礼，接过合同去了。

原来，按青钢方面的规定，是有这么一说。但在商务活动中，那就宽泛得多。也就是说，不管你是助理还是科长，只要代表单位外出办事，既然负全责，那就得有全权。不然的话，工作没法开展不说，还尽耽误事。现在，司马助理之所以提出要把已经签过的合同再改一下，当然有他的特别用意。

按照司马助理说的，把合同数额一分为二，每份合同恰好是九十九万。这样，双方在上边重新签上字盖上章就生效了，十分简单。可改罢数字签罢合同后，当安心平拉住司马助理的手深表谢意时，司马跃抬起手打出制止的手势，道："不必不必，都是老关系了。我能做的，也就是这点儿小事儿。你们眼下正做着北钢的业务，我知道你们忙，能省点儿事儿的，自然不会给你们添麻烦。"他那样子，真的像换了个人，态度和蔼可亲。

此时，起码在安心平心里，他对司马助理顿生敬意。可是，当他伸手就要接重新签好的合同时，司马跃先是拍了下安心平的肩膀，道："事情我给你们办好了，以后还要打交道。"紧接着话锋一转，而且毫不隐讳地吩咐道，"你接待室里的水曲柳沙发不错。就照那样，给我弄两套送过去。"

安心平听了一愣，显然他觉得十分意外。但是，见对方把合同都递到手里了，又紧紧地攒着不丢，只得连连点头，道："中！中中中！"

三天后，安心平亲自押车，把两套崭新的水曲柳沙发，风尘仆仆地拉到了青峰钢铁职工生活区。怕显眼，就用篷布把沙发遮得严严实实。

可是，接了电话，司马助理站在专家楼三楼的走廊里往下一看，见沙发拉来了，这就招招手，亮开了他的大嗓门，道："抬上来！安厂长，趁你们的手，抬上来！"

安心平哪敢怠慢，连忙应道："好！好的！！"这就马上一件一件小心翼翼地抬上楼去。

用篷布盖得那么严，是想为人家保密的，可人家哪在乎呀！

撅着屁股汗流浃背地往楼上抬罢沙发，安心平收拾篷布的时候，禁不住埋怨自己——怕张扬，又盖得那么严实，真的是六个指头挠痒——多那一道。

第三章　一封举报信

再过几天，季健中来炭材厂就满十个月了。赶在工作稍有空闲，他还忘不掉他的文学梦。特别是马青云的出现，再一次把他的创作激情点燃了。

说起再一次，肯定有过上一次。

是的，那是他当知青回城之后。十年的知青生活，他从一棵幼小的树苗，长成了挺拔的大树，少不了阳光的照耀和雨露的浇灌与滋养。而每当他想起这一点，脑海里第一个闪现出来的便是张枣根和桐花这一对父女。

张枣根顶着压力，把他这个"黑五类"家庭出身的小伙子，培养成学习的先进典型，在他心里坚定地立下知识青年应该怎样勇敢前进的人生标杆。特别是桐花，偷偷地给他塞了个馍，还偷偷地往他兜里装个煮熟的鸡蛋，听着她"健中哥，健中哥"地喊，他知道那是世界上最纯真的爱。从此，在他的心灵深处，本来就有的质朴与善良的人性之光就更加光彩耀眼。

为此，他在日记中写下"太阳的脚步从不慌乱，那是它心有定力，知道自己该往哪里去；月亮的面容有明有暗，那是它虚怀若谷，该退一步的时候就决不露出脸来"的人生感悟。

有了这些生活积累，他计划写一部长篇小说，名字就叫《路》。

可是，随着社会变革和时代发展，他的生活节奏每天、每时都在加快，使他怎么也没时间坐下来，《路》也就断在那里，无法"铺"下去了。

眼下，又一个十年过去了。

经贸委机关的工作经历，石墨矿的实践磨炼，从白手起家，到出口创汇大户；从风雪上任路，用自己的一腔火热情怀去温暖员工们那一颗颗冰冷的心，再到三上北钢打破坚冰，一举冲上国家的大高炉，在伟大祖国砸碎枷锁后翻天覆地的巨大变化中，一步一个脚印，为自己的承诺而拼搏和奋斗，季健中自忖，他没有辜负这大好的年华。

激情再一次被点燃起来之后，季健中又有了一个文学创作计划。当然，这回不能叫《路》了。他为它起了个响亮、含蓄而又引人向往的名字——《梦》。

实在是极具诱惑力呀！

早早地来到厂里，又急急地挪开了桌子上的东西，季健中这就准备开始动笔。可是昨天临下班时列出的工作计划忽地映入了他的眼帘。

是的，抛开先后接了几座小高炉不说，单说拿下扬子钢铁、北方钢铁，再加上青峰钢铁这三座大中型高炉的订单，其意义是不可估量的。无论产量、产值还是销售额，与往年最高年份比，都翻了一番还多。这是员工们共同努力、团结奋斗的结果。也正是有了这些不凡成绩，呈现在鲁阳炭材人面前的就是冲天的干劲儿，锦绣的前程。

昨天临下班的时候，他四处转转看了，心里特别高兴。因为员工们亲手制造出来的一块块高品质炭砖，得到了北方钢铁来厂监督、指导生产和成品检验专家组客人的充分肯定，验收非常顺利，大伙儿脸上都挂满了笑容。

此刻，季健中按捺不住激动的心情，遂噔噔噔大步走下楼来，然后叫上春阳，开着吉普车到火车站来了。

当下，鲁阳火车站的装卸设备还是非常简陋，主要靠人工。而装卸工又大都是临时工，由于经验不足，想象不到的事情，随时都可能发生。季健中知道，装卸环节上的任何一点疏忽，都会影响到产品最终的质量。

第一批集装箱开始装车就要发往北方钢铁了，季健中头戴安全帽亲临现场指挥，并爬到车厢里，检查箱与箱之间的距离。

就像是自己的宝贝儿子要出门远行，为着鲁阳炭材的明天，也为着国家大高炉的长寿，季健中就免不了给工作人员千叮咛万嘱咐。直到人随货到，接到销售科科长李军强喜气洋洋地从北方钢铁打回来的平安电话，季健中这才稍微松了一口气。

可是，也就在鲁阳炭材厂第二批炭砖集装箱到达北方钢铁没几天，厂办主任郑光荣突然接到县纪委副书记杜诚打来的电话，问健中是否在厂，并再三交代，让其不要走远，说他有点儿事儿，一会儿陪着客人要到厂里来。

听了郑光荣的转述，季健中随口应了一声，但没有在意。可是转身一想，又觉得不对。纪委能有什么事呢？当然，他不是对纪委有什么成见，而是纪委这么个机构的特殊性，让他多少感到有点意外。立时，一种不可名状的阴影突然在脑海里闪了一下，让他感到可能发生了什么，但他很快又自我否定了。

自到炭材厂那一刻起，一天到晚没日没夜地忙，厂里又是这么一个样子，应该没有什么可让纪委光顾的事情呀？难道是哪里出现了漏洞不成？或是工作中不慎做错了什么吗？没有啊！不论是工作上，抑或是个人生活中，季健中自忖，自己不仅是那种循规蹈矩的人，而且由于父亲的政治问题，他凡事都愈加谨小慎微，即便都退避三舍了，他还唯恐躲避不及，更莫说让他越雷池一步，办那些出格的事。

显然，纪委的电话像在季健中的脑海里投进了一块石头，立刻荡起了层层涟漪。

正在莫名其妙地想着，鲁阳县纪委副书记杜诚带着四位陌生人急匆匆地到了。

"你好，杜书记！"季健中说着，急忙迎上前，与县纪委副书记杜诚见了礼。

杜副书记点着头应了下，随即朝一旁样子精明能干的大个子指了下，对季健中介绍道："这是北方钢铁总厂纪委的赵书记。"

"北方钢铁？"季健中深感意外，禁不住脱口而出。

"是的，季厂长。我叫赵万良，是这个组的负责人。"赵万良说着与季健中握了手，随即递上公函，又道，"有点儿事儿需要打扰你一下，我们要了解一些情况。"

"欢迎！欢迎！来，请坐！"季健中说罢，看了下公函，见杜副书记还站着，就忙道，"杜书记，您也坐。"

"我还有点儿事儿，就不坐了。"言罢，杜副书记看了下健中，嘱咐道，"季厂长，赵书记一行大老远赶来，县里知道你们最近很忙，但再忙，也要好好儿配合人家的工作。作为厂长，这既是责任，也是义务。"

听杜副书记这么说，季健中忙表态说："这个我明白。您放心，我们一定好好儿配合。"

杜副书记点了下头，转身同北钢纪委的人笑着打了下招呼，遂十分亲密地抬起胳膊搂着季健中的肩膀往一旁走了走，不无埋怨地小声说："健中，你是怎么搞的？捅这么大娄子？"

季健中一愣，道："怎么了？"

"怎么了？一会儿你就知道了。好好儿把事儿给人家讲清楚，知道吗？"杜诚是县纪委的老人，自打经贸委两次请示把季健中从知青回城名单中要到机关那时起，他就知道季健中这么个人。这么多年来，社会上这事那事的，但他从来没听说过季健中有什么可让人歪歪嘴的风言风语。此刻，盯着说了这话，既是安慰，又不无告诫地拍了下季健中的肩膀，然后又回过身朝赵万良打招呼道："赵书记，你们忙！有事儿打电话。"

"好的！谢谢杜书记！"目送杜副书记下楼去了，赵万良回过身来，嗵的一声，关了屋门。

现场气氛骤然严肃起来。

季健中虽然是见过世面的人，但遇到这样的事情，他心里多少也有点儿紧张。

办公楼后边就是生产区，人来人往的，纪委来人一事很快就在厂里传开了。于是，大家敏感的神经立时就绷了起来。一个个急于知道厂里发生了什么，或是有什么厄运将要降临到厂里。

毕竟，小小的鲁阳炭材厂已经有过两次这样的磨难了。

第一次，有人反映老厂长温来运贪污了省科委下拨的科研经费，省科委纪检方面立即介入，一查三个月。虽然查无此事，却严重影响了项目的进展，扰乱了厂里的生产经营秩序和与南方院的合作关系。第二次才过去不久，说是林如山厂长在业务往来中一是吃回扣，二是行贿，个人肥了，却把炭材厂给捣砸了。并且就是这位杜副书记亲自带队过来，反反复复调查了两个多月，结论是"事出有因，查无实据"。

此刻，又是在企业最关键的时候，纪委又来人了，而且还是客户方面的纪委干部。那么，能是什么情况，又会给刚刚才有了起色的工厂带来什么灾难呢？职工们担心透了，也害怕透了。两次查无实情的案件虽然尘埃落定，早已风平浪静了，但带给企业的伤痕却是难以抹平的。

现在，职工们最怕有人在暗地里捣鬼，却偏偏又有人捣鬼了。

也就在北方钢铁纪委书记赵万良伸手把门关上的一刹那，季健中担心因此事影响生产，从而导致拖延交货日期，心里便七上八下开了，因为还有大约三分之一的任务尚未完成。

这时，桌子上的电话突然响了。

正给客人倒水的季健中放下茶瓶伸手欲接电话，又立刻意识到了什么，遂停在那里，回头看了下带队的赵万良，道："我可以接个电话吗？"

"可以！但必须用免提。"赵万良以命令的口气说。

摁了免提键，还没等健中开口，电话中就传来安心平常务副厂长着急而又不安的声音："季厂长，怎么回事？杜书记带着一帮人来干什么？"

季健中看了看面前的人，对着电话道："安厂长，几位客人过来想了解一些情况，没事的。"

"是吗？"安心平电话中问。

"是的。"季健中对着电话道，"我这里正忙，请你多费点儿心，抓好生产，抓紧把合同履行完。"

看季健中接完了电话，带队的赵万良叫了声"季厂长"，郑重地道："我们四个是外调组，来这里是落实一封群众来信中反映的问题。"

见季健中点头不语，赵万良指着在沙发上坐着、脸上没有一丝笑容的瘦高个儿，介绍道："这位是我们北钢纪委副书记郎智信同志。"见郎智信点下头打了招呼，又依次把他们搞财务的汪清和搞审计的李江河作了介绍，最后道，"请季厂长安排你们财务科配合一下，我们要查一下从你第一次去北方钢铁至今的账目。"

"好！"说着，季健中拨通内部电话，道，"曹科长，请你到我办公室来一下。"不一会儿，曹艳玲敲开门到了面前，季健中吩咐道："这是北方钢铁总厂的客人，要了解一些情况，你把手头工作放一放，配合他们，搞好服务。人家想看什么，想查什么，就叫他们看，就让他们查。"见曹艳玲愣愣地看看他，又看看远方来的客人，思想不集中，显然是心里十分疑惑和不安，就又道："曹科长，听明白了吗？"听对方应了，遂挥了下手，道，"去吧！"

看着人被领走查账去了，赵万良道："谢谢季厂长的配合。"客气过后，赵万良干咳了下，解释说，"是这样，季厂长，我们接到了群众举报，受总厂委托，重点来了解调查你们厂在和北钢签订合同期间，我们的工作人员是否有索贿、受贿和其他以权谋私行为。"说罢这话，他又交代注意事项，道，"根据我们的工作纪律，我希望从现在起，不经我们同意，请你不要离开工厂。若需要外出，我们会派人跟着一块儿去，但不会影响你的工作，请季厂长理解我们。因为，这个案件总厂上下都非常重视。我们这样做，既是维护我们北方钢铁的利益，也是为了保护我们的同志。当然，我们也非常珍惜我们两家的合作关系。"

"我可以去车间吗？"季健中愣愣地问，"我们现在正在执行我们双方签订的供货合同，工期很紧，关键时候我得亲自督战。"

赵万良淡然地笑了下，说："这两天不行。当然了，如果有重要事情要办，可以安排你的副职去处理。"

显然，季健中被"软禁"起来了。

见季健中愣愣地看他，赵万良从政治的高度说了几句，然后要季健中端正态度，以及要对每一句话负责，遂单刀直入，道："季厂长，你最近一共去了几次北方钢铁？"

季健中："前后一共去了三次。"

赵万良："你都接触了哪些部门？"

"设计院、炼铁厂、供应处、筑炉公司。"说过这话，季健中若有所思地想了下，补充道，"对了，还有北方钢铁总厂的技术中心。"

赵万良："那就请你提供一个书面材料，把时间、地点、见到的人、主要干了什么事，如实地写清楚。"

一旁，郎智信掏出他们已经设计好的表格递给季健中，交代说："请按表格上规定的内容逐一填写。写好后签上名字，还要按上你的指印。"

季健中："可以。"

大概是赵万良看到季健中配合得还算可以，略停了下，缓和了口气，开诚布公地介绍说："我们这次调查工作分三个小组。一个小组是北方钢铁技术中心，是负责抽检你们给北方钢铁发过去的炭砖的产品质量。一个小组去另外一家钢铁公司，主要任务是调查你们的产品销售价格。我们这个小组主要了解你在这次签订合同的过程中，北方钢铁的经办部门，是否有'吃、拿、卡、要'等不正之风。希望你认真对待，配合好我们的工作，确保调查顺利进行，尽早弄清事实真相。"

听赵万良这么一说，季健中脑子里像是引爆了一颗定时炸弹。他禁不住暗自叫苦："天呀！在这个节骨眼上，是谁捅出的娄子，这是要企业的命呀！"

因为，根据合同规定，当第一批炭砖到达北方钢铁仓库后，经检验合格，百分之三十的货款一百七十四万元，将在五个工作日内支付给鲁阳炭材厂。那么，现在出了这么一档子事，人家还能把钱打过来吗？若在调查组没有调查出结果之前，人家拒绝付款，后续生产该怎么办呢？说好了在约定时间内归还财政和银行的资金能还吗？……当然，更可怕的是，若因此把合同搅黄了，炭材厂还能生存吗？还有，若事情牵扯到北钢的同志们，又该怎么办呢？想到这些，季健中立时蒙了。

刹那间，在季健中心里，不是预感，而是真真切切地感觉到事态的严重性。若不然，北方钢铁纪委的书记、副书记怎么会双双降临，远道而来亲自调查此事呢？

显然，季健中成了案件的关键人物。

就在北方钢铁纪委专案组一行人到来，季健中被隔离起来接受质询的时候，尝到了翻录、贩卖黄色磁带甜头的云霄翔，在火车站一旁的偏僻胡同里完成磁带交易后，开心地骑上自行车，吹着口哨出来了。

退赔赃款劝其调离，对云霄翔来说，他表面上虽然满不在乎，但内心深处还是感到十分窝火和晦气，更对季健中恨得要命。

档案落到了服装厂，人家知道他的德行，更知道他上边有根子，生怕他祸害了炭材厂，再来祸害服装厂，若那样的话，还不如舍几个小钱，保一方平安。于是，服装厂的王厂长哈哈一笑，把他安排到了办公室。说是让他招呼着厂里的用电问题，万一停电，让他利用关系跑一跑，问一问。如果这方面没事，他就没事。实际上，这就等于明摆着把他晾在一边了。

毕竟，在企业待了这么多年，好赖有单位，即便是早走，抑或是晚来，你总得点一卯，不然就没人给你记考勤。当然，不记考勤，自然没人给你算工资。

乖乖地在家歇了两天，待新鲜劲儿一过，云霄翔开始不习惯了。到服装厂转了一圈，冷冷地坐着没意思，他就溜达到厂长办公室。

时下，厂里接了一批外贸加工的活儿，时间紧，任务重，全厂都在连轴转。

往上掀了掀眼镜，一看是云霄翔，王厂长正要到仓库去处理问题，又担心车间里送过来要他帮忙的布筒子翻不过来影响下道工序流转，说了声"你来得正好"，遂示范了下，就把一大包缝好的布筒子推到云霄翔面前。

这是服装配件，是用来束腰的，没有两米出头，也有一米八九那么长。先在机器上缝成筒状，然后像翻鸡肠子那样翻过来封口。现在，云霄翔要干的就是把这个机工缝好的筒子用手慢慢儿给翻过来。虽然活儿不是多麻烦，但筒子长，翻的时候若垒到一堆就不好翻。第一次干这样的活儿，又不想被人捣脊梁骨说成笨人，云霄翔就使出了浑身解数。凡到堆成堆翻不动的时候，他就用锥子挑。好不容易翻了几条，工段长风风火火地进来拿东西。说着谢谢，拿起一看，工段长的脸色立时大变，说不仅帮了倒忙，袋子挑脱絮了，色差配不上连替换的都没有，把云霄翔骂得狗屁不如又给轰出来了。

当天傍晚，云霄翔没心情就四处游荡。他发现黄色磁带卖得好，遂打听到了门路。赶到地方，他在买下翻录机的同时，顺手把空磁带也搞到了手。也就三个来月时间，净赚了将近三千块钱，相当于云霄翔上班时两三年工资的总和。对此，这是他以前怎么都不敢奢望的。他简单地算了一笔账，照这样干下去，莫说是服装厂的厂长，就是给个局长，他也不干。

此刻，正飘飘然地走着，远远地看见元根壮和王克夫几个人从胡同里出来，热闹三光地发着牢骚把啤酒摊给围住了。云霄翔见此，心里当即一愣。他想，炭材厂眼下接了大合同，连明彻夜干还来不及，这帮人怎么会有空跑出来喝啤酒呢？

这时，元根壮也看见了云霄翔，就喊着"云哥"急忙起来打招呼。

仿佛是鬼使神差，云霄翔看见这几个人，他的腿肚子就发软，想走都走不了。他半真半假地道："嘻，就恁几个赖货，我还当谁呢！"几步到了跟前，让了一圈香烟，最后到了"破罐子"王克夫跟前，道："是不是驴脾气上来了，又闹罢工哩？"

说起云霄翔和王克夫，还真不是一路人。

云霄翔是回城知青，进炭材厂是工人身份，可是他削尖脑壳钻窟窿打洞，既想当官，又手抓口满财迷心窍急发财。而王克夫则是正儿八经的中专生。在他心里，他还真的瞧不上云霄翔这号人。可是他四两力不想出，又整天端着架子，仿佛高人一等似的，等着官帽往头上落，可又总是落不下来，就免不了窝在心里生暗气。久而久之，心态就变得不正常了。

"吭尿事儿还能干什么？"王克夫接了烟，伸手摸出个打火机，噌噌两下打出火苗。他先搋到云霄翔面前让其燃着烟，自己又吧嗒着把烟引着吸了两口。抬头见云霄翔盯着看他，遂诡秘地道："怎么样？厂长的官帽弄到手了吗？"

"咱哪有那运气！"云霄翔接过元根壮递过来的啤酒喝了两口，看看王克夫，又指了指其他几个人，十分自责地道，"什么事也吭弄成，要不然，你们几个就绝对不会还窝在这儿原地不动。"

听了这话，王克夫翻眼看了下对方，将军道："你小子透钻，上边又有人，路远得很，到时候别把我们哥儿几个当路人就行。"看几个人附和他，王克夫往云霄翔跟前凑了凑，不无讥讽地道，"再说了，炭材厂这个小笼子，哪能装得下你这只大鹏鸟呀！"

"唉，还大鹏鸟呢，冤枉死我了。"云霄翔道，"被人轰出来了，丢人呀！"

"是吗?"王克夫道,"我们哥儿几个可不丢人,怕是喝西北风也喝不来了呀!"

云霄翔听此,当即一愣。他沉思一下,道:"胡说八道,大合同一个接一个,怕是奖金都花不完。"

"嘁,还奖金呢,奖个屁吧!"王克夫端着啤酒,示意云霄翔也端起来,二人碰了下杯子,仰起脖儿,咕嘟咕嘟一气喝干了。

放下杯子,抹了下嘴巴,云霄翔愣愣地道:"听你这话,好像有情绪呀!怎么回事?"

"怎么回事?出大事啦!"这么说了,王克夫遂把北方钢铁纪委来人一事说了一通,"上了大高炉,听着怪光彩,哪承想,这是醋水碟里扎猛子——不知道深浅了。"说罢这话,他还嫌不够,又跟着来了一句,"这一回,他季健中这是南天门前翻跟头——非从天上跌到地下不可。"

第四章　亲者痛仇者快

王克夫这句话，不亚于一剂强心针，使云霄翔为之一振。接下来，他与众人碰了杯，遂掏出一张"大团结"往桌子上一拍，推托有事，骑上自行车急急忙忙朝县宾馆来了。

开春那时候，云霄翔被"劝其调离"后，俞小曼也跟着出来，正赶上宾馆招人。凭着窈窕身段和白生生脸蛋上两个迷人的酒窝，俞小曼不仅顺顺当当进了宾馆，还一上班就成了领班。

一看云霄翔来了，俞小曼连忙放下手中正在编织的毛衣迎上来，压低了声音，喜滋滋地道："磁带卖完了？"

"小菜一碟，早卖完了。"云霄翔回着话，侧脸见沙发上两个客人都在那儿坐着看报纸，遂朝俞小曼脸上吹了口气，"我还拐个弯儿喝了杯啤酒。"

"你呀——"俞小曼一边用手扑闪着吹到面前的酒气，一边道："拐这儿干什么？抓紧时间干呀！"

云霄翔有掩饰不住的喜悦，遂诡秘地道："我给你报告个好消息。"

"什么好消息？"俞小曼愣愣地问。

云霄翔招招手，与俞小曼头抵头把他从王克夫几个人那里听到的炭材厂遇到的麻烦事说了一遍。想想北方钢铁那么大个单位，云霄翔断定，若说对方来人，指定会在县宾馆下榻，便道："你看看，北方钢铁是不是真的来人了？"

俞小曼听了，沉思一下，遂回到吧台，打开登记簿看了下，立时眉开眼笑起来，道："真的。他们昨天下午就到了，一共四个人，都住在这儿。"

云霄翔哼了一声，道："你看着，有他季健中的好看啦！"

俞小曼愣了下，觉得犯不着，撇撇嘴，道："你呀，你就是小肚鸡肠。既然出来了，还操那闲心干什么？再说了，你和人家季厂长，毕竟是一个头磕在地上拜过把子的兄弟。"

"兄弟?!"云霄翔瞪了俞小曼一眼，怒气冲冲地道，"他要念这点儿情义，也不会这么把我扫地出门。不过也好，有人替老子出气。"

云霄翔家是个富余户。十字街那边有处老宅，门面房什么的都在那里。姐姐妹妹都早已出嫁了。云霄翔的父亲那年犯事被判了三年多，出狱后没了工作就干起了他的老本行，现下同老伴儿在那边住着照看生意，附带着带孙子。庙街这边还有一处一溜四间青砖二层小楼是新近翻盖的，在整条街上都是数一数二的。楼前，紧贴小楼的东边有两间平房，是云霄翔家的厨房。葡萄架在厨房的前边，一串串葡萄缀满枝头，架下是吃水用的压井。

此刻，厨房里叮当乱响，像是有人在里边忙着。

进屋倒上茶，云霄翔端起杯子刚喝了两口就愣那儿了。炭材厂出了这么大的事，是谁给捅出来的呢？又是谁要这么做呢？肯定不是外部人员。因为，外部人员不可能知道厂里的内情。那么，若说是厂里人所为，又该是谁呢？还有，事情闹得这么大，是什么动机，对举报人又有什么好处呢？就这些问题，云霄翔在心里过了一遍筛子却怎么也弄不明白。于是，云霄翔放下杯子来到院里，然后推上自行车出门去了。

炭材厂东南方四五里地远的地方有个村子叫梁庄。炭材厂首任厂长温来运就是这村人。

三年前，温来运之所以辞职不干，除了厂里乌烟瘴气干不成是实情外，他也想好了绝妙的退路。眼下，有着几近白手起家创建炭材厂的成功经验，也就不到半年时间，一个小型炭材厂便在村外的棠梨河畔建起来了。可是，无论厂大小，都是要有进有出的。假如流动资金跟不上，厂再小，那也转动不开。严瑾梅家的这个炭材厂，真真地就遇到了这样的问题。

那一日，她拿着女儿的学费票据找季健中签字报销，除了难以铲除的私心之外，多少也有点无奈。在她心里，票据要是顺顺当当地报销了，有那六七千块钱，就能把原料拉回来，厂子就不会停工，大把的钱就能赚回来。可是，季健中一找文件不当紧，却实实在在地就把她的如意算盘打乱了。

已经塌了一屁股账，筹措又实在无门，当下的现实是，厂停了，机器闲置下来赚不到钱不说，钻窟窿打洞从银行贷的款天天都得付利息。

对此，在严瑾梅心里，一百条她都不怨，只怨一个人，那就是季健中。

温来运作了大难，一上火牙疼病犯了。真是连看病的钱都没有，无可奈何，老温捂着腮帮子找偏方去了。

严瑾梅在自家厂里转了一圈，连能干的老温都破不了的困局，她自忖，一个女人家，自然也无能为力。

哭丧着脸回到家里，严瑾梅不由得想起举报那件事，遂打开锁从抽屉里取出材料底稿，在那儿看着发愣。

此刻，在严瑾梅心里，她有个最大的疑问：举报信是发出去了，可怎么就没回音呢？

等不及了，她就准备来个实名举报。原因有二，其一是她断定匿名举报，人家不采信，这是瞎耽误了工夫。其二是她百分之百断定，季健中使了不正常手段，走了歪门邪道，是私下里花钱贿赂买通了路，才使鲁阳的新型炭砖上了北钢的大高炉。要不然，他一个生坯子，即便再有本事，他也拿不下有着那么一个背景的大高炉供货合同。毕竟，为上大高炉，老温连尾巴梢儿上的劲儿都使出来了，不是也没弄成吗？还有刘文革那货，说句实在话，人家的歪点子多了去了。同时，人家有学问，是专家，莫说省里，就连到北京走一趟也跟走亲戚、看朋友一样稀松平常。可结果又怎么样？报了那么多的车费、餐费、住宿费，当然还有大数额的公关费，而要上大高炉的梦想，不是照样还是个梦吗？

这么想了，严瑾梅立时又热血沸腾起来，遂拿出纸和笔，什么也不避讳，准备来个二次举报。她更觉得，也只有这样，才能引起北钢和上级纪检监察机关的重视，从而展开调查，把季健中挖出来。到那时，不仅解了心头之恨，还能把炭材厂从此打入冷宫，再也无法东山再起。这样，即便闺女的学费一分不要，自己的炭材厂少了一个强有力的竞争对手，有老温先前建立起来的客户关系，市场销路打开了，产品一拨一拨全都卖出去了，有了大把的银子，还能再欠那一点儿钱吗？

可是，就在这时，大门咣当一响，严瑾梅还当是当家的回来了，便没在意。当她起身到门口再看时，人已到了面前，但不是老温，而是她的小女儿襄红。立时，严瑾梅吓得心里嗵嗵乱跳，急忙把手里拿着的信往身后藏去。

"妈，神神秘秘的，你这是忙什么呢？"襄红问着话，扭动已经显得笨拙的身体，把工作服脱下来扔到压井旁边的洗衣盆里。

襄红是五一节前结的婚，现在身孕已经显出来了。

从襄红漫不经心的样子，严瑾梅断定女儿什么也没看见，遂慢慢平静下来，随口搭言道："厂里想进点儿料，钱不凑手。闲着呒事，扒扒账。"

"找忙！"襄红登上捶布石，一边伸手从葡萄架上摘了串黑紫的果子，一边数落道，"有吃有喝的，办什么厂？这下可好，光等着急上火啦！"

"你这闺女，尽说风凉话。"说话间，严瑾梅朝屋里走去，很快端出个盘子，帮着襄红洗葡萄。

襄红害喜，一边吃着葡萄，一边同母亲唠叨道："改革开放，形势是好了，可什么时候钱都不好挣。"停了下，她叹了口气，"就说炭材厂吧，才说要翻过身了，谁知又——真是黄鼠狼单咬病鸭子。"

严瑾梅不知道发生了什么，看着女儿在葡萄架下坐着有滋有味地吃葡萄，遂愣愣地道："炭材厂怎么了？"

襄红道："车间里砖都快做完了，眼看厂子就要翻过身了，这下又糟了。"

严瑾梅愣了下，忙道："到底出什么事了？"

"唉，不知冒犯了哪路神仙，北钢纪委来个专案组，季厂长被隔离审查了。"襄红道。

这下严瑾梅愣住了，但她不是感到意外，而是肯定她的举报成功了。

抑制住内心的激动，严瑾梅明知故问道："什么事这么严重，还把厂长也隔离起来了？"

襄红遂把她所知道的北钢纪委来人一事，以及发出去的炭砖在北钢那边被拆箱检查等说了一遍，最后道："这人真是吃饱了撑的，厂里才有了起色，就来当头一棒，尽找事儿。"停了下，又道，"要是因为这个，把季厂长再弄进去，那窟窿就大了，怕是神仙也补不住。"

要的就是这个结果。可是她知道，襄红虽是自己的闺女，但此事万不能让她知道。一则闺女在厂里上班，那种实诚样，要是知道了端的，碰上大伙儿议论这事，指定掩饰不住而露出马脚。若那样的话，一切都将陷入被动。二则襄红思想单纯，是那种誓与企业共荣辱之人。自己现在要拆工厂的台，要把企业弄趴下，她会不会公开站出来揭发自己都不好说。

这么想了，严瑾梅一语双关地道："现在这情况，怎么着都不奇怪。"见襄红愣愣地看她，又道，"改革开放，人们不似先前，该说想说的话，谁也捂不住。"

听母亲这么说，想起早些日子母亲神神秘秘的样子，心里忽地一沉，遂盯着母亲，道："妈，该不会是你干了什么吧？"

"我——"严瑾梅心照不宣地笑了下，"我是有那个心，可妈哪有那本事呀！"

"有本事也不能那么做。"见母亲看着她不语，襄红又道，"那是俺爸半生的心血。"

"心血？现在这人，良心都被狗扒吃了。"严瑾梅颇怀怨恨地发起牢骚，"如今的炭材厂不姓温，姓季。"

听母亲这么说，襄红不耐烦地道："什么姓温姓季，那是国有企业，是国家的、人民的。"

"哼，等着吧！"严瑾梅话里有话地说着，起身进屋拿出条纱巾蒙在头上。

襄红不知母亲这是要干什么，忙道："妈，你干什么去？"

"割肉。妈给你改善生活。"

可是，刚一脚院里，一脚院外，抬头一看，云霄翔来了，严瑾梅愣怔了下，颇显意外地道："你怎么来了？"

"我来看看你。"云霄翔悠悠地道。

从对方的不期而至，严瑾梅断定，此人是来探听风声的。想起早两年云霄翔左一杠子、右一榔头和老温说的话，搁在旁日，她是懒得理他的。可是，自打典礼会上出了那事，她断定是此人所为，这就开始另眼看待了。因为找到知音，终于走到一起了，成了一条战壕里的战友。所以，当那日她发现云霄翔上楼去被"劝其调离"的时候，她才表现出那般的亲近和同情。

果不出严瑾梅所料，云霄翔是来打听北方钢铁纪委来人一事的。可此事关系重大，严瑾梅在自己的女儿面前都不肯吐露半字，在云霄翔跟前自然不用说了。

对此，云霄翔一听就笑了。从这笑声中，严瑾梅明白那笑的背后掩盖着什么。但她决不会自己捅破这层窗户纸。

这二人，虽臭味相投，但各有各的小九九儿。

这时候，严瑾梅的心情好极了，也很想留云霄翔在家里吃饭，好多说会儿话。同时，她怕有些话被女儿听去，从而引起什么不快，就对正往洗衣盆里加水的女儿喊道："襄红，放那儿，妈洗。你表叔来了，只当悠哩，你到东头儿割块肉。"

"不不不！我有事，我一会儿就走。"云霄翔道。

见是这样，襄红淡淡地笑了下，道："那正好，省得费事。"从她那懒得一动的表情看得出，有了身孕不便走动还在其外，其内心则是对云霄翔着实不怎么感冒。

看襄红在那儿低头洗衣，严瑾梅往云霄翔跟前挪了下，既亲近又仿佛什么也不知道似的，道："你说北方纪委来人了，他们想干什么？"

"干什么？"说了这话，云霄翔搭手弹了弹严瑾梅，咂咂嘴，遂压低了声音，反问道，"你说他们来干什么？"

这反问实在是太意味深长了，严瑾梅觉得再这样佯装下去有点生分，遂既不明说，又不回避地笑了笑掩饰了过去。

这下好了，从严瑾梅的笑意中，云霄翔断定举报材料肯定是此人所为，心中顿生敬意，遂搭手一拱，道："姐，你比兄弟强。"沉思一下，又十分机密地道，"不过我给你提个醒。以后遇上这样的事，你给我透个气儿。俗话说得好，一个篱笆三个桩呀！"

严瑾梅知道云霄翔的歪材料可以说无人能比。听对方这么说，心里十分高兴，遂也搭手一礼，作了回应。掂量举报上的事，她估不透会是什么结果，遂沉思了下，道："北方钢铁是个大企业，这件事到底能起多大作用，怕是不好说呀！"

"事在人为。"云霄翔胸有成竹。他想了下，又道，"我实话给你说吧，就他季健中给我来那一出子，我——云霄翔，非报那一箭之仇不可。"

这话叫严瑾梅听了，正弯着的腰，腾一下就直起来，推波助澜道："君子报仇，眼下可不是十年不晚，而是就在眼前。"

在县政府机关里，刘振国从省城开会回来，一听炭材厂出了这么一个事，当即就把电话打到纪检委，道："杜书记，北方钢铁纪委来人是怎么回事？"

在杜诚心里，他佩服季健中的为人和办事能力，可面对举报信所反映的内容，他觉得，受现实社会生活中灯红酒绿以及经济往来中一些不正之风的熏染，作为一家中小企业，能一举登上北方钢铁的大高炉，他心里就不淡定了。面对刘振国的询问，杜副书记不无担心地道："在市场经济的大潮里，我相信季健中同志能经得起风浪。可现在的事，我真怕他湿了脚呀！"

一听杜诚这话，刘振国心里咯噔一沉，眉头拧成了疙瘩，陷入了沉思。

在他心里，他担心的倒不是季健中有什么违规的事。他揪心的是炭材厂因这件事，到底能受到多大影响，合同能否履行下去？难道真要像贾庆春在县委陈书记亲自主持召开的北钢项目资金协调会上所担心的那样，要上演一出现代版的"走麦城"吗？

在北钢纪委来鲁阳调查组驻地，赵万良认为，要侦破的案件所涉及的内容，是北方钢铁有史以来，发生在商务合同签订过程中的极重大案件。

为了北钢，更为了国家利益，他的使命感、责任感非常强烈。为在短时间内有所突破，他把专案组四个人一分为二。一组到财务科查阅来往账目；一组专门对准季健中，展开了心理攻势。与此同时，他们研究了季健中填写在表格上的内容，并与总部进行了沟通，在那边有针对性地开始过起筛子了。

面对质询，又被"软禁"在办公室里，季健中感到愁肠百结。但最使他揪心的还是车间里的生产，能不能按合同规定如期完成供货任务。费了那么大心血，好不容易就要把合同执行完结了，现在却出了这么一档子事，那么合同还能不能再顺利执行下去呢？

这撕心裂肺的牵挂，把季健中的心揪得似乎在滴血。

在往常，有事没事，季健中总要到车间转转看看，有时还亲自拿起工具和职工们肩并肩，摽在一起干上一番。

可是，就眼下的情况，他觉得，这一切怕是要付诸东流了。对此，季健中始料不及。

同时，与季健中一样，还有一个始料不及的人，他便是鲁阳炭材厂前往北方钢铁交货的销售科科长李军强。就在季健中接受质询的同一时刻，远在千里之外的李军强，兴冲冲押着货来了，却万万想不到，会遭人当头一棒。立时，那颗因企业红火起来而激情澎湃的心，便被撕扯得七零八落。

一米七五的小伙子，虽然黑黝黝的不怎么白，却挺英俊。颧骨略高的鹅蛋脸上配着一双喜眯眯的大眼睛，睿智而又温和。深蓝色领带，雪白的衬衫用深红色的牛皮扣带在浅灰色直筒裤里扎着，还有他脚上的三接头皮鞋，擦得油光黑亮，全是他临出差的头一天打商场新买的。这一切，为的是出差到北方钢铁，他要穿出鲁阳炭材人的帅气与精神。

在北钢纪委审讯室里，年轻的李军强不知道出了什么事，神情显得十分紧张和不安。

围绕行贿和骗取北方钢铁炼铁厂七号高炉炉衬材料供货合同一事，李军强一问三不知，北钢一名纪委工作人员从墙上取下一个电警棒，啪的一声，往李军强面前的桌子上一摔，威严地说："要不要帮你醒醒神儿？"见李军强十分不满，拿眼愣愣地看他，那人遂缓和了语气，道，"实话告诉你吧，去过你们厂的人，一个个都招了，你嘴这么硬有用吗？"

李军强立时被吓出一身冷汗。

回顾从一开始同北方钢铁打交道到当下，就鲁阳方面来说，尽管生产资金是在那样一种情况下筹措到手的，但为了产品的高质量和高炉的安全与长寿，厂领导班子研究并一致决定，放弃可就近赊购的原材料，而拿现款远道奔赴大西北，购进了贺兰山下的优质煤。在生产以及技术方面，年逾花甲的杨逸菡与唐运生、曹晖等专家和厂里的技术骨干景前进等分工协作，跟班指导生产，无论炭砖的内在品质，还是外观尺寸公差，与先前比，可以说块块都达到了精品质量标准要求。因此，李军强断定，鲁阳的炭砖没有问题。那么问题出在哪里呢？从对方一开始就质询鲁阳方面是什么时间到的北钢、最先与什么人接触，以及在签订合同前后是怎么活动了等内容看，李军强很快便意识到，对方之所以这么凶，旨在追查鲁阳炭材厂和北方钢铁所签合同的合法性。换言之，人家怀疑，鲁阳方面是用不正当手段把北方钢铁五百多万元的高炉用砖供货合同骗到手的。试想，两千多立方米的大玩意儿，与其说是高炉，倒不如说是人家的饭碗。你现在用不正当手段把人家的合同骗到手把钱赚了，到时候人家的炉子出了问题，饭碗被人砸了，搁在谁身上谁能无动于衷，置若罔闻？这一点，几次三番到北钢来，鲁阳炭砖的产品质量和技术是怎么打动北钢人的，合同是怎么到手的，有没有不正当手段，李军强是再清楚不过了。于是，李军强低着的头立时便昂了起来，坦然而又字字真言地道："我理解你们，也请你们相信——遇上你们这样的人客户，是我们鲁阳人的福气。因此，我们只差没有把心掏出来让人看看。地处大山里，鲁阳人大多都不曾见过世面，厂子也小，许多厂家都看不起我们，这是事实。但鲁阳人做事，向来都是，仰不愧于天，俯不怍于地。"见对方愣愣地看他，又道，"你不用这么看我，也不必这么着急。实话告诉你，我没有什么可招的。同时，我还告诉你，我们鲁阳的炭砖，之所以能上你们的大高炉，凭的是实力和技术。至于给人送没送礼或有没有其他什么违法乱纪之事，时间会说话。我也相信，通过你们的调查，一切都会水落石出。"

这番话一出口，令北方钢铁纪委的人面面相觑。为首那人端起杯子倒了水往李军强面前一放，不无威胁地道："行，咱们走着瞧！"

在北钢纪委人员质询李军强的同时，鲁阳炭材厂发往北方钢铁的所有产品，全被人家技术中心质量检测人员逐一拆箱进行查看，并取样进行理化指标检验。

从堆放着全都被打开的集装箱的大棚里出来，李军强雪白的衬衫染上了一块又一块炭黑，像拾荒人那样狼狈不堪。

那一刻，在李军强眼里，就如同被他人扒去了衣服，赤裸裸地暴露在光天化日之下，让他打心眼儿里感到羞辱难当。走南闯北跑销售，李军强也曾数次被人刁难过，却从来没有像今天这样窝囊。那一刻，他流出了辛酸、屈辱而又难以咽下的眼泪。

在北钢招待所高大挺拔的红松树下，失魂落魄的李军强在长椅上木呆呆地坐着。

忽然，不远处传来"军强哥"的喊声。可是，李军强脑海里一片空白，似乎什么也没听到。

喊话的是两位掂着啤酒和吃食，胸前佩戴着"北方钢铁学院"徽章的年轻人。他们是肖汉伟和石惊天。

日前，根据国家鼓励大中专院校挖掘潜力，培养更多的人才，更好地满足用人单位和社会对专门人才的需求的有关规定，鲁阳炭材厂克服多重困难，积极有效地向湖南大学、汉江钢铁学院、北方钢铁学院等知名高校提出申请并签订合同，一出手就选送了十三名委培生，肖汉伟和石惊天就是其中的两位。

看李军强没反应，又见他弄得像黑老包的样子，肖汉伟和石惊天不知出了何事，禁不住一惊。

紧走上来，肖汉伟一脸茫然地道："军强哥！"

李军强愣了下，仿佛突然发现或十分意外似的，道："汉伟？"看看肖汉伟，又看看石惊天，十分迷惘地又道："你们……怎么在这儿？"

肖汉伟和石惊天糊涂了。

石惊天道："厂里推荐，我们不是来东北学习进修的嘛！"

"啊，我想起来了，你们是来北方钢铁学院了。"李军强说着，凄然地笑了下。

肖汉伟道："军强哥，你这是怎么了？"

见对方直朝他身上脸上看，李军强遂也朝自己身上看去。可是，不看还算罢了，这一看，一阵辛酸立时便又涌上心头，禁不住两眼泪水噗噜噜就流了下来。

这时，听到摩托车嗡嗡的响声，一个骑摩托车的人到了面前。扎下车子，摘下头盔，原来此人是北钢耐火材料公司的副总朱正。把头盔挂在后视镜上，朱正一看是李军强三人，人都走过去了，又拐回来。他叹了口气，道："北钢的高炉不好上。"递上烟，见三人都不抽，他就自己点着火抽了两口，猫哭耗子似的，又道，"这不见得是坏事。吃一堑长一智嘛！"

看着朱正昂头撅尾儿进招待所去了，一头雾水的肖汉伟道："军强哥，到底出什么事了？"

李军强叹了口气，道："人家的纪委派人到咱厂里去了，运过来的砖，也全都被他们开箱晾在那儿啦！汉伟，真要是像他们说的那样，我们……怕是要完了呀！"

一听这话，石惊天掭在手里的啤酒，啪嚓一声落在地上，摔得稀碎。

组装车间生产是炭材厂的重要一环，也是老主任余华星师傅时时操心的地方。

此刻，他心事重重怎么也安定不下，就来到车间门外。因为今天是他的徒弟李德昌结婚的日子，若不是北钢纪委来人插这一杠子，作为师傅，他这会儿应该在婚礼现场忙着。毕竟，将近五年的朝夕相处，他和德昌的关系，早已不是父子却胜似父子了。还有，车间里都在加班加点，有六七个工人实在腾不开身子，他们就把红包交给他代劳。

看看厂里的情况，想想德昌那边结婚一事，余华星走不是，不走也不是，他心里真的烦乱极了。

当然，烦乱的还不仅仅是他，还有车间里每一个员工。按照工作流程，眼下要吊装出铁口。可是，十几个砌筑工人，看余华星蹲在车间门口，一个劲儿吸闷烟，起吊手孙民旺知道师傅是为北方钢铁纪委来人一事担心，他不想惊动他，又担心起吊不好出现什么闪失，就跑过来，道："师傅，该吊装出铁口了。"

翻翻眼看看孙民旺，余华星心里不静，担心全厂上下白忙活一场，就叹了口气，道："扔那儿吧，也都停下来歇歇。"

这时候，李军强已从北方钢铁打回电话，发过去的所有集装箱，被拆得七零八落，重新接受检验之事已在炭材厂传播开来。对此，余华星心里就翻腾不止了。试想，你就是事事用心，处处严格，谁又能确保不出一丁点儿问题呀！他也曾想，有人敢告状，就有人敢使坏。假如有谁存心拆台故意使坏，往集装箱里塞进去一块不合格产品被检测出来，以偏概全，那可是一下子就砸锅了。想起人们常说的"人心隔肚皮"这句话，余华星老师傅不是担心，而是吓出了一身冷汗。

看师傅忽地站起来就走，孙民旺道："师傅，您干什么去？"

"我到楼上看看。"心事重重地来到楼上，推推门，里边锁着，余华星就喊起来，"季厂长！季厂长！！"

听到余师傅的喊声，季健中知道，这时候北方钢铁纪委的人是不会让他和任何人见面的，又知道余师傅对他不放心，遂走到窗前拉开窗帘，尽量做出若无其事的样子，道："出铁口预砌得怎么样了？"

窗外，余华星道："正吊着哩！"他看到有人在他一旁站着，觉得不便多问，又憋不住，就愣愣地看看健中，道，"怎么回事，这是连见见光也不让见了？"显然，余华星对碰上这种事心里很是不满。

季健中听了，怕引起北方钢铁纪委的人心里不快，忙道："这儿没有什么事。"看看一旁站着的赵万良，季健中明白人家在监视他的一举一动，他禁不住笑了下，对着窗外的余华星道，"余主任，人家这是来履行公事的，我正在配合，但不影响两家的合作。这两天你盯紧点儿，各方面都要抓好。你放心，什么事也没有。有人问了，你给解释一下，千万别影响到生产。"见对方无奈地应一声转身要走，忽想起李德昌的婚事，遂喊了声"余师傅"，道，"请等一下。"从手提包里掏出个红包，欲往外递，又觉得犯忌，他就一边解释，一边把红包递给赵万良，不无戏谑地道："今天是个好日子，却没有行到好运。这是个红包，你看看，如果没问题的话，我想让人给新郎捎过去。"

赵万良仔细看了，还生怕出纰漏，就有些犹豫不定。扭头看见桌子上有一封拆开过的外地来信，遂把信掏出来，把信封递给季健中。

一张大团结装进了信封，季健中朝一旁的落地钟看去。此时，时针正指向十二点，季健中头上的汗忽一下就出来了。

讲定的要当证婚人的，可被人"软禁"起来，对于从不食言的季健中来说，那是多么无奈呀！

看着赵万良代他把换了包装的红包递给了余华星，季健中十分抱歉地道："余师傅，你抓紧时间赶过去，就说我有急事脱不开身，证婚人你来做。快去！"

一听要他去当证婚人，余华星哪敢怠慢。可是，当他骑上自行车还没等走进婚礼现场，那里已经炸窝了。

第五章　剪不断理还乱

在鲁阳地面上，鲁阳服装厂厂子虽小，就那一百来号人，却是一家二十世纪五十年代成立的老牌国有企业。

五年前，小桃高中一毕业，就来服装厂工作，但她不在编，而是临时工。一般情况下，正式工每月能拿四五十块，而她最多才拿三十来块。对此，小桃妈嘴上不说，心里却怎么都不平衡。早两年，为着女儿能够转成正式工，小桃妈央亲戚托朋友，礼没有少送，好话更没有少说，可以说心都快操碎了却还是什么也没办成。闲来无事，或更深夜静的时候，小桃妈心里窝得最多的就是无休止的埋怨。可埋怨过后冷静下来时，也不用多想，她什么都明白了。

是的，孤儿寡母的又下了岗，女儿还是临时工，家里这么一个现状，说句不好听的话，那就是社会累赘，还能指望什么呢？

还在女儿上初中那会儿，女儿才十三四岁，不说学习多么努力，成绩怎么优秀，单凭仙家娃儿似的模样长相，她断定女儿的将来，指定是一片光明。哪承想，家庭的一个又一个变故把女儿拖成那样一个命运。特别是进了服装厂当了临时工后，心灰意冷的小桃妈所有的心愿都破灭了，她就想遇到个好姑爷，以便日后有个指靠。可是，又坏事了。不说攀龙附凤找个乘龙快婿，但绝不是那个搬黑砖、下苦力的笨小子。百般阻挠动摇不了女儿的心，小桃妈就退一步想，找一个笨小子倒也可以。毕竟，社会上那些一当官、一有钱就出轨、闹离婚的龌龊事，小桃妈听了无一不心惊胆战。勉强答应了女儿的婚事，小桃妈遂撇开为女儿托关系找人跑工作的所有努力，一门心思就是想为准姑爷找个好一点的单位。若不然，服装厂半死不活的，闺女女婿的单位再硬不起来，日子指定没法过。可是，把心都操碎了到头来人家却硬是不去。俗话说，穷在街头没人问。在小桃妈心里，这话真的不假。除了几门亲戚，什么同学、工友，还有过去的老姐妹，几乎早已没有来往了，小桃妈怎么也不想与自己的宝贝女儿弄得反贴门神不对脸。有着这么个心思，趁着炭材厂换了新的掌舵人，工厂有了转机，德昌也成了团干部，她就答应了女儿的请求。接下来，德昌又在青工中考出成绩，被厂里推荐到汉江钢铁学院深造，在小桃妈心里，还真的有了喜滋滋的感觉，遂定下了结婚的喜庆日子。

这是女儿的终身大事，小桃的舅家、姑家和两个姨家，小桃妈早已放出了风声，这又专门挨个儿通知，这些至近亲戚，几乎是全员出动，而乡下的大舅一家，路虽不远，却怕赶不上趟，提前一天就来了。

吃罢早饭，待到要上客人的时候，小桃妈特意换上了为着闺女结婚才买的紫红色连衣裙和高跟皮鞋，加之在理发店烫的当下时髦的波浪式发型，满面春光的，谁看了都说不像快五十岁的人。

可是，忙着迎接客人，而且服装厂的王厂长都来了却不见德昌的领导出现，小桃妈心里就不净了。听听这个催那个问的，再看看负责放鞭炮的，还有请来的摄影师、录像师都等得不耐烦的样子，小桃妈遂把德昌往一旁拉拉，又压低了声音，道："你们厂领导是怎么回事？怎么还没来哩？！"

一听此话，正心神不宁的李德昌头上的汗忽一下就出来了。显然，厂里遭北钢纪委调查一事他已经知道了。就小桃妈的脾气，他担心因调查一事影响到婚礼，遂笑着喊声"妈"，提前铺摆起来，道："不碍事，季厂长和我师傅他们心里有谱，不会耽误事儿。"欲走又道，"再说了，即便厂领导不来，有我这几位同学，什么事也不会耽误。"话说到此，他朝一旁正察言观色的几个同学递了个眼色。于是，同学们遂嘻嘻哈哈笑着喊着阿姨呼应起来。

然而，纸包不住火。更何况，随服装厂王厂长来的还有一人——云霄翔。

有关李德昌和小桃结婚一事，云霄翔原本不知。从严瑾梅那里打探风声回来后，正碰上穿着风衣打扮得娘家人似的王厂长带着几个人来参加婚礼。大火被点起来了，正要隔岸观火的云霄翔跟着王厂长就来了。

隔着窗子，一看小桃妈不住地看表，明白这是早就耐不住性子了，云霄翔遂把手里的茶杯往桌子上一放走出贵宾室。

明知故问地问了一下，一听迟迟不举行婚礼是在等炭材厂领导，云霄翔唯恐消息传得慢，遂哈哈一笑，道："炭材厂领导没来，那不是还有我们服装厂的王厂长嘛！"

"那不行，说好了季厂长来当证婚人。"小桃妈坚持道。

"早都晌午错了，不能再等了。"云霄翔道。

"再等等！"小桃妈焦急地张望着道。

"还等什么等？"云霄翔摊牌了，道，"骗取合同，坑害国家，炭材厂摊上大事啦！季健中不仅来不了，炭材厂怕是再也翻不了身啦！"

事实如晴天霹雳，骤然落到小桃妈头上。越是担心什么，偏要来什么。小桃妈承受不了这样的打击，两眼一黑，觉得不好，想拉住一旁的椅子稳住身子，却没有拉住，身子一晃就栽倒在地。

立时，现场一片大乱。

北钢纪委专案组的到来，就像是一块石头掉在了平静的湖面上，一石激起千层浪。

有关季健中被隔离审查一事，县经贸委副主任冯建义是刚刚在茶炉房接水时听人说的。沏上茶端在手里，他想了很多，归结为一点，那便是，季健中给鲁阳捅了娄子。

正这么愤愤地想着，他的传呼机响了。

按号码拨通了电话，一听是刘文革打来的，冯建义心里更烦，遂在嗓子里哼了一声，却没有急着开腔。刘文革拍拍屁股走了，无论于公、于私，冯建义心里都不高兴。这么晾了对方一会儿，他还不忘用话戳对方的脊梁骨，道："刘组长，是不是想起什么忘在哪个小媳妇儿枕头底下了，才打电话呀？"

"哎，冯主任，别胡扯了。"刘文革在电话里说，"咱们是多年的老朋友了，有个事儿不给你透个信儿，我心里还真过不去。"

　　冯建义知道刘文革是什么人，遂不咸不淡地道："吃得香，睡得着，我可不是爱把什么事都往心里装的人。有话你留着暖肚子吧！"

　　这话一出口，一般情况下是要挂电话的，可是冯建义却没有挂，但刘文革那边急了，忙哎哎着，道："别、别！冯主任——"

　　"你说！"冯建义对着电话道。

　　"是这样——"

　　原来，鲁阳炭材厂被北方钢铁纪委立案调查的事，远在湖北韩坪的刘文革第一时间就知道了。那一日，面对少人才，缺技术，手里又没一分活钱的困难局面，刘文革实想着攥个三五十万块钱，季健中指定能把合同让给他。哪承想，加码到一百万，季健中不仅不松口，还板着脸对他好一阵数落。现在好了。一听鲁阳炭材厂摊上事了，刘文革饭都没吃完就放那儿了。他先把电话打到北方钢铁耐材公司副总经理朱正那里，重点探听立了什么案，要查什么人。朱正对刘文革，不仅有同窗之谊，同时更是对使用鲁阳新型炭砖有看法的人。因为北方钢铁大高炉使用新型炭砖加陶瓷砌体炉衬结构后，其结果直接导致朱正的耐火材料公司的高炉用砖被晾在一边了。当然这是个连锁反应。砖卖不出去，直接影响的是公司员工的各项收入。于是，公司上下怨声载道，矛头直指朱正，这问题那问题抖搂出一大堆，集中起来通俗一点说，朱正的能力不怎么着，眼下只差没有把他头上的官帽给撸掉了。一听刘文革问起此事，朱正正没地方发泄心中怨气，遂根据北钢技术鉴定中心，把鲁阳发来的所有集装箱全部打开检查化验，以及所有业务所涉人员，其中也包括朱正本人，全都集中接受调查质询等情况，可着劲儿给发泄了一通。刘文革虽然是搞技术的，但他知道当下业务交往中有什么猫腻。何况自己一国家级专家，竟然在市场开发上栽到季健中这么一个人手里，怎么想都不服气。

　　现在，机会终于来了，刘文革禁不住冷笑一声。于是，他拿起电话，拨起了冯建义的传呼机，从耐火材料专家的角度，在讥讽和嘲笑声中，可着劲儿说了一大堆。

　　接罢电话，冯建义愣那儿了。回味了有三四分钟，他才把刘文革的话消化透了。于是，冯建义用歇后语为季健中拿下北方钢铁炼铁厂七号高炉大合同一事作了归纳：蚂蚁想把大象扛回家——高估自己了。

这时候，冯建义觉得，刘文革说得有道理。毕竟，你一家山沟里的小微企业，能一举冲上国家的大高炉，怕是在下边搞了不少小动作。这么想了，冯建义屁股上仿佛扎了蒺藜那般，怎么也坐不住。

被"软禁"起来了。面对北方钢铁总厂纪委专案组人员威严的面孔，还有财务人员茫然的眼神，经过一阵激烈的思想斗争，慢慢平静下来的季健中陷入了沉思之中。

如此有针对性的调查，查人员交往，查产品质量，还查同一产品的价格。那么，写举报信的人会是谁呢？对此，季健中在心里盘算着。他认为，肯定是单位内部的人，而且肯定是非常了解情况的人。因为他们连季健中几时出差、出差时在财务科取了多少钱，以及几时返回、返回后又报销了多少钱，甚至连北方钢铁和青峰钢铁的供货价格、产品质量方面可能会出现的瑕疵都了如指掌。

这么想了，季健中心里不禁打了个哆嗦，感到实在是太可怕了。他觉得，对方不仅是想把他季健中一棍子打死，而且还要把炭材厂置于死地。

此事实在是出乎意料，季健中心里就像十五个吊桶打水——七上八下的，十分忐忑和不安。

他觉得，他不怕北方钢铁来鲁阳的四个人，因为他行得正，立得直，北钢的人没有吃、拿、卡、要，自己也没有靠行贿等不正当手段获得合同，并且一开始就注意到了这方面的问题。要不然，他先后三次到北方钢铁，连带在车上的鲁阳土特产，到现在还原封不动在仓库里放着。当然，去青峰钢铁调查的那个小组他更不怕，因为产品价格上，青峰钢铁比北方钢铁还要稍高一些。所以，不存在对北方钢铁抬高价格的嫌疑。但怕就怕现场取样。扪心自问，这批产品叫工人们说，是炭材厂自建厂以来，所有产品中质量最好的一批。但在已发出去的五百多箱上万块炭砖中，万一有疏漏该怎么办呢？同时，现场取样的方式方法，以及检测人员的检测手段若有差异，也会出现不同的检测结果。万一低于合同的技术指标，又该怎么处理呢？

面对这诸多想不到答案的问题，季健中失眠了。如果合同砸在这封告状信上，不仅县财政和银行的钱还不了，南方院的集资款要想还上，那也是一句空话。对此，季健中心里是再清楚不过了，等着炭材厂的，那就是灭顶之灾呀！当然，对他季健中本人而言，不仅仅是名声扫地……

那么，这是谁干的呢？怎么这么了解内部情况呢？

又究竟是得罪了哪位大爷，要跟我季健中和炭材厂过不去呢？

难以预料的严重后果，让季健中毛骨悚然。

季健中深知这个企业的背景。从一九七九年建厂到一九八九年这整整十年中，企业从起步到发展，再到被迫停产，曲曲折折一路走来，十分艰辛。炭材厂的干部职工队伍，大多是从倒闭企业调整过来的国家正式职工。特别是一帮历经了那场史无前例的革命斗争的人，人与人之间积怨颇多，甚至形似水火不能相容。还有个别人总想捞便宜，谁若触及了他的私利，他就会给你来个鱼死网破。再加上和南方院联营，各有各的利益，矛盾盘根错节。若不然，鲁阳炭材厂的两任厂长怎么会拂袖而去呢？

剖析招惹北方钢铁纪委介入之事，他首先想到了厂里有名的"四大金刚"。

鲍克强是位有着二十多年工龄的老工人，有名的犟脾气，人送外号"别倔头儿"。

刚来炭材厂不久，季健中就曾了解到，"别倔头儿"鲍克强和先前两任厂长倔了好多年。有一次，他在锅炉房值夜班，林厂长下车间检查劳动纪律，发现他在锅炉房值班期间躺在连椅上睡大觉，厂长批评了他。谁知鲍克强就在准备承认错误的一刹那，嗅到厂长身上有酒气，脸立时沉下来，问道："林厂长，你喝酒了？"

"是的，有客人，我陪着喝了一点儿。"林厂长说。

"喝酒是不能进车间的。"鲍克强说着说着站了起来，直视着林如山。眨眼间，位置完全颠倒过来了。

林厂长说："我这是为了工作。"

"不管你为什么，你首先违反了规定，这就是错误。"鲍克强不仅有理了，而且开始训斥起厂长来了。

林厂长一看势头不对，就质问对方，说："就算我不对，但你上班睡觉对吗？"

"睡觉？"鲍克强佯装愣怔，但很快就来个一百八十度大转弯，而且瞪着两眼说瞎话，"谁看见我睡觉了？"

林厂长笑了，说："鲍师傅，别倔了，你这不是刚刚才从连椅上折起身吗，怎么就不承认了？"

"我是躺了下，但不是睡觉。因为我害眼了，点了点儿眼药水，难道不能躺一下吗？带病坚持上班不表扬，你反而还批评我。"鲍克强这一狡辩，林厂长自然没话说了，遂十分窝憋地离开了锅炉房。

在鲁阳炭材厂，鲍克强是个油盐不进的人。

另一位是"破罐子"王克夫。他是位国家干部。由于生产任务忙，机关干部支援一线生产，老厂长温来运曾经把他安排到车间干了一段时间，这下子王克夫接受不了了。在他心里，不管你厂长再厉害，国家干部就是地地道道的管理者，是干部，比别人高一等，不能下车间干活。为着这么一个事，王克夫几年间不知写了多少封告状信，反映炭材厂领导这问题那问题，大有不把你厂长告倒决不罢休的样子。

在鲁阳炭材，王克夫破罐子破摔，是个老上访户。

第三个人叫卢先光，外号"耗子"。他先后到过多家企业，但哪家都不顺他的眼，最后调到了炭材厂。

这个人长得不怎么光鲜，若要形容一下，还真的是贼眉鼠眼的样子。不管到哪里，他的眼珠子总是骨碌碌四下乱转。加之眼睛近视，当他看东西的时候，就仿佛老鼠出洞，先伸出头来四处张望，总担心被突然抓住那样疑神疑鬼的，外号由此而来。

他的心胸也比较狭窄，一句话不对他的心事，关系再好也给你撕破脸。工作中爱斤斤计较，生怕自己吃了亏。但就是这样，他却一直在车间当主任，不管哪任厂长得罪他，都甭想有好日子过。这样的人，一般情况下没人愿和他交往。可他有心计，而且也有臭味相投的人。只要他看不惯，组织个罢工、罢饭，或是趁上级部门来厂里检查考核的机会，来个喊冤叫屈什么的，那是绝对的行家里手。历任领导，都想免了他，却免不了。为什么？因为他是车间主任，靠平时给谁多报个考勤，或多给个加班费什么的这些小恩小惠，背后总是笼络一帮人，假的能叫他说成真的，黑的也能叫他说成是白的。

就拿和南方院联营一事来说，由于利益之争，自联营以来，双方就不怎么和谐，这就给卢先光这样的人提供了可乘之机。加之南方院驻鲁阳炭材的负责人刘文革大权在握，卢先光等人遂无孔不入，且擅长通风报信，鲁阳这方面的一举一动，某某人的一言一行，只要涉及南方院的，他都会在第一时间传过去，甚至捕风捉影、添枝加叶取悦对方。这样一来，南方院自然看重他。对于这样一个脚踩两只船的势利眼、两面派，厂长自然要免他。可是，你那里"免"字还没落地，南方院针对厂长的弹劾案就到了县委、县政府那里。有着这样一个背景，厂长们再生气也拿他没办法。温来运、林如山两位厂长先后辞职，情愿也好，不情愿也罢，无不与这帮人在后边捣鬼有直接关系。

现在，企业要发展，职工要大干，季健中要革除现行体制下的企业弊端，堵塞漏洞，这就少不了会触及个别人的私利。何况鲁阳炭材厂和南方院之间的矛盾越来越大，给人留下的可乘之机就越来越多。难道这封举报信是一向惹是生非出了名的卢先光写的吗？

第四个人是诸葛哲，外号"黑高参"，是个妄自尊大、刚愎自用的人。因为个人私利，他对炭材厂产生过极大的怨恨。但这个人城府较深，一般情况下，他总是沉默寡言，从不多嘴，有事也从不出面。但他有手段，会背后鼓捣事，文笔上也能上得去，遇到不顺心或看不惯的事，只要他这里主谋一出，不是卢先光领着人出来散布流言蜚语，就是王克夫站出来四处告状。拿鲁阳人的话说，诸葛哲这个人孬点子多，有点儿"阴"。

与此同时，季健中还想到了一个人——严瑾梅。

严瑾梅内心狭隘，对自己丈夫流下辛勤汗水，一手创建起来的企业落到别人手里，她总觉得不是滋味。她憎恨南方院来鲁阳炭材厂的所有人，同时对继任者怀有一种仇恨心理，恨不得企业立刻垮掉。拿厂里人对严瑾梅的评价，温夫人是个平时不吭声，关键时候咬死人的"哑巴蚊子"。对于这么个人，季健中猜测，在严瑾梅心里，莫说别的，单拿她女儿学费一事来说，林厂长压着一直不予报销，到他季健中手里，他还是没有给予报销，她能不怨恨吗？同时，她既然能在北方钢铁总厂的专家考察团来考察时，在楼梯口上演"摔瓶"那一幕，时下供货合同马上就要胜利完工了，她能心甘情愿，接受炭材厂重新振兴这一现实吗？一想到这些，季健中顿时不寒而栗。因为你季健中来了，又闹出这么个动静，姓严的能容得下你吗？但他又想，即使有深仇大恨，可她毕竟也是厂里的一员，又是个女同志，为着个人恩怨，她有胆量捅这么大的娄子吗？

一时间，季健中的脑子里简直成了一团乱麻，怎么都理不出个头绪。而凝结在心头，使他挥之不去的八个字便是——"世事难料，人心叵测"。

这就是地方国有企业内部纠结不清的现状和错综复杂的恩怨情仇。对此，季健中忧心如焚。但最使他揪心的还是车间里的生产，能不能按合同规定如期完成供货任务。毕竟费了那么大心血，好不容易就要把合同执行完结了，现在却出了这么一件事，那么合同还能不能再顺利执行下去呢？

这撕心裂肺的牵挂，简直就要把季健中的心揉碎了。

北方钢铁纪委专案组来的次日下午一上班，炭材厂来了一个人。此人不是别人，正是刘振国县长。昨天听说之后，刘振国的心很快就平静下来。他相信季健中，但又担心因此事，生产上受到影响。一看季健中被隔离起来，连他也不方便见，又见财务上的账册给弄得像翻毛鸡一样，工厂上下到处都是惊骇不已的眼神，刘振国就到了奚道强的办公室。就那么站着，连坐也不坐就急急地对奚道强说："情况我了解了，此事给企业带来的负面影响着实不小。这样，奚书记，你把何主席和安厂长他们都找来。"看着人一前一后到了，他说："北方钢铁纪委方面过来了解一些情况，这很正常，没什么大不了的。只是炭材厂眼下是特殊时期，一刻也不敢大意。刚才，我在车间看了，工人们在下边议论纷纷，甚至把机器都停了。这个，你们几个考虑一下，看怎么办。我的意见是，车间生产，一刻也不能停。"说到这里，他拱了拱手，又道，"拜托了，季厂长那边，他一定会把事情说清楚，关键是你们不要分心。执行好这份合同，是鲁阳炭材的希望，是全县经济工作中的一件大事，一切都拜托啦！"

不知何时起风了，而且特别大。由于是从家里直接到厂里来的，司机不在身边，刘振国就骑着他时常骑的那辆"永久"牌自行车。飞沙走石的，奚书记喊来春阳把吉普车发动起来要送刘振国，却被谢绝了。他缩着脖子躲避着风头，就那么一下一下地蹬着自行车，十分吃力地走了。看得出，刘振国心里十分沉重。

看着县领导就这么走了，奚道强几个人心里如同针扎了一般难受。低着头返回办公室，见大伙儿情绪都十分低落，又听了副厂长安心平、邢留义和工会主席何百松就生产、运输及职工情绪等方面的汇报，奚道强想了一下，道："北钢纪委来人，这是大伙儿没想到的，太突然了。从他们的阵势，像是抓住了什么把柄。这一点，我想大家都不要担心。就像刘县长说的，没有什么大不了的。大家都看到了，从一开始到当下，包括季厂长咱们几个在内，都不是胡来那种人。所以说，我们不怕。不管哪方面，仔细想想，我们没有办下路事，这一点我敢肯定。季厂长和刘县长都担心生产，反复交代，不要因北钢纪委来人影响到合同。若生产耽误了，执行不了合同，岂不正中了告状人的下怀！"他看了看安心平，又道，"心平，你打算怎么办？生产真不敢耽误。"

安心平咂咂嘴，为难地道："军强从东北打回来电话，集装箱全都被拆开了。大伙儿不用猜都知道可能是质量出问题了。此事，想捂都捂不住。出了这么大的事，除了煅烧不能停火，其他各车间，员工们谁也没心生产了。"

奚道强一听是这种情况，立时急了。他抬手在烟灰缸里浸灭正吸的香烟，忽地站起，道："走，到车间去。这样下去是要耽误合同执行的。"

安心平道："嘻，到车间有什么用？关键是弄不明白产品质量到底哪里出了问题，现在再催着生产，到时候会砸得更惨。"

"对呀！"奚道强辩解道，"什么都还没有弄明白，就不能停车。"

见安心平和奚道强抬起扛了，何百松道："恁俩也别争了，这件事叫我说，没那么简单。"见二人气嘟嘟的不理他的茬，何百松就凑到端着烟袋愣神的邢留义跟前，分析道，"邢厂长，我反复想了——咱这是第五代产品，各项指标比原先的更好、更高不说，眼下咱舍近求远，从大西北把优质煤拉回来投入生产，从原材料上说，肯定呒问题。"见对方点头认可，又道，"再说车间。这几年什么情况咱都看着哩。这事那事闹腾得职工们都憋了一头枣疙瘩，有劲儿呒处使呀！现在呢？咱上了大高炉，不知你们看见了没有，连'别倔头儿'鲍克强都一大早到了，生怕耽误生产。还是那句土话，大伙儿憋了一头枣疙瘩，都想把劲儿使出来。怎么说哩？有盼头了。因此，我还敢肯定，生产环节，也绝不会出现什么差错。"

邢留义叼着烟袋愣愣地道："这呒问题，那呒问题，到底哪方面出了问题？"

"嘻，这还不明白。"何百松道，"生产线上这么忙，会不会忙中出了乱子，眼错不见把残次品也给发出去了？"

"不会！"安心平果断地道，"分工那么细，流程那么严，残次品绝不会混进去。"

弄不明白了，奚道强、安心平几个人全都一筹莫展。

这时，门被哢的一声推开了，马青云愁容满面地走进来。见众人都愣愣地看她，马青云道："情况怎么样？"

"不让人出来，见不上面嘛。"安心平首先反应过来，一边应着，一边把凳子让出来，解释道，"专案组把得紧，里边的情况，我们谁也不知道。"

一旁，奚道强提起茶瓶，道："刘县长刚走，也发愁了。"倒上水端到马青云面前的茶几上，又道："真是万万想不到的事，要人命呀！"

听对方这么说，马青云心里不仅焦急，而且也十分难受。一时不知该说什么，遂伸手拉过凳子坐下来。

半晌的时候，马青云办完事回到机关，正碰上冯建义就季健中被隔离审查一事，在茶炉房门口眉飞色舞地给几个人说得热闹。猛一看并没在意，可是当她发现对方看到她的时候突然停了，她就觉得有些奇怪。由于对方那几个人盯着她看，她便笑着与其打了招呼就过去了。

回到办公室，她还惦记着那事，遂沉思一下，就直奔冯建义的办公室。

生就一个天不怕地不怕的直筒子脾气，马青云见对方正在那儿整理盒子里的文件，就开门见山地道："冯主任，刚才听你说好像季健中怎么的，我就拾了个话把儿，这是怎么一回事呀！"

"他呀！"冯建义随手丢下文件，扭头看着马青云。在他心里，他知道对方和季健中走得近，有些话还真有点不便说出口。可是，一看到她那挺胸昂头天塌了都敢顶的样子，他就想挫一挫对方的锐气，遂不无幸灾乐祸地道："这一回还真有点儿玄。怎么说呢？刚刚南方院领导专门给我打来了电话。听了炭材厂合同上的事儿，我也是一惊。你想想，马部长，咱们山沟里一家小微企业，北方钢铁的大高炉，那可是不好上呀！可他——吹糖人儿似的，说上就上去了。能那么容易吗？现在呢，人家的专案组来了，假如合同来得不正道，那问题可就大了呀！"

不知怎么从冯建义的办公室里出来的，马青云在楼道里愣愣地站了一会儿。她心里怎么都放心不下，就忐忑不安地到纪委副书记杜诚这里来了。她觉得，北方钢铁纪委来人，必得与地方联系，杜诚应该知道一些内幕。

正在愣神思考，杜诚一看马青云来了，忙起身把其让在沙发上，又紧着要倒水却被马青云拦下。

马青云道："问您个事儿。"

听了这话，杜诚回身坐在椅子上，又转了下方向，面对着马青云，等着对方开腔。

接下来，根据马青云的提问，杜诚站在纪委工作的角度，就他所知道的北方钢铁纪委专案组来鲁阳炭材厂调查所涉及的内容，以及可能会出现的问题等，大致谈了他的看法。当然，他看得出，此事在马副部长心里已经产生了精神压力。为了宽慰对方，同时也为着刚才沉思中对季健中的进一步看法，他道："放心吧，请相信健中同志，他经得起考验。"

相信季健中，这正是马青云的心声。然而，人被隔离起来接受审查的现实，对马青云来说，让她心里无论如何也无法平静。

从挂职到当下，扳着指头算算，已经一年零八个月了。那时候，正赶上刘振国副县长到矿山驻矿调研。都知道她是从新闻部门过来的，又知道她是新闻专业科班出身的，就指名道姓把她要到调研组。原本是要在矿山停一段时间的，可是三天不到，季健中的为人处世、工作方法、开拓精神，以及对全县工业将会起到什么样的引领作用、产生什么样的影响等等，她基本上可以说已经了如指掌。也正是从那时起，说句心里话，她还真对他上心了。特别是季健中与天天的那段感情，还有对父亲和傻弟弟的那般爱，让她一下子触摸到了一个男人超人的情怀和孝心。也正是有了这么个心灵上的沟通，她写起那篇典型材料时才那么顺手，文章才会那么感人。针对北方钢铁纪委来鲁调查一事，从季健中的人生信条和追求看，她不相信他会办出什么出格事，可她又担心工作中哪个环节会发生问题，于是，她索性朝炭材厂来了。

此刻，马青云看着奚道强几个人如此心神不宁，她的心反倒平静下来，且安慰起对方来，道："你们几个也不必这么焦心。季厂长你们搭班子，里边的情况比我清楚。"

"刚才正说这事。"奚道强道，"不论合同还是产品质量，哪一点儿都不怕，就是怕在有踪呒影的事情上出意外。"

"是呀！"安心平气恨恨地道，"不知谁要要炭材厂的好看。"

"这个不怕。"马青云道，"俗话说得好，身正不怕影子歪。奚书记，事情就是这样——你想办成点儿事儿，就有人偏偏不让你办成。这就是事物发展过程中的常有现象，没什么大不了的。"

奚道强凄婉地笑了下，道："马部长呀，话是这样说，可炭材厂实在是经不起折腾了。眼下这当头一棒，要是挺不过去，炭材厂可就死定了呀！"

"放心。"马青云信心满满地道，"炭材厂是靠产品和技术一步步发展起来的。就北钢的业务而言，人家那是国家的大高炉，是顶着天、立着地的。如果我们没有过人之处，仅靠耍点儿小聪明，或搞点小动作，人家断然不会相信。当下，有人横插这一杠子，就像是下棋，是要将死炭材厂的。为此，我们必须针锋相对。"

"没错。"奚道强道，"有些人千方百计想搞死我们，那我们就必须想办法活出个样子来，并且要活得更好、更结实。"

　　可是，摸不准问题出在哪里，炭材厂立时便陷入了死胡同磨不开身子了，还能有什么好的活法儿呢？

　　于是，包括马青云在内，这几个人只有唉声叹气了。

第六章　蛛丝马迹

此时，在专门给北方钢铁纪委赵万良一行腾出来的办公室里，既有丰富的办案经验又有强烈的使命感和责任感的专案组在赵万良组长的带领下，经过仔细查阅，还真的查出了一些蛛丝马迹——

那是两个多月前，季健中在北方钢铁所在地的两张就餐发票，有时间和地点。同时，在发票的背面，密密麻麻地写着就餐事由，以及参加聚餐的二十一个人的名字。

事情是这样的——当时有一个不成文的规定，双方在没有签订合同之前，是禁止吃请的。但是，一旦签订了供货合同，双方合作关系确立，供货方要宴请业主方有关人员，也是人之常情。

但调查组以此为突破口，从二十一人是否来过鲁阳、季健中是否在北方钢铁单独约见过他们，以及签订合同前后，是否对某个人有过特别"表示"，等等，让季健中一个一个又过了一遍。

按照北方钢铁当时业务交往中的内部规定，但凡接受客户二百元以下的礼品要上报，二百元以上的必须上缴。说实话，季健中给每个来鲁阳考察的人送了一台便携式收录机，价值一百六十五元，健中没有承认。对此，季健中坚持的是，只要没人承认这件事，他就不能开口说出来。显然，他是抱着感恩和不愿出卖朋友的心思来看待这件事的。

这样，苦头就来了。

因为，就在季健中被赵万良一行隔离起来，强制接受调查的同时，在北方钢铁那边，但凡来过鲁阳的人，也在一一过筛子，并且全都上缴了收录机。

对于就餐一事，赵万良没有抓到什么有价值的东西，遂盯住了便携式收录机。不仅不客气，他还扬言要对季健中采取严厉措施。

办公室内的空气像凝固了一样令人窒息。

双方在对峙之中。

赵万良采取规劝，甚至是诱导的方式，加紧攻势，想一举有所突破。而季健中为朋友甘愿两肋插刀，心存侥幸，始终不肯吐口。

夜深了，日光灯发出嗡嗡的响声。可是在生产区那边，往日那天籁般的机器声不知何时变得少气无力了。季健中明白，审查和隔离，就像是头上冒火时一盆冰水泼下来，一下子就把企业热火朝天的生产激情浇得只剩一缕残烟了。

一连五天，赵万良紧紧地盯着季健中却始终没有任何突破。于是，他也熬得受不了了，直接把收录机的事给捅出来，要季健中好好想想，这是什么性质的问题。

季健中愣了下，知道是藏不住了，他走过去，拉开了柜子。他取出一个微型收录机往桌子上一放，十分无奈地道："随你们的便吧，收录机是我买的，也是我送的，责任在我。但是，不光是北方钢铁，但凡和鲁阳炭材厂发生业务的，大家都有。"

"既然承认了，就不要再隐瞒了。还有什么，我希望你放老实点，把其他的事情也统统交代出来，争取宽大处理。"赵万良咬住不放。显然，他觉得这里边的黑洞还很大。

听罢此话，季健中不假思索道："没什么交代了，就这么一个东西。"

"就这么一个东西？季厂长——"赵万良注视着季健中，看了有十几秒，接道，"就这么个东西能贿赂住人吗？我是三岁孩儿吗？你看我能相信吗？"

季健中道："你当然不相信，因为这不是贿赂。"

"不是贿赂？"赵万良气愤极了，"不是贿赂，你拿它干什么？！"

"宣传！这是宣传品。"健中知道对方不信，他就找出电池装进去，然后按下了播放键。立时，在优美的背景音乐声中，鲁阳炭材厂的基本情况，以及产品种类、技术性能和客户业绩便播放起来。

赵万良愣住了。

为着一探究竟，赵万良连夜把电话打到北方钢铁。待听到所有上缴的收录机里，真的都有鲁阳炭材厂产品介绍的回话时，赵万良好一会儿没有回过神来。

同时，从另外两个调查组那里也传来了消息。有关质量问题，经北钢技术中心检测认定，产品不仅符合合同规定的技术指标，甚至有些技术指标比合同规定的还要高一些。有关价格问题，北方钢铁和青峰钢铁相比，每吨产品不仅没有卖高价的嫌疑，而且还便宜了一些。

千里迢迢，从大东北赶到大中原，所有的调查就是这么个结果——鲁阳炭材厂，在同北钢签订合同过程中，没有采取不正当手段；季健中三赴东北，极力推荐新型炭砖上了北方钢铁的大高炉，也没有任何非正常行为。

季健中松了一口气，赵万良也松了一口气。若不然，查出了问题，前期所有的心血和投入全都白费了事小，要耽误的可是国家的大高炉，政治上、经济上，损失该有多大呀！这笔账谁又能算得过来呀！

就像是赛道上跑完了全程，该坐下来庆贺一番了。为了方便联系，进一步增进友谊，更为了鲁阳炭材与北方钢铁所签合同能够顺利进行，杜诚副书记亲自安排，把机关会议室腾出来，又有现成的音响设备，遂由县纪委工作人员陪同，把北方钢铁纪委专案组一行四人请进来了。

电视剧《木鱼石的传说》主题曲《有一个美丽的传说》是杜诚的压舱石。五十又几的人了，谦虚了大半辈子，他是不轻易站到人前出什么风头的。可是，在客人面前，作为东道主，既要有谦谦君子的胸怀与涵养，又要有人民公仆放得下、拿得出的本领与才气。也算是抛砖引玉，杜副书记第一个上前拿起了麦克风，把个《有一个美丽的传说》唱得大伙儿掌声迭起。这样一来，北方钢铁纪委的人就坐不住了。毕竟，人家是国家大企业，莫说赵万良，就专案组任何一个人，都不是窝囊废。于是，也不待别人上阵，北钢审计师李江河笑吟吟快步上前，把事先准备好的碟片往机器上一放，脍炙人口的东北民歌《乌苏里船歌》响了起来……

当晚，当赵万良一行回到宾馆的时候，天已近午夜。

次日，由于要赶火车，临到休息的时候，赵万良恐怕耽误回程，遂特别对吧台上的俞小曼交代，让其到时候提前叫醒他们。可是，第二天一早听到拍门声起来一看时，北方钢铁纪委专案组组长赵万良当即一愣。他发现地上有一封信。客房灯光不怎么亮，他就刺啦一声拉开窗帘，细看，血轰一下涌上头来，使他差点儿一头栽倒。

与此同时，郎智信那边也捡到了同样内容的一封信。

北上的列车是早晨七点一刻，县纪委副书记杜诚和纪委组宣科的人，一大早便来到车站候车室候送北方钢铁的客人。可是，从车站工作人员吹响哨子引导旅客排队检票通过闸口，到播音喇叭里报告列车到站、敦促旅客有序进站上车，杜副书记一行都不知看了几次手表，连脖子都扭得生疼，正想着怎么回事，杜诚的传呼机响了。接电话一听，对方口气强硬，而且不走了，杜诚感到愕然，禁不住道："赵书记，怎么回事？"

"别问了，你们回来吧，我们在会议室等你。"赵万良在电话中冷冷地说。

昨天下午，由于夜里不安生，俞小曼没休息好，这时候还在犯困，遂对一旁的严瑾梅交代了一声，手中的毛线往旁边一撂，趴在吧台上打起盹儿来。

自从证实北方钢铁纪委来人专案调查炭材厂一事，严瑾梅遂把县宾馆当作了大本营。显然，调查现场连刘振国县长都不得靠前的地方她更去不到，于是她采取迂回战略，位置前移，实地打探消息来了。对外，她说是来找俞小曼学毛线编织手艺的，暗地里则紧紧盯着案件进展，一旦发现情况有变，随时调整进攻方略，意在必胜，一举扳倒季健中，从而把炭材厂打入冷宫，使其从此不得翻身。

凭此而论，在严瑾梅心里，她要扳倒季健中、搞垮炭材厂的险恶用心是难以遏制的。

一看俞小曼趴在吧台上一动不动睡着了，编织毛衣本就是幌子，严瑾梅就不再掩饰。在她心里，就当下来说，远不是压住不报那几个学费的经济账，而是积压在心灵深处的精神报复。原本，她绝对没招儿可使了，毕竟从磅房把她调整出来在机关收发室工作，支起耳朵、削尖脑壳所收集到手的材料，也无非是季健中三上东北所花的那几个钱，以及合同上的那些内容。这么想了，她反复推测并断定，那么远的路，人生地不熟的，不花钱能办成事吗？对此，作为老厂长的夫人，她心知肚明。于是，她便以小人之人度君子之腹，把自己的感觉拿过来当一成不变的定律，把季健中套了进来。她认定，季健中是花了大价钱买通了人才拿到了这个大合同。再加上严瑾梅在电视上看到，国家为克服经济乱象，硬起手腕，查处了一批违法违纪案件，其中包括一些行贿受贿的大案要案时，她的内心深处狭隘而又自私的复仇之火一次次被点燃起来，而且怎么都无法遏制。

于是，报复就开始了。

现在，举报不仅有了回音，而且真真地看到了动静，季健中这个眼中钉、肉中刺马上就要被剜出来了，严瑾梅心里真的乐开了花。

远远地盯着紧邻大街的那根旗杆儿，足足有三分钟，连严瑾梅她自己都不知道这会儿想了些什么。那里是进出宾馆的唯一通道，没有政府安排会议什么的，出来进去的人不多。大概是这几天快要养成习惯了，严瑾梅总是朝那边观望，仿佛有什么在暗中召唤着她的灵魂。

突然，她似乎意识到了什么，就急忙眨了眨眼睛。立时，她感到有些不妙，因为半晌不夜的，北方钢铁纪委一帮人进了宾馆院子，正说说笑笑朝大楼走来。这情况太反常了，严瑾梅警觉起来，忙伸手推了把俞小曼，提醒道："哎，他们回来了。"

定睛一看，见是这帮人，俞小曼还当是看错了，揉揉眼再看，她的心也怦怦怦地跳起来。因为案件在心里压着，又要随时注意保密，北方钢铁纪委专案组这帮客人，无论出去还是回来，一个个不苟言笑，可此时呢？

显然，专案组这几个人的表情举止，是卸掉了包袱一身轻松啊！

想到了这一点，俞小曼急忙从吧台里边绕出来，笑吟吟地同客人寒暄起来。但客人没有停步，只在快要走过去的时候，跟在后边的李江河朝她打了个飞眼儿。

看着赵万良带着人在楼梯口转过身去不见了，俞小曼急忙转过头来，看着严瑾梅，道："大概是结案了。"

"快去。"严瑾梅吩咐道，"问问姓季的关哪儿了。"

点头回应了下，俞小曼提起茶瓶，佯装送开水上楼去了。

有着这几天的接触，加着俞小曼热情、大方、漂亮，又很会来事，北方钢铁纪委这几个人大都与俞小曼混熟了，甚至还都相互记下了对方的电话号码，要不然，李江河也不会给俞小曼打飞眼儿。

三言两语俞小曼就问出了名堂。炭材厂的案子结束了，鲁阳这方面什么事也没有。俞小曼听此，她先是愣了下，随之咯咯一笑，风趣而又自骄地道："我就说嘛，在俺鲁阳人的字典里，不管你倒查正查横查竖查，你找不出那个'歪'字。"

见俞小曼下楼来了，严瑾梅声小了怕对方听不见，声大了又怕被别人听了去，遂急忙迎上来，伸胳膊搂住对方的肩膀，抵住头道："怎么样？"

"不怎么样。"回到吧台，俞小曼叹了口气，十分丧气地发起牢骚，"尽耽误瞌睡。"看对方愣愣地没接腔，又道，"我说不行吧，你们偏不信。这可好，闲教我替别人值这几天班。"说着，伸手把电话往这边拉拉，欲拨号码却被严瑾梅拦住。

严瑾梅道："你干什么？"

"霄翔等着信儿哩，我给他回个电话。"俞小曼说罢，开始拨起号码来。

自从得到并证实炭材厂被查、季健中被隔离的消息，云霄翔被工厂撵出来那种灰暗心情马上就被清扫一空。

原本，翻录、贩卖磁带生意已经摸住了门道，该是攒满劲儿大干的时候。可是，季健中有事了，为了把季健中往死处摁，他就什么事情也都顾不上了。

也就是季健中被隔离审查的第二天，他先是从元根壮嘴里得到证实，说是查出了请吃、请喝问题，而且北方钢铁有关人员还集体上缴了什么东西，等等，云霄翔立时便心中大喜。在他心里，他跟严瑾梅的看法惊人的相似。那便是作为山沟里一家小微企业生产的新型炭砖，季健中之所以能轻而易举地把它打进北钢的大高炉，百分之百是鲁阳炭材厂采取了非正常手段，季健中更百分之百地有不正当行为。于是，他就想，你一个早年的

"黑五类"崽子、国民党反动派一大特务的门婿，若说在城乡小地儿招摇撞骗，显摆显摆自己，弄几个小钱儿花花也就罢了，毕竟那伤不到筋骨，产生不了多大影响，保不准没人追究你什么。可眼下呢？你瞄住的是国家的大高炉，敢往太岁头上动土，这真是"天堂有路你不走，地狱无门偏进来"。

此刻，云霄翔躺在沙发上晃着二郎腿，一边听着迪斯科音乐，一边想着季健中倒了之后炭材厂会怎样，还有他该如何杀回炭材厂，这时，身旁的电话突然响了。

拿起电话，一听炭材厂什么事也没有，季健中已经自由了，云霄翔伸手关掉音乐，十分迷惑地反问道："怎么可能没事？"

"真的。北钢纪委的人全都回宾馆了，正在那儿说说笑笑哩。"俞小曼在电话里说。

狗咬尿脬——瞎喜欢了一场，云霄翔的眼睛都气黑了。

坐在那儿愣愣怔怔地想了会儿心事，终是无法释怀，他便起身拿出一瓶酒。没找到起瓶器，遂龇牙咧嘴咯噔一声咬开瓶盖，咕咚咕咚就是两大口。可是，喝得太猛，酒也太烈，第二口没待咽，噗的一声喷出来，直把他呛得脸红脖子粗连连咳嗽起来。

止了咳嗽，喘息着看了看手中的酒瓶，迁怒不过，他举起酒瓶，啪一声朝地上摔去。

这时，外边响起了拍门声。

开门一看是严瑾梅，云霄翔气得张大口没有词，遂叹息一声，扭头朝屋里走去。

闻见酒气，又见满地都是碎酒瓶片子，严瑾梅猜出何因，一边拿起笤帚清扫，一边开导道："你这是干什么？自己跟自己过不去了。"

云霄翔眼一瞪，愤愤然地道："肯定是专案组的人被季健中收买了。要不然，怎么可能没事？"

"没事？！找事他就有事。"严瑾梅说着，哗啦一声把扫起来的玻璃片子倒进门后的垃圾桶里。

云霄翔不知道严瑾梅心里想的什么，愣怔着看着对方。严瑾梅啪啪两下拍了拍手，调屁股往沙发上坐了，成竹在胸地道："早几年，冀北东风钢铁厂炉底烧穿一事，你还记得吗？"

云霄翔想了一下，似乎道："好像听说过有这么一回事。"

"那桂南振兴钢铁厂炉缸烧穿一事呢？"见云霄翔皱着眉头想不起来，严瑾梅又道，"这都捂着盖着，你那时候正跟老温瞪着眼，你当然不可能知道。"

云霄翔讪笑了下，解释道："对不起，姐，都怨我，那时候不知亲疏远近，没少给我哥找麻烦。改天我登门，当面给我哥赔礼道歉。"

严瑾梅叹息一声，道："这都多年的陈谷子烂芝麻的事了，还提那干什么？不提不提。"

云霄翔伸手拍了拍对方的胳膊，表示着赞许，道："姐，你这真是宰相肚里能撑船。放心吧，兄弟记住这个好，你看我怎么报答？"

严瑾梅笑了，道："报答什么？只要你记住有我这个姐就行。"

"这是一定的。"说罢这话，云霄翔沉思一下，道，"就老季这事，你打算怎么办？"

"他——我便宜不了他。"严瑾梅道，"刚才我想了一路，可以说是个撒手锏。只要捅出来，专案组的人吓不趴下，也得吓个愣怔。"

"什么撒手锏？"云霄翔愣愣地问。

严瑾梅哼了一声，遂讲了鲁阳炭材厂那段早已尘封了的往事……

第七章　搬起石头砸自己的脚

那年，冀北东风钢铁厂使用鲁阳的新型炭砖，开炉运行不到三年，炉底烧穿了。这家钢铁厂是地方有名的钢炼厂，一看温来运带着专家到了，哗的一下，围上来一群人，指责、谩骂声中，只差没有把唾液吐到鲁阳人的脸上了。另一家则是桂南振兴钢铁厂。这座高炉使用新型炭砖，开炉还不满两年，出铁口部位的炉缸烧穿了。好在及时采取措施，才没有酿成重大事故。

听了这么件事，云霄翔急不可待地道："最后呢？"

"赔人家嘛！"严瑾梅道，"老温快吓死了。只是那两座炉子都是小高炉，要不然，非逮人不可。"

"好，大高炉安全第一，就把这两件事给他捅出去，看他们怎么接招。"云霄翔拍案称道。

夜幕下的县宾馆。一盏欧式水晶吊灯把大堂照得亮如白昼。俞小曼戴着耳机，正在欣赏音乐。

随着旋转门转动，严瑾梅进来了。见俞小曼沉浸在音乐里没有发现她，严瑾梅伸出手往吧台上轻轻敲了敲。

睁眼一看是严瑾梅，俞小曼立时一惊，道："半夜三更的，你这时来干什么？"

严瑾梅诡秘地道："那边的人还没走吧？"

俞小曼道："没有。"

"那正好。"严瑾梅说着从挎包里掏出两封信递给俞小曼。

俞小曼一愣，道："这是什么？"

严瑾梅道："我和云助理搞的材料。"

"什么材料也晚了。火车票都订好了，人家天一明就走。"俞小曼说着，不屑地抬手把信还给严瑾梅。

严瑾梅哎一声，提醒对方，回手把信又擩给俞小曼，压低了声音，胜券在握地道："只要见了这封信，保管他们走不了。"

俞小曼道："我马上要下班了。再说人家也早睡了。"

"不怕。"招招手，见俞小曼凑到跟前了，严瑾梅吩咐道，"你这会儿就从门缝塞进去。"

果然像严瑾梅分析的那样，赵万良拆开信一看，还真的惊呆了。他立即向总部作了汇报，当即退了车票，又杀回县纪检委来了。

走进纪委会议室，杜诚见赵万良一行看见他进来了只欠了欠身却没有吭声，猜不透到底出了什么问题，杜诚忙问道："怎么回事儿？看你们这表情，够严肃的。"

"你们这儿的水也太深了，我们防不胜防。"说了这话，赵万良从公文包里取出那封信亮了下却没有让杜诚看，接道，"今天一大早，我和郎书记在房间门口各自捡到同样内容的信。给你说明了吧，这封信还是群众举报。重点举报你们鲁阳炭材厂所提供的炭质炉衬材料，因质量问题，曾先后在冀北和桂南发生过炉子烧穿事故。说实话，杜书记，看了这封举报信，我当时就吓出一身冷汗。"

"是呀，杜书记，你们这边的人也忒胆大了。"郎智信气哼哼地在一旁道，"那是三百立方米的小炉子，我们那是大炉子，两千五百多立方米。那是什么概念，日产铁都在五千吨以上，一旦炉子烧穿，铁水遇水产生气浪炉子爆炸了，那得死多少人呀！"

这是杜诚第一次听说此事，立时被吓出一身冷汗。首先，如果举报属实，人家不用鲁阳的砖了，合同告吹了，全县上下费了这么大劲儿不说，贷的那些钱、集的那些资怎么还？其次，这么大的安全事故隐瞒不报，一旦把炉子修了，将来出了事故炉子烧穿死了人，责任谁来承担？谁又能负得起这么大的责任？这么想了，杜诚道："你们打算怎么办？"

"我们刚刚给总厂挂了电话，反映了此事，会一查到底。"赵万良道，

"杜书记，这件事幸亏发现得早，要不然，那就不是麻烦不麻烦的问题了。"

"好！赵书记，这件事您做得对。"杜诚猛吸了两口烟，然后往面前的烟灰缸里使劲一摁，怒不可遏地道，"查！马上查！！我倒要看看是谁这么胆大妄为竟敢隐瞒事故真相！！！"

气冲冲地回到办公室，杜诚好不容易才把桌子上放的报纸、文件归结到一边，腾出地方把电话拉到面前。显然，他气得手都是抖的。

一听接通了电话，杜诚顿了下，压住腾腾上蹿的心火，尽量以平静的口气喊了声"健中"，道："你怎么这么糊涂呀！"

"啊?!"季健中大概是愣住了，"杜书记，怎么回事?"

"行了！"杜诚对着电话，就他从赵万良那里听到的问题简单询问了下，一听果有此事，遂愤愤然以命令的口气道，"你过来一下。"欲放电话，又紧接着喊道，"让奚书记也来。马上！"

正在车间安排复工，接了电话，季健中满脸的不安和焦虑让奚道强看了，简直一头雾水，愣愣地道："谁来的电话?"

"杜书记。"季健中道。

"他?!"奚道强道，"不会是又有什么事情吧?"

"还真是又有事了。"季健中道。

"啊?!"

"别愣着了，走吧，又是个大堂台，让你也去哩。"说罢，想起事故上的事，季健中遂对一旁的景前进道，"景科长，麻烦你到档案室，把早几年冀北东风、桂南振兴那两家炼铁厂高炉事故资料找出来。杜书记等着哩，我和奚书记先走，随后你把资料送过去。"

这情况让一旁的安心平等人全都愣住了。

实在是太纠结不清了，当季健中和奚道强心烦意乱地走进县纪委杜诚办公室的时候，杜副书记的心情似乎稍微平静了一些。由于书记身体不好一直在医院住着，杜诚代行书记职权。在他心里，莫说他还是纪委副书记，即便是普通一员，他也决不允许任何人以任何方式给地方企业脸上抹黑。因为鲁阳太不容易了，赶上了改革开放的好时候，鲁阳人若再不争口气，那就会被时代越抛越远。

见来人立在面前看他，杜诚尽量做出和气的表情，道："我刚才在电话里已经说了，恁二位也太糊涂了。说吧，组织上把你们二位放在炭材厂，那是要你们独当一面的，可你们呢？那么大的事故都出来了，你们怎么就不知深浅哪?! 那是国家的大高炉，一旦出了问题，是你们能负起这个责任，还是政府能负起这个责任？"

季健中和奚道强你看看我，我看看你，原本在路上想好的话，这时候却不知道该说什么好了。杜诚这番话，他们听得明白也想得清楚，那是发自内心的，而绝非官腔。显然，杜副书记眼下正在气头上，站在一位忠诚的领导干部的立场上，他要维护地方声誉，且已经认为你是那么一个人，你现在无论多么有理，说不好就会激怒对方，从而招致一顿臭骂。

看二人没接腔，点上烟正要抽的杜诚转过脸看了看季健中，又看了看奚道强，道："还有理了？怎么都不说话呢？"

"杜书记，是这样——"季健中道。

"是哪样？你说。"杜诚道。

季健中看了下一旁的沙发，道："奚书记腰不好，也这么大年纪了，您能不能让他坐下我再说？"

"行行行，奚书记坐，恁俩都坐。"杜诚看看奚道强，又看看季健中说。

得了话，季健中扶着奚道强在沙发上坐下，转身提起茶瓶，先为奚道强倒了杯水放在面前，又为杜诚的杯子里添了水，然后才在沙发上坐下。这时候，看得出杜诚满身的气已经消了大半了，季健中道："书记，您说的这两座高炉出现的事故问题，我以前听说过，但详细情况我还真不了解。刚刚在路上才听了奚书记的介绍。"

见季健中看他，奚道强把那起事故的情况介绍了一下，然后补充道："是这样，杜书记——当年，站在合作方立场上，还有从战略眼光出发，炭材厂对事故出现的一些问题，还主动承担了一些责任……"

"什么？主动？"杜诚打断奚道强的话。

"是的，是主动。"奚道强道，"发生事故的原因是多方面的，但不是我们的责任，而是钢铁厂冷却装备方面出了问题。详细情况是，冀北东风高炉炉底采用的是风冷冷却，而桂南振兴高炉炉壁采用的是冷却壁冷却。前者是因为风冷管开裂造成的，后者是冷却壁漏水造成的。总结两次事故造成的原因，与我们鲁阳的新型炭砖都毫不相干。"

一听责任推得这么干净，杜诚靠在椅背上的身子忽就直了起来。他直视着奚道强，质问道："这么说，是我冤枉你们了？"

"不是。"季健中和奚道强几乎是异口同声道。

"那是什么？"杜诚看看奚道强，又看看季健中。

"可能是写举报信的人没有把问题搞清楚。"季健中道。

"不是没搞清楚，这明明是别有用心嘛！"奚道强愤愤然地说。

这时，景前进敲门进来了。

季健中接过材料。他示意景前进在一旁凳子上坐了，转过身把资料递给杜诚。

看了一下，杜诚又糊涂了，遂把资料往桌子上一丢，道："那我就奇怪了。既然没错，为什么还要主动承担责任？"

"这个景科长最清楚。"季健中对景前进道，"是这样，景科长，杜书记我们正在说当年东风和振兴两座高炉事故问题，你给杜书记说说，我们为什么要主动承担责任。"

景前进忙挺挺身子，解释道："当年专家们作出的事故结论很清楚，资料上都写着哩。说到主动承担责任，主要是考虑到在新型炭砖推广应用的初期，合作双方对冷却技术方面经验不足、沟通不够。比如，在合作过程中，不仅要把好自己的产品质量关、施工关，还要把与其配套的技术服务工作跟上去。"

"那现在这两座炉子的情况怎样呢？"杜诚道。

"很好。"景前进道，"吸取了这两次高炉事故教训，我们研究制定了一整套新型炭砖使用与操作和配套装备技术规程。目前，东风和振兴这两座高炉大修后都已连续使用七八年了，运行正常，没有任何问题。"

听听是这么个情况，又仔细看了资料上专家们出具的鉴定意见，杜诚起身要给景前进倒茶，季健中忙起身接过。

杜诚坐回到椅子上，道："我这个有点儿急躁了，欠妥的地方，我接受批评。换个角度你们会体会到的。一听是那么大的问题，一旦出了事故，那可是元宝生蛆——财坏大了。现在搞明白了，事故不在我们，却主动承担了一些责任，你们做得对。这样，你们一个是厂长，一个是书记，都在这儿坐着，我有个建议。北方的客人也来六七天了，人家只顾办案，也够累的。咱这山里风景不错，如果可行，你们安排一下，陪赵组长他们到山里转转。一个是利用上山的机会，好好儿给人家解释解释，以便增加双方的互信。再个是也好散散心，放松放松，等他们总部答复。"

季健中笑了，道："好的。"

有关鲁阳炭材厂与冀北东风和桂南振兴两家钢铁厂高炉事故举报一事，北方钢铁厂接到专案组组长赵万良的电话，即通过冶金部联系，结论和季健中他们向杜诚汇报的一样，责任不在使用新型炭砖，而是冷却装备方面出了问题，且之后双方的合作关系非常好。这样，有关举报使用鲁阳的新型炭砖所谓的事故问题，也就到此结束。

北方钢铁纪委专案组一行人要走的时候，当着县纪委副书记杜诚的面，赵万良道："千里之行，说是来查案的，实则通过这么一种不愉快的方式，让我们发现了鲁阳炭材——企业虽小，但十分规范，北方钢铁愿意和你们这样的企业打交道。"说罢这话，赵万良顿了顿，又诚恳地道，"通过这件事，我们也建议鲁阳方面，要进一步改善营商环境，在打击违法乱纪的同时，也要注意保护企业家的合法权益。两者是相辅相成的，缺一不可呀！"

这确实是件让人十分厌恶的事情。但坏事变成了好事，无形中进一步夯实了鲁阳炭材与北方钢铁的合作基础。

这封告状信究竟又是谁写的呢？由于这事那事缠着，季健中没时间想那么多，更没精力管那么多。但是，刘振国一听北方钢铁纪委什么也没查出来，想想因为一封莫须有的告状信，几乎把合同丢了，把企业毁了，他就怒不可遏。

特别是马青云，也就在北方钢铁纪委专案组踏上回途的第二天晚上，一篇正题为《是谁要毁掉鲁阳炭材》，副题为《改革开放路上必须为厂长经理们撑腰打气》洋洋八千多字的调研报告，便分头送到了县委、县政府。

立时，县委、县政府的领导们再也坐不住了。趁着召开常委会，就告状信问题，刘振国县长首先提出了他的意见和建议。他觉得，搬弄是非，不干事的想法儿玩弄干事的，实为可恶至极！何况鲁阳穷得叮当响，现在好不容易遇到一个能干事的，克服重重困难把一家濒临倒闭的企业带起来了，却差一点让一封诬告信毁了，这是不可饶恕的。他觉得，如若让打着职工旗号，以维护集体和国家利益名义，置国家的法律、法规于不顾，以诬告陷害的方法发泄私愤，妄图把企业搞垮的肇事者逍遥法外，不仅不利于改革开放，而且会助长地方上的歪风邪气，让干事者心灰意冷。

针对这个意见，常委们一致表示赞成彻查，陈书记更是盯住不放。他说，不刹住这股歪风邪气，那些想干事或正在干事的人，谁还敢干事和愿意干事呀！好不容易遇到改革开放的大好时机，却让不法之徒老在后边生法掣肘拆台，指定要错失当前良好的发展机遇。

一时间，县党委、县政府下定决心要处理此事。

恰在这时，同样内容的一封举报信从最高检转发下来，要求地方上尽快核查上报。

显然，由这封举报信引发出来的所谓靠"贿赂"骗取合同，坑害国有大企业一案，也成了最高检重点关注的要案。

这是通了天了。

遵照上级领导指示，省检察院迅速成立了"九·二四"专案组来到了鲁阳。继北方钢铁总厂纪检委专案组派员前来对季健中进行调查之后，又一轮更为严格缜密的调查工作开始了。可是，和北方钢铁总厂纪检委专案组所调查的结果一样，就举报信所反映的内容，在季健中与北方钢铁业务往来中，本来就什么问题也没有，还能查出什么呢？

为此，陈明书记亲自作出批示："必须把借举报之名恶意陷害、报复企业负责人的害群之马绳之以法。这是县委、县政府的职责！"

揣着领导的批示件，由县检察院派出的调查组进驻炭材厂。但这一次不是来查季健中的，而是要揪出那个害群之马的。

在我国司法实践中，有成熟的文检技术，要找出写信人也不是什么难事。于是，县检察院文检人员从核查笔迹入手，开展侦破工作。

经办此案的是县检察院一位从检多年搞文字鉴定的张检察官。接住案件，张检察官经过认真调查和文字比对，得出这样一个初步结论——写诬告信的人应具备以下四个特征：一是本厂职工；二是女性；三是教师出身；四是五十岁以上。并在第一时间把信息反馈到炭材厂，让协助核查。

有了大致目标，厂领导班子一碰头，一下子把对象对准了严瑾梅。奚书记说："结论上说的四个特征，严瑾梅全部符合。她在来炭材厂之前，曾在乡下当过教员。"

得到这一消息，张检察官的目标更明确了。经过再调查、取证、对比、鉴定，写信人一下子便锁定在严瑾梅及其女儿身上，并出具了鉴定书。

事情出来后，季健中也曾想到过是严瑾梅所为，但他不愿看到这是真的。因为严瑾梅是炭材厂主要创始人温厂长的夫人，他多么怕落下数典忘祖、忘恩负义的名声。

于是，季健中像小学生一样询问张检察官："你是怎么得出这个结论的？"

张检察官不慌不忙地解释说："告状信中有几个非常专业的词汇，除非是你们厂的人，别人是不知道的；男女性别不一样，因此笔迹是不完全一样的，女性运笔在起笔、收笔、转笔、中断、停顿时，能透露出笔迹精细的动态特征；从信的用词以及标点符号来看，相当严谨，可能当过教师；信中有两处用了繁体字，这是五十岁以下的人所不熟悉的。因此，写这封举报信的人，应具备以上四个特征。"

听了此话，季健中点点头，他觉得人家这结论有道理。可他还不放心，遂问："张检察官，这个结论的准确性有多大？"

张检察官沉思一下，说："百分之九十吧。"

"这个不行！"季健中说，"我要的是百分之百的把握。"

张检察官说："如果是这样，你们可以送省里复检。"

"费用多少？时间要多长？"

"大约一千元，时间可能得一个星期。"

季健中决定复检。因为，面对的是老厂长的爱人，他必须得谨慎。这是一方面。另一方面，严瑾梅是个扯开嗓子骂街谁也惹不起的女人，他哪敢得罪呀！同时，县委、县政府对这封诬告信造成的恶劣影响非常重视，下决心要将这个唯恐天下不乱的人抓起来。仔细想来，这么多年，鲁阳的经济发展得不好，其中一个重要原因，就是社会风气不正。

一个星期之后，省检察院复检认定县检察院对案件定性的可信度在百分之九十八以上。

从法学角度看，这就是铁证。

于是，第一个浮出水面的人叫温襄粉，是温来运和严瑾梅的大女儿，曾在炭材厂工作过。文检锁定，笔迹出自此人之手。但始作俑者，应该是温襄粉的母亲——严瑾梅。

在警笛声中，温襄粉被带进了公安局。面对逐级签批督办的诬告信原件，早就如惊弓之鸟惶惶不可终日的温襄粉当时吓得哭起来，遂流着羞愧的眼泪，一五一十交代了事情的真相。于是，严瑾梅便在警笛声中也被带到了公安局，坐在了温襄粉刚刚坐过、时下还留有余温的那把椅子上。

为了节省办案时间，刑侦人员把信件往严瑾梅面前一摊，直截了当地道："严瑾梅，这封诬告信内容你熟悉吧？"

严瑾梅知道事情败露，可是她不愿认输，斗鸡似的盯着面前的公安人员，恶狠狠地道："不知道！"

"不知道？"问话的是个老公安，经他破获的案子多了去了。一看对方是这么一个人，知道是碰上"搅屎棍"了，遂淡淡地笑了下，成竹在胸地道："严瑾梅，你抬头看看墙上写的什么？'坦白从宽，抗拒从严。'我劝你还是趁早知道什么就说什么为好，顽抗到底是要罪加一等的。"见对方翻了翻白眼却没有吱声，又进一步道，"严瑾梅，你早年是当教师的，你应该明白，'要想人不知，除非己莫为'。还有，你这么死扛，不仅扛不过去，要是把子女也牵连进来给判了，那可是就后悔莫及了。"

在被押上警车之前，严瑾梅就从她闺女、女婿那里知道襄粉被公安人员带走一事。此刻，一听对方这么说，护犊心切的严瑾梅心理防线当即崩溃。

经查，写诬告信的人是严瑾梅，其动机是"炭材厂是俺男人一手创办起来的，现在不让俺男人干了，我就是要让别人谁也干不成"。

诬告信草稿写成后，严瑾梅害怕被人查出来，她自己没有誊写，也没有叫她在炭材厂工作的女儿温襄红誊写，而是让已经调外单位工作的大女儿温襄粉一字不差地誊写出来。她怕东窗事发，发信地点选在离鲁阳五十多公里之外的外县邮局。为了把事情捅大，她写了两封，一封寄给北方钢铁纪委，一封寄给国家最高检。同时，为了掩饰自己，转移视线，发信前，她还装模作样地以联络感情为名，邀请季健中和南方院的专家到她家里做客。为此，严瑾梅费尽心机。

严瑾梅的所作所为，不仅仅影响到了企业的生产、经营，而且严重地损害了单位与单位、人与人之间的关系，给案件所涉及的有关人员造成的感情创伤是难以弥补的。考虑到此事差一点把刚刚有了起色的鲁阳炭材厂毁掉，再想想因为诬告信，不仅让北方钢铁按合同该支付的第一批货款延期支付，而且还影响到北方钢铁的高炉大修计划不能如期进行，使企业遭受了巨大的经济损失，季健中心里的火窝大了。在季健中心里，他本是要司法机关依法追究严瑾梅法律责任的，可是他考虑再三，鉴于严瑾梅的老公温来运与炭材厂的特殊关系，即便单位和他本人受了那么大的损失和精神伤害，在沉思了许久后，他叹了口气，说："算了吧，只当什么也没发生，也只当是炭材厂还她男人的感情债了。温厂长对炭材厂有贡献，即便她无情，可咱不能无义。"

但远在外地的刘文革听到信儿连夜就回来了，而且揪住不放。时下，尽管南方院的专家和骨干们都撤走了，但两家的联营关系并未解除。在生产中，即便人家一个人也不参与其中，但按合同规定，有了利润，人家还是一分也不会少拿的。刘文革这次回来，目的只有一个，就是要把严瑾梅给送进监狱。毕竟，在董事会上干那一仗，特别是费心巴力弄来的那么些报销票据，由于温来运把住不予报销而成了废纸。更令人难以接受的是，刘文革还曾怀疑当时是严瑾梅揭发南方院和炭材厂在合作的分红上有偷税漏税问题，导致他写了检查，单位还补缴了五十多万元税款。

作为南方院派驻炭材厂的工作组组长，刘文革无论如何是不会放过报这一箭之仇的机会。看看刘文革聘请来的律师，写好了指控严瑾梅犯了诬告陷害罪诉状，季健中慌了。想想举报信弄出的那么个动静，不用翻什么法律条文，季健中就认定严瑾梅着实是犯了罪。可他就是不忍心呀！莫说严瑾梅和温来运有这层夫妻关系，就是没有，他也不会将一个快要退休的人送进看守所。

但刘文革仍不依不饶。

于是，季健中知道在刘文革那儿说不动，就直接与南方院的全院长通了电话，言明了自己的观点。考虑到温来运初创企业时所做出的贡献，全院长自然不会看着让人家的女人给送进监狱。

最终，法院认定，事实清楚，证据确凿、充分，严瑾梅犯诬告陷害罪，免予刑事处罚。而鲁阳炭材厂方面，经季健中多方协调，本应接受开除处分的严瑾梅，经职工代表大会讨论，仅给予严瑾梅开除留用两年、工资降两级的行政处分。

然而，像东郭先生一样的季健中，日后却为此付出了极其沉重的代价。

第八章　路是人走出来的

澄清了事实，诬告者严瑾梅受到了应有的处分后，随着合同的继续执行和后续产品的到位，北方钢铁炉子的施工安排进入了关键节点。

这天，季健中接到一个越洋电话。天天在电话中说，日前她已经从泰国到了美国，只是办完事正准备返回中国时，觉得身体不舒服，到医院一检查，说是肚子里长了个瘤子，需要做手术，问健中能不能赶过去。天天是不轻易求人的，即便是自己的丈夫，可现在却求人了，足见此事她是多么在意。季健中遂不假思索道："你不要着急，我这就抓紧时间飞过去。"

可是，就在这时，北方钢铁总厂炼铁厂两千五百八十立方米高炉大修指挥部打来了电话，要季健中和杨逸菡带着筑炉施工队，即日起程北上，参与高炉大修施工。

一边是妻子需要动手术，得有人照顾，一边是北钢高炉大修施工重任，季健中犹豫、彷徨、踌躇不已。可是他都到机场了，又给天天打过去了电话。他不知道该怎么安慰妻子，又急着登机往北方钢铁赶，只好千叮万嘱地让天天照顾好自己。

按照设计方案，张铁山他们在这座高炉上，从炉底到炉壁，安装了一百多支热电偶，进行温度监测。从烘炉到试生产，从高炉运行监测数据看，这个独一无二的"新型炭砖—陶瓷砌体复合炉衬技术"，由于陶瓷材料的保温性能得到了充分发挥，大修后的高炉铁水温度提高了二十摄氏度左右，即使在高炉休风八个小时以后，铁水的流动性仍然很好。同时，吨铁节焦八公斤以上。

实践证明，此项成果的社会效益和经济效益巨大。

鲁阳炭材为此项成果奉献出了真诚与汗水的同时，也为自身做大做强，从而走出国门打下了良好的基础。

又到了迎春花开放的季节。

这天，安心平见季健中从县政府开会回来唉声叹气的，他不知道是为什么，就道："怎么了，心事重重的？"

季健中显得十分无奈地摇摇头，然后叹了口气，道："有点儿事，我还真难住了。"说着，他从提包里取出一份文件递给对方。

安心平一看是政府转发上边下来的文件，要在国有企业"用三铁破三铁"，着手搞企业改革，就不以为然地道："又是个运动。"

"用三铁破三铁"，文件上写得清楚，就是用"铁面孔、铁手腕、铁心肠"，破除"铁饭碗、铁工资、铁交椅"。

所谓"破三铁"，从"红头文件"和报纸广播里阐述的定义，就是解除企业与工人"终身劳动契约"，让人们意识到，国有企业不再是永久的保姆和不沉的航空母舰。显然，执行这样的文件，作为企业来说，改革的矛头很大程度上对准的是企业的一线职工。

政府的文件虽然在季健中手里压下了，可用"三铁"精神对企业进行改革的浪潮铺天盖地而来，炭材厂的员工又怎能不知道呢？

四处走走转转，看着员工们凝重的面庞，听着车间里私下的议论，季健中颇感无奈地对安心平道："文件还没传达，员工们心里就不顺畅了，这可不是个事儿呀！"

安心平叹了口气，实话实说道："'三铁'确实存在，但最严重的不是企业，而是政府机关。上边不破，下边破，能破得了吗？"

"是呀！"季健中道，"一个地方有一个地方的环境，一个企业也有一个企业的情况，能搞一刀切吗？不能吧！可有些人就是不顾实情，在那儿瞎折腾。心平，你想想，远的不说，就说咱炭材厂。早两年是那么个情况，钝刀子差一点儿把职工们锯劙死，眼下才说缓过来一点儿气儿，这又叫'破三铁'。哎，你说说，这不是制造矛盾，破坏干群关系吗？"

"事实是这样，可这是政府文件呀！"说罢，安心平想了下，道，"你想怎么办？就这么捂下去？"

"捂下去。"季健中道，"我仔细琢磨了，这个'用三铁破三铁'的做法不妥当。"

安心平不无担心地叫了声"健中"，说："享受政府特殊津贴人选推荐刚刚开始，包括经贸委在内，上上下下都在为你争取，在这个节骨眼儿上，你要捂住不往下传达，舆论上喊得又这么响，文件精神不落实，后果你想过没有？"

"想过。"季健中不假思索地道，"政府特殊津贴可以不要，但职工的饭碗，说什么也不能砸。"看安心平愣在了那里，他知道他在为他担心，就解释道，"去年外地企业搞'安乐死'，当下又有人搞'破三铁'，说句不好听的话，都是不顾职工利益，拿职工和基层干部开刀。可他们就没想想，企业改革能以死相逼吗？还有，以'三铁'精神'破三铁'，能那么简单地解决困扰企业发展的深层次问题和矛盾吗？别的情况我不知道，也不敢说，在炭材厂'用三铁破三铁'，不仅解决不了困扰企业发展的主要问题，反而会激化矛盾，破坏干部与员工之间的关系，不是什么好办法。"

这天，由县委宣传部、县工会、县经贸委等部门组成的国有企业"破三铁"改革办公室督导组到炭材厂督导工作进度，职工一问三不知，厂里甚至连文件也没传达，督导组一行三人全都愣住了。

听听季健中的解释是那么个理儿，可这毕竟是上级布置下来的改革任务，督导组的人也不敢压着不汇报。

作为县"破三铁"领导小组副组长的马青云听完汇报，骑着自行车就到炭材厂来了。

现在，马青云对季健中可以说十分了解。她认为，对方压住文件不传达、不执行，就那么架在那儿，即便理由再充分，那也说不过去。毕竟，下级服从上级，这是组织原则，是不能违背的。何况又值政府特殊津贴申报关口，如果不采取补救措施，包括主管部门在内，这材料那材料报了一大堆，到最后指定是白忙一场。

见人推门进来了，而且一副着急忙慌的样子，季健中猜出为了何事，就道："谢谢你的关心。"看她愣愣地看自己，又解释道，"此事我和督导组已经讲过了，有关上级文件，在炭材厂，我们都会认真学习，坚决贯彻执行。可这个'破三铁'文件，恕我直言，我还没有把精神完全吃透……"

"行了！"马青云打断季健中，开门见山道，"享受政府特殊津贴，那可不是光你季健中一个人的事，而是国家和社会对炭材厂在成果转化、技术创新方面的肯定。"

"那就更没二话可说。"季健中动了感情，"成果和技术是员工们用汗水和心血，一点一滴，一步一步创造出来的，现在却要把他们的饭碗砸了，把劳动权利剥夺了，莫说我做不到，换成是你，你能做到吗？"

在季健中咄咄逼人、字字真言面前，自认为从没败过阵的马青云不知说什么好了。

也不用等上边评审公示了，是季健中自己把享受国务院政府特殊津贴专家待遇一脚给踹丢的。

对此，季健中笑了，道："只要不出现津东手表厂'破三铁'，工人罢工和自杀事件，比什么都值。"

春去，夏来，又到了石榴花开的时候。

时下，由厂里选拔到高校进修的第一批技术骨干已经学成归来。尽管他们还不能独当一面，但有杨逸菡、唐运生和曹晖三位退休下来的高工传、帮、带，鲁阳炭材厂各项工作都有了长足进步。同时，由于鲁阳炭材厂生产的新型炭砖，在北方钢铁高炉上已经发挥出了良好的经济效益，加之自己组建起来的销售队伍已经初出茅庐，崭露头角，生产订单遂一个接着一个地拿到了手。这样，车间生产也由原来的两班制改为三班制。蒙钢、南钢生产合同刚刚上线，河北金隆和辽松北阳钢铁等多家高炉大修供货合同紧接着也来了。同时，这些钢厂高炉大修，也都开始采用新型炭砖—陶瓷砌体复合炉衬技术。

为此，全厂上下都铆足了劲儿，季健中更是忙得不可开交。自从到炭材厂之后，季健中也由门外汉渐渐成了行家。每日里，他不仅要忙行政事务，确保企业高效运转，还要参与科技开发，带领团队一步步向高峰攀登。

昨天晚上他忙到深夜，就在沙发上躺着睡了一觉。早晨起来到车间里转了一圈，待回到办公室的时候，已经是九点多了。

正洗着手，安心平急急忙忙地拿着报纸到了。

一看是发表在党报上标题为《"用三铁破三铁"的提法不妥》的述评文章，季健中淡淡地笑了下，道："这就是国家的进步，错了就是错了，没人再遮遮掩掩。"

看季健中接了报纸，瞟了两眼就给丢在一旁了，安心平道："为了抵制这个不切实际的改革，他们把你申报享受政府特殊津贴的文件扔那儿了，得找他们说道说道。要不然，这也太冤枉了。"

季健中笑着摇了摇头，道："不需要。厂里忙成这样，哪有工夫找他们磨牙。"

说话间，杨逸菡拿着技术文件，后边跟着时下炭材厂自己培养的技术骨干牛志刚和李德昌等人说笑着来了。

眼下，在杨逸菡高工的指导下，由牛志刚牵头组成的技术攻关小组研制的"大型高炉用半石墨质低气孔率炭砖"到了开花结果的时候。寒暄中，季健中一看检测数据出来了，遂对安心平道："看见没有？这才是正经事。"说罢这话，他朝牛志刚看去，喜不能禁地道："志刚，好样的，你为我们鲁阳炭材人脸上争光啦！"

"那是，人家这是双喜临门。"安心平道。

"啊？"季健中一愣，猜出是怎么回事，遂对牛志刚道，"晓燕生了？"

"生了。"牛志刚乐得嘴都合不住了。

早几年，在晓燕妈心里，生了个天仙般又温柔娴雅的闺女，对于女儿婚事的期望值那可不是一般的高。可闺女偏偏爱上个工作在生产一线的牛志刚不说，又是那么个家庭。但晓燕看中的是牛志刚的人品和才气，至于别的，一切都不重要了。为此，这母女俩就没少斗心眼儿。而牛志刚呢？他深知自己的差距在哪里，不是觉得配不上，而是连想他也不敢想，遂几次三番拒绝了对方的爱意。如此这么一来，在晓燕心里，就免不了一次又一次地受到伤害。但她认定了人，那就无怨无悔海枯石烂永志不变了。

在现实生活中，就其恋爱本身而言，与其说相的是人，倒不如说是在赌自己的命运。

古往今来，人们在面对金钱、权力的诱惑时，一般情况下，那是谁也挡不住的。因为，那是人的天性。也正因为有了这么个天性，多少人向往天堂，却最终堕入了苦海。

这方面，出生在干部家庭的宋晓燕就显得与众不同了。当然，做父母的，遇到这样的儿女，即便再恼再气，最终没有谁不败下阵来。更何况，人家晓燕，一眼看中的人，也确实优秀。

牛志刚是从大学进修回来后的次年春上结的婚。日前，赶上最新研制的"大型高炉用半石墨质低气孔率炭砖"这颗金种子就要破土而出的时候又喜得千金。只是那时候季健中在外地出差，没赶上吃喜面的热闹场面。而牛志刚，遇到喜事，他多想让既是厂长又是恩人的季健中分享自己的喜悦。可是他知道他太忙了，就不忍心打扰，哪怕是一分钟。

显然，在牛志刚心里，他是多么在意自己的厂长呀！

但这次他却落了埋怨。

当晚，就在牛志刚家，季健中专门腾出了时间，还特地往他的山地车后架上夹了两瓶酒就来了。

还是那个宅院，但眼下看来，除了那丛墨绿墨绿的竹子外，别的一切都变了模样。特别是志刚妈，都说再也站不起来成了废人了，哪承想，就在晓燕进门的第二天一大早，听到院子里杜鹃的叫声，仿佛是在做梦，她愣愣地下了床，而且是自己走到的厨房，给晓燕烧了一碗鸡蛋茶。对此，不是志刚一家人说，而是街坊邻居们说，这是晓燕给牛家带来的福气。

看着酒杯又端到了面前，听着季健中"老哥老哥"地喊着向他敬酒，志刚爸牛青坡接过酒杯，高兴得眼泪都流了出来。还有一旁身子骨早已硬朗起来的志刚妈，她都不知道用什么话来表达此时此刻自己激动不已的心情。

是的，若不是炭材厂今非昔比，让工人们都挺起腰了，即便晓燕妈同意两家的亲事，也不知婚事要拖到何年。毕竟，人家一位县财神爷家的千金，过门来，你能让人家住原先那样的趴趴房吗？于是，季健中同班子成员商量，他先把上新式煅烧窑扒老房子时堆到厂后院的废砖作了价，接下来他亲自带着厂里"学雷锋小组"的人加班加点施工，还真的跟吹糖人儿似的，把新房盖起来了。在志刚爸妈心里，炭材厂在季健中带领下的好，他们数都数不过来了。

当然，作为厂长，看到自己的员工家里发生了变化，又遇到喜事了，季健中的心情也自不必说。特别是当他把事先准备好的银锁子拿出来，挂到又一代人脖子上的时候，其喜悦之情，指定是发自内心的。

现在，有了自己的研发团队，不再受制于人了，鲁阳炭材厂就像扬帆出港的航船，蓄满了力量，开始加速前进。

一年一个翻番，这是健中也没想到的。同时，就季健中本人而言，也就是在这一时期，继在石墨矿通过函授方式完成齐鲁大学成人学历教育工商管理专业后，季健中又在他亲自倡导的"学知识，学技术"热潮中，以他惊人的毅力顺利完成了苏南大学成人教育学院法律专业本科学历。接下来，他是要攒足劲儿继续通过自学的方式拿下硕士研究生学历的。可是，也就是刚刚把要读的书置办齐，因为这事那事的，再也静不下心来，这一计划遂搁置下来，且再也没能实现，成为心中的憾事。

然而，人怕出名猪怕壮，接踵而来的是鲁阳炭材厂的社会责任也在一天天地增大。

正当鲁阳炭材人的生意如日中天之时，仅一墙之隔的县冶炼厂的生产经营却每况愈下，走到了谷底。

这家冶炼厂也是个老牌国有企业，成立于二十世纪五十年代末。主要产品是极板和红丹。简单说就是用铅矿石冶炼出铅，再把铅电解后生产成极板或转换成红丹。六七十年代曾经辉煌过，但到了八十年代末，因当地没有资源，所需原料要从四川、贵州等地长途运输，成本高；同时，设备简陋，冶炼工艺落后，想升级改造，但融资困难，地方政府又没有资金投入，企业便走进了死胡同。

现在，国家为了帮助中小企业走出困境，制定了一系列政策措施，其中看得见、体会得到的，便是企业间的兼并与联合。

这一天，季健中和厂班子成员正在职工家属楼工地察看工程进度，厂办主任郑光荣匆匆忙忙跑来，说经贸委赵主任打电话有事要健中去一趟。

一听是赵主任让去，季健中交代了一声，看春阳办事还没回来，就坐生产上的"昌河"牌面包车到经贸委来了。

风风火火地跑到跟前一问，原来是赵亮主任找季健中来商谈整体兼并冶炼厂的事。

面对这从没想过的事，季健中半推半就。原因是，两家企业仅一墙之隔，炭材厂发展急需土地，用句土话说，可以趁腿搓绳，当然是好事。但发怵的是，兼并后整体债务移交和全员职工安排。季健中怕炭材厂承受不住，拖累企业发展。如果非要兼并不可，希望县里给优惠政策。

"鲁阳是国家级贫困县，说白了财政就是吃饭财政。"赵亮说，"目前，让县里给企业拿钱有困难，一切还要自己想办法。知道不是容易的事，担子很重，但作为国有企业的当家人，要有这个担当呀！"

"打铁还得自身硬。要是自己被拖垮了，还怎么担当呀！"健中的话，赵主任一听就笑了。

接下来，不仅老主任赵亮为救活冶炼厂那一摊子缠住了季健中，而且刘振国县长也打来电话了。

刘振国在电话里说声"行了，我算服了你了"，紧接着，又道："这样，你过来一趟，我等着你。"

知道是躲不过去了，季健中遂无奈地骑着他的山地车，朝县政府来了。

推门一看，刘振国就在他办公桌前边的空地上正正地站着，而季健中一进门就被他盯上了。

这情景，让季健中扑哧一声就笑了，道："这还真成了孙猴子，再跑也跑不出如来佛的手心儿了。"

"不是你跑不出如来佛的手心儿，而是有些人根本就不往里边跳。"刘振国说着，两手一摊，算是寒暄过了。接着，他把两杯刚刚倒好的茶端到茶几上，伸手拉着季健中在沙发上坐了，道："昨晚开了常委会，大家给你办了件好事。"

"办了件什么好事？"这么说了，想起早几年一个电话就把他好端端地从矿山弄到炭材厂这件事，季健中遂耿耿于怀地道，"你不把我再往火坑里推，我就烧高香了。"

"不领情是吧？那好，我这就把纪要收回去。"刘振国说着，欲起身，却被季健中一把拉住。

见对方收了笑容，真诚而又亲切地看着他，在等下文，刘振国道："这几年，炭材厂的团队建设、决策水平、管理能力、企业发展，特别是技术创新，各方面都是有目共睹的。为了揽住人才，建设人才高地，你的建议很好，也很切合实际。为此，常委们一致同意，批准了你的请求。"

"是吗？"季健中简直不敢相信地问。

"是的。此事对于鲁阳来说，是破天荒的。"刘振国说着，起身拿起早就放在桌子上的文件，回身递给季健中。

还在去年这个时候，由肖汉伟、牛志刚、李德昌和石惊天等人主持或牵头，相继推出的新产品在业内引起了轰动，特别是当奚道强看到国内多家客户前来的参观人员，在展厅里看了鲁阳方面的最新科研成果展示后，众星捧月似的，围着牛志刚等几个业务骨干，又是寒暄，又是递名片互留联系方式的，在奚道强的内心深处，骄傲和欣慰的同时，还不免有几分危机感。

当今世界，所有的竞争，说到底，是人才的竞争。这方面，作为鲁阳炭材厂的党支部书记，他的体会最为深刻。

不是看到了什么苗头，仅仅是个担忧而已。当然，从感情上来说，他相信肖汉伟、牛志刚们不是这山看着那山高的人。他把他的担忧第一时间就说给了安心平。安心平也有同感，但他根据厂里和派到高校深造的人当初所签订的协议，客观公正地道："服务期内没问题，可服务期过后，人家要流动流动，那可是谁也挡不住呀！"

"那就坏菜啦！"奚道强说着，当即就把电话打给在外地出差的季健中。

企业发展像滚雪球，越滚越大。作为企业的掌舵人，季健中要忙的事情实在太多，对于奚道强电话中说的事情，他可以说还真没想过。自接了电话，一连四五天，季健中心里都翻腾不止。那么怎么才能揽住人才呢？季健中认为，所谓人才，凭的就是品格、道德，这是第一位的。炭材厂一开始就注意到了这一点。为此，季健中不担心鲁阳炭材厂的人才会流失出去。因为，这是礼，是义，是忠，是诚。就像母亲身边的儿子，即便远行了，怎么都回不来了，而他的心则始终会向着他当初离开的那个地方，是怎么都无法忘怀的。因为，这是天性，谁也磨灭不了。但季健中是唯物论者，而不是神仙。尽管眼下的企业发展红红火火，他自信，有能力驾驭在市场经济大潮中远行的鲁阳炭材厂这艘航船，但他无论如何也无法左右前面的航道上何时会出现弯道，或无法回避的暗礁险滩。有着这么个隐忧，季健中为揽住人才，他要再上一道保险，遂亲自起草文件，请求政府打开绿灯，把从大学进修回来，并在企业科研、生产、销售和管理岗位上做出突出成绩的人，由工人转为技术干部。显然，季健中这是在争取为鲁阳炭材厂的人才解除后顾之忧。

如此一份请示件，就鲁阳地面来说，这是破天荒的。

此刻，一看文件批下来了，季健中还真的禁不住一愣。

见对方对着文件上下看了，脸上乐开了花，起身要走，刘振国忙伸手把季健中拉住，问道："人才给你留下了，兼并冶炼厂的事你打算怎么办？"

"我就知道没这么便宜。"季健中说着，回身坐下来，他又沉思了一会儿，坚定地道，"请放心。也谢谢常委们。兼并的事，再难，我来解决。"说着，他拿出手机，拨了号码，听听接通了，他道："郑主任，请通知在家的党、政、工、团主要领导，三十分钟后，在会议室召开重要开会。记着，不准请假。"

从政府大院出来到炭材厂，也就四五里地那个样子，又顺路办了个小事儿，季健中用了不到二十分钟，就回到了厂里。

大概是听到了脚步声，当季健中就要伸手推门的时候，郑光荣刚好把门拉开，笑容可掬地道："季厂长，人到齐了。"

"好！"季健中应着，大步走到椭圆形会议桌里边众人给他留的主席位置上坐下来。

环视了下大家，见厂党支部书记奚道强，副厂长安心平、邢留义，还有从北方钢铁学院学成归来早已进入厂领导班子的肖汉伟，以及厂工会主席何百松，厂团支部书记宋晓燕等人，都一脸严肃地看着他等他发话，季健中笑了笑，他朝奚道强跟前凑凑，而且还压低了声音，颇显诡秘地道："奚书记，我是不是有些专横跋扈呀，大家都这么严肃？"

奚道强愣了下，看看与会的人都一本正经地握着笔，而且笔记本也都打开着，包括自己在内，全都做好了会议记录的准备，遂解释道："你来炭材厂三四年了，这不是都带出习惯了嘛！"

"那今天都放松点儿。"季健中说着，随手从手提包里掏出一包顺路买回来的糖果，一边撒给面前的人，一边道，"来来来，吃糖吃糖。"停下手，见大家拿着糖，一个个愣愣地看他，知道是他把大伙儿弄糊涂了，又道，"改革开放，发展社会主义市场经济，国家的大政方针定了，这是万事俱备。可我们缺什么？两个：一个是技术人才，另一个是管理人才。现在呢，通过不懈努力，又是在那么一个困难时期，我们咬着牙把人送出去，又一个个都学成归来了。"说到这儿，他看了看面前的肖汉伟，又道，"汉伟，别愣着了，好事还真来了。"言罢，他把带回来的政府批准肖汉伟、牛志刚、李德昌等八个人享受技术干部待遇的文件掏给大家。

这不仅仅是件好事，还是给有志于鲁阳炭材业发展的年轻人吃下一颗定心丸，即便遇到"黑云压城"那么一个至暗时刻，厂里的各种人才，也无一流失。此是后话。

而兼并冶炼厂之事，两个企业之间的隔墙，不到半天就拆除了。但旧有的思想意识，却不是那么容易打破的。

母亲再穷，孩子也不嫌弃；企业再苦，大家还是一家人。但一家企业被另一家企业兼并了，在二十世纪九十年代的中国，这仍然是一件很难让人接受的事情。特别是被兼并企业的中层以上干部，要接受这样的现实，不经过一段时间的磨合和拿出切实有效的措施，让其实实在在感受到兼并联合的好处，怕是很难。

这天晚上十点多钟，夜黑天寒，季健中照例在厂里各车间巡查一遍，这是他多年来养成的工作习惯。若不，他就会睡不着觉。

当他来到兼并后的冶炼厂职工宿舍楼的时候，他看到三楼一侧房间的灯还亮着。出于节约用电这么个单纯的想法，他便信步走了上去。

门是虚掩着的。随着季健中"有人吗?"的问话声，一位中年男子吱一声把门拉开。但一看是厂长来了，出于礼貌，他只淡淡地笑了下，不仅没有吱声，而且回转身去，低下头又洗起衣服来。

看到此情景，季健中马上意识到，这位同志对企业兼并工作有抵触情绪。要不然，他绝不会对深更半夜来到跟前的厂长这么冷漠。

季健中想了下，虽然是朝着对方的背，还是笑了下，道："这么晚了还在洗衣服，你上的是白班吧?"

"嗯!"

看对方爱答不理的样子，季健中又道："大会开过了，咱们指定见过面，就是我眼拙，对你还真不太熟悉。你贵姓?"

正在洗衣服的汉子头也没抬，回答道："姓姬。"

"叫什么名字?"

"海洋。"

"有多大年纪了?"

"三十五。"

"什么时候来冶炼厂的?"

"十年前。"

"之前干什么?"

"当兵。"

"当过几年兵?"

"五六年。"

"是党员吗?"

"是。"

"有几年党龄了?"

"十三年了。"

季健中问一句，姬海洋答一句，像挤牙膏似的，而且头都没抬。

"爱人在哪里?"

"农村。"

"有小孩儿吗?"

"有。"

"家里粮食够吃吗?"

"够。"停了下,姬海洋第一次补充道,"我们那里地面宽,人均一亩多土地,现在有化肥,地里出粮食,吃不完。"

"秋麦两季,你得回去帮忙吧?"

"嗯!"

这么对了一番话,季健中遂谈起了这次炭材厂兼并冶炼厂的事。为拉近与对方的距离,消除隔膜,季健中忌讳说"兼并"两个字,他说:"你对两个厂子联合有什么看法?"

听了这话,姬海洋先是愣了下,紧接着回过头来看着季健中,十分冷漠地叫了声"季厂长",说出了他的心里话:"那不叫联合,那是兼并。是一个厂吃掉了另一个厂。在部队上,我们这号人就叫作'俘虏'。"

听罢此话,季健中一愣。细看,姬海洋已经落泪了。一个三十多岁的汉子哭了,季健中知道那泪水是多么心酸。于是,他不知道该说什么了。看着姬海洋再也不敢抬头,季健中心里像针扎一般难受的同时,也为有这样的职工而高兴。因为,这就是企业的魂呀!他同时还觉得,有了这样的人,世上就没有办不成的事。可是,该怎么安慰他呢?一时想不到恰当的话,而且他觉得,就当下对方这种心理状态,你就是把所有的道理都说出来,照样也暖不热对方的心,遂叹了口气,道:"海洋兄弟,对不起,我不该问你这么多,让你难过了。"

"不!季厂长,我不是生你的气。"姬海洋抬起头看着季健中。

季健中愣了下,道:"那你这是……"

"我恨我自己,恨这个冶炼厂。要是银行能够多少支持点儿,下边的人多少争点儿气,企业也不会弄到这一步。"姬海洋说着,又痛心地落下眼泪来。

季健中听了,心里又是一动。他不愿看他这么难受,就道:"哎,没有这么悲观。没听说有那句话嘛,'树挪死,人挪活'。相信我,也请你给下边的弟兄们捎上一句话,有我季健中在炭材厂一天,对冶炼厂的职工,就没有人敢再小瞧咱一眼。"

第九章　人心就是力量

听季健中说出这么一句话，姬海洋立时瞪大了眼睛。虽然还是那么迷茫，但他的眼神里，已经透出了惊喜的光芒。

要洗的就是当班脱下来的一身工作服，打了肥皂揉搓了几下，对着水管哗哗啦啦冲两遍这就洗完了。

跟脚过来，见有个屋门闪了条缝，里面还亮着灯，季健中猜出是姬海洋的住处，就道："天晚了，你赶快进去休息吧！"

"我不瞌睡。"姬海洋稳定了下情绪，看着季健中，试探地说，"你要是不困，过来坐坐吧！"

"好啊！"

两人进到室里，姬海洋慌着拉凳子让季健中坐了。他麻利地收拾着杯子，说："季厂长，说实话，你在大会上讲得很好，但希望不是空话。"

季健中道："放心，时间长了你就知道了。"

单身宿舍里一切都是简陋的，但无不透出昔日军人的严整。姬海洋原在华北某坦克部队服役，这就给季健中讲了一些鲜为人知的往事。说到高兴处，姬海洋还从他的箱子里拿出个三等功荣誉证书。对此，季健中更是对姬海洋刮目相看。因为，在和平年代，要想荣立一个三等功，那可不是一件容易的事。

当下，季节已经进入冬天。窗外就是四里营的槐树林，尽管没有风，但宿舍里仍然充溢着从窗缝里飘过来的淡淡的枯草的馨香，不仅醒脑，而且醉心。

手头没有酒，也没有新鲜的茶可以招待，姬海洋是用晒干的竹叶为季健中沏的茶。

见他与自己的生活习惯和处世方法差不多，季健中禁不住就笑了。

这时，姬海洋郁闷的脸上终于有了笑容。季健中知道对方也希望了解他，就说了当年在知青点儿夜里撵狼扒子的事，以及白手起家筹建石墨矿的艰难。当然，他也少不了就攀上北方钢铁这个大客户时的经历说上几句。

不知道把自己当成"俘虏"的姬海洋心结是怎么打开的，当季健中第二次见到他的时候，他正在院子里的篮球场上打球，季健中就道："敢不敢组织打一场对抗赛？"

"当然敢！"

也就一个星期的准备，身穿由厂工会统一购置的红蓝两色绒衣的篮球爱好者，在简易的篮球场上举办了赛事。尽管水平不高，但还是把下班的职工们给吸引住了，甚至四里营的村民也跑来观看。

这天，季健中从成型车间出来后回到办公室，脱下工装刚把西服换上准备出去办点儿事，突然进来两个女同志。她们一位叫黄玉枝，不仅是季健中初中时的同学，也是同一批下乡的知青，季健中唤她黄妹，是老熟人。另一位眉清目秀、五官端正，季健中不认识。

黄玉枝说："季厂长，对不起，没打招呼，我们就直接找您，不见怪吧？"

季健中说："不会的。来，请坐！有什么事尽管说。"

季健中话音还未落地，和黄玉枝一起来的女孩抢着说："季厂长，我们二十几个女工到现在还在室外作业。这么多天了，天又这么冷，工人们没有工作服，没有手套，什么防护品也没有，大家意见很大，又不敢来找您。我和玉枝姐是工人们的代表，来找您反映情况，望您帮我们解决一下。"

季健中马上说："对不起，这两天事多没有顾上，是我忽视了。这样，我马上安排后勤科给你们发。天冷，大家辛苦了。一旦突击完，就安排大家到室内作业。"

"谢谢您!"又是这个女孩接了话头,并且自报家门说,"季厂长您不认识我,县机械厂刘清水就是我父亲。"

"啊,你父亲是老厂长呀,很有水平的。机械厂可是咱县工业界的领头羊。"早年间,季健中受命创建石墨矿的时候,没少同机械厂打交道。他对刘清水老厂长的工作作风及为人非常敬佩,一听是老厂长的女儿在面前站着,忙道,"刘叔他现在身体好吗?"

"还可以。才退休,城里住不惯,回老家去了。"

这时,黄玉枝才介绍说:"她叫刘华平,原来我们都是极板车间的。"

黄玉枝说罢,站起身拉了刘华平一把,示意要走。刘华平笑了下,道:"见厂长一面不容易,你别急着走嘛!"

还没有兼并之前,和炭材厂一墙之隔的冶炼厂,在工人中流传着季健中许多佳话。有天下班刚一出厂门,当听到车间里的姐妹们咕叽着说,身穿风衣、戴着一双黑色皮手套、从身边骑车过去的人就是季厂长,正蹬着车子的刘华平,咚一下就跳了下来。她想仔细看看为职工抬棺葬母,而且娶了个在国外闯荡、貌若天仙的姑娘,为个炭材厂芝麻大个官儿不走,被职工们暗中叫作"白马王子"的人,到底长什么样子。

召开炭材厂兼并冶炼厂大会那天,刘华平怀着对季健中的敬重之情,一大早就来到会场,抢了个最前排的位置。相隔不到两米,不知是工作太忙没时间还是忘了,季健中脸上黑油油刚刚露出来的胡子,她都看得一清二楚。

季健中本就是美男子,标准的一米七五个子,举手投足间的儒雅与大气,谈笑风生时的潇洒与浪漫,无时不在刘华平心里激起爱的暖流。特别是听季健中讲形势、讲整合、讲发展、讲团结,句句话都说到了刘华平的心里,使她多次流下了眼泪。企业倒闭了,厂子被人家兼并了,刘华平和所有职工一样心里很难受,甚至觉得从此再也不会有工作的激情和动力了。可是,季健中的讲话却让她心里为之一动。而且好像自参加工作以来,从未听过如此振奋人心、感人肺腑的话。还有季健中的口才与博学,发挥得淋漓尽致又珠玑满串,没有丝毫的骄矜与造作,有的是对冶炼厂员工们的尊重与关爱。她认真地听,心嗵嗵地跳,一股热血流遍全身。她觉得，若说兼并后的炭材厂遇到天大的困难，她都乐意跟着这样的人去冲锋陷阵，即便把小命拼了，她也在所不惜。

现在，就站在季健中的面前，刘华平看着季健中，两眼放着光芒，抿着嘴哧哧地笑着不语。

黄玉枝见状，暗中轻轻地用拳头照着刘华平的腰窝捣了下，并小声提醒道："华平，你走不走？"

刘华平是个不吃亏的人，对方捣她一下，她也调皮地还了黄玉枝一拳，然后一把把对方搂进怀里，附在耳畔嘀咕了下，弄得黄玉枝扑哧一声笑起来。

季健中不知对方笑什么。上下打量自己，扣子不斜、鞋子不脏的，没有什么异样，忙愣愣地问："黄妹，你们笑什么？"

"没什么，"黄玉枝收住笑容，一本正经地道，"她说她可想叫你一声哥哥，就是不知你答应不答应。"

季健中叹了口气，紧张的心情立时放松下来。他看了对方一眼，道："我就是你哥啊！"见对方愣住了，健中又道，"在老厂长那儿，我从来就没有喊他厂长，就喊的是叔，只是从没见过你这个妹子。"

刘华平听了，高兴得都跳起来了还没有尽兴，这就搂着黄玉枝猛亲一下，然后收了笑容，发自肺腑地道："兼并那一天，你在职工大会上的讲话，大家都很感动，好多人听着听着眼泪都掉下来了。你没有歧视我们，并答应安置好每一位职工，我们都盼着哩。也请你放心，我们一定会努力工作。"

"谢谢你们！"想了下，季健中说，"安厂长你应该认识，他原先在机械厂和刘叔搭班子。"

"他呀——"刘华平白了季健中一眼，道，"我当然认识。是你把人家挖来的，害得我爸爸像少了一只胳膊一样，念叨个没完。"

安心平是刘清水老厂长培养起来的，这一点季健中当然知道。说到今后的工作，季健中道："听你这么一说，你对安厂长是相当了解的，这很好。因为我和安厂长性格差不多，都是直来直去的人，所以才挖了刘叔的墙脚。现在我们都是一家人了，将来有想不到，或做得不周的地方，请大家提出来，下面办不了的事，可直接找我。但大家对新环境也要有个适应的过程，要齐心协力呀！"由于约了人，季健中站了起来，三人一起走出办公室。

在之后几天里，季健中在车间走访时，还了解到一个女工的情况，她叫王红珠。前些天，她父亲突发心脏病住院，她请了几天假，分配人时，把她漏掉了。

王红珠家在农村，兄弟姐妹五个，她是老大，是个学财会的中专生，兼并前在财务科工作。由于兄弟姊妹多，而且就她一人参加了工作，加上父亲身体不太好，开销的地方多，家境十分困难。

当天晚饭后，季健中在负责生产的肖汉伟陪同下朝王红珠租住的地方来了。

这里是县医院旁边的小胡同。说胡同小，那还真的小，要是碰上一辆架子车的话，出来进去与人碰了头，几乎就磨不开身子。

王红珠租住的地方，在胡同的尽头，是个单间，有十来平方米大小。父亲有病单独睡一张床，王红珠和母亲合铺睡在另一张床上。这样，一间房子搁了两张床，剩下的是炉灶和锅碗瓢勺一类的东西，几乎把所有的空间全都占满了。但就这样一间小房屋，每月租金三十元，相当于王红珠月工资的二分之一。

王红珠刚满二十岁，性格文静，模样清纯。她身着已经洗得泛白的工作服，浑身上下简朴得没有任何修饰的地方，却衬得她格外清秀和端庄。若用冰清玉洁来形容她，那是再贴切不过了。

不期而至的造访，让王红珠做梦也想不到。看着站没地方站，坐也没地方坐的，她一时显得非常窘迫。好在她反应灵敏，伸手拿起刚刚洗净晾干的床单，铺在她和母亲合睡的床沿上，让健中和汉伟二人坐下。但没有杯子盛水招待客人，红珠显得很是内疚。

了解了王红珠父亲的病情，安慰了她的父母，季健中告诉王红珠，尽管还没报到上班，但两家单位合并了，那就是一家人，有什么困难要向厂里反映。最后，又十分自责地说，作为厂长，对许多职工家里的情况了解得不够，还望谅解。

对此，王红珠非常感动。

告别王红珠一家回到车上，季健中心里感到酸楚楚的。他对肖汉伟道："我们的职工太好了，家里这么大困难却从未张口。要不是你说，我还真不知道，我这厂长不够格呀!"一息，季健中深吸了口气，说，"以心换心，为着这帮好职工，累死也值了。"说罢，他扭头看着肖汉伟，断定不远的将来，年轻人上来了，都是要独当一面的，遂推心置腹地嘱咐道，"汉伟呀，你们一个个都有了本领，来日有了用武之地，可不要学我这么粗心，一定要把跟着咱出力流汗的员工们放在心坎儿上。"

"您放心，季厂长，汉伟知道自己的本事是打哪儿来的。"这个年轻人就是这样，心里怎么想，嘴上就怎么说。

听了这话，季健中似乎很满意。

在这次兼并过程中，按照厂里议定的职工安置原则，原来在行管部门工作的，仍然分配在管理部门。王红珠是会计，由于财务科岗位已满，办公室没办法，加之炭材厂这边生产规模扩大后，考虑到一线人员不足，季健中同大伙儿商量，遂让办公室把王红珠给分配到车间去了。这件事，要换成别人，人家指定不干。可是王红珠不仅没有怨言，还在接到通知的当天就去报到上班了。

有关充实中层岗位及兼并后两家企业间的融合问题，刘华平曾是县劳模，性格比较泼辣，在职工中又有一定的影响力，而且在这次兼并过程中是个态度很端正的人，便把她安排在煅烧车间，并委以副主任职务。

当然，把自己当作"俘虏"的姬海洋，季健中更知道该把他往哪里放。随着这次个别中层干部调整，姬海洋到生产科任副科长去了。

职工安置及稳定工作结束后，季健中便把注意力集中到冶炼厂的产品结构调整上，要在短期内让企业有比较明显的变化。若不然，还是死气沉沉的，职工还是拿不到工资，把企业兼并过来又有什么意义呢?

考虑到冶炼厂的实际情况——由于当地没有冶炼铅的矿石，而且现有的冶炼设备陈旧，生产工艺落后，污染严重，季健中觉得，综合考虑，单就冶炼环节，若要继续生产，倒不如购买铅锭生产红丹为好。于是，他就果断地把冶炼设备停下来，并根据日常照明用的节能灯正逐渐替代日光灯、市场上红丹的需求与日俱增这一发展趋势，将冶炼厂改为化工厂。

那么让谁来挑起这个重任呢？健中想到了刘昌盛。

刘昌盛原是机修车间的钳工，又是第一批被选送到大学深造的青年工人，而且也是几个毕业回来的学员中唯一一个学习机械制造专业的。两年前，刘昌盛学成归来，在机修车间任职，在设备改造方面，下了一番功夫，对企业贡献不小，被提拔为厂长助理。就其身份而言，也是由工人转为技术干部中的一个。

眼下，组建化工厂，要想稳住生产，提高产品质量，设备改造的任务很重。因此，委派一位懂机械的管理干部是首选。

这样，刘昌盛便到化工厂挑大梁去了。可是他临走的时候向班子提出一个要求，希望给他配一个会计。

季健中明白刘昌盛想要个好管家，就道："你想叫谁过去？"

"谁都行。"

"那你等一下。"说着，季健中拨了个内部电话，把肖汉伟叫了过来。

季健中说："肖厂长，你天天往车间里跑，那个叫王红珠的女工，现在情况怎么样？"

"她？人不错。工作积极主动，责任心也强。"肖汉伟道。

季健中点点头，道："她是个会计，这你知道。现在成立化工厂，昌盛那儿缺一名财务人员，把她调去怎么样？"

肖汉伟听了，惊讶地朝刘昌盛看去，道："昌盛，你找了个好管家呀！"那样子，显然是羡慕对方挑了一员好将。

从兼并到转型，从人员安置到产品开发，季健中费了九牛二虎之力。但他的心血没有白费，不到一年时间，兼并时濒临倒闭的冶炼厂经过改造后，当下的化工厂活了，一百多号工人生活有了着落。在这些日子里，从姬海洋、黄玉枝、刘华平到王红珠等这些人在季健中心里留下了鲜活的印象。冶炼厂虽然陷入困境被兼并了，但国有体制下培养出来的一代工人则是十分优秀的。为此，季健中每每想起，心里都感到热乎乎的。

从一九九〇年到当下，是鲁阳炭材厂一年一个新台阶的黄金发展时期。在这一时期里，季健中接手的企业当年便扭亏为盈。时下，鲁阳炭材厂年销售收入突破三千五百万元，利税六百万元，一举成为地方国有企业第一纳税大户。

但也就是在这个企业爬坡的关键时期，季健中失去了父亲。

当时，季健中正在辽松北阳钢铁公司高炉大修工地上，走不开，千里之外，他不仅没能见上父亲最后一面，而且也无法回家为父亲送终。

事后，长跪在父亲的坟前，回想起父亲的一生，特别是晚年成了植物人在床上一躺好几年，季健中心里针扎一般难受。

本来，季健中的弟弟健辉，还有他的妹妹们在心里是埋怨他这个当哥哥的。可是看着哥哥长跪在父亲的坟头，嗓子哭哑，头都磕破了，却怎么都拉不起来，这些埋怨就随之化解了。

于是，一家兄弟姐妹哭成了一团。

第十章　企业是块"唐僧肉"

人怕出名猪怕壮，这话一点儿不假。

在季健中的带领下，鲁阳炭材厂一年迈出一大步，年年都有新突破。

然而，出名后的鲁阳炭材厂简直成了"唐僧肉"。闻声前来揩油的，政府部门的有，事业单位的也有，特别是"七站八所"和社会上的自由撰稿人，白天找，晚上打电话，托熟人、找朋友，千方百计找着你、缠着你。万儿八千的有，三万五万的也有。这赞助、那摊派，什么借口、什么名堂的都有，真是五花八门，应接不暇，目的都是想从你这里弄俩钱花。

为此，季健中再烦也不敢给人家脸色看。人家既然来找你，十有八九都是有来头儿的，任谁他也不敢得罪。

为杜绝此类事情再次发生，季健中万般无奈之下，特地交代厂办和门卫，但凡这些部门的，就说厂长出差了，不知道什么时候才能回来。在他心里，只要那些有后台的人找不着他，即便有朝一日被这些人碰上了，他也有退步的借口。

显然，季健中对此是多么无奈，好在他这一招还真的起了不少作用。但另一个口子，要想挡住就无能为力了。

这天，算算当初许下的诺言马上就要到期了，季健中审视自己，无论产品、技术还是资金，也无论是人才还是在行业内的地位，他自忖鲁阳炭材已经到了该向国外进军的时候。毕竟，"一三五"目标中的一年扭亏，三年实现经济效益翻番的计划早已完成，剩下的就是五年冲出国门的奋斗目标，也该正儿八经地提上工作日程。

那么，冲出国门的第一步该从哪里迈起，又该在哪里寻找突破口呢？

光靠自己单打独斗，冲出国门谈何容易？

正在反复想着这事的时候，桌子上的电话响了。拿起来一听，是刚刚调来不久的常务副县长封春发，季健中立马道："您好！我是季健中，封县长，您有什么指示？"

"是这样，人大的几个老领导，都在我这儿坐着，听说你那里刚买回来一辆七座的小轿车？"封春发在电话中问。

封春发还没到炭材厂来过，季健中只是在人家上任时的见面会上见过人家一次，到目前为止，他还不知道封春发脾气如何。但从电话里他听得出来，人家是不苟言笑，甚至是板着脸跟他说话的。

一听说到小轿车，季健中还当是犯了什么禁忌，便解释道："是的，刚刚开回来。炭材厂业务多了，人来客往的，老是用那台老掉牙的吉普车接送客人，那不是掉咱鲁阳人的面子嘛！"

"知道了，人大的领导同志经常外出考察调研，需要大一点儿的车子。知道你们厂也需要，有钱再买一辆嘛！权当是支持人大的工作，把车子给人大老领导们送去，叫他们用吧！"封春发在电话中不容商量地说。

"这……"犹豫中，季健中透过窗子朝外看去。

院子里，奚春阳正在兴高采烈地一边听着车载音乐，一边忙着给车子美容。

三年前，当厂里经济效益翻番的时候，几个班子成员就嘀咕着让买辆高级一点儿的车子，专门用来接送客户和专家们。季健中说行啊，所以就买回来一辆七座的"标致"商务车。同时，为生产、销售，还有财务几个口各买回来一辆面包车方便业务。而他坐的还是原来温厂长坐过的吉普车。眼下春阳正在美容的车子，是吉普车出了毛病大修去了，这才不得已把"标致"车开出来支应差事。

季健中心里很不情愿，舍不得拱手送人。你想啊，当下已不比过去了。过去，到机场、车站，开着个吉普车接接送送，拉的又是教授级高工，就杨老那样身份、年纪的人，也从来没有二话。可现在就不一样了。现在你的名声出去了，莫说你那吉普车破了，老掉牙了，就是不破，都什么年代了，你再到机场、车站去接送客人试试？一个是不安全，这哪敢马虎呀！再一个是形象，人家看你用那样子的老爷车接人送人，这不是掉人家的身价是什么？在当下的业务交往中，你是供货方，现在是买方市场，看你开个破车，人家嘴上不说，心里着实不会高兴。不高兴你说说你怎么求人家办事吧?! 面对封春发的电话，季健中想讲讲原因，可电话里"嘟嘟嘟"响起来，那边已经把电话挂了。

愣怔了一会儿，季健中心里着实不痛快。可胳膊拧不过大腿。再想想企业遇到坎儿过不去的时候，县委、县政府机关领导带头集资一事，不痛快也得压住不能说。于是，他走出办公室，对着正在收拾车子的奚春阳喊道："春阳！"

听到喊声，奚春阳扭头看是厂长喊他，忙伸手把车载音响关掉，阳刚而又机灵地道："季厂长，什么事？"

季健中道："人大领导们有重要活动，用车哩，把车子给他们开去吧！"

奚春阳先是一愣，然后又困惑地道："给谁开去？"

"给人大。"

"给他们？"奚春阳无奈地摇摇头，很快就猜出了内中缘由，遂自言自语地说，"树大招风，一点都不假。"

咬咬牙买了台新车，现在用不成了，季健中心里是多么想不通呀！可是，你是国有企业，谁的话你都得听，何况人家是主抓工业的常务副县长。

这一晚，季健中半宿没有睡着。当然，他不是小家子气，舍不得把车子送给人家，而是觉得事情不是这么个弄法。

毕竟，莫说那是二十多万的家当，就是一撮儿土，虽然你是县领导，但你不是法定代表人，怎么能上下嘴唇一碰，想叫给谁就给谁呀！若那样，还要企业法人干什么？国有资产又怎能不流失？

这天上午，因为有个科研项目已经报上去多天了，健中牵挂着，就翻起通信录来，想找个电话号码，问一问北京方面项目的审批进展如何。

这时，他的门被人敲响了。

当他说完"请进"二字，意识到人进来了，抬头看的时候，禁不住愣住了。因为进来的不是别人，正是早年的拜把子兄弟，时下早已把他这个三弟当成了仇人，人称"黑蝎子"的云霄翔。

看见这个人，季健中尽管没有好心情，但毕竟有过拜帖之交，遂寒暄着起身为对方让了座，又忙着倒了茶，就挨着在沙发上坐下来。季健中不无意外地道："你整天都那么忙，怎么今天有空了？"

"瞎忙。"这么随口答应了，忽又愣一下神，道，"哎，你怎么知道我忙？"

"怎么知道？"季健中道，"别忘了，你是我二哥，我是你三弟，打断骨头，还连着筋哪！"

愣着神想了下，云霄翔半真半假地笑着，道："不会是想着掐我的七寸吧？"

"你？你这脑子里整天都装的什么东西？"季健中既大惑不解，又不无责怪地道。

知道是小人之心度君子之腹了，云霄翔扑哧一笑，道："我就是试试你，看你心里还有没有我这个二哥。"

"这么说，你也没有把我这个三弟忘了？"季健中故意试探对方。

"那当然。"云霄翔睁大眼开始说起梦话了，"这一堡子，不知怎么的，老做梦，闭着眼都是那年和心平咱们三个人磕头拜把子的情景。兄弟情分，你就是想磨也磨不掉呀！"这么说了，云霄翔又嘿嘿一笑，装作不无自责地道，"只是我这当二哥的，唉，怎么说呢，就那么回事儿吧！有时想起来，也觉得不对。"

"不是不对，而是你办的那些事大错特错。"季健中道，"别的不说，就说当年你在知青点偷生产队芝麻种那事儿，不是我替你说好话，立了保证，莫说张支书，就沟口村的社员群众，不绳住你游街示众那就怪了。怎么到头来你却认为是我告的密，把你出卖了？你说说你这脑子，都是怎么想的？"

"过去的事，不再提了。"云霄翔说着站起身，"走，叫上大哥，今天我请客。"

早几年，云霄翔把给厂里拉的煤，过罢磅后，在煤场里转一圈，做做样子，掩一掩耳目又给拉走卖掉，因这些损公肥私的事情被处理后，像被扒了老坟似的，他对季健中恨得要死。在云霄翔心里，此仇不报非君子。赶在严瑾梅来那一出子，北方钢铁纪委成立专案组，来鲁阳调查所谓的靠"贿赂"骗取合同，坑害国有大企业一案时，云霄翔高兴得连磁带也不翻录、贩卖了，就等着看炭材厂怎么趴下、季健中如何被绳之以法。但最终却是那么一个结果。就在云霄翔感到大失所望的时候，他的表舅找到了他。一看乡下人土木糊的两脚泥，云霄翔对他表舅烦得要命，遂翻翻眼没好气地道："闷热闷热的天，不在山里凉快，你到城里来干什么？"可是当他一听村里人搞了个温泉就是架不来电，这是进城来找他给想办法的，云霄翔脑子激灵一下，立时就看到了商机，遂眉开眼笑起来。

于是，从炭材厂灰溜溜调离出去，在服装厂挂名之后，靠着翻录、贩卖黄色磁带，已经把腰包鼓起来的云霄翔就到山里来了。

云霄翔围着能煮熟鸡蛋的温泉用石棉瓦盖了一溜破房子，看着池子里则像下饺子似的泡满了人，云霄翔心里更是乐开了花。

为振兴地方经济，国家给贫困县出台了一大堆利好政策，不会用政策赚钱，受穷不说，人家还说你思想不解放。政策用得好，赚了钱，你还是致富带头人，是明星，是企业家。国家鼓励一部分人先富起来。云霄翔出生于经商世家，自然有经商基因。在同龄人当中，云霄翔就显得格外精明。眼下赶上了时代大潮，驾轻就熟，这就很容易风生水起。

到村里看看尽是一些穿大裆裤的人，接一支香烟手都是哆嗦的，云霄翔原本想十万元钱能拿下来就不错了的买卖，最终也就拿了五万元钱，村里人就笑得看不见眼睛珠了。

在云霄翔心里，乡下人，实诚得很。在这些人面前，好话真的能当钱使。

就这样，云霄翔轻轻松松买下了半拉山的使用权。在用电问题上，也就是买了两条烟，前后摆了两桌酒席，就利用政策，一分钱没花，不几天就解决了开发温泉山庄的用电问题。接下来，他利用鲁阳是国家级贫困县的扶贫资金，吹糖人儿似的与人合伙盖起了一座温泉宾馆，成了大股东。再接下来，随着国家政策的调整，加上另外两个政府官员投资温泉山庄犯了禁，只好退股。于是，云霄翔收购了所有股权，成了温泉山庄名副其实的董事长兼总经理。这便是云霄翔继翻录、贩卖黄色磁带发了不义之财后捞到的第二桶金。

当下，县服装厂由于经营不善等原因，在市场经济大潮中彻底败下阵来。面对职工上访等尴尬局面，作为县经贸委分管工业口的副主任，冯建义心里就有事了。他对着文件，以"租赁承包"的办法，对服装厂进行改制。云霄翔被从炭材厂劝调离后，手续不仅落在了服装厂，而且上了几天班就不上了，却照样挂名领着工资。现在服装厂改制，他又借此摇身一变，就成了服装厂的厂长。

看透对方是个无利不早起的主儿，季健中摆摆手让对方又坐了，道："安厂长出差了。你有什么事？说吧，我还有事呢！"

"再忙也不是谁的祖业，你还当真了。是这样——"云霄翔道，"市里有家编辑部，要出一套《当代企业家风采录》，你的电话号码我告诉他了，可怎么打电话你都不接，这就找到我了。又不是宣传别人，是宣传你哩！要钱又不多，也就几千块钱，不就是指头缝儿漏漏的事嘛！再说了，你也有现成的材料。"说着，云霄翔掏出编辑部套用政府机关名义搞的"红头文件"，放在季健中面前。

"我有什么现成的材料？"季健中说着，拿起所谓的文件，心不在焉地瞄了眼。

云霄翔道："我看了，你那省级劳模的材料就不错。"

"是吗？"

"是的。"

"是也不弄。我没有值得宣传的地方。"说着，季健中啪的一声，把手里的文件扔给对方，十分反感地道，"去！要是这，该干什么干什么去。"

"嘘，这人……"见季健中起身要往外推他，云霄翔晃晃膀子摆脱对方，"你这是干什么？我正事还吭说呢！"

"那你快说。"季健中说着坐回到他的椅子上。

云霄翔道："服装厂的活儿接不上茬子了，职工工资发不下来。有关你这里制作工装的事，冯主任也给你打电话安排过。县领导为帮助服装厂渡过难关，还专门印发了文件。"云霄翔说着，又掏出一份县里几个部门联合下发的"红头文件"让健中看。

对此，季健中不屑一顾。

见是这样，云霄翔嘿嘿一笑，道："文件来头再大，那也绝对没有咱哥儿们的面子大。三弟啊，炭材厂做工装的事，就交给我吧，也算你对兄弟企业的支持。我那里摊子虽小，但毕竟也是老国有企业，而且是一帮老员工，做出来的活儿自然要比个体户强多了，质量上有保证。我知道炭材厂的工装都是在外地加工的，不过往后可不能这样弄了。你知道，服装厂到咱手里了，怎么说呢？都是一个系统的，'肥水不流外人田'嘛！"

季健中虽然讨厌云霄翔，但想想此话也不无道理，何况健中知道服装厂时下的情况，他也心疼那帮工人，就道："我答应你，你可以到供应科去签合同。但我要提醒你，云经理……"

"二哥！"云霄翔打断季健中。

"那我就更要给你说明白。"季健中道，"这批工装，我是准备让工人们穿到国外去的，不仅面料要好、质量要高、做工要细、样式要精美，而且价格还得公道。否则，你看着办。"

云霄翔笑了，道："这我知道，到时候要是活儿做得不好，你有的是办法收拾我。"

"明白就好。"

"放心吧！"说着，云霄翔伸手从包里掏出几张票券，随手放在季健中面前。

季健中一愣，道："这是什么？"

云霄翔笑了笑："这是我的温泉山庄洗浴中心的洗浴券。"说罢，看对方皱着眉头，愣愣地看着他却没吱声，又心照不宣地嘿嘿笑着，"这都什么年代了，你也该解放解放思想。抽个时间过去，我给你安排安排，洗洗泡泡，找个小妞儿给你好好儿捏捏揉揉，放松放松，享受享受。"说到这儿，他压低了声音，十分肉麻地道，"不瞒你说，我那里最近新来了几个小妞儿，一个个小葱样儿，一掐一股水儿，嫩得很呀！"

"滚！"看着云霄翔愣怔了下转身要走，季健中急忙拿起洗浴券追出来，没好气地塞到云霄翔手里。

看季健中恼了，云霄翔抖搂着手里的洗浴券，啧啧着十分不解地道："你看看，你看看，还有这号人?!"说罢，沉思一下，他不相信世上还有不吃腥的猫，遂灵机一动，又往里边走了几步，伸手把票券塞到衣架上挂的衣服口袋里，然后转过身一溜烟儿似的跑了。

"云经理！"当季健中从口袋里掏出票券，再要追出来的时候，云霄翔已经不知钻到哪里去了。

看看手里的洗浴券，季健中无奈地摇摇头，随手给丢到垃圾桶里去了。

时间如梭，转眼两个月过去了。

这天一大早，季健中和安心平一帮人，在负责基建的厂工会主席何百松的陪同下，从已经竣工的职工家属楼上走下来。正要研究分房方案，他的手机响了。接通电话，一听是老主任赵亮，他怕打扰了大家，急忙应着来到一旁，道："是主任呀，您有什么事，请讲！"一听赵主任要到厂里来，健中立马道："好好好，欢迎欢迎！我这就回厂里等您。"收了电话，见大伙儿都愣愣地看他，健中就道："不知什么事，赵主任要到厂里来。"想了下，健中又道，"有关分房子一事，就按刚才大伙儿商量的去办，困难户优先、老职工优先。劳动模范，还有先进工作者加分。宋主任——"

郑光荣被选送上大学去了，宋晓燕现在是厂办主任。听季健中喊她，忙道："什么事，厂长？"

季健中道："你辛苦一下，拿个方案，交职代会讨论一下，然后由何主席负责，把房子尽快分下去。前提是，越是好事，越要办好、办实，不能麻痹大意，挫伤了大家的积极性。"

当他坐着刚刚大修过的吉普车回到厂里，气喘吁吁地跑上楼的时候，县经贸委的赵亮主任已经在他的办公室里坐着喝上茶了。

就季健中的为人，见领导等着，这就免不了自责一番。何况眼前坐着的是他非常敬重之人。

毕竟，当年知青大回城，季健中之所以能到机关来，没有赵主任这位伯乐慧眼识宝，哪怕季健中是千里马、万里驹那也白搭。

已经年过半百，又总是那么清瘦的人，早在十来岁的时候就离开父母给人搓纸筒、做爆竹。牛马不如的童年生活，赵亮吃不饱、穿不暖，受尽了屈辱。中华人民共和国成立后，赵亮翻身做了主人。人生岁月里，他最懂得人间冷暖和鲁阳人的好，就仿佛是棵山榆树，在工业口扎下根就没有动窝。

此刻，见季健中还是那么谦虚，跑了一头汗，忙着给他续茶，赵主任习惯性地抬手往上抿了下满头的白发，欣喜的眼神，就仿佛是父亲看到了远道归来的孩子，那般高兴地看着健中，一边道着谢，一边招招手让其坐在自己的身边。"行了，看你跑得一头汗，我一糟老头子，过几年就要退休了，怎么到你这儿还成贵宾了？"说着，他的手搭在健中的手背上有力地一握，关切中又饱含着欣慰的表情，问道，"怎么样？生产经营形势还可以吧？"

季健中遂将当前的企业经营形势简要作了汇报。可是当他快要汇报完了的时候，神情忽然一愣，遂道："不对呀，主任！"

"怎么？哪里不对？"赵主任也做出吃惊的样子。

"早几天我才给您汇报了工作。同时，厂里报项目的材料也给您了，怎么您还有这个闲心，是不是还有其他什么事呀？"季健中愣愣地看着对方道。

"什么也瞒不住你。"喝了口茶，赵主任收了脸上的笑容，随之又叹了口气，道，"咱们的宏运煤矿，你知道那是个老矿井，一千多名矿工，老地方的煤挖空了，按照县里的发展思路，同意他们新上了一对矿井。眼下，井筒子都打了一多半了，资金却跟不上了。没办法，想请你支持支持他们。"

"我？"

"别的厂没这个能力。"见季健中瞪大了眼睛，赵主任又道，"看把你吓得，不是让你拿银子。"

"不拿银子拿什么?"季健中直愣愣地看着对方。

"为他们担个保。"

"那不一样嘛!"

"这怎么会一样?"赵主任道,"现在这市场你知道,八仙过海,各显神通,各行各业都是突飞猛进搞发展。能源缺口大,矿溜子跑下去,再爬上来就是钱。"

季健中笑了。借着倒茶的机会,他往赵主任跟前又挪了挪,仿佛一对父子那样在共诉衷肠。实际上,就赵亮和季健中来说,莫说现在,从季健中到经贸委报到上班的那一天起,打二人心里说,那就不是简单的领导与被领导的关系,而是真的像一对父子。有问题解决不了,或工作上有迈不过去的坎儿了,季健中总喜欢在赵主任跟前诉诉苦、说说心里话。这样,不管眼前的愁云有多厚,困难有多大,他都能从容面对。反过来,季健中的每一次成长与进步,无一不牵挂着赵主任的心。就像是当初到大山里去筹建矿山,一听说健中冒着风雪走了,他就在办公室里守在电话机旁边,直到多方联系,离矿山最近的山寨回了电话,说筹建处的人和物资已经安全到达,他提着的心才算落了地。后来季健中又到炭材厂,继矿山之后,为鲁阳的经济发展真的出力了。为此,他没少在书记和县长面前夸健中。特别是享受政府特殊津贴一事,尽管最终没能弄成,但在季健中心里,他清楚,若不是面前的老主任极力推荐,就他那种沉在基层一线从不张扬自己的样子,就是提名怕是也很难。现在,在整个鲁阳地面,人们一提起季健中的名字,没有人不竖大拇指的。尽管如此,健中依旧很谦卑。特别是对面前的老主任,更是敬重有加。并且在赵主任面前,他可以放心大胆地怎么想就怎么说。他道:"不说在大山里修路,县里又是要钱又是要车的,现在山路打开了,县里要搞农副产品集散中心,我这里被领导压着,刚刚为豫西南农贸商城担保三百万,这又要为宏运担保,我这是小虫儿骨头——没有多大榫呀!"

"既然为农贸商城都担保了,宏运这边就更推不掉了,而且数额不会比那儿少。"

"多少?"

"四百万。"见对方愣愣地看他，赵主任又道，"没有这个数，怕是项目拿不下来。"

季健中咂咂嘴，那样子是不想说，可不说又不行，就不无诉苦地道："主任呀，我不懂商业，凿井挖煤我就更不懂了。您知道，炭材厂虽说缓过劲儿来了，可这事那事都瞄住了，都争着要钱。您是老前辈，您替我想想，这不行呀！这要是担保担砸了，那可是要炭材厂的命呀！"

"这……"赵主任愣住了，过了一会儿，咂咂嘴，仿佛是自言自语地道，"我说不行吧，他们非叫来。这可好，看这张老脸往哪儿搁吧！"

在赵亮主任走后不到一小时，封春发常务副县长坐着小车，板着脸子到了。

一听还是为那四百万担保的事，季健中就不敢口无遮拦了。毕竟，人家是常务副县长，莫说别的，就是县里有些部门领导也得听人家的，何况自己呢？这么一来，季健中的好听话就多了。但不管怎么好听，有关给企业担保的事，他就是绕来绕去，把嘴皮子都磨破了，却怎么也没有吐口。

这下坏事了。

封春发翻翻眼看看季健中。"是你听政府的，还是政府听你的？"言罢，他手中的杯子嘭的一声往桌子上一蹾，弄得里边的茶水溅了一桌子，然后起身夹住皮包，欲走又训斥道，"一个领导干部，首先要服从大局，要为全县经济发展着想。这件事希望你认真考虑一下，立马给他们办了。"

看着封春发坐上小轿车悻悻而去的神态，再想想刚刚在老主任赵亮跟前说过的话，季健中心里五味杂陈。

…………

转眼又到腊月天了，炭材厂收到了许多新春慰问信，其中有鲁阳豫西南农贸商城、鲁阳宏运煤矿、石人山风景区开发会战指挥部、鲁阳中学，当然还有敬老院和幼儿园等一些社会福利单位。人家知道你出力了，报恩呀！

闻着腊八的粥香，在胡同里看见云霄翔大腊月里，楼上楼下来回跑着累了一头汗，季健中把新买的桑塔纳轿车靠路边一停，朝不远处指了下打开车门正要上车的云霄翔，对一旁的安心平道："看他这是干什么？慌哩拾炮哩样。"

安心平一听就笑了，道："干什么？送礼哩！"

听了这话，季健中心里禁不住一沉。早年间，季健中在石墨矿，山高皇帝远的，他还真没把过节送礼当回事。回城后，企业不景气，一年到头，职工们嘴都顾不住，自然也送不起礼。

可眼下呢？

想想自己办事那个难度，再看看人家云霄翔办什么事，那个易得的样子，季健中坐不住了。当下的企业，尽管有时候还是那么急拉拉的，但一年到头了，账上多少还有几个余钱。想想平日里找这个办事，找那个办事，人家也为你费心了，季健中觉得，即便自己手头紧点儿，也不能忘了曾经帮助过炭材厂的相关部门和领导。

这么一想，季健中就对安心平说："送礼也是一门学问，年关了，人家都送起来了，咱也不能老当老鳖一呀！送点什么呢？"

扯到送礼，安心平笑笑，说到去年，他举了个例子。说云霄翔为了送礼，提前一两个月都把有关部门领导的身高、腰围，甚至穿多大码的鞋、脚面是高是低，都了解得一清二楚，把季健中听得好一阵儿没有回过神来。

知道自己在这方面不开窍，季健中叹了口气，道："这咱学不来，也没那工夫。"

这天，季健中安排人带上车，搞了些土特产，又一包一包都给打好，由各部门负责人分头下去，把代表着鲁阳炭材人心意的礼包，一包一包往有关单位领导家里送。

当然，有几家情况特殊，特别是主要领导，是需要季健中亲自送的。为给炭材厂创造一个宽松的发展环境，季健中鼓了鼓勇气，准备待天黑下来后，就动身去送礼。

可是，听着一街两行小年夜祭灶神的鞭炮声，季健中刚端起饭碗，电话就突然响了。一听是政府办打来的电话，说是春节就要到了，要他带着财务人员和公章，立即到县政府会议室参加紧急会议。

季健中想来想去，也想不来这时候能有什么关紧的事，要在夜里召开，而且还要带着财务人员和公章。

犹豫了一会儿，当他拉上曹艳玲在大院里停了车来到县政府楼上的时候，烟雾弥漫的会议室里已经来了十八九个人。有男有女，大部分他认识，都是企业和局委的头头儿，不认识的应该跟曹艳玲一样，是单位管钱的。这些人有的坐着，有的站着，场面乱糟糟的。一看县领导一个不在，只有政府秘书科的王科长陪着大伙儿说话，闻不得这么大的烟味的他都进到会议室了，又准备退出来。可是走不了了，因为王科长发现了他。

寒暄着在一旁坐下。一听王科长问他一年到头了，账上有多少钱的时候，季健中就实话实说，道："决算刚结束，账上清楚得很。除了欠人家的，还有人家欠咱的钱捂住不说，账面上还有几十万块钱，除了备些原材料外，剩下的是等着给职工们发工资过年的。"

此话一出，县工商局局长和物资公司经理等几个人也就喳喳开了。说当下各单位的日子越来越不好过，钱难挣不说，需要支出的地方怎么都应酬不过来。

喳喳声中，商业局的丁局长把烟头在烟灰缸里捻灭，对面前的王科长半真半假地道："企业这么困难，你们政府要想想办法，该扶持的得赶紧扶持，该救济的得赶紧救济才是。要不然，别的单位不说，单说商业局下属的几家公司，四五百下岗职工，一旦集体上访，那可是秆草捆老头——丢大人。"

王科长听了，无奈地摇摇头，压低了声音，十分诡秘地道："想你的美事吧，政府急得咬人，想扶持，哪来的钱？"

听王科长这么说，物资公司的郝经理早一会儿看见农信社的贾主任也带着人来了，联想到全国各地都在开展的春节前的大慰问，他就美滋滋地道："王科长，是不是把农信社主任请来，帮助企业解决困难职工过年问题呀？"

王科长听了，立时笑得前仰后合。

　　笑声中，不知谁说了声电业公司的王经理出来了，大家全都挤过去伸着头看。季健中来得晚，不知道什么情况。当他也起身朝外看的时候，由于门口挤满了人，他什么也没看见。这时，医药公司的赵经理在一旁碰碰他的胳膊，慢悠悠地道："一个一个过堂哩，指定不会有什么好事。"

　　就要过年了，被政府打电话叫过来，让参加紧急会议，没有什么好事，还能有什么坏事呢？

　　由于是在保密状态下进行的，电业公司的王经理领着个年轻人，大概是他的主管会计，流星样打走廊里朝另外一个方向走了，大家没有机会问，更猜不出什么。接下来，大概看出风头不对，这些局长经理们烟也不吸了，更不吵叫着说露能话，一个个你看看我、我看看你迷瞪那儿了。

　　当季健中被负责喊人的秘书领着，和曹艳玲一道来到常务副县长封春发办公室的时候，他发现，县农村信用社的贾主任和他业务上的人早已开始了现场办公。此外，县财政局的宋局长几个人也早都准备好了，正等着被通知来参加所谓的"紧急会议"的厂长、局长、经理们挨个儿"过堂"。

　　空调机吹着暖风，室里热燥燥的让人着实不舒服。而封春发就穿着一件白色保暖内衣，松松垮垮地在椅子上坐着。显然，他是中心，也可以说是这出大戏的总导演。

　　这时候，季健中仍然是一头雾水，猜不到这是要干什么。但凭感觉，他断定百分之百不会有什么好事降临到这些厂长、局长和经理们头上，心里立时就觉得有些不妙。可是，心里怪不高兴，也得装作十分高兴的样子与人打招呼。毕竟，你是企业的厂长，地方就这么大，面前的人，谁不认识谁呀！

　　真是太阳从西边出来了。

　　封春发脸上竟然也带着笑容，而且还十分亲切地道："季厂长，请坐！请坐！"

　　受宠若惊地坐在了还留着余温的椅子上，他万万想不到封春发会导出什么戏来。还有贾主任，早几年，企业困难，他是三番两次找过此人，求人家放贷，却一分钱也没求来。

　　大概是看他坐好了，封春发那边就开了腔。他道："眨眨眼一年过完了，春节马上就到。是这样，季厂长——周县长在山里，走'旅游富县之路'，是当下县委、县政府的第一要务，周县长抽不开身，政府这一摊这事那事的都是难处，我这个常务副县长就不能袖手旁观。县里的情况你清楚，由于咱的经济不景气，县财政亏损，拿不出钱给干部们发工资。为了全县的稳定，只好让企业和有关局委采取寅吃卯粮的办法，为政府分忧。你呢，只当是明年的企业利润今年提前上缴了，县财政局宋局长亲自给你提供担保，贾主任给你放贷，一百万到账后，马上转到财政局的账户上来。"说到这里，封春发手一划拉，又道，"你们签字吧！"

前后最多不过五分钟，一笔交易完成了，一百万到企业账上后，马上就成了县财政的钱。季健中，当然也包括已经走了的和正在会议室里等着的那些局长和厂长经理全都想不通。这也是季健中自当厂长以来从未遇见过的。可是，人家封县长就是这么安排的，你是经组织部门任命来当厂长经理的，你应该懂得下级服从上级、局部服从整体的道理。

离开政府大院来到大街上，针对封春发几乎是巧取豪夺式的摊派，站在政府的角度，尽管季健中自我排遣了一番，可心里的疙瘩却怎么也无法抚平，遂与曹艳玲分手后朝鲁阳湖畔来了。

天寒地冻的，湖面上全是冰，岸边的灯光照在冰面上，和着从商铺里射过来的霓虹灯光，鲁阳湖显得那么的光怪陆离。

就其厂长身份而言，有时候，季健中也觉得自己有些小家子气，可他就是放不开。就像是一个碗，里边放的全是金豆子，但这金豆子不是天上掉下来的，也不是哪个好心人施舍的，而是全厂员工一颗汗珠摔八瓣一点儿一点儿换来的。现在，员工们赋予你权力，你是这碗金豆子的主宰者，是看护人，你敢不小家子气吗？

听着寒风摇动竹林发出沙沙的响声，在连椅上坐下来，漫无边际地想着，季健中在心里忽然有了新的发现。他觉得，置身在尘世里，一个人又何尝不是那竹子上一片小小的叶子。风也罢，雨也罢，即便是有只小鸟飞来落下，情愿也好，不情愿也罢，你能左右得了吗？

这么想了，季健中内心深处的一切烦恼顿时消减了许多。

数九寒天里，湖畔的风像刀子一样。

　　理了理大衣的领子，使其把整个脖子都尽可能地裹在里边，季健中戴好皮手套，走了大约一箭地远，忽见不远处大桥栏杆上坐着两个十分熟悉的人。这么冷的天，他们坐在这里干什么呢？季健中心里立时一颤。

第十一章　血浓于水

大桥栏杆上坐着的两个人季健中当然熟悉，因为那不是别人，而是他手下的员工——牛志刚和宋晓燕。

自从学成归来，无论是理论知识还是实践经验，眼下的牛志刚，可以说都能独当一面。为此，经厂务联席会议研究决定，牛志刚已经肩负起炭材厂副总工程师的重任。

那么宋晓燕呢？她原本也是第一批被厂里选拔出来要到大学进修去的，只是她看出陶老师不想让她走，虽然陶老师腿疾虽说好了不少，但身边还真的离不开人照料。同时，杨老带着景前进一帮人正在开展。"电煅烧冷却装置改造"工程，还在吸收消化国外先进技术率先研制的"冷捣糊"，还有"轻质炭砖"等项目正处在关键节点上，拿晓燕的话说，"为了杨老不分心，我进修不进修没关系"。当看到肖汉伟、牛志刚等人都走了，而晓燕却没走，一打听是那么个情况，陶老师既后悔又感动，弄得她眼泪都差点掉下来。这样，当第二年又要派人进修时，由陶老师盯着这事，晓燕就再没有耽误。两年后，进修归来的宋晓燕正赶上郑光荣也要到大学深造，主任位置空缺，加之晓燕有先前在厂办副主任位置上历练过的基础，遂又回到办公室来了。

如此这般，这俩人工作上顺水顺风的，还能有什么不顺心的事呢？

想起这俩人早几年恋爱，现在结婚后都已有了女儿，而且两下家庭又相当和睦，季健中还真的想不到会有什么事。

次日，赶上雷打不动的厂务班前例会结束，一看牛志刚放下茶杯，拿着记录本起身要走，季健中道："牛总请等一下！"

牛志刚一愣，继而扑哧一声就笑了，道："季厂长，您是怎么了？怎么喊起牛总来了？这可使不得呀！"

"怎么使不得？"季健中说着，执着茶壶往牛志刚刚刚放下的杯子里添着水，道，"《大型高炉用新型炭砖炉衬结构剖析》的论文，那可不是谁都能写出来的文章。还有……"

"唉，行了行了，您还是饶了我吧！"牛志刚打断对方，又拱手一礼，"不管成绩有多大，也不管到什么时候，若说志刚有了成绩，那都是厂长您的栽培。再说，炭材厂若不是遇到了您，不仅仅是我牛志刚，还包括厂里那么多职工，都不知该怎么生活下去了。为此，大家都是打心眼儿里感谢您。"

"感谢我干什么？成绩是大家干出来的。"季健中道，"借用你刚刚说过的话，作为厂长，若说有了可资炫耀之处，没有大伙儿出力流汗、同舟共济，我季健中纵然是块好钢，又能打几颗钉？"

"大伙儿心里有杆秤。真的！"牛志刚真诚地道。

"别真的假的了，说吧，是不是遇到什么难题了？"季健中看着牛志刚，接道，"睁开眼就是忙，不光是你，很多事儿，是我太粗心了，对大伙儿照顾不够，请原谅！"

听了这话，牛志刚先是一愣，继而淡淡笑一下，若无其事地道："没有。"

"真的？"

"真的！"

他盯着对方，仿佛猜到了什么，遂沉下脸道："是不是母亲的身体……"他担心志刚妈的旧病会犯，下边的话犹豫着没有说出。

"不是！"牛志刚忙道。

"那是为什么？"季健中又猜测地道，"是不是晓燕妈那边……"

"也不是！"

"那我明白了——你的问题。"季健中故意敲打道，"读了大学，又是厂里的副总工程师，牛起来了，一定是有其他想法了。"

"不是！不是！"牛志刚连忙道，"不管到什么时候，我牛志刚都不是那样的人。再说了，燕子对我的情，就是再有个来世，我也报答不完。"

"那我就不明白了。这也不是，那也不是，滴水成冰，大半夜的，你们俩坐在湖边干什么？"季健中道。

一听这话，牛志刚一愣，知道被人发现了，遂笑了下，道："真的没什么。这不是成天忙嘛，赶上喝罢汤有点儿空儿，就在外边坐了会儿。"见对方半信半疑的样子，又进一步说，"真的没事。"

看着牛志刚低着头走了，季健中沉思了下，遂起身走出办公室。从三楼下到二楼，季健中径直朝挂着"副厂长"标牌的办公室走来。敲开门一看，肖汉伟披着大衣正在低头看着什么，季健中道："忙什么呢？"

"志钢他们不是拿出个'节能型焙烧窑'的设计方案嘛，我再仔细看看。"肖汉伟说着，起身把季健中让在沙发上坐了。

"我刚才在例会上说了，现在接手的大都是大型高炉。随着科学技术的发展，大型高炉炉衬寿命会进一步延长。但与国外先进炉衬技术比，我们还是有一定差距的。如何缩小差距，最终迎头赶上，就目前来说，虽然综合因素很多，但关键的一点就是如何提高新型炭砖产品质量的稳定性。为此，这个'节能型焙烧窑'项目要优先安排，抓紧落实！"季健中道。

肖汉伟笑了，道："放心吧，我会抓紧的。"

见对方取出杯子要为他倒水，季健中摆摆手，表示谢绝，道："问你个事儿。"

肖汉伟道："什么事儿？"

说了昨晚在鲁阳湖畔窥见牛志刚和宋晓燕闷坐时自己的心思，又说了刚才在办公室同牛志刚的对话，季健中最后说："你对志刚最了解，你说说，他和燕子好像忧虑重重的，到底是怎么一回事？"

一听是这么个情况，肖汉伟沉思一下，道："志刚这人你了解，那是个难得的好人。但在有些时候，或在有些情况下，他有他独特的思维方式和办事原则，他心里怎么想，只要他不肯说，别人是问不出来的。"这么说了，他忽然想起个事，就道，"大前天上午，我到经贸委送材料出来在大街上走着，见牛叔叔在连椅上坐着，脸色蜡黄蜡黄的，会不会是牛叔叔生病了？"

"没问问什么病吗？"季健中不放心地道。

"没有，也就是猜想。"肖汉伟思索了下，"季厂长，你想呀，志刚家里本来就困难，这又是翻瓦房子，又是结婚生孩子，那得多少钱花呀！接下来，单位分房子，大头虽然厂里掏了，可小头呢？当然了，有钱人家，那不算什么，可志刚家呢，两万多，那就是天文数字。牛叔叔那里呢，单位严重超员，而财政则按核定编制划拨工资，几乎是一个人的工资两个人分不说，还经常是两三个月才发一回，其困难程度可想而知。"

听了这些，季健中不无责怪地道："这个牛志刚，有难处怎么不吱一声呢？"

"别说吱声了，德昌我们几个，把钱攥到他手里，他都不接。"肖汉伟都带上气了。

沉思了下，季健中笑了，道："这也不奇怪。"

"也是，要是接了，那就不是他牛志刚了。"肖汉伟道。

当天傍晚，想着牛志刚一家的事，季健中早早地用过晚饭，准备前去看看。可是，刚推出自行车，他的手机铃声突然响了。是县农行的丁秋林打电话约他打乒乓球，去牛志刚家的计划就不得不暂时缓一缓。为了满足生产发展和市场对高品质新型炭砖的需求，根据厂务会议研究决定要上"节能型焙烧窑"项目一事，季健中已给丁行长打过招呼，眼下正需要把贷款一事正式敲定下来，而丁秋林正好约他，显然是正瞌睡时抱了个枕头。

丁秋林是省农行的青年干部，和早先时马青云一样，也是下基层挂职锻炼的。只是没多久，便在鲁阳找了个对象，就此安了家。来鲁阳后，撇开工作不说，他唯一的嗜好就是打乒乓球，而且球艺还不差，只是到鲁阳后还没碰到对手，让他感到有点儿窝憋。去年春末夏初的时候，季健中和他切磋过几次，基本上打个平手。于是，丁秋林就瞄住了季健中。

乒乒乓乓对打起来，为着一个球的输赢，两人免不了争论一番。那样子，是十分认真的。这样，几局下来，两人早已大汗淋漓。

停下来，借着补充水分，说起鲁阳的经济，丁秋林忽然想起早几天季健中给他提起的融资一事，遂道："你的'节能型焙烧窑'项目论证得怎么样了？"

季健中一听对方把主题点出来了，忙道："怎么样了？给你说吧，不仅论证早就结束了，而且方案我也早就拿出来了。"

一听对方这么说，丁秋林立时就愣住了。因为眼下的炭材厂，生产、经营都红火得很，这时候，对方把方案早就拿出来了，却没有给他下文，他担心跑了客户，遂季厂长也不喊了，就叫声"健中"，以示亲近，道："你不会把我这门槛儿隔过去吧！"

"嘻，看你说的！"季健中道，"咱们是老朋友，有好事我能把你这门槛儿隔过去？"说罢这话，停了下，又道，"只是……"

对方没有往下说，丁秋林又猜不透"只是"的背后有什么文章，就有些急了，道："只是什么？"

季健中掏出口香糖，递给对方一个，自己又抽出一个填进嘴里。由于嚼着口香糖，就有些吐字不清、道字不明地道："刚刚上了条生产线，总投资将近三千万。这里边，南方院集体和个人总动员，他们拿了一千万。县里呢，财政和你那里拿了一千万，剩下的是厂里职工和在社会上凑的。这才没几天，我这里呢，一是不好开口，再者是我也不想再给地方上加负担、添麻烦，所以……"

"健中，我给你说啊，没有所以。"丁秋林道，"支持地方经济发展，县农行，责无旁贷。"

听对方把话说到这个份儿上，季健中立时笑了，遂三言两语就把为"节能型焙烧窑"项目融资一事的大盘定了下来。

夜深了，热闹的大街此时消停了许多。

就要在十字路口分手的时候，季健中见前面有个小吃摊儿，一男一女在那里守着辆小推车卖馄饨，忙喊声"丁行长"，两人停下来。

小吃摊儿上的那女的是炭材厂的职工。她档案上的名字叫谢秋萍，但平时大家谁也没有这么叫过，包括季健中在内，大伙儿都亲切地叫她谢大姐。她是经季健中一手推荐出来的县劳模。一是这时候了，季健中着实饿了，想进点儿食。二是见对方这么晚了还没收摊，他就想让谢大姐再开开张。

你争我抢中，由于难得把季健中叫出来陪他打球，丁秋林付了馄饨钱。

陪着丁秋林吃了馄饨，看着他骑着车子走了，季健中掏出香烟，就要递过去了，又想起谢大姐的丈夫有哮喘病，他就又把烟收回来，道："怎么样，生意还可以吧？"

"可以、可以。"谢大姐抢着接了话。她看了下自己的男人，又道："俺这一口病退了，闲着没事，虽说熬点儿眼、受点儿累，可总比闲着强。县城地方小，生意虽然挺招人，可也总是有点儿冷清。"

季健中道："只要顾住家就行。我早说过，经过大伙儿的共同努力，咱们厂虽然有了变化，但要靠那点儿工资，指定是富不起来。为此，厂里鼓励有条件的职工从事第二职业，你这个头儿带得好。"

"生意不好做，加上我嘴笨，到现在，还是那一二十位职工把摊子摆出来了，别的没有发展起来。"谢大姐检讨似的说。

"慢慢来，凡事都有个过程。毕竟咱们是国有企业，现在要出来摆摊叫卖，对有些人来说，还真的拉不下这个脸。你是大家学习的榜样。"季健中说罢，骑车欲走，又停下来，道，"天晚了，我帮你们收摊儿吧！"

"不了！不了！"谢秋萍一边谢绝帮忙，一边忙着开始收摊儿。

大约十分钟，季健中回到了厂里。当他在车子棚里扎了车子来到楼上就要进办公室的时候，他发现技术科那里还亮着灯，遂走过来。

透过窗子，见牛志刚因天冷缩着膀子，而手里则拿着铅笔和尺子在制图台前站着沉思，他知道对方又是在加班，心里不禁一动。想起早几天对方说的"有个创意"这句话，他知道对方这是又瞄住了靶子，遂退回来。

茶瓶里有现成的开水，季健中从柜子顶上的纸箱里取出包方便面，然后洗了手，麻利地把面泡好，又拿了一包饼干返回来。

在这样一个私下的场合里，他没有叫"牛总"，而是亲切地叫了声"志刚"，道："请开下门。"

牛志刚开门一看，见对方手里端着面，一愣，道："季厂长，您这是干什么？！"

"别问了，快接住！"见对方接住了，季健中又道，"小心，别烫着，快吃吧！这是饼干。"

喷香的红烧牛肉面，立时勾起了牛志刚的食欲，他憨厚地笑了下，道："闻不到这香味，还不觉得饿。现在可好，还真的饿了。"

"能不饿吗？早就下半夜了。"季健中说着走到制图台前，可他一时没看明白，就道，"设计什么呢？"

"我是这么想的——"牛志刚端着面走过来，"高炉炼铁，影响炉衬寿命的关键部位在出铁口。因为出铁口既要承受炉压，又要受到铁水冲击。可是呢，出铁口在砌筑时又往往由多块炭砖组合而成。这样，砖块多，砖缝就多，跑冒滴漏的概率就高，侵蚀得快。一旦因此停炉，不但影响生产，而且增加维修经费。"

"不错。可这是行业难题，多少年都无法解决，你想怎么办？"季健中都有些等不及了。

"我想一个砖缝都不要。"牛志刚信心满满地道。

"不要砖缝？"季健中糊涂了，"那怎么预留出铁口？"

"设计个超大型砖块，然后钻出出铁口。"牛志刚说着，弯腰从制图台下搬出个地质钻探人员钻井用的钻头，"根据需要，把钻头改造一下，要多大出铁口都能办到。"

季健中沉思了下，忽然明白了，道："钻出铁口？！"

"对！钻出铁口。"

"好！这个办法好！"季健中兴奋了，但他转眼又突然想到，这么大的砖块需要多么大的压力机啊？他喊了声"志刚"，道："这样，先按你的思路办。设计出来后，我们立即从成型机开始着手搞改造、搞试验。"

次日一上班，季健中吩咐曹艳玲带上有关材料，便朝县农行来了。可是，就要进农行院了，季健中忽然发现牛志刚的爸爸牛青坡骑着一辆破自行车急急忙忙打旁边过去了。想到肖汉伟说的志刚爸可能生病了这句话，季健中遂对曹艳玲和奚春阳道："你们俩先进去，我有点儿事儿，用下车子。"

在后边跟着，走了三四百米远，见牛青坡钻进胡同里去了，季健中遂急忙赶过来。胡同是通向郊外去的便道，当季健中把车子在胡同口停下来的时候，牛青坡已经神神秘秘地进到一个僻静的院子里。

见是这样，季健中的神情不免一愣。因为，他听说有人赚昧心钱，违规开设地下采血点，而且有血头儿组织血源，专门从事非法采血活动。

来到门前，见有个穿着半截军大衣、年龄三十来岁、样子精瘦的人在此把守，季健中耸耸肩，尽量把大衣领子往上提，使其把脸的下半部遮起来隐藏自己。同时，他知道对方要盘问，不待对方开口，遂主动上前，而且压低了声音，也装得十分神秘的样子，道："老牛哥介绍的。"

"老牛哥？"把门人一脸疑惑地问。

"就是刚刚进来那人，我们一起的。"季健中说着，也不待对方反应过来，便往里走。

这个地下采血点借用的是民房，四五个穿白大褂的人在房间里忙着。显然，赶在牛青坡之前，已经有人躺在铺着白被单的床上，正在伸胳膊让人抽血。当季健中被把门人喊叫着追过来的时候，牛青坡已经躺在了准备抽血的床上。

慌乱中，季健中知道不报下身份镇不住对方，遂掏出自己的工作证亮给对方。那上边职务一栏中，赫然地写着"鲁阳炭材厂厂长"七个字。与此同时，他见两个穿白大褂的人冲上来要抓他，搭手一指，威严而不可侵犯地警告对方，道："你们不要乱来，我是来找人的。"说着，冲进屋里，伸手拉住已经坐起来愣愣地看他的牛青坡，从牙缝里挤出"快走"二字，扯着牛青坡出了屋子。

季健中的突然到来，打乱了对方的阵脚，而且也真的把人镇住了。离开此院，当季健中想起牛青坡的自行车还在院里，回头再要推的时候，这帮地下采血点穿白大褂的已经料到大事不好，准备草草收场，收拾东西慌着撤退。

原来，春节就要到了，牛青坡见儿子和儿媳妇为还欠下亲戚的债务发愁，他就一连几天吃不香睡不安。毕竟，几家亲戚都不富裕，办这事儿那事儿用亲戚们的钱也不是一年两年了，尽管亲戚们谁也没有明说，但成家立业后的牛志刚却再也坐不住了。在厂里提倡从事第二职业一开始，牛志刚就利用父亲从大街上捡回来的废品做好了出摊儿的推车，但开业必用的两百来元准备金一项就把他难住了。晓燕知道志刚的脾气，想从娘家爸妈那里要俩钱救救急，又怕志刚生气，终是没有开口。当然，在牛志刚心里，开业要用的几个钱还不是主要的，他的心在炭材厂，他不想因为自己挣几个小钱儿，把厂里的大事给耽误了。那晚，季健中在鲁阳湖畔无意中看见志刚和晓燕的时候，是志刚和父亲为钱拌了两句嘴，觉得心里憋闷想出来静静的。而他的父亲牛青坡呢，那也是干巴硬正的人。平日里，不管办什么事，自己吃点亏他能睡着，若是欠下人情了，他会坐卧不安，更莫说用人家的钱一用多年还不上。那天，肖汉伟在大街上见他在连椅上坐着，脸上蜡黄蜡黄的，是他打听到了地下采血点，又找到血头儿卖了血刚刚出来不一会儿。

卖血度日，此事让季健中万分震惊。

父亲是荣誉军人，血是为共和国流的；儿子是国有企业的副总工程师，所有的心思，全都在民族工业的长足发展上，而眼下却因种种原因穷到卖血了。此种情形，季健中都不知该用什么话来说了。

送走牛青坡，又在丁秋林那里办妥了融资手续，季健中一回到厂里，见宋晓燕带着秦明杰按照他的安排给技术科安装罢暖风机回来了，他就道："你叫上奚书记、安厂长他们，还有何主席，咱们到家属院看看。"

心里压住事了，季健中低头走着，一声不吭。奚道强、安心平几个厂党、政、工领导不摸底情，见一把手那样，这就也都成了闷葫芦。

家属楼建成后是国庆节那天分下去的。由于大伙儿住房紧张，拿到钥匙后，有的已经住上了，剩下没有住上的，基本上也都在装修。院子里，电钻声、锤子声乱响，只有牛志刚分的那套房子里还没动静。

天寒地冻的，家属院花圃里的月季花和菊花等，经历寒霜侵袭，基本上都蔫了。行道树那里，清一色的香樟，是和基建同步栽下的，眼下虽然树冠还没有充分生长开来，但浓密而又墨绿的叶子已经展现出它苗壮的生命力。特别是东、西两旁靠围墙栽的那两溜枇杷树，凌寒傲霜的，就在这万物肃杀的极寒天气里，而它却在枝条的梢头上生长出一嘟噜一嘟噜花穗，豌豆那么大的毛茸茸金黄色的花托上，则星星点点地开着大拇指指甲盖那么大、洁白如玉的五瓣花朵，孕育起来年的果实了。大自然啊，万物中，这是多么的令人感到惊奇，又是多么的出类拔萃呀！

由于父亲行动不便，牛志刚挑房的时候专门要了个一楼。

在季健中的带领下，鲁阳炭材厂这帮领导成员，在牛志刚原物没动的住房内转了一圈，大伙儿立时就猜出了到此的用意。特别是志刚窗外边放着的手推车，包括车篷子在内，框架已经做好只待刷漆了却放下了。想想厂里在大会上宣布的鼓励员工从事第二职业一事，话题一下子就集中到牛志刚身上。特别是当大家听了牛志刚的父亲到地下采血点卖血一事，现场所有人无不一惊。因为那不仅是员工的悲哀，更是企业的悲哀……早几年云霄翔把整车的原煤倒腾出去损公肥私，却没有内部管理制度给予处罚一事，众人研究，决定出台"鲁阳炭材厂职工奖惩办法"，用以激励和约束广大干部员工。

《鲁阳炭材厂职工奖惩办法（讨论稿）》是现场会过后的第三天提交机关科室和车间班组职工讨论的。作为企业内部管理制度，包括季健中在内，都没想到员工参与讨论、修改的积极性会那么高。

赶到一年一度的总结表彰大会，按照职代会通过的奖励办法，当着三十多位披红戴花被请上台的先进职工家属的面，季健中亲手把装着五千元大奖的红包，奖给为鲁阳炭材厂科技进步和生产、经营等做出突出贡献的牛志刚、赵三春、余华星和谢秋萍等四位奋战在不同岗位的获奖员工手里时，现场立时便爆发出热烈而又经久不息的掌声。

此事，对于牛志刚等人来说，是万万没想到的。

当然，还在酝酿颁发奖金之前，包括安心平在内，心里都有所顾虑。毕竟，炭材厂是国有企业，你现在要把钱拿出来奖励给职工，往大处说，那就是动了国有资产，是从国库里往外掏钱，能行吗？

但季健中说，钱是员工们用汗水和心血挣来的，发给为企业做出突出成绩的员工，天经地义。还有，在炭材厂，他绝不能眼睁睁看着当下社会上，"拿手术刀的收入不如卖茶叶蛋的"现象在炭材厂存在下去。

若说此事是动了国有资产，那么政府方面的这摊派、那集资又算是什么呢？而且数额远比这大得多呀！

　　有了这笔奖金，撇开牛志刚紧着捂窟窿不说，在全厂员工身上激发出来的冲天干劲儿转化出来的生产力，那可不是金钱能买来的。

第十二章　巧借东风

两年前，在"北方钢铁两千五百八十立方米高炉大修竣工典礼"会上，季健中认识了一个人，他叫沈和平，是景山钢铁集团海外工程部的老总。不过，那时两人只是泛泛之交。去年金秋时节，在唐山召开的全国炼铁与金属学会炼铁年会上，两人由于先前的那次交往，就自然而然地成了熟人。当然，双方相互看重的不是别的，而是各自所具有的优势。也正是在那次会议上，沈总向季健中透露一个信息，说他们正在和印度一家公司洽谈高炉合作方面的事，希望到时候鲁阳炭材厂能够参与其中。季健中求仁得仁，如愿以偿。季健中早就期盼着鲁阳厂的产品和技术在国外打开一片新天地呀！

季健中觉得，景山钢铁集团海外工程部依托自身的人才和技术优势，早年在国家主要钢铁工业基地的建设中创建了多个样板工程，积累了丰富经验。在不远的将来，必然会成为我国钢铁业向海外进军的开拓者和领头羊，若有幸与该公司结缘，还能愁产品走不出国门吗？想到这里，季健中当即决定，抽时间前往景山钢铁海外工程部拜会沈总。

事情说来也巧，也就是次日，正当季健中同几个副职研究工作时，沈和平老总突然打来了电话，诚邀季健中尽快动身到景山钢铁设计院，进行技术交流。这是个大好消息，特别是杨逸菡，倾其大半生心血，能在花甲之年看到自己亲手设计制造的产品走出国门，也不枉早年寒窗苦读、踌躇满志、死里逃生、报效祖国的远大抱负。

来到景山钢铁，季健中先到沈总那里"报到"。出于礼节，同时也作为私下里的朋友，季健中给沈总带来了城里人难得一见的优质黑木耳、蕨菜、猴头菌等山区特产。沈总也不见外，就在家门口的小吃店里搞了几个小菜，欢迎健中。

谈起海外工程，沈总分析说："当下接洽的是印度一家私人钢铁公司，但是个老企业。从整体情况看，印度和我们国家的情况大差不差，都是发展中国家。但就印度钢铁企业来说，和我国目前的水平比还有一定差距。他们买不起太贵的耐火材料，又想让高炉长寿，这就与我们取得了联系。毕竟我国的炭砖与国外同类产品比，其性价比是占着显著优势的。对此，总公司乃至冶金部领导都非常重视。你知道，由于早年的那场战争，中印两国之间，无形中形成了隔膜，甚至是敌视。随着改革开放，双方关系有所改善。此次人家主动与咱们联系，总公司希望抓住这一契机，加强沟通交流，展现出中国人的诚意，当好中印两国人民之间友谊的使者。"

听了此话，季健中更是对沈总刮目相看，遂禁不住伸出大拇指，连连称赞。

沈总道："考虑到质量和价格，鉴于你们的新型炭砖在全国炼铁高炉上这几年的使用情况，能创造这么好的业绩，这是大大出乎一些人预料的。为此，我向公司领导推荐了你们的产品。但设计室主任王欣同志对该产品的性能有些疑问，因此你还要专门过去见见王主任，并进行有针对性的技术交流。"

"好的，谢谢您的安排，我会向王主任详细介绍我们的情况。"季健中说。

可是，用什么样的方式，在什么样的场合与王主任见面呢？季健中觉得，第一次与王主任交往，若贸然去了，万一冷场了该怎么办呢？考虑再三，季健中认为，还是先到家里见一面，有个印象为好。于是，他就请沈总给王主任打了个招呼，这就登门了。

由于是揳入工作的前奏，季健中就随便在沿途的商店里买了茶叶和咖啡带着。

王主任住在景山钢铁设计院一号家属区三号楼一单元二楼，住房大约有六十平方米。由于是后楼，阳光被前楼遮挡住了，所以屋内光线不是太

北方钢铁2580立方米高炉大修竣工典礼

好。王主任在设计院已经工作了二十多年，住房一直解决不了。这两年，企业有了些自主权之后形势好了一些，这才开始盖职工家属楼。像王主任这样资历的人，是第一批享受单位住房福利的。

王主任的身材十分单薄，从脸庞到身躯给人的印象好像是饱经风霜似的。五十又五的年龄，中等身材，体重不超过六十公斤，消瘦的样子，大概是长期伏案工作，耗费心血太多所致。

尽管事先有电话打来，王主任见客人到家里来了，还是很不好意思，并一再表示不要见笑，说屋里地方太小了，让客人将就。

从言谈举止中，王主任见健中彬彬有礼，是个见过世面颇具涵养的人，很有相见恨晚的感觉，这就特别亲热。

在这个环境里，人们的话题自然离不开家庭和孩子。一听健中的女儿随母亲在国外生活，眼下正在与人合作创办公司，王主任对健中为着地方工业发展，放弃与家人团聚的这种舍小家为大家的做法，很是赞赏和惊讶。季健中便道出当初的无奈和眼下企业的现状。话中之意，不是说自己有多高的思想境界，只为山里人办起这么好个企业不容易。当他简要介绍了鲁阳炭材的科技研发及生产经营情况后，话题一转，扯到了深山里的景区开发和优美秀丽风光，诚邀王主任方便的时候，带上家人到山里住几天。对此，王主任很是羡慕，而且也十分渴望。

接下来，说到企业发展，王主任作了解释。他说，改革开放以来，行业也发生了一些变化。原来的时候，在行业内，但凡有成熟的经验都是无偿推广应用，但现在却不是那样了。企业为了自身利益，对其核心技术已经出现了保密势头，景山钢铁也不例外。因此，不让别人来参观学习，别人也懒得上他们这里交流。所以，对使用国产新型炭砖—陶瓷砌体复合炉衬技术一事来说，大多数人并不十分清楚。作为炼铁方面的专业人员，王主任说，若不是他听沈总说起过鲁阳炭材生产的新型炭砖，他还不知道中原有这么好的企业和这么高质量的炭砖。为此，设计院希望做深入了解，具体任务便落在了王主任身上。

当晚，针对王主任提出的意见，季健中遂对鲁阳炭砖在北方钢铁大高炉上的使用情况作了梳理和归纳，并于次日在景山钢铁设计院会议室交流洽商合作事宜。

景山钢铁设计院，是目前国内企业设计院中最大的一个，设计门类齐全，技术力量雄厚。虽然这次有针对性的技术交流请到的客人只有季健中一人，但王主任还是把他的设计团队全都叫了过来。就炉衬设计、材料特性、施工要领、烘炉方案等，都一一作了比较详细的了解。当然，由于北方钢铁高炉大修后，从烘炉到正式交付生产，以及随后的各种跟踪检测数据，全都是现成的，再加上原先季健中请北方钢铁技术中心，以及冶金部专家们的论证意见都在手头带着，而且全是权威部门，公信力强，季健中自然就少了许多口舌。最后，王主任归纳了与会者提出的意见，遂就不甚明白的问题，又请健中一一作了解答。听专家们不仅没有什么问题再问，而且一致表示满意，王主任对健中说："季厂长，方案可行，但价格要好。沈总可能已经给你说过，我们是本着中印友谊这条主线来看待这次合作的。因此，希望季厂长给一个合适的价钱，以便于促成这次合作。"

季健中连忙答道："没问题。我们一定当好配角，不仅价格要低，而且质量还要好，争取在印度有个好开端，留下一个好印象。"

王主任听后非常满意，想到企业的未来发展和中印两国人民的交往，他站在国家的高度，道："印度钢铁工业虽然比较落后，但眼下正是奋起发展的时候。我们要看准机会，通过这次合作，把交流的大门打开，不仅有利于企业参与国际竞争，也有利于两国人民的友好交往，是一个双赢的选择。希望你回去后把这个意思给职工们讲一下，只要把这个工程做好了，我们就有了进军海外市场的基础，也算是个平台吧。总之，要往前看，你看怎样？"

"好，我一定做好这方面的工作。"

王主任笑了下，又说："是这样，考虑到印度是第一次和我们打交道，为给对方提供可挑选的余地，我们备选了多家耐火材料厂，你们是其中的一家。至于最终与哪家合作，还要听印方的意见。"

"好的，知道了。"季健中说，"压力出动力，竞争出创新。我们会主动迎接挑战，力争在海外闯出一片天地，为中国的炭材在国际上赢得良好的声誉迈好第一步。"

"好！"王主任被健中的话感染了，兴奋地道，"季厂长，有你这句话，不仅我放心，集团和部领导也会放心。"

毕竟，涉外工程不仅仅是代表一个企业或一个行业，而是代表着一个国家的整体形象。有着五千年文明史的华夏民族是个礼仪之邦，这一点，任何人都不会忽视，不管经历过什么样的风风雨雨，都是责无旁贷的。

在北京办完事，临到返程的时候，景山钢铁海工部的沈总又悄悄向季健中透露，津巴布韦钢铁公司一座七百五十立方米高炉合同，基本上也谈好了意向。并说一旦印度客户考察满意，津巴布韦钢铁公司的事情也就是水到渠成的事，要健中做好充分的思想准备。

这无疑又是一支兴奋剂，季健中高兴地拉住沈总的手握了又握。

回到鲁阳，季健中在厂党、政、工联席会上，通报了景山钢铁之行所获得的成果。一方面，有针对性地对职工加强海外工程所涉及的法律、法规，以及风俗习惯、邦交礼仪等诸方面的教育和基本外语会话知识培训。另一方面，由杨逸菡几位高工亲自指导，由鲁阳炭材自己培养出的技术人员主笔，按景山钢铁设计院和印方的要求，集中力量在很短时间内，拿出初步设计方案报给景山钢铁设计院，并很快就被确定下来，列入印度钢铁公司的备选方案。

其间，季健中浑身充满了力量，真的是跃跃欲试的样子。借着景山钢铁海工部开辟海外市场的东风，鲁阳炭材的新型炭砖和独一无二的复合炉衬技术，终于有了在国际市场上崭露头角的一丝希望，季健中十分渴望在激烈的竞争中脱颖而出。

但他清楚，在备选企业中，你在努力，别人也在努力。怎样跟人家一比高下，展示自己，从激烈的竞争中胜出呢？

想起"尺有所短，寸有所长"这句老话，季健中通过这么多年在企业里摸爬滚打，总结并坚持"同等产品比价格，同等价格比质量，同等质量比服务"这样一个经营理念，并把它当作鲁阳炭材的制胜法宝。

为着这样一个企望和目标，杨逸菡几位高工加紧了对职工的培训，还请来大学的专家教授传道授业。同时，考虑到涉外业务，翻译也是一项很关键的环节，季健中特意到外单位找了几个从事翻译的专业人才。可是，人家拿到有关资料一看就摇起头了。因为要翻译的东西专业性太强，怕拿不下来，把大事给耽误了，不敢接。

季健中被难住了。当下要翻译的东西，还真的不仅仅是一般的商务活动，而是专业的技术交流。而专业技术交流，需要专业的词汇。诸如"陶瓷砌体复合炉衬"，以及"出铁口""铁水凝固等温线""准可塑""热解碳"……不到炭材厂学习和实践一段时间，谁会知道这些个名堂啊！若稀里糊涂找个翻译，到时候要是翻译不准确，对方听不懂，或有歧义，你又解释不明白，那可该怎么办呀！

季健中为此真的上了心。离开办公室，他心烦意乱地来到厂后边山包上的槐树林里。

此时，谷雨刚过，正是一年好春光。湛蓝湛蓝的天空，像水洗了一般飘动着朵朵白云。几只燕子飞过，不知要追逐什么，呢喃有声。小山包的北边，是片荒山坡。由于坡上长有许多棠梨树，故此地叫棠梨坡。杏花开罢，桃花也开过，就轮到了桐花和槐花。紫的像淡淡的霞，白的如雪，衬在绿得无边的世界里，那是多么赏心悦目呀！

这么看着，季健中忽然想起，棠梨坡下有一脉细流——棠梨河。但此时，由于坡度缓，加上距离远和树木的掩映，站在山包上放眼望去，虽然听不到棠梨河流过来的叮咚声，却能在断断续续中看到阳光下闪耀着亮晶晶的银光。

收回目光，季健中发现脚下的草丛里正开着的金灿灿的蒲公英花，像一张张少女羞涩的笑脸，在和美的春光里绽放。几只蝴蝶扑扇着美丽的翅膀在花丛间穿梭。置身在槐树林里，听着蜜蜂的嗡嗡声，闻着槐花盛开时四处流溢着的醉人的清香，季健中脸上堆满了笑容。

他找了个地方坐下来。面前，除了蒲公英花，季健中还意外地发现了几棵紫花地丁。出身名医之家，季健中知道这是个好东西，能解疔毒，是治重感冒的良药，遂伸手掐下麦粒那么大个紫色的花朵。他仔细看看，花朵虽小，但在这小小的花朵上，既有深紫，又有嫣红，还缀有一脉粉白，外形也特别玲珑精致，心里十分喜爱。以往，特别是在五棵树沟口村当知青的时候，山坡上，甚至门前房后都有紫花地丁，这是他常见的东西，却从来没有这么仔细地观察过。在他心里，他真的想把面前的紫花地丁移回家去养在自己的院子里。到了夏收过后，它的每一朵花都会结成荚长满果实。然后在午后的某一个时候，攒足了劲儿，啪的一声，果荚爆裂开来，十分慷慨地把它的子女们送出去，自由地繁衍生息。那是一个非常神奇的现象，那么一个小小的果荚，它所爆裂的力量，能把荚内的种子弹出去七八步远。健中曾见证过这神奇。那是他在知青点外边的山坡上读书的时候，他先是听到啪的一下爆裂声，紧接着他感到脸上有点儿疼。低头一看，他发现是粒菜籽那么大小，颜色黑紫的种子正好从脸上掉在他的书本上。循着刚才听到响声的地方追过去看，原来是紫花地丁的果实成熟爆裂了。也就在这时，又一个果荚啪的一声，炸裂开来，把果实弹出去。摘下爆裂的果荚，数了数里面的籽穴，他发现，一个果荚内，有十二粒种子。而整棵紫花地丁上，则有十三个果荚。大体算了下，这一季，它将有一百多颗种子奉献给大地。

由面前的紫花地丁，季健中想到了海外的天天，还有女儿和岳母。

自那日在上海机场与岳母一别，天天打纠结中走出来跟他返回鲁阳到当下，转眼整整四年过去了。开始的时候，虽然这事那事的，天天整天都是忙，可毕竟在健中身边，两人就有说不完的体己话。有时百忙中抽出空了，两人也曾挽着胳膊在鲁阳湖畔和郊外的田野里漫步或坐下来小憩。可是，这日子就像是夏日里天上下的溜子雨，也就是眨眨眼的工夫就过去了。虽然有鲁阳天天玉雕厂在面前摆着，可它哪能比得上泰国和新加坡两家公司的事大呀！同时，尽管大华亚洲公司摊子也不小，每日里天天都有忙不完的事，动不动还得往总部飞。这样一来，虽然说天天回中国方便一些，实际上也就是从席上掉到炕上——强一篾罢了。

原本，他是为了父亲和弟弟，才迟迟没有动身到大洋彼岸去的。因为，他是个孝子，为着父亲，他把夫妻和父女真情给放到一边去了。眼下，当年那个十七岁便只身奔赴豫北抗日前线，用自己的专业所长，抗击日军的勇敢的人走了。就家里来说，健中他们兄弟姊妹多，健辉和健华他们都希望他去和天天一家人团聚，母亲和他的傻弟弟的事，压根就没人指望他，也不用他过多牵挂。可是，为了鲁阳炭材，他又被拴住脱不开身了。

一天到晚地忙碌着，为着三年打个翻身仗，五年冲出国门，他把什么都抛在一边了。可是，偶有闲暇，他又怎能不想他的天天，还有他的女儿和渐渐上了年纪的丈母娘呀！

他不知道眼下这日子什么时候才是个头儿，所以有时候忧愁也会塞满他的心头。特别是当工作翻不过来个儿了，心里感到憋闷或委屈的时候，他真想放松放松，把工作撂下，拍拍屁股去找他的天天。

但每当到了这个时候，他就会忽地想起当初的老领导刘振国，还有奚书记、余华星等一大帮干部职工摁了手印的那封请求信。

于是，他就又挺起腰杆，再苦再难也会咬着牙，一步一步走下去。

这么不着边际地胡思乱想着，他忽然听到小羊咩咩的叫声。闻声看去，他看到一只羊妈妈带着两只羊羔跑到树林里来了。

他感到亲切好玩就起身走过去。这是县里引进的优良种羊，有耳环标记。健中伸手采了些嫩绿的小草递过去让羊妈妈吃。它不惧生，连正在吃奶的小羊羔也凑过来试着吃草叶。健中想伸手逮住小羊羔，可是手刚一伸出去，小羊羔便机灵地退回去跑了。

再看小羊羔跪下来吃奶的时候，健中忽就想起了自己的母亲。

父亲去世后，他的母亲到洛阳去住了些日子。之后，母亲就在她的儿女们家里轮流着住。现下，母亲不想到外边去了，就守着老宅。一方面，母亲住着习惯。另一方面，健辉跟前的宝贝儿子准备考大学，早晚回来，家里有人，就不会耽误孩子读书学习。

算算又有十多天没有见到母亲了。那时候，母亲咳嗽，健中在医院里给母亲拿了几样药。后来打电话问母亲，说是轻了，加上忙，就没有及时回去看望。健中知道，大半辈子里，母亲有这疾那灾的总不吭声，总一个人默默地忍着、扛着，生怕给孩子们添麻烦。

春草发芽，正是疾病多发季。找翻译的事也没个头绪，健中担心着母亲，遂沿着小路离开槐树林回到厂里，然后就骑着自行车，买了一些礼品，顺便到医院看了因病住院的职工，这就回到家里。

还好，母亲的咳嗽还真的没事了，这让健中心里踏实多了。

看健辉两口子在厨房里忙着，母亲在外面坐着剥葱，健中插不上手，就拿起修理果树的剪刀，把蜡梅树多余的枝条剪掉。接着，又用小铲子整理花圃里的土地。整着整着，他忽然想起鲁阳高中的王志举老师，立时就喜上眉梢。

早年间，季健中和王志举同在鲁阳中学初中部读书，虽然不一个班级，但彼此都爱打篮球，相互交往多，性情相投，这就成了无话不说的好朋友。王志举的父亲早年被抓壮丁抓走，后来随部队在邯郸起义参加了解放军，参加过淮海战役和渡江战役，身上带着同国民党部队作战时留下的伤痕，是个荣誉军人。初中毕业后，健中上山下乡接受再教育去了，王志举遂一路顺风顺水，不仅顺利进入高中，之后还被推荐为工农兵大学生，到河南师范大学深造。当下，莫说在鲁阳地界，就是在市里，就外语水平而言，能比上王志举的还真不多见。这几年，县领导出国考察项目，王志举跟着当翻译，反映很不错。

这时候，健中心里忽地一热，遂放下小铲子，准备这就起身到学校走一趟。可是他又觉得不妥，因为他知道王志举是鲁阳高中外语教研室主任，还带有毕业班，眼下正在备考，关键时候你去要人，那么多毕业生怎么办？还有，他也不是冶金专业方面的翻译，还不是跟在市里找的那几个翻译的情况不相上下吗？

这么想了，健中的心忽一下又凉了下来。

看看儿子心不在焉地在那儿给花草松土，母亲说："你这是又遇到了什么事呀？看把你愁的。"

"没什么。"健中一般情况下不会把工作上的事情讲给母亲听。当然，他不是觉得母亲不懂这方面的事，说不上什么话，而是母亲操劳了大半生，该歇歇了，他不想给母亲再增添什么忧愁。

但自己养大的孩子，自己最清楚，儿子往面前一站，心里有事没事，母亲能看不出来吗？母亲笑笑没吭声，但在厨房帮着做饭的健辉，一边解开围裙走出来，一边把话接了过去，道："哥，当下的情况，厂里形势难得那么好，要合同有合同，要钱有钱，你不应该有什么发愁的事呀！"

"我当然不是愁那些事，我是愁一个人。"健中从花圃里跳出来，用小瓦片刺啦刺啦擦拭着铲子上的泥土，"想找个翻译，谁知道这么难。"

健辉愣了下神，猜出是哥哥的产品向海外拓展有眉目了，喜滋滋地道："找翻译干什么？是不是要向海外发展了？"

"那当然，我早就把话撂出去了。"健中显得很自信。

健辉乐了，白了哥哥一眼，道："那是你忙昏了头了。"

"看你吧，怎么说大哥呢？"忙着从厨房往屋里端菜的健辉媳妇在一旁听不下了。

"我没有屈说大哥。"健辉跟到屋里，把菜接过来放在桌子上，特意朝墙上挂着的相框递了个眼色，十分诡秘地对媳妇说，"远在天边，近在眼前。"

相框里是一位女学生的照片，年纪在二十五六岁那个样子。在她那瓜子脸上，一双明媚的大眼睛，清纯朴实中又带着些许活泼调皮的神态。头戴黑、蓝两色学位帽，身上穿同样颜色的学位袍，袍边饰粉色流苏，衬托得整个人既落落大方又极富知识女性气息。

立时，健辉媳妇高兴起来，忙冲出屋去，对正在洗手的健中道："大哥，你还真忘了，有咱家晓琳，你还愁什么翻译呀！"

"晓琳？哎呀，我怎么就没想起来呀！"说话间，健中把毛巾在脸盆架上搭好，起身来到屋里，从墙上摘下相框，接道，"我还真是忙昏了头呀！"

晓琳叫章晓琳，是健中的大妹子健梅的女儿，原就读于中州大学外语学院，本科毕业后，没出校门，继续攻读外语专业，获硕士研究生学位。两年前毕业，现在洛阳一家涉外企业当翻译。

有了这个近水楼台，季健中连饭也顾不得吃，立马拨通了晓琳的电话。

听听是自己热爱的工作，晓琳想了下就答应说应该没问题。在晓琳心里，之所以这么说，一是单位业务不忙，她觉得能走得开。二是她也希望有这么个机会在实践中历练历练。次日一上班，晓琳便找到单位领导。一听是这么回事，领导遂大笔一挥，签了字又告诉晓琳，说："你去吧，什么时候忙完了，什么时候回来。多实践，多积累，将来回来挑大梁。"

　　来到鲁阳后，按照舅舅的吩咐，晓琳扑下身子，沿着各道生产工序、流程，一个工段挨着一个工段，一个不落全部熟悉了一遍。然后又在中心化验室蹲了几天，光炭材专业的英文词汇就准备了四百多条，为技术交流尽可能地做好一切准备。

　　这天，景山钢铁集团设计院王主任打来电话，要健中带车到洛阳接人。

　　这是鲁阳炭材第一次接待海外客户，健中很重视。从接站用车到行程安排，从技术部门到生产车间，无论吃住，还是交流洽谈，健中都一一亲自作出安排，并特意委托安心平副厂长抓好落实。

　　立时，鲁阳炭材厂上上下下又一次忙碌起来。

第十三章　走出国门

当下，将要与之合作的印度方面的业主方是浦尔钢铁公司。此前，印度钢铁的主要产能集中在国企。浦尔钢铁公司是家民营企业，原来只有钢，就是用废钢炼钢，但没有铁。这几年，印度经济开始向好发展，私营企业借助国家刺激经济发展政策，进入一些牵扯国计民生的基础工业，浦尔钢铁公司由此步入较快发展时期。而此次要建的高炉，则是该公司里程碑式的工程。

在冶金工业的发展中，多少年来，印方主要依赖的是欧美技术，高炉用耐火材料也大都从西方国家采购。此次印方之所以会选中我国，主要有两个关键因素。一个是价格优势。拿我们的报价来说，与欧美企业的报价比，至少便宜了三分之一，且产品档次也较适宜。另一个是炉衬结构优势。当下，中国高炉的炉衬寿命虽然比不上欧美，但用鲁阳的新型炭砖—陶瓷砌体复合炉衬技术设计建造的高炉，已经表现出非凡的业绩，让人眼前一亮。

就印方而言，他们的耐火材料厂可以生产一般的黏土砖和高铝质材料，但对于新型炭质材料的生产及其工艺则并不了解。此次考察，就是针对景山钢铁集团海外工程部给他们推荐的炭质耐火材料，进行全方位的考察了解。

印度客人第一站到的是山东一家炭材厂，洛阳古城耐火材料厂是第二站。以上两家企业，在国内都是数得着的明星厂家。印度客人在景山钢铁设计院王欣主任等人陪同下，对山东和洛阳的厂子作了详细考察，到鲁阳来是第三站。

印方一行两人。一位是冶金工程师库尔玛，高高的个子，黝黑的肤色，消瘦的脸庞，深深的眼窝里一双明亮的大眼睛。库尔玛对炼铁高炉生产工艺了如指掌，特别是用什么材料更适应印度高炉的冶炼条件，可谓是行家里手。另一位是耐材工程师，叫拉杰拉尔·瓦萨尼，他个子不高，但扛了一个啤酒肚，棕黑色的脸庞上架了一副高度近视镜，像个老学究似的。过去他一直在欧、美、日采购炭素制品，对炭素材料的行情研究颇深，谈质论价是位高手。这两位工程师来中国采购炭砖，可谓珠联璧合，相得益彰。

为了展现鲁阳人的真诚，季健中特意把杨逸菡给请出来，为印度考察团一行，就新型炉衬技术和产品作了专题介绍，并特请客人到实验室参观。而且想看什么就看什么，若有不懂的地方还有专家在身边负责讲解。在其他厂家，实验室是不对外开放的，因为它是企业的核心技术重地。

此刻，鲁阳炭材厂这种不怕别人学走技术、真诚的交流态度，使印度客人心中的芥蒂立时便打消了一大半。

参观之后，接下来又进行了技术交流。根据鲁阳炭砖在中国炼铁高炉上实际应用情况看，印度客人认为，用中国的技术和产品，实现高炉的高效和长寿是有把握的。

那么最终用哪家的产品好呢？印度客人当场没有答复，显然人家是要仔细考虑一下的。

次日正赶上端午节，季健中让章晓琳给印度客人介绍了节日的来历，又按照传统习俗，请客人吃粽子、鸡蛋和煮熟的大蒜。最后又在客人的脖子上系上了五彩线，代表着吉祥安康。和当地人一起过节，又看到大街上孩子们身上的五彩线，印度客人十分高兴。

当然，最终打动印方的，还是鲁阳炭材厂无可挑剔、严谨、科学的现场管理和专利技术。

在印度客人眼里，鲁阳炭材，企业规模虽然不大，厂房设施也远没有别的耐火厂气派，但深山里能有这么好的管理水平和高质量的产品，足以说明鲁阳炭材的过人之处。再加上真诚的开放和友好的接待，印度客人遂毫不犹豫地把炭材的供货厂家定在了鲁阳。

然而，最难谈的是价格。

印度和我们早几年一样，真的很穷。印方浦尔钢铁公司库尔玛和拉杰拉尔·瓦萨尼等人，既想用好产品、好技术，还想讨个好价格，并以种种理由让健中在价格上让步。

一直谈判到晚上十点多钟仍然未见分晓。

回到客房，季健中心里七上八下，一刻也不能安宁。这是第一次与海外客户打交道，健中很想给人家一个好价钱，可是产品的成本在面前摆着，是不能再作让步的。毕竟公司要发展，职工得吃饭，哪一项也离不开钱。若赔本赚吆喝，前头有车，后头有辙，以后该怎么办呢？

次日，当价格谈判一开始，季健中便拿出一个老物件——秤，而且是十六两的那种杆秤。不仅库尔玛和拉杰拉尔·瓦萨尼两位印度客人感到迷惑，就连景山钢铁的王欣主任等几个人，也不知道健中葫芦里卖的什么药。

接下来，季健中把秤展示给客人，就秤的构造、进制，什么是权，什么是衡，以及十六两秤的来历，作了介绍。说前边的七颗星代表北斗七星，接着的六颗是东、西、南、北、前、后，最后三颗星代表福、禄、寿。说中国人在交易过程中，视少一两减福，少二两损禄，少三两折寿。说秤虽然称量的是人们要买的东西，但也是在称量交易者的人心。就是这么一番道理，季健中说一句，章晓琳在跟前给印度客人翻译一句。有的不好理解的地方，晓琳还特意给以引申，以期尽可能让对方听明白。

看库尔玛和拉杰拉尔·瓦萨尼等人面面相觑，季健中知道对方还在犹豫，遂十分真诚地道："库尔玛先生，你们印度有句名言，叫作'唯有真理和爱能得胜'。我们呢，我们自古信奉'为朋友甘愿两肋插刀'的古训。你们远道而来，既是客人，又是朋友。我们和你们是第一次打交道，你们也是我们第一家印度客商，来鲁阳炭材，我们一定会以我们的真诚给你们一个好价钱、一个良心价。真理长存，真诚自能感人。希望我们能够互相理解。"

不知是十六两秤杆上的福、禄、寿打动了对方，还是季健中的真诚让客人认同了华夏文明，最终以总价三十五万美金结束了谈判。

然而，商战并未真正结束。

商务谈判结束后，当印度客人就要离开鲁阳时，突然对已经签好的合同又提出一个令人想象不到的要求。库尔玛说，为了双方真诚的合作永续，希望鲁阳炭材厂在三十五万美金的基础上，再让出三个点，即百分之三的优惠。

听了这话，一旁的安心平和景山钢铁海工部的沈和平等人一愣。继而，纷纷朝季健中看去。

第一次同印度客人打交道，季健中尽管还摸不透对方的脾性，但短暂的接触，却让他真切地认识到，若不答应对方提出的要求，费了这么大的功夫到手的合同，保不准还真的就是一张废纸。这么想了，季健中笑了下，很干脆地道："可以，谁让我们是兄弟呢！而且是第一次合作。"说完这话，季健中收了脸上的笑容，通过翻译道，"为了双方真诚的合作，我们可以考虑再优惠百分之三。"见库尔玛高兴地上前来拉住他的手笑了，健中又道，"你们看到了，当下我们正在扩大生产规模，需要大量资金投入。这样优惠可以，但你们的预付款，必须在原有的基础上，再提高百分之十。"

一看对方也愣住了，季健中笑了下，上前一步握着对方的手有力地一抖，紧接着，一锤定音地说："就这样定了。我们有句古话说得好，'同心之言，其臭如兰'。我们相互理解与支持。"

这个回马枪杀得库尔玛和拉杰拉尔·瓦萨尼好一会儿才回过神来。生意场上，印度客人这种"黏性"或许是我们难以接受的，但季健中回敬人家的招数也是可圈可点的。

毕竟，在生意场上，只有双方真诚地合作，才能实现共赢。而参与国际商务活动，则代表的是国家尊严。这是经营者的使命。

拿到了出口海外的第一份订单，鲁阳炭材厂上下一片欢腾。同时，正像沈总说的那样，也就在敲定印度合同之后的两个月里，沈总带着津巴布韦钢铁公司耐火材料专家——阿道夫和阿吉夫先生，从北京莅临鲁阳，敲定了七百五十立方米高炉炭砖供货事项。

消息传到正在外地学习的刘振国那里，他特意打来了祝贺电话。

为了在海外树一座丰碑，展示鲁阳炭材人的风采，全厂上下拧成一股绳，齐心协力，推动生产发展。也就不到三个月时间，所有供应印方的炭质材料生产完毕，并顺利通过景山钢铁及印方联合验收组的验收，开始发货了。

同时，根据印方的要求，鲁阳炭材厂的技术人员要提前到印方，以便对业主方面有关人员进行施工前的技术培训。

这时候，季健中想到了两个人。

第一个当然是从洛阳请来的翻译章晓琳。这一时期，晓琳在服务工作中，不管是专业术语，还是在商务谈判活动中的临场发挥，都展示出了自己的聪明和才华。健中认为，若让晓琳去印度锻炼上一段时间，不仅有利于合作双方的交流沟通，晓琳也会更加成熟。

另一个就是炭材厂自己培养出来的技术人才牛志刚。他出生于贫寒家庭，高中毕业那年，正赶上高考的前几天，母亲突然得了重病住进了医院。为了照顾患病的母亲，耽误了高考。父亲是个伤残军人，腿上有毛病，行动不便，由于家里条件差，牛志刚遂放弃了复读的念头，招工到炭材厂。他热爱炭材这一行，又积极好学，厂里选拔人才脱颖而出深造回来后，牛志刚一直跟着杨逸菡磨砺，无论理论知识还是生产实践，基本上具备了独立对外开展技术服务的能力。再加上本次是和景山钢铁的老大哥们在一起合作共事，季健中觉得派牛志刚去完成这项任务是不成问题的。

这么想了，季健中遂拨通了电话，要牛志刚到他办公室来。

放下电话，季健中从抽屉里拿出一本相册看起来。

相册上是季健中和另外两个年轻人的合影，背景是汉江钢铁学院的大门。

看着照片上的牛志刚，几年前的往事，立时又浮现在季健中眼前——

那是季健中到炭材厂不久，快要过年的时候。在老宅那边，健中一大早起来给父亲整理好垫布正在洗脸，院门外响起嘭嘭的敲门声。应了一声，健中胡乱擦了下脸，连毛巾都没来得及放下，就走过去拉开了院门。

他看到，一位满脸沧桑、一身寒气的人，夹着膀子在院门口站着。他的旁边停着一辆旧自行车，后架上绑着一个鼓鼓囊囊的编织袋。健中一看不认识，以为是来人走错了门，忙笑起来，道："咦，老哥呀，你这是走错地方了吧?"

"没有! 没有! 就是这儿，我见过你。"说话间，来人解开绳子，搬起编织袋，跛着脚进到院里，左右看看，把东西放在门旁边花池的花墙上。

季健中愣住了，道："你是……"

由于天冷，在外边冻得久了，来人说话嘴不灵便，但样子十分憨厚，笑着道："我叫牛青坡。"

"牛青坡?"季健中感到十分纳闷。

"哦，是这样——你们厂有个牛志刚，我是他爸。"牛青坡显得有些拘谨地说。

"牛志刚?"由于健中才接手炭材厂，尽管在机关和车间一线走访、座谈什么的也都进行了，可是厂里的困难在面前摆着，他得拿出实打实的办法解决问题，加之天天回来了，公事私事堆到一起了，他实在还没有时间沉下身子到下边去。因此，牛志刚是谁，他还真的不清楚，更对不上号。可是人家已经报了名号，这就赶紧热情地把牛青坡让进屋里。

他先是倒了热水，看着对方搓了香皂净了手，就把凳子尽量往取暖用的炉子跟前拉拉让对方坐下来，然后又忙着倒了杯热水，道："喝点儿热水，赶快暖和暖和身子。"

牛青坡很客气地接了杯子，但他没有喝，而是含着眼泪把他儿子没有上成大学一事道了一遍。最后话题一转，道："听说你在职工大会上对大伙儿宣布，将来要培养工人大学生，有这回事儿吧?"

见对方盯着他问，想起在职工大会上说过的，等条件成熟时选派年轻人到大专院校学习的事，季健中就点了头，道："是的。炭材厂这几年一年不如一年，吃亏就在于没有咱自己的技术人才呀! 再说了，现在的人啊，眼皮活，坐不住。我之所以在职工大会上那么说，除了急需培养咱自己的技术人才之外，最主要的就是想督促大家静下心来，多看点儿书，长点儿知识。"

"这可太好啦!"牛青坡道，"我家志刚性格很内向。这孩子嘴上从来没说过此事，但我知道孩子的心劲儿。要不是我那一口子得了那场病，孩子的心愿早就圆了。"牛青坡说着，眼泪又出来了。

季健中见此，忙安慰道："现在社会进步了，只要用心，成才的路到处都是。你呢，也得想开点儿。"

"是呀！"牛青坡说着，苦笑了下，又道，"我倒是能想得开，人嘛，什么样的事情都会遇到，自己得学会给自己宽心。只是——唉，我那一口子想不开呀！总觉得耽误了孩子，这就压在心里，觉得自己欠了孩子一辈子的情，一来二去就成了心病。"说到这儿，他的神情一转，道，"你是我们一家人的救星呀，我先打个招呼，希望到时候机会来了，你当厂长的，多多关照呀！"

"嘻！"季健中明白了，看看牛青坡，想想对方放在院里的东西，他猜出那里边装的是肉，也看出对方是厚道人，遂真情地道，"老哥啊，你这是干什么？"见对方想解释，忙岔开道，"喝水！喝水！看你冻得。"看着对方端着杯子喝了两口停下了，健中拉着凳子往牛青坡跟前挪了挪，又道，"志刚在炭材厂哪个车间工作？"

"在组装车间，是筑炉工。"牛青坡说着，不好意思地解释道，"家里穷，也吼啥好东西。过年了，自己家养了头猪，杀了，给你捎上点儿。也拿不出手，就是表表心意。季厂长，你可千万别嫌弃呀！"

"你外气了。"健中道，"你到我这儿来，咱兄弟俩说说话，我心里高兴。只是你呀，你这种来法，我就不高兴了。"

牛青坡有些拘谨地笑笑，道："这不是没条件嘛，又想见见你，给你说说话。季厂长，你可千万别见怪呀！"

"嘻，老哥，你让我怎么说呢？"季健中解释道，"你的心情，我当然理解，但你这么个来法，叫街坊们看了，人家就是嘴上不说，可心里一定会小瞧我。"为对方添了水，想起牛青坡走路不方便的样子，健中道，"老牛哥，您这腿……"

"唉，战争落下的。"牛青坡拍了下腿，开怀地笑了下，接着道，"也算命大，只伤了腿，没有把小命丢在那边。"

"你是功臣。"季健中说着，朝里屋喊道，"健秀！"听到有了应声，遂吩咐道，"抓点儿紧，老牛哥来了，买点儿早餐去。"

牛青坡听了，忙起身道："不用！不用！季厂长，到时候志刚的事，你可要上点儿心呀！"

"唉，选拔人才，我能不上心吗？不过，委培得等到秋天，现在早着哩！之所以我在大会上那么说过，也就是想督促一下，在旁边敲敲边鼓。你回去告诉志刚，叫他安下心来，在干好本职工作的前提下，抽空多看看书，别的不用想那么多。只要爱学习，把基础打好了，到那时能考出成绩，那就什么也不用担心。"

"好、好，这样好！不瞒你说，季厂长——志刚这孩子，别的不中，就是爱读书、爱学习。"牛青坡道。

季健中笑了，道："那你还着急什么？"

牛青坡叹了口气，道："现在这社会……"

见对方话说半截不说了，季健中知道对方担心什么，就道："放心吧！老牛哥，走后门、凭关系，这种事在别的单位可能有，但在咱炭材厂，有我季健中在，就不会发生。"

牛青坡放心地笑了。

这时，昨天傍黑回娘家来的健秀拿着零钱从里屋走出来。她一边系着围巾，一边同牛青坡打过招呼朝外边走去。

见牛青坡喝了杯子里的水，然后把杯子一放转身要走，健中忙伸手拉住，道："老牛哥，你坐。天冷，一会儿吃了早餐，身子暖和了再走。"

"谢谢！谢谢！"牛青坡说着，一瘸一瘸地走出去。

季健中追出来。他怕对方走脱，忙紧走几步伸手拉住。可是当他腾出手去搬编织袋的时候，牛青坡趁机以近似跌倒的样子跑出了院门。

"老牛哥——"季健中搬着沉甸甸的编织袋，急急地喊着追出来。看着慌慌张张骑上呱嗒乱响的破自行车远去的牛青坡，季健中显得十分无奈。

当天下午，季健中在办公室里坐着。

这时，门被一个年轻人推开了，道："季厂长，您找我？"

"嗯！"健中朝来者看去。

他有二十一二岁年纪，一米八几的个头儿，方方的脸盘，白白净净的，留着寸头，脖子上围着一条咖啡色毛线围巾，着一身工装，整整齐齐的，只是脚上的黑棉鞋破了，显得有些不搭配。

"啊，咱们见过面。"季健中道，"那天在车间里座谈，你坐得最远。"

"我个儿高，坐得靠前了，怕挡住别人。"牛志刚显得十分拘谨。

"你坐呀！"看着对方在沙发上坐下了，季健中起身倒了杯水递给对方，十分关切地道，"你母亲的身体现在怎么样了？"

"就那样，慢慢儿熬吧。"牛志刚显得有些沮丧。

季健中道："听说你表现不错，文化基础扎实，还是厂团支部宣传委员？"见对方点了头，健中显得十分欣喜，又道，"企业要发展，就离不开科学文化知识。志刚呀，尽管咱见面不多，更没有在一起说过话，但你对厂里提的那个'多读书，长知识'的建议，我早就看到了。五个字：很好，很中肯。不是这事儿那事儿地缠着，我早找你讨教了。谢谢你，也请你放心，就按你提的建议办，也希望你把这个头儿带起来。只要长了本事，将来的炭材厂一定是你们年轻人的天地。"说着，拿起桌子上早就准备好的五十元钱递给牛志刚。

牛志刚一愣，道："季厂长，您这是干什么？"

季健中道："你爸爸到我家去了。"

"啊！他到您家干什么？"牛志刚显得很惊讶。

"他给我送了个猪后腿。"

"这……"牛志刚顿时羞得满脸通红。

此刻，看着照片上的牛志刚，季健中显得很欣慰。

这时，听到敲门声，季健中一边说着"请进"，一边把手里的相册放回抽屉里。

进到门来，牛志刚愣愣地道："季厂长，您找我？"

"是的。有一个差事，需要你出马。"季健中说着，起身拿起杯子准备倒水却被牛志刚接过去。

"什么事，您尽管吩咐！"牛志刚说着，自己倒上水。

季健中道："你先说说炭砖组装平台的事怎么样了？"

牛志刚道："正在收尾，估计还得三四天吧！"

"是这样——印度钢铁公司的货已经发出去了，大约一个月才能到。但人家让咱提前过去进行施工前的技术培训并指导施工。新型炭砖那边没用过，施工前的培训也是大事。我考虑了下，想叫你和晓琳一起过去，你懂技术，让她给你当翻译，你看怎样？"

"没问题！"牛志刚自信地回答。

"那就这么定了。这两天，你把手头的工作好好儿安排一下，抽空也理理发。"说着，季健中伸手拉开抽屉，把准备好的钱拿出来塞在牛志刚手里。

牛志刚一愣，急道："呀，您这是干什么？"

推让中，季健中道："拿住吧，这次出差不比国内，不仅代表咱们炭材厂，更代表着国家。买身像样的衣裳，别不舍得。还有，那边天气热，蚊子多，别忘了带清凉油。"

"唉，有钱！有钱！"

"有什么有？"看着牛志刚执意不收，季健中生气了，接道，"家里情况我能不知？拿住！厂里虽然给你发了奖金，捂了窟窿，可你接二连三办了那么多事，还都是花钱的事儿。眼下，虽然你母亲的身体没事了，可你爸爸腿有残疾不说，单位也成了早几年咱们炭材厂的样子——工资一拖就没信儿。再加上孩子小，花钱的地方多，家里能不困难吗？"

"困难谁家都有，你就是观世音菩萨在世，那也照顾不过来。"牛志刚道。

"能照顾多少是多少。"季健中道，"这些天我就想到家里看看，把钱送过去，只是这事儿那事儿的，一直没顾着。钱不多，是你阿姨要我换手机用的，这个还能用，我花不着。把该办的事办好，出去了别分心。"

听了这话，牛志刚心里百感交集，真的有许多心里话要说，可他就是这么个性格，关键时候，他还真的是宁可把话闷在心里，也不愿说出来。

见对方立那儿不动，季健中知道对方心里想的什么，遂叹了口气，道："行了行了，抓紧准备一下，等签证下来了，马上就出发。"

牛志刚昂起了头，眼里饱含泪水，对着季健中深深地鞠了一躬。

　　看着牛志刚昂首挺胸走去的背影，想起他的父亲牛青坡，季健中心里暖融融的。牛家这一对父子，为了国家利益，奉献的都是青春年华。拂去了硝烟，牛志刚即将去承担的是中印两国人民友好交往的使命。

第十四章　总被命运捉弄

在地方党委、政府的关怀支持下，鲁阳炭材厂上下同舟共济，通过四年多的艰苦奋斗，不仅圆满实现了季健中当初许下的"一年扭亏，三年翻番，五年走出国门"的诺言，而且把濒临倒闭的冶炼厂也带起来了。

总结这些成绩，当下鲁阳的笔杆子、早已升任县委宣传部部长的马青云，凭着《天天的故事》长篇报告文学，以及数篇长篇通讯等作品的不断发表，她不仅全方位地把季健中在现实工作、生活中更为崭新的一面展示给大家，还运用白描手法，把季健中的人格魅力、工作方法和领导艺术等方面所具有的独到之处也作了深入细致的介绍。简言之，在鲁阳地方经济发展中，季健中成了一个有影响力的人。

翻开鲁阳县国有工业企业的发展历史，除几家传统企业外，改革开放后像雨后春笋般已经发展到二十多家了。可是，这些企业，虽然都有自己的主攻方向、产品定位和营销渠道，但基本处在艰难维持状态，真正能打开一片天地、带动地方经济发展、富裕一方百姓的，除了季健中一手带出来的石墨矿和炭材厂之外，其他就寥寥无几了。为此，马青云深入这些困难企业调研走访。通过剖析根源，寻找病因，在深层次方面，马青云虽然还吃不太透、看不太准，但普遍存在的产品质量标准低、营销手段落后、缺乏科学有效的内部管理制约机制，以及发展环境不尽如人意等问题。于是，她就以新闻人的眼光和思维，针对找出的病因，开出了十几条"治病"良方，遂以"我县中小企业发展现状及存在的问题与对策"为题的调研报告，在上报县"四大班子"领导的同时，又在内部资料《今日鲁阳》上登了出来。一时间，关心地方中小企业发展成了人们热议的话题。而地方党委、政府的决策层，透过这些问题的剖析与热议，则有了更高的站位。对于国有企业发展这片热土，必须得有深谙此道的人来深耕，方能结出硕果。于是，季健中再一次被推到了风口浪尖。

在民主测评会上，季健中高票胜出，成了副县级干部人选，并进入公示期。

有着良好的口碑，又有石墨矿和炭材厂两个活生生的例子在面前摆着，但凡关注地方经济发展的人们，对于季健中的胜出，无不欢欣鼓舞。

然而，就在公示只剩最后一天的时候，一封神秘的举报信送到了县委传达室。

高平部长是在去参加县委常委会的楼道里，接到这封注明"群众举报"字样的举报信的。

举报信说，有天晚上，大约十点钟，季健中敲开了县委一位单身独处的女性部长家的院门，两人随即勾肩搭背进去了，直到次日上午，季健中才一个人出来。显然，举报人把季健中说成了道德败坏之人。

看了这样一封举报信，高平部长愣住了，遂把举报信递给了县委书记刘振国。

"带病"不能提拔，公示期间有举报，在问题没弄清之前也不能提拔。这是干部选拔任用条例明确规定的。尽管刘振国不相信举报内容是真的，可在法规条例面前，他是不会有一丝一毫偏袒的。

于是，鲁阳县委常委们都已坐到会议室就等举手表决了，季健中拟任副县长职务一事遂被搁置下来。

不知道说的是哪天晚上，当组织部部长高平代表组织找他谈话时，季健中一时没有想起，待他想起来的时候，已是当天夜深人静了。

举报信上说的那天晚上，实际是端午节那天。由于同印度客商库尔玛和拉杰拉尔·瓦萨尼签好了合同，晚宴上，季健中和景山海工部的客人喝了不少酒。宴会结束就要休息时，季健中忽然想起马青云的爱人来鲁阳已经三天了，明天就要走了，此刻不去，他觉得会失礼。毕竟人家的爱人一落脚就给他打了电话，由于忙着接待客户，作交流、谈商务、签合同，把这事给耽误了。当他打了电话，坐上摩的来到马青云居住的院门前时，季健中就有些不当家儿了。因为一路上被风吹着，车子又摇摇晃晃的，酒劲儿立时就上来了。闻到酒气，又见人成了这样，马青云担心他摔倒，遂伸胳膊把季健中架住。

来到屋里，一看人家正在收拾山货，准备打包，季健中知道自己帮不成忙，就自责了一番，遂与陪他坐下来的马青云的丈夫说话。驻京办的工作，繁忙而又神秘，季健中没听过。而三上北钢，以及鲁阳的新型炭砖成功打入印度冶炼高炉，更充满地方中小企业商业传奇，马青云的丈夫更听得津津有味。这中间，见季健中侃侃而谈，不像喝多了酒，而酒、菜又是现成的，两人遂又面对面喝了大半瓶。这么一来，从未醉倒过的季健中，还真的就走不成了。第二天，当季健中醒过酒来的时候，太阳早出来了。

真实情况就是这样，季健中向组织部说明了情况。

听听是这么一回事，高平无奈地说："你是被人盯上了。不过，拿你的观点来说，是坏事，也是好事。身后总有人监督着，省得走下坡路。"

离开组织部，季健中心里憋躁得难受。见街头有个卖冰糕的正给人拿冰糕，他就走上来。可是坏了，慌着到组织部来，换了衣服，却忘了装钱。正感到不好意思，先前那个买冰糕的仿佛早就准备好了似的，伸手就把冰糕递到了面前。

一看打扮得像归国华侨一样的人是云霄翔，季健中道："你怎么在这儿？"

"等你。"云霄翔说。

"等我干什么？"季健中感到莫名其妙。

"你不是升官了嘛，巴结你哩。"云霄翔诡秘地看着季健中，显然是在看笑话。

想起那晚坐的摩的，季健中忽一下什么都明白了。因为那晚开摩的的师傅，是云霄翔的拜把子兄弟——朱秋三。此人到过炭材厂，也正是他与云霄翔合伙倒卖了炭材厂的原煤，处理此事时，季健中与他有过一面之交。

这时，季健中禁不住笑了。

"你笑什么？"云霄翔感到诧异。

季健中道："我得谢谢你。"

"谢我？为什么？"云霄翔瞪大了眼睛。

"糊里糊涂当了副县级人选被考察对象，谁知又被撸下来了。现在我才算明白了。"季健中一副释然的样子。

"明白什么？"云霄翔糊涂了。

季健中道："生就的爬叉命。当年替你撵狼扒子也好，在山沟里栽树种药材也罢，还有在矿山那几年，这都养成了职业病，不下点儿力出点儿汗，我就坐不住。你想呀，这要是真的升了副县长，你说说二哥我这日子怎么过？我还能在炭材厂待吗？为此，这不还得谢谢你。"

看着季健中吮着冰糕，扬扬得意地前边走了，云霄翔半天没有回过神来。

转眼到了这天，季健中值夜班。继印度三十多万美金的供货用砖合同完成之后，紧接着津巴布韦高炉用砖还没做完，又相继接了四五个合同，工期都排到了来年的夏天。粗略地算了一下，年产量将第一次突破万吨大关，利税与上年同比翻两番还多，健中心里有说不出的高兴。喝着茶，手头没有什么急事要办，这就拉开抽屉，准备把看到半道的书拿出来接着看。但他第一眼便看到了当年天天送给他的那把口琴。立时，他就想到了他的天天。

那年，铺天盖地的政治运动，像大海的狂潮席卷而来，山城鲁阳也成了红色的海洋。大街上，到处都是"革命无罪，造反有理""舍得一身剐，敢把皇帝拉下马"的红色标语和过街横幅。

心情实在太糟糕了，出身好的孩子们都戴着红卫兵袖章，背着行李到外地搞"革命大串联"去了。由于家庭的原因，季健中被无情地排斥在外。学校停课闹革命，没有学上了，偌大的校园里，除了附近几个老头儿老太太在太阳地里晾晒收回来的玉米棒子外，剩下的就是不知谁家的猪和鸡跑进来累了在阴凉地里小憩。

秋风吹着高大挺拔的白杨树，使那已经泛黄的叶子哗哗啦啦地响着飘落了一地，也飘落在用水泥砌起来的乒乓球台上。季健中用小树枝清理掉台面上的树叶，遂掏出乒乓球和拍子。这是他最爱的运动项目，去年这时候代表学校挑战过市一高的冠军，只是功夫还敌不住人家，没有挑战成功。站在乒乓球台旁，他习惯性地把姿势拉开几下，可又无奈地收起来。

踩着林荫道上的落叶咔咔嚓嚓地响着，季健中有些伤感。他掏出口琴，一遍又一遍地吹他喜欢的朝鲜电影《卖花姑娘》中的主题曲以消解烦闷。之后，吹累了，他就默默地离开校园，不由自主地朝天天家走来。

他有两天没见到天天了，还真的挺想念她的。可是，大老远他就看见那里锁着门，不知道人到哪里去了。看见邻居家拉着一车玉米秆回来了，健中走上前，道："王叔，天天家是不是也在地里干活呀？"

王叔累得气喘吁吁，听健中问，忙道："嗯，都在南地砍玉米秆哩。"

秋收季节到了，生产队收获了玉米之后，把玉米棵按人头分给社员，以便把茬子腾出来，好犁地种麦。

第一次掂起秫秫铲，梁婉君刚刚砍了两棵，鲁阳公社十街大队党支部书记李麦收大老远就看见了。他走过来，道："梁老师呀，你那样砍，把玉米秆根儿丢在地里，麦可咋耩呀！"说着，李麦收掂起秫秫铲，抡圆了胳膊吭哧吭哧砍了几棵作出示范，然后把秫秫铲递给梁婉君，叹了口气，道："我知道你难，可现在的事，哪个不难？人嘛，得往前看，咬咬牙，什么都会过去的。慢慢儿砍吧！"显然，懂得不少革命道理的李麦收，是很同情天天一家的。可是，支部书记和有复杂家庭背景的天天一家人，是必须划清界限的。

看看手中的秫秫铲，再看看面前一眼望不到头的玉米棵，梁婉君傻眼了，也难住了。

她找到李麦收，叫了声"叔"，说："不要了。"可李麦收凄凉地笑了一下，说："那能行吗？要腾地呀，玉米秆不砍下来拉出去，就没法犁地种麦。都不要咋办？再说了，砍下来拉回去，不是还能烤火、做饭嘛！"

听听是这个道理，梁婉君把男人和女儿都叫过来，一家人齐上阵。她不敢因为自己耽误生产队种麦，招来个什么罪名。

在大学讲台上，在农作物试验田里，甚至早年在河南大学西迁路上，郑寒光为保护自己的同学，不顾一切地转身冲上去，把追上来的日军扑倒在地……最终成就了美满的婚姻。可现在，人家揪他斗他的时候，给他来了个"架飞机"，把他的胳膊扭伤了，而且还伤到了额头。没办法，夫妻俩就用锄头刨。锄头没有刨完，还剩一点没有刨下来，梁婉君就用手使劲儿拔。而天天则在后边挥着镰刀，敲打那玉米根部的泥土。没多久，这三口人全累得躺在地上爬不起来了。

正愁眉苦脸的时候，天天愣住了。

她看到季健中朝他们这边急急地走来。

"阿姨，咱也分玉米秆了？"健中走得快，累得气喘吁吁。

"啊，分了一块儿愁帽。你叔叔不在行不说，膀子上还有伤，正发愁哩！"梁婉君十分忧心地说。

"那怎么不叫我一声呀？正没事干，我也找机会锻炼锻炼。"季健中总是那么阳刚，逗得天天一家都喜滋滋地看他。

丢掉背着的书包，季健中把袖子往上撸了撸，抄起地上的秫秫铲，也就一炷香的工夫，一箭多远二十几行玉米秆，就被他放倒了一多半。

在季健中家，虽然粮食不够吃，可是父亲医术高明，乡亲们明着不敢表示，暗地里却没少帮补季家。加上健中胃口好，红薯干、高粱面什么饭都能吃，营养方面基本上也算是跟得上。眼下，他已经十七岁，个子已经成长起来，浑身有使不完的劲儿。可是他嫩胳膊嫩腿，手上也欠功夫，没砍多久，手上就磨出了血泡。但他一声没吭，继续用劲儿砍，是天天惊讶地发现秫秫铲柄上染上血了，硬让他停下来的。看着天天心疼得流出眼泪了，健中忙道："别这样，别让叔叔和阿姨看见。"

"健中哥，咱不砍了。"天天泪水涟涟地说道。

"没事！"指甲盖那么大个血疱钻心一般疼，但健中却表现得一点儿也不在乎。

于是，天天掏出自己的小手帕，含着泪把健中受伤的手给包住。

天天说："歇会儿吧！"

"好！"其实，这时候的季健中是在硬撑着。因为他肚里早已饥肠辘辘，眼前乱冒金星。

两人在玉米秆堆上坐下来。

你看看我，我看看你，相视而笑，却不知道该说什么好。

看爸爸妈妈在不远处弯着腰劳动，为打破尴尬，天天见健中口袋里装着口琴，就说："我给你吹一支曲子吧？"

"好！"

天天笑了。她伸手从健中的口袋里掏出口琴，欢乐得像只小鹿，说："《红梅赞》，好吗？"说罢，扑闪着一双水灵灵的大眼睛看着健中，等待他回答。

"好！"

《红梅赞》曲子响了起来。

健中一边认真地听着，一边掏出刚刚砍玉米秆的时候拾到的一小穗玉米，像吃炒豆似的嘎嘣嘎嘣嚼起来。

不远处，天天的爸爸妈妈被琴声吸引了，直起身高兴地朝女儿这边看。同时，大田里，好奇的社员们听到琴声，也正想直直腰喘口气，遂纷纷停下手里的活儿，朝这边观望……

从往事中回过神来，季健中禁不住笑了。他把口琴含在嘴里，立时，歌剧《江姐》的主题曲《红梅赞》那铿锵激昂、震撼人心的优美曲子在办公室内响了起来。

虽然是在夜里，却是在值班岗位上，季健中有意压抑着自己。可是，感情的闸门一旦开启，压抑就会变得毫无羁绊。

打健中办公室往西走一二十步远的另一间办公室里，已调入接待科任科长的王红珠，正躺在值班室床上看《礼仪知识大全》，听到打窗外隐约飘来的口琴声，立时便愣在了那里。想着他们是从那个时代过来的，王红珠意识到，既刚强坚毅又钟情专一的季厂长这是想他的天天了。

是的，一方是美若仙子的娇妻和爱女，一方是夜半醒来的孤独之人，为着鲁阳炭材的明天，他没有眷顾自家的那个爱巢，而是把心血全都洒到企业，洒给了一帮踏实肯干的兄弟姐妹身上。设身处地想想，王红珠两眼禁不住湿润了。

直起身，她把书放在床边的椅子上，然后披上工作服走过来把窗子推开。

　　口琴声是欢快而悠扬的，可是听琴人，听得出吹口琴人心中无法掩饰的寂寞和对亲人的思念。还有近日来，围在吹口琴人身旁那双看似温柔实则让人厌恶的眼神。这么想了，王红珠顿感心神不宁，坐立不安，唯恐发生什么意外。

第十五章　暗恋他的人

国庆节前几天，厂里举办篮球赛，季健中穿一身红色球衣，代表机关队上场打中锋。场上竞争激烈，频有精彩表现。场下啦啦队助阵，不断爆发起叫好声和鼓掌声。

忽然，王红珠听到耳边有人小声说："哎呀，太帅了。"她扭头一看，见是在机关打杂的女工吴俊芳在那儿自言自语，王红珠便不以为意。可是，比赛结束，王红珠刚回到办公室还没坐稳，吴俊芳跟脚跑过来，嘭的一声把门关住。紧接着，她拉住王红珠的手，说："妹子，大姐也不瞒你，我实在是受不了了。我真的太爱他了，你教教大姐，怎么弄才能把他弄到手？"

"你胡说什么呀？"王红珠知道吴俊芳说的"他"指的是季健中。她担心她把持不住弄出不可收拾之事，心里顿感十分不快。

"装什么装？你知道我想的什么。"

"我怎么会知道你想的什么？"

看对方一副十分厌恶的样子，吴俊芳笑了笑，说："过来，我告诉你——"见对方站着不动，吴俊芳上前一步，附在很不情愿的王红珠耳畔嘀咕了一句。

王红珠听了，猛一下把吴俊芳推了个趔趄，用手指着对方，警告道："吴俊芳，你不要胡思乱想！"

"为什么？"

"你不配！"

"我不配？"吴俊芳围着王红珠看了看，突然笑了，笑毕，十分露骨地说，"这么说，你是不是吃醋了？王妹，你说说，你们是不是早就这样了——"话说到此，吴俊芳没有继续往下说，而是十分下流地握着拳头，照着王红珠的下身猛地捣了一下。

王红珠实在受不了吴俊芳如此下流龌龊的举动和猜测，遂抬手照着她淫笑的大胖脸上啪的一声就是一记耳光。也没等对方反应过来，王红珠就气狠狠地摔门走了。

这一下，把吴俊芳打愣了。待她回过神来，拉开门看看不见王红珠的影子，就指名道姓什么婊子呀，野鸡呀，什么难听话都骂出来了。

此刻正是上班时间，又刚刚举办过赛事，莫说机关人员，就连一些车间的头头儿们，大都在机关科室还没走。大伙儿不知道发生了什么，一个个挤出来站在走廊里打探，羞得王红珠躲在杨逸菡的办公室里默默地流眼泪，连影子也不敢露了。

看透了吴俊芳的内心，赶在第二天一上班，王红珠喊上在煅烧车间当副主任的刘华平一道，在茶炉房又对吴俊芳作出严厉警告，不让对方想入非非。

吴俊芳恨死王红珠了，可是对方两个人，无论怎样自己都占不了上风，遂埋着脸，一声不吭。

看透吴俊芳是那种不顾羞耻、不达目的决不会善罢甘休的人，王红珠自此就提防起来。她觉得，大白天怎么也不碍事，关键是夜班。于是，只要轮到季健中值夜班，王红珠就不声不响地也来到厂里。

作为员工，她要为自己的厂长值班站岗。她容不得别人对他，以及对他的家人有一丝一毫的伤害和污损。在她心里，天天在国外，隔着千山万水的，俩人之间的思念之苦本就让人够受的了，若要再摊上一些什么风花雪月上的闲言碎语，那可该怎么接受啊！

从冶炼厂到炭材厂，不管是联合还是兼并，就像是女人改嫁，走上这一步已经不容易了，王红珠死都不想再离开这个企业。就像是捍卫真理一样，她不想让任何人在感情或爱情上，对季健中及其家庭有一丝亵渎。

可是，一连观察了好多天，把自己打扮得花枝招展的吴俊芳，并没有像她想象的那样。这样，王红珠就对自己产生了怀疑，觉得是不是自己多疑了，绷紧的神经放松下来。

其实，王红珠的担心真的一点儿没错。只是这个正直善良的女人，没有吴俊芳那么多心眼，她也万没想到在她提防吴俊芳的同时，对方也在暗中提防着她。因为吴俊芳对季健中早有此心，而且不达目的，决不罢休。

还在上初一的时候，吴俊芳在学校"五一"特刊上看到一首名为《我是一棵杜鹃》的诗，她的心立时便不自然地跳动起来。那首诗写道——

　　我是一棵杜鹃，
　　生长在贫瘠的山巅。
　　每当春风吹来的时候，
　　我都会把这遍山点燃。
　　为了这火热的时代，
　　我愿把大地装扮。

　　我是一棵杜鹃，
　　从不怕那风雪严寒。
　　纵然不能成长为栋梁，
　　我心也未曾有过缺憾。
　　为了共和国的未来，
　　甘愿把苦难尝遍。

吴俊芳不懂什么是诗，也不知什么是歌，只是觉得人家写得就是好。

到了没人的时候，她就一字一句地把《我是一棵杜鹃》抄下来。读了一遍又一遍，到了早就会背诵的时候，她也不背，而是读。在她心里，读着有滋味，她要慢慢儿地一字一句来咀嚼。而到了晚上，她就把它珍藏在枕头下边，仿佛做了见不得人的事情，偷偷摸摸地和梦而眠。

那一段时间，她不知道谁是季健中，又不敢打听，心里就老想着。忽一天，她看到一个帅气的男生和一位漂亮的女生在操场上并肩散步的时候，有人远远地喊"季健中"，她立时就愣住了。因为，她心里的季健中，不仅有才气，而且人更帅气。

不是自惭形秽，而是没胆量接近，心里就煎熬得难受。好在机会终于来了。篮球打飞了，仿佛鬼使神差，刚好被在一旁观战的季健中跳起来接在手里。这情况，要是男生，季健中会甩手把球抛给对方。可是面对的是女生，他怕抛不好砸住对方，就端着球等着。从场上跑过来，一看球是这么一个人端着，吴俊芳那火辣辣的眼睛就死死地盯上了。这时候，吴俊芳是想控制住自己那颗跳动不安的心，可是却怎么也控制不住。在她心里，她本是要说声"谢谢您"，可不知怎的却说成了"抱抱我"。"什么?"季健中没听清，追问道。吴俊芳不知说什么好了，脸一红，遂扭头跑了。

之后，吴俊芳总觉得办了见不得人的亏心事，而且心里还老想着季健中，可真正到了碰头的时候，她连头也不敢抬了。直到那天季健中来厂就职，高勒皮靴，走起路来咯吱咯吱地响，就仿佛是鼓点，敲得吴俊芳心里嗵嗵地跳，怎么也安生下来。

算算年头，已经二十余年了。尽管早已结婚，也已有了孩子，但说句揭心底的话，吴俊芳早已把季健中当成了梦中情人。也正因为如此，当魏家送来喜帖，催新娘起程的爆竹在大门口一遍又一遍地响，姑母和姨妈还有伴娘拿着嫁衣披到自己身上的时候，满满的心事说不出口，吴俊芳再也控制不住自己，仿佛受了莫大委屈似的，哇一声哭了，而且那么伤心。众人不解其意地乱猜，只有她往日的同学、当时的伴娘知道她的心事，遂把众人支走，然后关上门好一番劝慰。特别是婚后，每每到了男人火急火燎骑上来的时候，如若不是把领了证的男人和内心深处暗恋的人来一个意识上的互换，她根本就不知道接下来的事情该怎么办。当然，也正是有着这么一个梦在心里藏着、念着，而怎么都无法变成现实，细细想来，不是婚后，而是打初中自从暗恋上季健中那时候开始，她的喜悦和欢乐就只有在梦中了。

人是感情动物，自有喜、怒、哀、乐，所以才有思念之苦。但人也是在接受自然、选择自然和适应自然中不断进化的。也正因为如此，遇到事了，才能既拿得起又放得下。反之，现实生活中，不管男人、女人，在性这一问题上，一旦陷入而不能自拔时，那就不是欢乐无限，而是苦海无边。

说到吴俊芳，与季健中一见钟情，虽然有所偏执，但她毕竟能够缓解部分精神压力。

但是，缓解不等于根除。

就像是菜园里的韭菜，割掉了一茬，它就会再长出一茬。如此，与季健中二十多年后的再次碰面，吴俊芳就有了诸多感想——

可怜的少女时代，还有结婚后的漫长煎熬，总结失败的原因，皆为一个"羞"字所困。若不然，不说同床共枕、美梦成真，起码给他说说话，拉两句家常，总不至于比登天还要难吧！

真的到了大彻大悟的时候，吴俊芳再也不愿压抑自己的感情波涛，而是千方百计地创造条件，接近她梦中的情人。

得知后勤人员要帮家在农村的职工割麦种豆了，她就赶忙报名，并想法和季健中一个组到深山里来了。那天，他们一起挥镰割麦，一起拉耧种谷，无论出多少汗，或是下多大力，吴俊芳心里高兴，一切都不在话下。特别是依依不舍地到大春家休息的时候，春心荡漾的吴俊芳怎么都无法入睡。

大山里，夏夜的风被山花熏得酥软又撩人。

按捺不住狂跳的心，最终莫说投入他的怀抱，享受爱情的冲动，他不仅不为所动不说，连话还没说多会儿，在他的催促下，她就不得不无奈地走开了。

即便在这失望中，吴俊芳也感到满足和有所收获。因为，现下，听得出他对她还是有好感的。

有着这么个良好印象，吴俊芳利用在后勤打杂，每天负责发放报纸的机会，遂就展开了攻势。

这天上午，季健中刚一进办公室，吴俊芳就跟脚进来，把一封没有封口的信，正正地放在报纸上，推到季健中面前，然后扭头就走。

漫不经心地打开信纸，季健中立时便愣住了。他做梦也想不到，吴俊芳在暗恋他。

信上这样写着——

　　我是一个苦命人，我希望你能理解我对你的一片真情！我不会影响你的家庭，但只要你能接受我，我会奉献我的一切让你快乐！

　　这是一封无头无尾的信，但他猜中是吴俊芳想入非非了。于是，他很自然地想到想马河那晚吴俊芳夜半不睡，说是出来透风，实则另有深意。一般来说，那么一个场合，又是那么一个人坐到身边了，作为男人，不会无动于衷。可是，他是厂长，面对的是自己的员工，撇开厂长之责不说，但同舟共济的兄妹之情是牢牢记在心中的。更何况，大洋彼岸那个患难之交的妻子把他心田里所有的位置早已全都占有了，怎么也无法让他分心。如此这般，那晚，吴俊芳的示爱，季健中还真的没有看出来。

　　想罢这些，再想想近日来吴俊芳在他面前那个热辣辣的眼神，结合面前放着的求爱信，季健中很想就此事找吴俊芳谈一谈，可是他不好开口不说，还怕说轻了不济事，说重了对方脸上挂不住。毕竟，人家是女人，又是自己手下的员工，怎么衡量，季健中都觉得这尺度不好把握。犹豫了一下，季健中遂提笔在稿纸上写下这样一行字——

　　爱人和被人爱是幸福的。但要有个前提，那就是你得懂得爱，或采取正确的方式去爱。请注意，千万不要踩踏道德的底线。

　　这么写了，季健中觉得用词过于生硬，不够尊重对方。同时，他还觉得必须向对方亮明观点，把对方胡思乱想这根弦掐断。愣愣地想了想，遂提笔又写下这样的话作为补充——

　　我的爱早已归了靶标，那是早年间就有的铁的约定。这多年来，尽管分多聚少，我们的爱有时候真的变成了相思，但它始终是饱满的，也是幸福和无可替代的。对于漫游在天涯海角的那颗纯洁的心，我不会对她有一丝的亵渎。若要真的有爱，就请你、我共同努力，把爱的动力用在工作中。这样，当你爱的欲火冷却下来的时候，你才能不觉得荒唐，才能对得起自己的良心，才能没有悔痛。

这是季健中的真心话。他想就此时把写好的字条递给对方，以免对方心里有什么熬煎。但他又怕有不慎的地方，就看了看，然后叠起来放进了抽屉里。

但这毕竟是个事儿，是季健中从未遇见过的。

是的，夫妻关系是个十分敏感的话题，和天天又是这么个天南地北的状况。尽管他自忖自己不会做出什么有违人格的事，又自忖天天了解他。但谁能保证不会有节外生枝的事情发生呢？尤其是吴俊芳，季健中一眼就看出来了，这女人心里做事。从社会经验看，健中认为，但凡心里做事的人，一旦做出事来，十有八九会叫你无法收场。当然，健中不是怕吴俊芳，而是怕吴俊芳抓住什么把柄做文章，从而无端地伤了天天的心。若那样的话，跳进黄河也洗不清，自己也不能原谅自己了。

为了尽快了却这场烦恼，也使吴俊芳不再胡思乱想，安心工作，季健中觉得，吴俊芳之所以会这么想、这么荒唐，指定有其思想意识方面的问题。若不然，谁会这么无端地放纵自己呢？

于是，他就从侧面对吴俊芳作了了解。

拿原先车间对她的评价，吴俊芳浓眉大眼，身材也好，是那种要个儿有个儿、要样儿有样儿的漂亮女人。但她性格内向、孤傲，出来进去碰了头，好像谁都欠她二斗黑豆似的拉着脸不理睬人。不过，她有个爱好，是才进厂的时候崭露出来的。那时候，赶上厂里主要经济指标连翻三番，厂工会和团支部以诗歌比赛为平台，激励员工，颂扬时代，她写的一首名叫《思念》的赞美诗歌，在员工中引起了反响，甚至到现在有些人还有一定印象。其中最后几句是——

> 敞开你的怀抱，
> 让思念埋进心田。
> 执起生命的犁铧耕耘——
> 未来的你啊，

该是怎样的金光灿烂!

她先前在杨长根的加工车间工作。按理说,生产中机器出点毛病很正常。可是她遇到这样的事,不知是懒得开口,还是机修工不肯帮忙,总是自己拿工具修理。可是她没有这方面的知识和经验,小毛病让她给鼓捣成大毛病。为此,杨长根哭笑不得就发了脾气。哪知这下坏了,她把手套往机器上一摔,好似受了莫大的委屈,跳套不干了。后来,又调了两个车间,就她那傲里傲气的样子,她不正眼看别人,别人自然也不愿与她伙计。没办法,厂领导遂商量决定让她烧茶炉。可是,厂子遇到低谷了,今天停产,明天放假的,工资又久拖不开,她干脆就不来上班了。

以上这些七七八八的事情,是季健中在下边走访时了解到的。接下来,围绕"一三五"目标,厂里搞内部改革,没人愿意同吴俊芳结合,人劳上实在想不来法子,就根据吴俊芳的自身条件,把她安排在机关做些勤杂工作。

这下,吴俊芳乐了。就像变了个人,不仅早上班,晚下班,而且还把秦明杰的活儿也干了。楼上楼下,角角落落的卫生都打扫得干干净净。尤其是厂长们办公室里的茶水供应、报纸发放,甚至连来人接待她都主动上前,笑脸相迎。

对此,首先感到惊讶的是办公室的同志,觉得以前是把吴俊芳放错岗位了,并且在季度先进员工评选中,还特意把吴俊芳的名字也写在了名单上让季健中过目。

季健中一看,当时就是一愣,并把负责季度先进员工评选的工会主席何百松叫到办公室询问情况。最终,经研究决定,把"吴俊芳"这个名字抠下来,换成在电煅烧工段当技术员,人人尊称谢大姐的谢秋萍。

显然,在季健中心里,但凡一个好员工,爱岗敬业是最起码的条件。

为着剖析吴俊芳的思想根源,季健中对吴俊芳的家庭情况,暗中进行了了解。他发现,小吴的父亲是位国家干部,而她本人则是接父亲的班当的工人,家庭条件比较优越,难怪她整天左一袋奶糖、右一袋瓜子地小嘴儿不停。她丈夫也是干部子弟,名叫魏刚,是县煤炭局安检科的科长,不仅是个实权派，而且是个肥角儿。

但魏刚不是她的初恋，激情怎么都无法调动起来。加之娇生惯养的，就一些家务而言，吴俊芳不会干也不知道该怎么干，婆媳之间逐渐产生了裂隙。这时，由于工作关系，魏刚跟煤窑主打交道时间长了，养成了嗜酒如命的坏毛病。同时，逢上吴俊芳这么个人，整天噘着嘴一肚子心事的，两人就少不了斗嘴打架。特别是近几年，只要魏刚一喝酒，吴俊芳便扭头就走，不跟他照面，因为她挨打挨怕了。久而久之，魏刚也多了个心眼儿，一回来便先把院门关上，让你跑不了。硬要跑，他就下狠手打她。她不愿老鼠见猫似的整天过提心吊胆的日子，就提出离婚，魏刚不但不离，还闹得连吴俊芳的娘家人也跟着不得安宁。

吴俊芳没辙了。

但人的性欲是最容易被唤醒的，而且也是不会磨灭的，因为那是生理方面的刚性需求。

吴俊芳厌恶了丈夫的爱，可又不是那种随便就能爱的人，生活就变得暗淡无光了。

然而，"踏破铁鞋无觅处，得来全不费工夫"，仿佛是上天的恩赐，季健中来了。这样，吴俊芳早有的心，这时候再也无法压抑了。在她眼里，当下的季健中比二十多年前更具魅力。她感叹，二十多年的思念全在梦中，现在是老天爷赐给的良机，她说什么也不愿错过。同时，天天那样天涯海角的，一年中怕有一半时间都不在家，而季健中虎生生壮得像头牛，夜深人静的时候他能不想那事吗？能耐得住孑然一身的孤独吗？吴俊芳自忖，自己虽然没有人家那一口洋气，可自己丰润的肌肤瓷白瓷白的，浑身上下，难以找到一个黑星儿，酰呼呼发面团儿一样往他怀里一拱，他能不动心吗？

当然，她不敢有过多的奢望，唯希望有个依偎在他怀里的机会，让爱抚平她内心的创伤。

那一晚，在想马河畔，她幻想了许多，且断定会美梦成真，从而醉倒在初恋的怀里。哪承想，好戏才刚开始，不知真的假的，却因一块儿小小的巧克力被冲淡，让她大失所望。

　　从山里回来后，铁了心的吴俊芳动不动就往健中的办公室里跑。一遍又一遍地擦桌子，擦茶几、沙发，又端水又倒茶，磨蹭着想多待会儿。她希望引起他的注意，能在感情上擦出火花，可是他始终不为所动。面对"这里没事了，你休息去吧"的催促声，吴俊芳不好意思再赖着不走，这就动开了心思。于是，借着放报纸，她就送上没有封口的无名信，毫不掩饰地表达了心声。

　　一连几天过去，看看没什么反应，吴俊芳胆子就大了。觉得是对方默许了，是在等待她投怀送抱。

　　这天晚上，她看见健中在车间里转了一圈，正朝办公室走来，就赶紧对着镜子照了下，又朝胸前和腋下喷了些香水，提着茶瓶过来敲响了门。

　　一看是吴俊芳进来了，正准备打电话的季健中，拿着听筒立时就愣在了那里。

　　见是这样，吴俊芳倒是一身轻松，扑哧一笑，说："看你吧，我就是个女人，还能把你吃了？"

　　看着对方倒了茶，愣愣地看他，季健中一时憋住，不知说些什么是好。

　　可是就在这时，意想不到的事情发生了——全厂突然停电，四处一片漆黑。

　　季健中正准备摸索着拉开抽屉，拿手电灯时，不知吴俊芳是怎么绕过来的。她一把抱住了健中的脖子，并把嘴唇紧紧地贴在健中的脸上热吻起来。

　　这突然的举动使季健中猛一激灵，霍地就从座椅上站了起来。他想躲开对方，可是吴俊芳又趁势死死地抱住了健中的腰部，嘴里喃喃地说："季厂长，我爱你，我真的很爱你。我实在忍不住了，你就成全我吧！我绝不会对任何人讲，更不会影响到你的家庭。"

　　"别别！小吴，别这样！这样不好！"季健中措手不及，求饶似的，一边急急地小声说着，一边找机会想法脱身。可是就在这时，不知吴俊芳哪儿来的那么大的力量，一只手紧紧地搂着不放，另一只手顺势就朝健中的小肚子下边摸去……

就像是被蛇猛咬了一口，季健中用力猛推了下，他不敢大声，遂用沙哑的声音，严厉地喝道："吴俊芳！"

大概是对方被吓住了，吴俊芳的手立时就松开了。

朦胧中取出手电筒，照照走廊里，寂无声息，季健中急促不安的心才慢慢平静下来。照着亮光回到自己的座位上点着蜡烛，看看吴俊芳头抵住墙浑身乱颤，他知道对方哭了，遂叹了口气，道："我见到小魏了。"

吴俊芳感到很茫然，擦了泪，转过身来，怯怯地看着季健中。

"就是魏刚。"季健中解释说。

"你见他干什么？"大概是对方伤她伤得太深了，一提起丈夫的名字，吴俊芳两眼立时充满了仇恨。

"你坐下！"看着对方在沙发上坐下了，季健中道，"你们的事，我大体了解，都是些鸡毛蒜皮的事，没有解不开的疙瘩。"

"我跟他过不成。"吴俊芳说着说着又掉起眼泪来。

倒了杯水放到吴俊芳面前的茶几上，季健中道："一个巴掌拍不响。作为媳妇，各方面你都做得好吗？"见对方被他说愣了，又进一步道，"过日子，不说多勤快，也不可能样样都精通，但遇到身边的事、手边的活儿，能做能干的就得抢着干、争着做才行。尤其是两口子在一起，要多为对方想想，得相互体谅，有时候该顺着就得顺着，不能由着自己的性子来，得多作自我批评才行。若不然，芝麻大点儿事就记在心里，一见面就黑一眼白一眼的，谁能受得了？一个家庭，那就是一个小社会，有时候想不到的矛盾也会发生。但我相信，在当年那个'执起生命的犁铧耕耘'的人面前，再难的问题，她也有办法解决。"批评了吴俊芳，话题又转到魏刚身上，道，"当然了，小魏脾气一上来就动手，也不对。他那是家庭暴力，我给他谈了。小魏同志人不错，已经认识到了错误，加之你这么长时间不回去，他也想你了，让我给你捎信，说他准备来厂里接你回去。再说了，女儿都那么大了，又那么优秀，那是母亲身上掉下来的肉，你和小魏要是真离了，你说说，哪一头你能放得下？"

这话说到了吴俊芳的心里，也点到了她的痛处，酸甜苦辣一齐涌上心头。多年来，这个因暗恋被闹得心神不宁、愁锁眉头的女人，顿觉羞愧难当，遂捂住脸哭着跑出办公室，消失在夜幕中。

愣愣地看着吴俊芳跑去的背影，季健中长出了口气。当他回身躺在椅子上的时候，才发现出了满头大汗。

端着脸盆来到卫生间，摸着水龙头哗哗啦啦洗了一气。再回办公室的时候，他听到电话铃声，遂加快了步伐。

电话是马青云打来的，说有点事想见见他。这时候，电还没来，厂院里一片漆黑。想想刚才发生的事情，季健中的心仍似打鼓般咚咚咚地乱跳，就道："姐呀，你也别跑了，厂里吭电。"

在季健中心里，他想静一静。哪知马青云听了，忙道："那正好，我正想散散步，我在湖边等你。"

猜不透性格活泼开朗的马青云这时候会有什么心事，季健中想了下，遂从柜子里取出一个精美的盒子装起来提着下了楼。一看有人打着手电筒正在四处查看，他知道是谁，就喊了声"秦师傅"。听到对方应了，健中道："这会儿吭电，我出去办个事儿。"

淡淡的月光下，马青云听到自行车的响声，遂迎上来。

已进入初冬，湖边的夜晚寒气逼人。刚刚经过那么一阵折腾，现在落了汗，季健中感到冷飕飕的，他道："怪冷的，你怎么样？别冻着了。"

"我就想清醒清醒。"马青云沉思一下，反问道，"你没问题吧？"

"我当然没问题。"季健中说着，咔嗒一声扎了车子。

"谢谢你！"马青云客气地道。

两人在湖畔小路上漫步。

就在刚刚的时候，马青云接了个电话。电话是省委组织部打给她的。经组织研究，马青云要被召回原单位任职。对此，马青云立时觉得心里空落落的，仿佛丢了魂似的，让她觉得不踏实。这样，她就变得深沉了。

季健中喊了声"姐"，道："没见你这么深沉过，有什么心事？"

马青云遂把调离一事说了。

一听这是组织要重用了，季健中沉思了下，真诚地道："就你的工作能力和水平，当然还有敬业精神，你早就应该高升才对。因为无论是国家还是老百姓，真的需要你这样的干部。只是，当你真的要走的时候，不仅仅是我自己，就我们鲁阳人来说，还真舍不得你走呀！"

马青云笑了下，道："没想过离开，一听要走了，这还真的舍不得。"

叹了口气，季健中道："七八年了，从认识你那天起，你都在积极地支持我、鼓励我，连句谢谢的话也没有和你说过，还让你跟着背了黑锅，真是对不起你。"

"我们都想干点儿事儿，能走到一起，也算是缘分，何况还有我妹妹这一层关系。"马青云道，"物以类聚，人以群分。志同道合，才能心心相印。至于那点儿事，我都不往心上去，你还念叨什么？"马青云停下来。她看着季健中，话题一转，道，"炭材厂眼下形势不错，生产红红火火，车间里有干不完的活儿，新的生产线也建起来了，这技术那专利一大堆，成就是不简单。可是，不知你想到了没有，眼下市场虽然放开了，可固有的观念一时很难改变过来，即便怎么努力，总得有个过程。作为企业，每前进一步，都会像逆流中行船，风浪随时都可能发生，甚至有翻船的时候，你得有思想准备才行。"

听了这话，季健中心里禁不住一热。自从肩上有了担子，虎生生的，就是一心想着往前闯，至于别的，他还真没有静下心来想过。听马青云这么一说，他道："姐，我这人你看得最透——铁了心就是想着把工作干好，尽早闯出一片新天地，其他方面我还真的没有多想。"

"那要是现在想呢？"马青云直视着季健中，在等他回答。

"现在？"季健中沉思一下，道，"原本也没这么坚决，也就是想着干两年有个交代就算了。可是，自从经历了那场举报风波之后，我就想，光干两年还真的不行。因为，你碍住人家的事儿了，人家早把你瞄住了，时时刻刻都想着把你拉下来，在等着看你的笑话。"

马青云道："这么说你已经有了思想准备？"

季健中道："思想准备倒谈不上，只是咱不是那种轻易认输的人。遇到挑战了，咱得教那些总想把咱拉下来的人没那么容易得逞才是。"

"好，应该这么想。"马青云道。

"唉，姐呀，你再想想，看能不能不走？"干事创业的季健中，依恋这样的好干部。因为，作为企业，尤其是地处国家级贫困地区的一名国有企业的厂长经理，真的需要有人关注他，并在关键时候站出来，为他说句公道话。

"我反映了我的想法，我说不走。可是，国家要深化改革，且已进入深水区。我们这样一个国家，固有的思想，根深蒂固呀！就像是坚冰，得有时间和条件，才能慢慢儿融化。"停了下，马青云又道，"作为宣传部门，应该走在融化坚冰的前面，为深化改革鸣锣开道。所以，单位需要我，召我回去，我不能不走。"

"我理解。"季健中顿了下，颇感无奈地道，"走吧，鲁阳这地方，笼子太小了，装不下你这只大鸟。"四十多，都要快五十岁的人了，遇到伤感处，季健中的鼻子也酸酸的。

"行了，你不是扶不起的阿斗。"马青云道。

"那我是什么？"季健中道。

"你是长坂坡单骑救主的常山赵子龙。"见对方被她说笑了，马青云叹了口气，道，"给你亮亮观点吧。"

"什么观点？你说。"季健中道。

"有些事情，只有跳出来，或沉下心来，才能看得更清楚，想得更明白。"她看着季健中，不无担忧地道，"鲁阳炭材，一路风风雨雨走到现在，发展了，壮大了，对国家，对社会的贡献也大了。可是，任何人都没有三头六臂，更不是神仙，预料不到未来。尤其是处在当下这个改革开放大潮的风口浪尖上，外部的，内部的，这问题，那问题，随时都可能发生。不知你想到了没有，就眼下你的情况，作为法定代表人，企业是国家的不假，但在实际工作中，所有的困难都得自己扛呀！"

深思了下，季健中道："这你尽可放心。当然，我说的这个放心，不是什么问题也没有，而是指的心态和决心。"接下来，季健中发自内心地道，"从记事，到当下，四十多年来，我经历了许多，也懂得了许多。特别是'三年困难时期'，就当时我们鲁阳的情况，七山二水一分田，地里打不来粮食，那日子该怎么过呀！青云姐，你知道吗？我和我的弟弟妹妹们之所以能活下来，最主要的就是托了街坊邻居们的福。街坊们，就是这家一碗豆、那家一把菜地暗中接济，才让我们一个个全都活了下来。这恩情，就是再有个来世，我也报不完呀！为此，你放心，没有什么困难能够把我压倒。"

"好！"马青云道，"你有这样的心理准备和内生动力，我觉得，鲁阳炭材这块牌子应该不会倒。"顿了下，扑哧一笑，又道，"是我多虑了。"

"不，你提醒得对。谢谢！"季健中说着，伸手从袋子里取出盒子递给马青云，道，"再过几天是妈的七十大寿，天天早就说过，到时候她是要回来到开封给妈过寿的。可是，泰国那边的生意牵住她的心了，她怕回不来，就把这个提前寄回来了。"

打开看是副镯子，上边的宝石，在暗夜里闪着幽幽亮光。很显然，此物价值绝对不菲。但马青云似乎不买账。她看了眼健中，颇不高兴地道："她呀，跟你一样，也是一根筋。"

"还说我们呢，你不是？"健中反诘道。

马青云听了，顿时被噎得一愣。

第十六章　负重前行

一九九七年十二月三十一日，当新年的钟声即将敲响的时候，季健中在拿下年度最后一份大额合同后，躺在北京石景山区一家宾馆的客房里失眠了。

这一年，是健中来炭材厂生产形势最好的一年，合同总额超过了四千万元。为此，全厂上下围绕生产发展和工艺技术创新等先后组织开展了一系列竞赛活动，涌现出一批技术创新能手，为推动企业发展注入了极大动力。在持续发展方面，不仅改造和新上了几个项目，又一口气新建了三栋大型炭砖预组装中心，使组装平台达到六个，月预组装能力有了极大的突破。

眼下，加上刚刚签订的合同，炭材厂在新的一年里，已经签下了八个大型高炉耐材订单，同时还有二十多座地方小高炉和矿热炉用材。

看着企业一片龙腾虎跃的喜人场面，静下心来的季健中禁不住浑身一阵颤动。原本，整天被工作缠身的季健中满脑子装的都是炭材厂这的那的，至于那些国家的，世界的经济、金融、物价，还有股市什么的，他还从不怎么上心。可是，自打春夏之交天天从新加坡回来忙完玉雕公司的事情又匆匆忙忙赶往泰国之后的一个又一个电话里，季健中的两眼和内心，已经开始盯住国内外经济动向，研究其市场走势了。尤其是亚洲金融危机爆发后，从到期货款迟迟不能回收和国家银根紧缩等一系列反常现象中，他已经真切地感受到，一个不可抗拒的百业大萧条的前夜已经到来。在此暗流涌动下，资金荒正在一步一步向鲁阳炭材厂逼近。

"八大合同"，再加上二十多座地方小高炉和矿热炉用材，保守算，最少得有四千万元流动资金支撑。可厂里财务报表显示，几乎没有可调配的资金使用。

钢材市场的销售价格一降再降。这样，钢铁企业有货卖不出去，而好不容易把货卖出去了钱又很难要回来，直接导致急需支付上下游企业的货款越来越少。炉子大修需要货，但订了货又没钱支付，压得上游企业为了市场，也为了多年的业务关系，不得不硬撑着。作为企业的厂长经理，谁也不愿意关门停业等待倒闭。

银行是企业发展的后盾，可银行这时已经悄无声息地把中小企业融资的大门关上了。

眼下，在苦苦支撑中，有的中小企业已经扛不过去倒下了，甚至再也爬不起来，从此退出了历史舞台。而能存活下来的中小企业为着肩上的责任，万般无奈之下，也只能硬着头皮死撑。可什么时候是个头儿呢？一想起这些，季健中身上的冷汗忽一下就冒出来了。

正在这时，他的手机响了。

一看是县委书记刘振国的电话，还以为是他临来京前两人见面时，说的贷款一事有了眉目，遂十分高兴地急忙接通，道："新年好！刘书记，我是健中，您请讲！"

"哎呀，新年好！新年好！健中，你反应好快呀！"刘振国在电话中说。

"那是，没见这是谁的电话，我哪敢怠慢呀！再说了，新年的钟声就要敲响了，书记您是不是有什么好消息呀？"健中心里异常兴奋。大半夜的，又赶在新年来临之际，没有什么大事，谁会在这个时候打电话呀？！

刘振国声音凝重地说："你先说说，业务上的事办完了没有？"

"办完了，办完了。"健中满含歉意地说，"刘书记，请原谅，我这是刚刚回到客房，时间晚了，没敢打扰您。我现在给您汇报，通过这几天的努力，事情办得很圆满，我们又接了个大单子，一九九八年的活儿，不加班加点怕是干不完呀！"

"好，我代表县委和全县人民感谢你！健中呀，你几时回来？"刘振国在电话里问。

季健中道："明天还有些事需要办一下。后天吧，后天我一准能到家。"他显得有掩饰不住的高兴。

"好，回来后请马上到我这里来一下。"

季健中一愣，遂马上道："知道了。请问刘书记，有什么事您能不能提前告诉我一声儿呀！"

"见面再说吧！"

听对方挂断了电话，季健中十分茫然。

一辆小轿车开进了县委大院。

季健中推开车门，仿佛第一次来这里似的四下望了望，然后整了下衣着，朝办公楼走去。

这是一九九八年开年的第二天。由于元旦调休，大院里显得静悄悄的。季健中从外地出差回来的第一件事，就是匆匆忙忙赶来见正在办公室等他的鲁阳县委书记刘振国。

早几年，鲁阳县集体工业联社下属的耐火材料厂，从乡下迁往四里营工业区，距健中他们的炭材厂大约有一公里。依托地方丰富的矿产资源，在"大跃进"的时候，鲁阳县耐火材料厂便应运而生。那年代，国家物资匮乏，耐火材料厂服务民生，主要产品也就是些民用的诸如大瓷碗、瓷盆、大小缸，还有一家一户烧蜂窝煤用的炉芯等。到了二十世纪七十年代末八十年代初，为了适应市场需要，开始生产工业用耐火材料，如黏土砖和高铝砖等，销售市场为方圆几个县。易地搬迁后，企业为适应时代发展需要，进行了一定程度的技术改造，基本上从手工操作改为机械制造，产品品质也大有提高。但主要产品仍是耐火材料的初级产品，经营业绩不好，眼下陷入了低谷，步子便迈不开了。

刘振国此刻在办公室等着季健中，就是要安排解决耐火材料厂的生存问题。

一听要炭材厂兼并耐火材料厂，季健中的头立时就大了。

那年，兼并冶炼厂，尽管两家企业的产品是八竿子都打不着的事，看似是包袱，但两家毕竟是一墙之隔，又都是国有企业，这就有了共性，通过努力，还真的能走到一块，融为一体。而耐火材料厂同炭材厂虽然同属于冶金建材，有共同的市场，但两个厂分处两地，管理不便不说，耐火材料厂是集体所有制企业。企业性质不同，其发展观念、管理方式、职工素质，甚至在工作习惯上，都会有一定的差异，管理难度大，两家能兼并在一起吗？

同时，炭材厂已经兼并了冶炼厂，眼下刚刚稳住阵脚，现在又来一个耐火材料厂，能扛得动吗？它有这么大的实力吗？还有，自己有这么大的能力吗？

季健中思前想后觉得不妥，就直言不讳地撂出硬邦邦的话来："刘书记，我是你的兵，对企业负责，也是对县委、对你这个当书记的负责。有关兼并一事，你可不能再拉郎配了。"

"我不想拉郎配，可是我也身不由己呀！"起身给季健中续了茶，刘振国随手拿出一份材料递给健中，接道，"这是政研室几个部门联合搞的调研报告，分析了利弊，常委们大都认可兼并。你知道，建立'一黑（炭质材料）一白（硅酸铝材料）'从矿山到加工一条龙的产业链，提升县域经济抵御风险能力，政府已经喊了多年，之所以迈不开步子，是我心里也有顾虑。眼下，国家银根紧缩，信贷政策又一调再调，水泥厂、机械厂、化肥厂、缫丝厂，还有宏运煤矿那几家企业全都走不动了，大家都很心焦。你看看我这眼睛都熬成什么样了。前天半夜给你打了电话，到天明我都没有睡着。"说到这儿，刘振国揉了揉红红的眼睛，叹了口气，又接道，"咱们县，工业底子本来就薄，怎么办？不能再看着有着丰富矿产资源的耐火厂也倒下去吧？银行不管你了，咱们不开展企业间自救，不走兼并联合这条路，还有什么路可走？好在你们都是搞耐火材料的，是同行，不仅有资源，而且有共同的市场。这就是常委们反复研究，同意炭材厂兼并耐火材料厂的主要因素。为此，我专门把周县长从山上请下来，直到前天晚上给你打电话那会儿，人家都返回山里了又给我打电话，说这个包袱只有你季健中能背得起。"

这话让季健中十分震惊。

平心而论，季健中对兼并耐火材料厂一事是有抵触情绪的。可是，人家是堂堂县委书记，那么入情入理，苦口婆心，摆事实、讲道理，分析得精辟透彻，给足了你脸面，又如此看重，你还能有什么资格和理由再推三阻四呢？在健中心里，在这种情况下，若执意不从，那就是不明事理，不知道眉眼高低了。

闷闷不乐地回到厂里，除季健中外，鲁阳炭材厂党、政、工联席会议，包括厂长助理在内几个班子成员，三分之一赞成，三分之二反对。

赞成者的观点是：两家同属一个行业，共有一个市场，炭材厂和耐火材料厂"一黑一白"，不仅可以配套使用，而且还能搭配营销，有利于抱团发展。但耐火材料厂必须调整产品结构，提高产品档次。

反对者的观点是：一旦兼并，又是一个包袱。他们认为，耐火厂虽然有地方资源优势，但是是那种一股风建起来的企业，设备简陋，技术落后，生产种类单一，产品档次低劣，市场前景不乐观不说，且局限性还大，莫说弄不好，就是搞好了也是瞎折腾，赚不到什么钱。同时，几十年一贯制，单位底子薄，包袱重，再加上领导班子结构老化，小农意识极强，即便勉强捏合在一起，也很难融为一体，甚至会把炭材厂拖垮。

季健中听了大家的意见，心里禁不住愁绪满怀。

那年，眼看就要当上副县长了，却因一封捕风捉影的群众举报信把季健中给晾在一边了。不过，也就没多长时间，经县委常委会集体研究，副县长没弄成，遂给挂了个县长助理的头衔，让其服务地方经济发展。现在，站在县长助理这个位置上，他归纳了大家的意见，又把他体会到的县委刘书记当时给他说话时的无奈与忧虑，给大家说了出来，希望大家能从大局出发，支持县委的工作。这样，鉴于健中在大伙儿心目中的威信和无可替代的地位，联席会最终形成共识，同意接纳鲁阳县耐火材料厂。

接手后，季健中一连半个多月吃住在耐火材料厂。在掌握了第一手情况后，他决定组建新一届耐火材料厂的领导班子。为了大局稳定，在兼并耐火厂的同时，原班子五个领导成员，有三个年龄稍大一点的，都通过组织安排，到其他单位去了。可是，让谁站出来挑起这个大梁呢？通过反复甄选，季健中悟到一个人——王远山。

从档案上看，此人是个军转干部，兼并前是耐火材料厂的生产副厂长，只是两年前就停薪留职，眼下在邻邦县一家私营铁厂帮人家炼铁。从职工们那里了解到，王远山有能力，但性子直，与厂长合不来。十多年军龄、正连职、生产副厂长，联系起来一想，季健中对王远山这个人非常上心。

季健中不认识王远山，遂准备亲自登门去看看。那么让谁陪同呢？他想起了李德昌。听德昌说，他和远山两家是亲戚。他觉得，有着这层关系，接触起来就方便多了。

李德昌也是从汉江钢铁学院学成归来的。根据所学专业和德昌办事不声不响的性格，季健中遂提议让其和牛志刚一道负责技术开发工作。之后，其配合和主持研制的"大型高炉用半石墨化新型炭砖""大型高炉用低温粗缝糊"等项创新产品相继研制成功。李德昌这个闷不拃儿，在鲁阳炭材这棵大树上，可以说也是出了叶的人物之一。

天黑了，上白班的员工和机关人员早就走了。电话打到家里，德昌爸说人没回来，而技术中心那里又不见人，季健中心里遂有了数，就和早几年一样，骑上自行车出了厂子。

那年，北钢纪委的突然调查，不仅给炭材厂蒙上了一层阴影，也打乱了李德昌和小桃的婚礼进程。本来就耿耿于怀的小桃妈，一听炭材厂那么大的合同是骗来的，而等着来当证婚人的季健中也被软禁起来了，她的情绪怎么都无法平复。想到当年的食品厂因为货款被骗，企业倒闭，自己从此成了下岗人员的辛酸往事，小桃妈血压升高后突然倒地，把现场所有人都吓了一跳。

小桃妈昏倒后没有参加婚礼，但接下来的各种仪式一样不少，结婚证更是提前领到手的，此种情况而言，德昌和小桃的结合，绝对是合法婚姻。但是，钻在炭材的世界里，李德昌有能力这的那的搞科技创新，从而把高炉炉衬做得浑如铜墙铁壁一般滴水不漏，但在家庭婚姻问题上说是失败者也毫不为过。

过了新婚之夜，挨到回门，小桃一被叫走，就再也不能回来了。当然，"闷不拃儿"李德昌也确实是太内向了，即便大门开着，他却怎么都不敢进。

突然，他从街坊上听说小桃怀孕了，而且吃什么吐什么，都快把胆汁吐出来了。

不仅仅是思念，简直是烈火烧心。

挨到天黑，又等到院子里安静下来，李德昌没有找到那把三条腿儿马扎，就把墙上的活络砖头搬下来垫在脚下，然后翻墙进到院里。

没有了那晚的激情热吻，有的是满心的担忧。

"你来干什么？"小桃问。

"你怀孕了？"德昌道。

两双眼相视，小桃没有回答，却是两眼热泪。

刚刚三个来月，远没到显身的时候，但德昌相信这是真的。毕竟，新婚的夜呀，他们不仅没有虚度，而且翻江倒海似的缠绵了一番又一番，直到她扑哧一声笑了，他感到纳闷儿，就禁不住停下来看着她，道："你笑什么？"

"想不到你'闷不拎儿'还真能做事儿。"说罢，她的手把他的后腰搂得更紧了……

当下，强烈的妊娠反应让她吃尽了苦头。见案子上放着些待加工的衣料，德昌道："别干了，身体当紧。"

"没事，干点儿活儿还好一点儿。"小桃说着，拿起一旁的裤片儿，脚下一踩，缝纫机遂咯咯噔噔地响起来。

妊娠期是做母亲颇受折磨的时候，何况小桃接受厂里交给的任务，要开发新产品，而下班后还要接加工活儿挣外快，那日子就可想而知了。但也正是赶在这一时期，经小桃亲手设计的雪花呢大衣参加省里大赛得了大奖，即将退休的王厂长要还小桃一个人情，就向组织提了个要求，小桃遂由临时工转成了正式工。

对此，小桃浑身都有使不完的劲儿，可厂里领导换了，加之一些人为的因素，服装厂遂一日不如一日，呒办法，小桃和大多数职工一样，开始自谋职业，并很快有了属于自己的工作室，叫"小桃制衣社"。

现在，在市场中打拼了几年后的小桃有了新的设想，遂把制衣社房子扒了，可着院子盖起了二层楼房，仅"蝴蝶"牌工业缝纫机就进了二十台。其他辅助设备，什么锁眼机、订扣机、熨烫机等，也都进的是名牌设备。

见师傅们都在有条不紊地各自忙着，而小桃则拿着样板和她原先的两位下岗师傅研究即将要上的服装款式，德昌觉得帮不上什么忙，就拿起布片擦拭安装好的机器。可是刚擦了两下，听见脚步声，扭头一看，季健中到了。

"季厂长，您怎么来了？"李德昌十分高兴，遂喊声"小桃"，道，"季厂长来了。"

"哎呀，季厂长，您好！"小桃说着，满面春风地丢下正说事儿的两位师傅急忙走过来。

寒暄过后，问了下即将投产的制衣公司的情况，季健中知道小桃忙，就道："我没有什么事，也不耽误你们的时间，就是明天想去见个人，想让德昌跟我一起去。明天是星期天，不知能不能抽出空？"

"能、能，没问题。"能跟厂长一起出去办事，德昌十分高兴。可是他不知要去见谁，更不知道厂长怎么会想起带上他，就有些踌躇地道，"去见谁呀？"

"和耐火厂联营了，得有个好主事的。"季健中道，"他们厂有个叫王远山的……"

"那我知道。"李德昌一听要去见的人是王远山，遂打断对方。但他知道当年王远山是怎么在耐火厂走的，何况人家现在在外边拿着高薪，担心对方不肯回来，白跑一趟，就笑笑没有再说什么。

看出德昌心里有顾虑，季健中道："想什么呢？"

这情况自然也瞒不住小桃，她就附和道："就是，有什么话你说。"

"远山哥人不赖，肯定能指得住。就是不知道人家会不会有别的什么想法。"李德昌道。

季健中想了下，道："只要是那个主儿，我相信，什么事情都好说。"

次日一大早，季健中和李德昌一起来到那家铁厂找到了王远山。

这家炼铁厂，原本只有一座小高炉，生产单一的铸造铁，主要客户是本地几家铁锅铸造厂。王远山来后，又建了一座小高炉，并根据市场行情，与铸铁配套，上了一条生产线，直接生产铸管。时下，钢材价格大跌，但铸管市场价一直坚挺。因此，生产十分红火，在方圆几个县，那也是出了名的铁厂。

对方忙活一阵把生产上的事井井有条地安排完拿起安全帽要走时，李德昌见季健中朝他递眼色，急忙上前，道："远山哥，你还怪忙哩！"

一看是德昌，后边还跟着人，王远山忙停下来，愣愣地道："你怎么到这儿来了？"

"是专门找你来的。"李德昌说着，忙介绍道，"你们可能没见过，这是我们的季厂长。"

"我叫季健中。"季健中说着，忙把手伸向对方。

"哎哟，是季厂长，早就听说你的大名，只是没想到会这么年轻。"与季健中握了手，王远山忙不迭地道，"来来来，请坐！请坐！"他显得很兴奋。倒罢茶，想起炉子上的事，他挨着季健中在沙发上坐下，兴奋不已地道："这真是太巧了，季厂长——我们董事长这几天都在催，要我去找你们哪！"

"这么巧哇，请讲！"季健中道。

"是这样——你们可能看见了，我们生产的铸管，眼下是供不应求。可是炉子不争气，董事长急了，想采用你们的新型炭砖炉衬技术，建一座中型炉子。"说到这里，王远山把话打住，伸手拉住季健中的手有力地一握，然后腾出手指了下德昌，道，"这可是我亲表弟。季厂长，到时候可不要保守呀！"

"这你尽管放心，莫说有德昌这层关系，就算没有，我们有十分力气，就绝不会出八分。"这么说了，季健中盯住王远山，道，"我想问你一个事情。"

"你说！"王远山十分亲切地望着季健中。

季健中道："听耐火厂职工们反映，说你停薪前同你们厂长干了一仗，我想知道到底是为了什么。"

"这呀——"王远山示意让季健中和李德昌喝着水，心情十分沉重地讲了段往事——

　　还在耐火厂酝酿往四里营搬迁之前，考虑到就那么几个到手的资金，王远山坚决不同意搬迁。理由是，资金有限，与其把钱花到搬迁上，倒不如花在设备更新改造上。到时候，有了新设备，技术、工艺上去了，耐火厂就有发展的希望。反之，还是老一套，离县城再近，产品上不去，一切都是白搭。可是，厂长听不进去，王远山憋不住就和人干了一仗。显然，王远山反对的是瞎折腾。当然，还不仅仅是这些。王远山说，耐火厂那帮人的弄法，他看不惯的多了。再加上宗亲帮派，关系盘根错节，与其说了不顶用，作为抓生产的副厂长，他又不愿替人背黑锅，遂一气之下停薪留职不干了。

　　听听是这么个情况，再看看王远山提起往事气鼓鼓的连出气都出不匀了，季健中提起茶壶给对方续了水，沉思一下，道："铁厂的形势不错呀！"

　　"还凑合。"王远山道，"主要是铸管的市场好。"

　　"是的。"季健中道，"一个工厂，关键是产品。只要产品适销对路，效益就好。"

　　这时，坐在一旁的李德昌说："远山哥，今天我陪季厂长到你这里，是三顾茅庐来的。"

　　"我可不是诸葛亮。有什么事，请直说！"王远山坦诚直率的性格，让季健中非常喜欢。

　　李德昌遂把炭材厂兼并耐火材料厂的事讲了一遍，然后就直言不讳地说想请王远山回耐火厂主持工作。

　　"谢谢二位的好意，这个情我领了，但我不同意。"说过这话，看面前的人愣愣地看着他，王远山遂说出了他回绝的理由。他说："耐火厂就那种情况，我已经领教了，问题很复杂。特别是有些人，本事不大，但都有怪才。不是说人家不好，就你自己好，事实明摆着哩。就像原先厂子搬迁，明知道是条死路，可有人就是撞了南墙也不回头。跟他们在一起，没法共事。"

　　"这你不用担心。"季健中坚定地道，"要想使耐火厂打个翻身仗，就必须进行一次彻底的改革，包括用人。"

"那也不行。"王远山道，"俗话讲，好马不吃回头草。那帮人的翻饬劲儿大着呢，跟他们生气，划不来。"

"怎么？想不到你一个老军转也有怕的时候呀！"季健中激将道。

这话把王远山将得不轻，嗫嚅道："不是。"

季健中沉着脸，一本正经地道："我知道你对耐火厂有感情，你不想让它垮掉。"

"是的。"王远山道，"当年转业的时候，我们一起二十多个人，当着县政府主要领导的面，有个很不错的单位答应接收我们，可没过几天，希望就变成了失望。原来，人家是在耍滑头，实际上压根儿就没打算要我们。最后通过组织出面，是耐火厂接收了我。"

季健中语重心长地道："耐火厂接收你是对的。跟我回去吧，那里需要你。"

"是的。"李德昌在一旁道，"远山哥，耐火厂一帮青年职工一提起你，他们都情不自禁地竖起大拇指，就等你回去大干一番呢！"

话说到了王远山心里，这个性情中人眼眶立时便湿润了。

为迅速扭转耐火厂困局，季健中在王远山上任后不久，在炭材厂资金非常紧张的情况下，先后两次紧锣密鼓拨出四十万元专款补发了员工工资，购买了原材料，恢复了生产。同时，考虑到耐火厂要调整产品结构，提升产品质量，又特意把手握最新专利技术的石惊天调到耐火厂，给王远山打下手。

春节过后，针对王远山和石惊天利用春节假期，加班加点搞出来的耐火材料厂设备改造和新产品开发方案，季健中又亲自主持安排向耐火材料厂投入物资和设备，使出了浑身的力气，终于在较短时间内，使濒临绝境的耐火材料厂完成了设备改造，开始和炭材厂配套生产比较高端的产品了。

但一个无法回避的问题也随之而来——生产高端产品需要大量的资金支持。

然而，当下炭材厂的资金运行实际状况也到了非常困难的地步。因为沉重的"三角债"，拖得炭材厂当收的货款收不回来。

当初兼并耐火材料厂的时候，季健中明白耐火材料厂需要资金支持，而且也在心里盘算过多次。他觉得，有三百万元资金填进去，耐火材料厂指定能直挺挺地陡起来。当然，这也是他当初的自信，并且坚信炭材厂和耐火材料厂"黑白"搭配，对拓宽市场，更好地服务客户，会起到事半功倍的效果。

哪知人算不如天算。

季健中和班子成员分头下去，好不容易讨回来一些货款，却因早几年炭材厂提供担保的几家被保企业倒闭，被那个六亲不认的蔡金城先后划走了将近一千万元。

这一下，炭材厂一下子又变成了穷光蛋。

第十七章　没有办法的办法

这一时期，由于企业在银行融资无望，很多中小企业便不得不盯上地方融资机构——农村合作基金会、互助储金会、光彩基金会和供销社股金服务部，即"三会一部"。

可是，在"三会一部"融资，成本比较高，月息大都在百分之二以上。就拿与冶金行业关联度十分紧密的炭材厂来说，货款回收好的情况下，利润率最多不超过百分之二十。面对如此大的压力，季健中明白，企业不接单，工厂就得停产，直接影响的是企业的生存和社会稳定。如若那样的话，企业无异于等死。可接单吧，就等于是找死。毕竟，明知道是个亏损的结局，谁敢往前走啊！

严峻的形势在面前摆着，生存的希望在哪里呢？

季健中陷入了两难境地，他简直成了热锅上的蚂蚁。

为了企业的生存，看着要账的围破门，而急需的生产材料又无钱购买，季健中实在没办法的时候，便在"鲁阳县供销社股金服务部"贷了两百万元，紧着购买了一批急需的生产用原材料。于是，全厂上下拧成一股绳，赶在开春，终于拿下了"八大合同"中的第一座大高炉供货任务。

在季健中这个当家人心里，他之所以要这么不顾血本地紧着赶，一是对方是老客户，又是大国企，信誉在面前摆着，货款回收虽然难，但还是有把握。二是他和对方的总经理事前讲的有话，人家黑籽儿红瓤答应他，只要货发到，首款按百分之五十付。四百多万的合同额，首付百分之五十就是二百多万元，下一步生产他就能慢慢儿磨开圈儿。

谁知又坏事了。

也就在对方刚刚接到货，由于债务拖累，那家钢铁公司被人告上法庭，账户被法院查封了。

这一下，彻底把鲁阳炭材厂推进了死胡同。

季健中觉得，这不是难熬，而是被放在了火炉上生生地烤呀！

审视国家的政策导向，季健中体会出"抓大放小"的滋味是十分苦涩的。

在苦苦的思索中，季健中隐隐约约地感觉到，通过产权制度改革以及流转，国家这是要把地方国有企业和集体经济组织引向非公有制方向去的。

但改革是在走前人从未走过的路，有高山也有大河的阻挡。作为改革进程中的一员，季健中虽然不怕前进中的艰难险阻，也不怕魑魅魍魉处处使绊，但他从不敢妄谈政治，也不敢对电视和报纸上没说过的国家政策导向有任何一点点儿臆测。

一颗痴迷的心，总是那么惴惴不安。但不管国家对中小企业的政策导向如何，自己接手的单子还是要干的。

因为，他是个从不失信于人的人。

那么，要生产就得筹到流动资金。

那一刻，季健中茶饭不香，坐卧不安。

因为，从接手时的一二百人，通过政府安置和兼并联合，一个厂变成了眼下的三个厂，员工八百多人。在鲁阳这个山区小县里，八百多个家庭，那可不是个小数目。一旦企业倒下了，牵扯出的就是社会大问题。

然而，所有国有银行他都跑遍了。县、市两级银行的贷款权全被省行收走，眼下他们几乎成了只存不贷的储蓄所。

实在是毫无办法了。但作为新型炭砖的制造商，也作为在国家大型高炉这个制高点上，刚刚占有一席之地的鲁阳炭材厂来说，季健中无论如何不敢也不能丢了客户。

万般无奈之下，季健中想到了市工商银行行长李祥瑞，并坚信李行长一定能想办法支持他。

在过去的日子里，为着企业的发展，但凡用钱，季健中大都在县级银行解决,与市行基本不怎么接触。认识李祥瑞,是在市人代会上。为着扶持中小企业发展的提案,季健中找过人家探讨并在提案上签过名。若说到深交,两人还远没到那个份儿上。之所以看好人家,那是健中觉得李行长这个人不仅和蔼可亲,没有官架子,而且正直,有担当精神。

踏着倒春寒来时降下的还没化尽的残雪,季健中一大早就出发了。

信心是满满的,可是当他抬手去敲李行长办公室门的时候,心里不免有些忐忑。

就像见到了久别重逢的老朋友,李祥瑞又是递烟又是让茶,一阵寒暄,把季健中忐忑不安的心情扫得精光。于是,健中就提到了手里的几个合同和贷款的事。

李祥瑞虽然还从没有在融资方面直接和季健中共过事,但他在人代会上,从健中的提案里看出了他对企业的一腔深情,很想帮一把。可是只收不贷的现状,李祥瑞还真的没有什么好办法在市级行给予解决。这样,经再三斟酌,李祥瑞道:"把你的合同带上,你跟我到省行跑跑。你手里有那么大的业务量,应该有希望把钱贷出来。"

"太好了!"

来到省行,一了解当前的贷款程序,健中满心的高兴劲儿立时便没了。因为省行多跟大企业打交道,项目金额大,周期比较长。而对县一级的中小企业的市场化运作方式,不仅很不适应,而且为应对风险,他们的工作程序也特别严。

就拿健中执行这几个合同一事来说,每个订单,供货期只有两三个月,最长的也只有半年。供货合同来得快,执行得也快。可省行针对一个项目从县行调查开始,到市行拿出意见,再到省行调查复核,少则两三个月,多则半年。这样,等到贷款批下来的时候,你手里的合同早过期了。显然,省行的贷款,对鲁阳炭材厂执行合同来说,根本不赶趟。同时,即使有希望获批的项目和资金,一到风险防控部门,他们也很难让你通过。为着规避风险,银行实行的"信贷责任追究终身制",导致没人肯冒风险。特别是对地方中小企业,额度小,成本高,基本上没人愿做。

这样,在信贷工作中,"宁愿不使奖金,也要确保终身"这个口头禅成了银行信贷人员和风险控制部门的座右铭。

白忙了一趟，李祥瑞也很失望，话也懒得说了。

憋了一路，就要进入市区的时候，李祥瑞根据当下的行业规定和市行的权限，决定对炭材厂网开一面，开口给出个"鼓肚贷"操作法。即对季健中手里的几个合同，采取月初贷、月末还的办法。这样做的目的，对市行来说，可以有收益；对省行来说，他们不会从市行向省行的月报上，发现市行贷款痕迹，说白了就是规避。但这个办法对市行来说风险很大，万一月末收不回来，市行就得吃不了兜着走。同时，对炭材厂而言，融资成本太高不说，每笔贷款用钱天数满打满算每个月只有二十天左右。拿到贷款后，连原料还没拉到家，就该办手续还款了，时间也实在太短。

当然，出这么个主意，那是李祥瑞看透了季健中的人品。若不然，他也不会把自己的前程赌上。

想想再没有别的办法，季健中千恩万谢之后，这就采用"鼓肚贷"办完了第一笔两百万元的贷款手续。

毕竟跟人家签了供货合同，那就得抓紧执行。不然的话，耽误人家修炉那可不是小事。更因为鲁阳炭材的名声已经打出去了，是多么不容易呀！

眼下，只要合同执行好了，在这么个困难关口，不仅企业的日子会好过一点儿，更重要的是稳定了客户，巩固了市场，对企业的持续发展是十分重要的。

反之，丢掉了合同，放弃了已有的市场，那就跟一个人要绝食一样——鲁阳炭材，那不就得立马死掉吗？

实在是走投无路了，办的就是铤而走险提心吊胆的事。为着确保李祥瑞行长那边不出现风险，及时把"鼓肚贷"还上，季健中和厂领导班子成员分头带领业务人员，下沉到客户那里，天天黏住那些老总，甚至故意让对方心里生厌，急着付了款把你打发走。

毕竟，货款收不回来，鲁阳炭材这个鲜活的机体只剩最后一口气，再不拼上命挣扎一下，怕是连倒地的声音也听不到了。

经过苦打苦熬，季健中和他的工友们，撇开八大高炉中的第一座用的是供销社股金服务部的贷款外，又用"鼓肚贷"融资方法，像通竹竿一样，一截一截地往下通，终于完成了"八大合同"中四座高炉的供货任务，但余下的三座高炉，要想为其生产炭砖，资金形势就越来越严峻了。

由于整个行业的生产形势仍然严峻，经济运行低迷状况依旧，客户不能支付到期货款的数额在不断增加。这样，就连在用业务加人情建立起来的稳固的客户那里，也成了"要钱没有，要命一条"了。

同时，在原材料采购方面，也面临着极大困难。因为都知道当下的市场情况，供应商都怕货发出去款子收不回来，这就越发地谨慎。你来了，人家欢迎。但你说得天花乱坠，不见钱人家说什么也不肯再发货了。

有了合同是令人欣慰的，但不能履行合同则是令人揪心的。

就像是种庄稼人看到了肥沃的良田，且已经开了犁，播了种，只等老天爷下雨就可以生根发芽了，却突然来了个"搦脖旱"。

这时候，剩下没有执行的三座高炉合同，若筹不到钱，购不回来原材料，生产不能继续，那就不是干不干的问题，而是违约之后惹上官司，要包赔人家经济损失的。

同时，李祥瑞行长肩上担的风险也越来越大了，若因"鼓肚贷"到期还不上，真的给人家惹上了麻烦，你将无地自容。

为着保住客户，也为着生存下去，更为了不连累像李行长这样真心帮助企业的好心人，季健中犹豫了再犹豫，最终还是和奚道强书记、安心平副厂长等党、政、工班子人员协商一致，要领导干部们都想办法，为企业募集生产资金。

消息是在厂党、政、工联席会上宣布的。

大家听了会议内容，一个个默不作声。健中知道，这么多年来，为着同舟共济，大家把手里仅有的一点点积蓄，还有亲戚朋友的钱，早就给借出来，交财务用在生产发展上了。

但由于发出货物后，客户的付款能力越来越差，沉淀的资金就像滚雪球越滚越大。

说实话，这样的会议健中不想开，也不想再说什么，更不想让大家再集资。可不开不行，不说不行，不集资也不行。因为，能跑的跑了，能借的借了，所有的门道全都堵死了，实在是没有办法。若不然，再有三五天，李行长那边的"鼓肚贷"又到期了，而你手里却没有一分钱还人家，你说怎么办吧？

这就是季健中要大伙儿集资的主要原因。

那么，该给大伙儿说些什么或从哪里开口说起呢？

眼下的形势不用说了，因为大家都清楚。健中实在找不到什么话题，剩下的只有人的感情了。感情这东西是千金难买的，它能让人去赴汤蹈火。可面前的人是摽在一起"上山打猛虎，下海擒蛟龙"的一帮生死兄弟，还用得着再来那一套吗？

正在季健中左右为难的时候，会议室的门被人嘭嘭嘭敲响了。

坐在门口做会议记录的宋晓燕，开门一看是位头发斑白的老大娘，猜出是职工家属，却认不准是哪一位，更不知有什么事，遂忙起身扶住，道："大娘，这儿正开着会哩，您有事，请跟我到这边说吧！"

来人听了，怯怯地愣了下，这才唯唯诺诺地应了一声。

这时，无意中看了一眼，季健中忽地就站了起来。就在大娘转身欲走的时候，健中忙叫着"大娘"走过来，道："是您啊！"健中显得十分惊讶。

来人是赵三春的老母亲。

那年，季健中带着人到想马河帮助赵三春家收麦种秋，是和老人的第一次见面。而后，陪着客人来风景区，健中把客人安排好后，又先后两次抽空到想马河看望老人。一九九五年，鲁阳炭材厂年销售额达到了三千五百多万元，仅零头就快比健中接手时的年销售额没差多少。在年度表彰会上，劳模家属被请上了台，大娘是其中之一。算上抗美援朝那年，大娘作为拥军模范在全县表彰大会上登过台子外，这是四十多年来第二次在大庭广众面前抛头露面。那一刻，大娘激动得眼泪都流下来了。自此，在老人心里，她早已把炭材厂当成了自己的家，把健中当成了自己的孩子。

刚才进来的时候，门岗上新换了人，不认识她，问她找谁，大娘就很气势地说是找儿子的。

看着要找的人就在面前，大娘高兴得都笑出眼泪了，道："三春回不来，捎信儿一个劲儿地催我。我心里也急，也不知道晚了没有。"

健中不知道大娘说的什么，只当是有什么大事要办，忙把大娘扶到里边，让其在自己的椅子上坐了，一边为老人倒茶，一边亲切地道："大娘，这屋里坐的都是咱自己人，大部分您都认识。大娘啊，三春带着人在国外忙工程，一半天回不来，是我们这些在座的虑事不周啊，翻山越岭这么远的路，让您跑过来难为您了。大娘，有什么事，您就说吧！"

大娘听了，叹了口气，说："三春脾气倔，又认死理儿，心里想到了，就是嘴上不爱说出来。健中啊，您和奚书记可都得多担待呀！"说罢，大娘扭过身去，从贴身的地方掏出一个布包。

大伙儿不知道大娘这是要干什么，一个个愣愣地看着。

布包打开了，里边是面值不等的一沓钱。

大娘把钱捧到健中面前，神态中带着歉意，道："山里也吭啥主贵东西，就那两只羊也吭卖上好价钱。拿住！"见健中不接，大娘生气了，硬塞到健中手里，开导道，"听三春说，眼下厂里遇到了难处，连买材料的钱都没有了。我也知道这俩钱济不了多大事，大娘就是急着过来想给你说一声儿，健中啊，人这一辈子就是这，想干事就指定会有这难那难。你记着，只要把牙咬紧了，就没有过不去的坎儿。"

听了这话，健中心里猛一热，眼泪差一点掉下来。当然还不仅是他，在场所有人眼里全都湿润了。

在职工食堂，王红珠一听大娘下山来厂里送钱，她为有这样的好大娘感动得泪水当时就流了出来。那一晚，她哪儿也不让大娘去，就让大娘住在她那里，陪着大娘说话，一直到很晚很晚。次日，她见大娘执意要走，她就说："大娘，家里的羊卖了，三春哥带着人在国外施工又不在家，没什么挂念的，您急着回去干什么？"大娘听了，叫了声"闺女"，叹了口气，说："三春老大不小了，早两天托亲戚给说了个媒茬儿，估计着这两天应该有回信儿。"一听是这么个事，不知怎么的，王红珠的脸立时红了，而且心里嗵嗵乱跳。她见大娘笑眯眯地看她，脸越发感到烧得慌。心里一乱，也不知道说什么好了，遂顿了下，才说："凭三春哥的人品，大娘您不用急。"说了这话，她觉得她的脸更没地方放了。好在大娘没在意把脸扭到一边去了，要不然，她就得把头低下来。在王红珠心里，她虽然只是炭材厂的普通一员，没有谁要她分担什么精神负担，但她爱这个厂，就是希望为厂里分担忧愁。如今，碰到了捧着一颗赤诚的心来到厂里的大娘，她就是觉得大娘亲。

在炭材厂，不仅有一帮像赵三春这样默默无闻埋头苦干的好员工，还有像大娘这样的好母亲、好家属，更有像王红珠这样，把企业暗恋在心里的人。试想，有这样的好员工、好家属，还有什么困难不能克服呀！

但炭材厂的现实情况确实非常严峻。

季健中无时不在心里发问：企业是在发展之中，车间里有干不完的活儿，产品是高炉上的抢手货，全厂上下凝聚力又这么强，可企业为什么会这样难呢？银行为什么不支持企业呢？难道非让这些企业一个个死掉吗?!

对此，季健中心里既清清楚楚，又似乎一片茫然。

但你是厂长，责任在肩上担着，无论如何也不能让企业趴下。这样，作为厂长，就得把眼睛瞪大了，即便前面一片迷惘，也得咬紧牙关，哪怕把头上的青筋憋崩了，也要鼓足劲儿往前闯。

为着与企业荣辱与共，鲁阳炭材厂在严重的金融危机面前，上下拧成一股绳，真的像三春娘那样，职工们把家里能卖的卖了，而且真的是把砸锅卖铁的劲头都使出来，这才又筹措到将近一百万元。

可是，就眼前这形势，抠紧了说，没有三百万投进去，企业是转不开圈的。于是，季健中和班子成员商量了下，实在是没办法了，只好在一个叫张光有的人开的储金会暂借一笔款。与此同时，根据市场变化情况，同意华北片区的业务员杨智欣用以物抵账的方式，派出司机，从河北金隆钢铁公司开回来十辆"夏利"牌小轿车。

然而，当把这些抵账抵回来的车子再换成钱的时候，季健中和安心平这帮人就哭笑不得了。

因为市场上标价七万八千元钱的车子，人家硬按十万元一辆抵给你。待转转手再卖出去的时候，每辆七万元还是给人家说了无数的好话。

但为了解决企业的流动资金问题，炭材厂的决策者们不得不同意以物抵账。然而，这个口子一开，厂院里小轿车、大卡车，还有各种型号的钢材到处都是，炭材厂成了"物资公司"。

　　企业难，企业的当家人更难。

　　这个难，什么时候才是个头儿呢？

第十八章　突发变故

　　炭材厂和耐火材料厂之间虽然隔着一段距离，但产品都是用在冶金上，不同的产品，共同的市场，加上优势互补，发展空间自然就大了一些。

　　因背靠炭材厂这棵大树，耐火材料厂仅用了不到两个月时间，就有了起色。特别是在炭材厂的扶持下，不仅建起了预组装平台，还添置了切割机和磨砖机等关键设备，大大提高了产成品的品质，与炭材厂的产品搭配，也名正言顺地上了国家的大高炉。仿佛一夜间，耐火材料厂就由丑小鸭变成了白天鹅。

　　可是，危机日益加剧，炭材厂当下的生产资金是靠"鼓肚贷"筹来的，哪还能支持耐火材料厂呀！于是，由石惊天带到耐火材料厂的专利技术产品——微孔刚玉莫来石砖销售出去后，还没见着回头钱，企业就因资金问题又转不动了。

　　面对这么一个摊子，主政后的王远山心里不敢有一丝的懈怠。

　　在他心里，亚洲金融危机也好，国家银根紧缩也罢，只能刮一阵，紧一时，不可能永远刮下去、紧下去。毕竟，发展经济，改善环境，让人们过上高质量的美好生活是人心所向，谁也无法阻挡。就像是钢铁企业，钢材卖不出去了，高炉被迫停产了，能永远卖不出去、永远停产吗？这显然是不符合社会发展的实际情况的。同时，有炭材厂在身后撑着，有适合自身发展的好产品和关键技术，耐火材料厂面临的困境是暂时的。

　　有着这么客观而又清醒的认识，王远山身上始终充满着力量，心里同样也充满着自信。

　　为了解决新产品生产过程中的流动资金问题，无奈之下，王远山就和班子成员集体商量，不得不从社会上吸收资金，以弥补企业流动资金的不足。还别说，有了流动资金，赶在炭材厂艰难执行"八大合同"的进程中，耐火材料厂配套生产的产品，很快就销售到湖北、重庆和山东等地。

　　然而，生不逢时。特别是耐火材料厂自身的复杂性，意想不到的事情随时都可能发生。

　　耐火材料厂虽然是个小单位，员工就那两百来人，但在几十年的发展过程中，员工构成却十分复杂。就那么一个偏僻的地方，企业效益又不怎么着，真正大专院校培养的人才很少到这里来。说白了，厂里员工大都文化水平不高。再者，企业在发展过程中，所招收的员工大都是职工子女，父母退休了孩子顶上，甚至孙子工作的岗位就是当年爷爷曾经工作过的地方。假如说企业文化能够跟上的话，人们会把好的传统给传承下来，企业的根基就会更加牢靠，发展动力就会越发强劲。而这里却不是这样。因为自我封闭，加上历史遗留下来的派性和思想隔膜，父辈留下的伤疤儿子记得，甚至到了孙子这一辈都忘不了。同是一件事，看法就不一样，甚至是好的，只要你说好，是好的他也反对，久而久之，就形成了尖锐的矛盾。

　　这天，正在去工厂的路上，王远山接到厂门卫值班人员给他打的紧急电话，说厂里出事了，有人把工厂的大门锁上了，工人们进不来，也出不去了。

　　紧蹬几下自行车来到大路上，果然见厂门口聚集了不少人。

　　与此同时，正往大路上打探的人也发现了王远山，遂忽一下拥过来，七嘴八舌喳喳开了，情绪十分激动，显然他们非常不满。

　　工厂大门一侧的柱子上贴出了大字报，工厂大门也被锁了，王远山跳下自行车，来不及扎，随手往旁边一丢就走上来。

　　大字报是在最显眼的地方贴着。大意是，耐火材料厂是集体企业，财产被人侵吞了，又弄得职工们仍旧不能及时拿到工资，使其陷入了水深火热之中。为了保护集体财产和维护员工利益，根据上级颁布的有关法律和规定，要炭材厂的"钦差大臣"们立即滚出去。

　　看了言辞激烈、恶语相加的大字报，想想以季健中为首的炭材厂一帮领导，为恢复耐火材料厂生产和谋求企业发展，在自身资金异常困难情况下，不惜血本，先后注入资金、调拨物资和设备给予无私帮助，却换来这么个局面，王远山不愿做忘恩负义之人。立时，他两眼冒火，简直肺都要气炸了，遂上前一步，要撕那大字报，却被一个人伸手拦住。

此人叫潘有志，是耐火材料厂从乡下迁到工业区时接收的占地工。炭材厂兼并耐火材料厂时，考虑到此人颇有点才干，文笔也能上得去，王远山想把他提上来抓销售。可是就要起草任职文件时，几个职工找到他，说姓潘的不是个好东西，集中到一点，说潘有志私心太重，不能重用。并举了个例子，说姓潘的跑业务，明知道厂里资金紧张，却把要回来的货款私自放出去使高息。一看是这么个人，王远山不仅没有重用姓潘的，还专门找他谈话，让其归还货款。

此刻，酷暑天又加着鼓捣事儿来回跑着制造矛盾，唯恐厂子垮得慢的潘有志汗流浃背，衬衫早被汗水湿透了。

一看此人公然站出来了，王远山断定大字报与潘有志有关，遂气狠狠地道："潘有志，你想干什么?"

"咱会干什么?"潘有志死乞白赖地道，"咱一平头百姓，屁都不当。不过，天底下不是有那句话嘛，理不顺，气死旁人。"说着，他乜斜了下王远山，又哼了一声，道，"不像有些人，在自己人面前，啥都敢说，可在外人面前，连句锵实话也不敢说，那算什么英雄?!"

潘有志是什么人，王远山心里明镜似的。在此人面前，他什么也不想说。可是，有人把事情戳起来了，是要置耐火材料厂于死地的。对此，王远山心里有话他就不能不说。于是，他叹了口气，有意敲打对方，道："有志，你也三十多岁的人了，道理你应该懂。做人，那得凭良心办事。要不，那还是人吗?"见对方哑哑嘴没有吱声，王远山看看面前的员工，发自内心地道，"我是个粗人，脾气也不好，有时候说话呒轻重，可能会让一些人听着不入耳，甚至会无法接受。可是，同志们，咱都是明白人。说话办事，不仅得知理，更得知恩呀!自从和炭材厂联合办厂以来，之所以咱的产品打出去了，并且还上了大高炉，大伙儿在心里问过没有，咱是凭的什么?倘若没有人家炭材厂调拨资金和设备，还有技术和专利，各方面都无私地帮助和支援咱，咱这厂能不能生存下来，这一点恐怕大家心里比谁都清楚。可是，有些人不仅看不到人家的好，而且还变成了白眼狼，要过河拆桥了。这是人干的事儿吗？"说到这儿，他看了看一旁的潘有志，又接道，"是的，在有些人眼里，我在自己人跟前连句锛实话都不敢说。可他就呒问问，我为什么恶？人家为了咱，只差没有把心扒出来让咱吃了，咱还要对人家说什么难听话？！"

"哼，说的比唱的还好听。"潘有志憋不住了，嘟囔着走上来，质问王远山道，"我们是下力的，是个老冤。这道理那道理，对我们来说，什么也不是。我们只认一个理儿，那就是工资。不给我们发工资，你让我们怎么活？"说着，他看了看一旁的工人，蛊惑道，"大伙儿说说，是不是这个道理？"

"是！"一部分工人被煽动起来，跟着起哄了。

见这情形，潘有志理直气壮起来。他指了下一旁他的同伙儿，道："你说说，你拿到工资了没有？"

"没有！"那人道。

"还有你——"潘有志对另一个职工道，"你几个月没拿工资了？"

"我？"那人是个老实头、胆小鬼，本不想说，可是他看到潘有志恶狠狠地盯着他，吓得结巴起来，实话实说，"有……几个月……了吧。"

"看看，我呒胡说吧？"说了这话，潘有志扭头见厂里出了名的"老面蛋儿"张义臣在不远处愣愣地站着。他知道老张爷儿俩都在耐火材料厂工作，连着几个月拿不到工资，生活指定没法过，心里必生怨言，遂抬手指了下张义臣，道："张师傅，你是老工人，你说说到底几个月没拿工资了？生活还能过下去吗？"

张义臣见被姓潘的盯上了，禁不住愣了一下，没有立即反应过来。在生活中，这个吃了亏又总是伸伸脖子不吭不哈咽了的老工人，扳住指头算算，从十八岁进厂到眼下已经三十多年了。从早年的手工制作，到当下的机械化生产；从普通黏土砖，到高档微孔刚玉莫来石砖，说句实在话，工厂是真的发展进步今非昔比了。但是，一连几个月都拿不到工资，特别是像他这样低收入，而且家里还有下岗人员的家庭，生活过得还真是艰难。

究其原因，张义臣明白，之所以拿不到工资，不是工人们制作的产品没销路，更不是领导无能，而是市场这个客观环境造成的。假如发出去的货，能及时把款子收回来，就眼下微孔刚玉莫来石砖的高性价比，怕是到手的奖金比工资还要高。这么想了，张义臣看看潘有志，又看看一旁都在愣愣地看他的工友们，知道自己成了众矢之的，立时窘得无地自容，更不知道该说什么话好，遂嘟囔道："你们扯我干什么？我年纪大了，能记住什么？"

盯住这句话，潘有志心里美滋滋地追问道："记不住咣关系，你只说这几个月拿到工资了咣有？"

张义臣说："拿是咣拿住，大伙儿哪个不知道？"

"看看，'老面蛋儿'嘴里说实话。"潘有志来了精神。

一看被人利用了，张义臣前怕狼后怕虎地喊了声"有志"，遂在嗓子眼里咕哝道："我话还咣说完哩！"

"咣说完大家也都明白了。"潘有志说着，来到王远山跟前，"王厂长，大家的话你都听见了。谁的手再大，也不能一手遮天吧！"

"不能一手遮天，那也不能由着个别人的邪性来！"接着说话的是石惊天。

眼下，考虑到企业的困难程度，为谋求生存之道，石惊天手里的专利技术产品已经进入了市场。为了扩大生产能力，石惊天便和王远山几个人商量，准备申报"微孔刚玉莫来石砖"项目，以便争取国家扶持，遂连着忙了几天。刚才，石惊天正要到市里去报材料，却接到好几个职工打给他的电话，这就急急地赶了过来。

此刻，看看潘有志愣愣地看他，石惊天知道对方的邪性在哪里。看看大字报上写的是这么个东西，再想想炭材厂人心都扒出来给人吃了，还有人来这一手，石惊天心里的火就腾腾地往上蹿，想压都压不住，遂上前一步，哗啦一声，把大字报撕了下来。

一旁，王远山看潘有志两眼一翻一翻地想撒泼，遂上前一步把姓潘的推到一边，随之厉声喝道："潘有志，你敢动动手试试！"见镇住了对方，他看了下面前的人，气狠狠地道，"这是出了白眼狼了，又要搞内耗了。

厂里遇到了困难，工资暂时没开这是实情。可我们发出去的有货，外边还欠着我们三四百万货款，车间里还正在生产，可就是有人等不及了，要跳出来了，要趁势毁了耐火材料厂呀！大伙儿说说，大门被人锁了，我们该怎么办？"

"砸了它！"大伙儿异口同声地喊叫着。

"对，砸了它！"王远山道。

听了这话，早就按捺不住性子的厂团支部书记张硕等一帮小青年翻过大门朝院里去了。

这时，被关在院子里、下了班又走不了的一帮员工，同样看不下去了。一听要砸锁，这就掂着工具跑过来。立时，张硕和院里的人群聚在一起，嗷嗷叫着，只哐啷哐啷几下，便把锁砸开了。

看上班的职工愣在了大门口，而下班的也不走了，显然这是在等厂领导处理此事的。眼下，虽然货款收不回来，可跟人家签订的合同你敢不执行吗？这么想了，石惊天见大路上看热闹的人也越聚越多，心里五味杂陈，就对面前十分迷惘的工人道："咱们都别站着了，不生产，莫说发工资，怕是连一碗胡辣汤咱也喝不到嘴里呀！"

听了这话，又见石惊天朝车间去了，张硕几个人相互喊着呼应着都急急地跟了过去。

那么，是谁写的大字报，又是谁动手锁的大门，策划了这件事呢？

想起大伙儿反映的，兼并之初，耐火材料厂原常务副厂长梁如宾和工会主席周菊一帮人表面上同意，暗地里则串通一气阻挠兼并一事，王远山脑子里波涛翻滚，料定他们会借助企业暂时遇到的困难兴风作浪，目的是夺回他们在耐火材料厂失去的权力和既得利益。

想到这里，王远山头上的汗忽一下就出来了。因为他们已经用大字报的形式毫不隐讳地表明了观点，而且还公然把大门给锁上了，这足以说明他们公开跟你叫上板了，等待的就是让你接招。那么接下来该怎么办呢？作为当下在耐火材料厂主持工作的常务副厂长，王远山忘不了自己的职责。看着车间里都稳定下来开始生产了，又见潘有志几个人聚在一起没完没了的样子，王远山眼看就要走过去了又停下来，意味深长地敲打道：

"做人是要凭良心的。人家没有屈待咱，如果把炭材厂的人给撵走了，耐火材料厂还不知道会是个什么下场！"

回到办公室，王远山坐着生了会儿闷气，又理了下头绪，遂拨通了季健中的电话，作了汇报。

有关耐火材料厂的复杂性，季健中原本也有所了解。加之近日来，几个中层干部已经向他透露过梁如宾和周菊一些人暗中搞的小动作，他料定矛盾不可避免，但没想到来得这么快。挂了电话，季健中就匆匆忙忙赶往耐火材料厂来。

从进入厂大门到走进王远山的办公室，从人们四处窥探的表情到梁如宾几个人的异样目光，在这不寻常的平静里，季健中一眼便看出，耐火材料厂无处不充斥着浓浓的排外情绪。

在临时会议上，听王远山几个人对当下形势的估计，以及梁如宾几个人的明确表态，季健中觉得，捆绑不是夫妻，遂对当班的班子成员简单交代了下，这就急忙赶往县经贸委汇报，请求派工作组进驻，解决事端。

那么梁如宾是何许人，他在想些什么呢？

此人是当年耐火材料厂筹建时招收的占地工。按年龄，梁如宾当年进厂时还不满十五岁，是虚报年龄后进的厂。早年间，梁如宾也是阳刚向上的好员工，一步步走到常务副厂长的位置，还真的是靠自己的努力闯出来的。几年前，省城镇集体工业联社第四次职工代表大会召开，梁如宾作为基层代表，出席了省里的代表大会。也就是从那时起，从正面讲，梁如宾出于对集体的热爱，主人翁意识就愈加强烈。但从个人观点出发，他保守而又狭隘的小农意识，又让他打骨子里认为，他是集体的一分子，这个集体就自然是他们的。后来，他儿子高中毕业没考上大学，就也到耐火材料厂上班，并很快当上了供应科的副科长。按理说，由当爹的在后边给铺路搭桥，儿子沾光当官，自古以来，也不是没有先例。可是，梁如宾这个儿子，说他是个小混混，多少有点冤枉，反过来说他是个纨绔子弟，还真是高估了他。用句通俗的话说，那就是个高不成低不就的主儿。同时，厂里这种情况，梁公子当了供应科的副科长，他也没有正经心思干。如此这么一来，在这次改制中，莫说还当他的副科长，就是当一般的科员，也没人愿意跟他结合。加之梁如宾的性格有点偏，是那种不撞南墙不回头的人。对于炭材厂兼并耐火材料厂一事，几股头挤在一起，梁如宾说什么心里都不痛快。在他心里，耐火材料厂是厂里员工三代人辛辛苦苦一路奋斗出来的。眼下，好不容易看着由小到大，由人工到机械化，不知流了多少汗水，花费了多少心血，而且从乡下搬到县城工业区，刚刚弄出了名堂，却被炭材厂几个人不费一刀一枪就给拿走了。同时，他更认为，他们是集体所有制企业，而炭材厂则是国有企业，两家企业性质不同，你现在要兼并我，是标标准准的侵占集体财产。

和梁如宾持相同意见，且在下边鼓捣得最厉害的人，就是耐火材料厂的工会主席周菊。此人十六岁初中毕业，是接她母亲的班到的耐火材料厂。从一名普通工人到工会主席，她吃了不少苦，是默念着"厂荣我荣，厂衰我耻"这个信条一路走过来的县劳模。平日里，她把企业当成是自己的家，厂里的一草一木她都视为自家的财产。为此，人送雅号"把家女儿"。同样的小农意识，表现在周菊身上，本位主义思想就特别严重。炭材厂兼并耐火材料厂后，炭材厂不管支持多少，她认为都是应该的，反过来要是炭材厂需要耐火材料厂做些什么贡献，她就认为是侵占集体财产。很显然，周菊这人，她就是一只只进不出、一毛不拔的"铁公鸡"。

就在发生锁门事件的次日上午，由县经贸委牵头，县工会和县集体工业联社三家组成的工作组便进驻了耐火材料厂。

立时，盘根错节的亲属关系和人脉关系，围绕在梁如宾和周菊身边的一帮人，纷纷找到工作组哭诉，甚至添枝加叶大肆渲染兼并联合的危害，目的是坚决与炭材厂分道扬镳。

而沐浴着改革开放春风走进耐火材料厂的新生代们，对两家企业的兼并联合则拍手称快。因为他们知道炭材厂的市场营销网络遍布全国各地，产品又走出了国门，对两家的联合，认为是背靠了大树。同时，他们对耐火材料厂里的裙带关系，以及抱残守缺的自我封闭意识早就深恶痛绝。眼下，工作组来了，又看到梁如宾一帮人纷纷往上级领导跟前跑，他们这些被工厂老人视为"局外人""外来户"，在厂领导层面根本无话语权的人，也就坐不住了。是的，人微言轻，又长期受到压抑，他们本就难以接受，何况他们是在改革开放中成长起来的新一代，谁还能堵塞他们的言路呢？于是，他们不仅找到工作组口述，而且还递交了文字材料，揭发和陈述原耐火材料厂在组织人事、财务管理、经营销售，以及劳动待遇等方面存在的问题和弊端，强烈要求工作组为他们主持公道，确保改制顺利进行。

一时间，耐火材料厂新旧两股势力开始了面对面的交锋，此消彼长，随时随地都能擦出火花。

为着掌握民意、回应民声，季健中对工作组提出建议，并承诺，只要有三分之一的员工反对兼并，炭材厂立马走人。当然，他也有诉求。若是个别人在幕后煽风点火，故意制造事端，妨碍企业生产，请求县政府予以严肃处理。至于兼并一事，也到此为止。原因是，炭材厂里谁也不愿干这种"老公公背儿媳妇过河——出力不讨好"的事。

民意调查这天，车间机器拉闸，工厂停摆，包括门卫值班人员在内，全部集中到会议室。梁如宾、周菊一帮人自成一体，分坐在右首，人人昂首挺胸，仿佛胜券在握。而新生代这边，虽然没有坐镇之人，但他们也有主心骨，那便是厂团支部书记张硕等一帮中青年工人。关键时候，他们懂得退回去就是死路一条，这就再也不甘心坐以待毙。于是，他们也昂首挺胸，要与对方见高低。

表达民意的时间到了，当大伙儿领到民意票，又投到投票箱里，开始唱票的时候，会场上静得每个人都能听到自己的心跳声。

显然，全厂上下，对这次民意调查相当重视。

票箱是当着全体职工的面打开的，监票人、唱票人还有计票人都是双数，而且是双方各推荐一人上台当众点票。可是，还没等唱票人手中的票数唱到一半的时候，梁如宾和周菊一帮人便坐不住了。因为，写在黑板上赞成兼并的票数远远高于不赞成兼并的票数。眼看就要竹篮打水一场空了，周菊的横劲儿立时就上来了。只见她霍地站起，舞舞喳喳，高声喊叫说："行啦，都别弄啦！弄也不算数。"

她这一声喊叫，立时吸引了会场上所有的人的注意，其中也包括工作组的领导。

看大伙儿都愣愣地看她，周菊抹了把头上急出来的汗，道："有时候，真理不一定在多数人手里。"说着,一向以工人领袖自居的周菊朝梁如宾一帮人使了个眼色,准备使性子走人。

坐在主席台上的工作组组长、县经贸委副主任杨文忠和县集体工业联社的唐主任没吭声,季健中也没吭气,而工作组成员,在下边负责监督、指导民意测评的县工会马副主席看不下去了。

马副主席是县工会的老人,是个刚正不阿、眼里揉不进灰星儿的人。昨天一踏进耐火材料厂,听了双方的意见,想想改革开放都这么多年了,却还有人公开站出来在企业搞内耗,马副主席心里很不平静。接下来,通过进一步了解,马副主席很快就明白了。考虑到周菊是工会干部,又曾是县劳模,马副主席从心里说,他还真的对周菊多了一份儿感情。就在民意投票之前,马副主席还专门把周菊叫到一旁,恨铁不成钢地给她认真开导、严肃地批评了一顿;并一针见血地指出,小生产者意识在改革开放和发展市场经济大潮中是多么有害。在马副主席讲出的道理和列举的事实面前,周菊也有悔意。但是,令马副主席万想不到的是,周菊此时会来这么一出子。

现在,看周菊起身要领着人走了,马副主席实在忍不住了,他就大喝一声:"站住!"看周菊一帮人听到呵斥愣在了那里,又道,"民意测验是大伙儿的意愿,难道真理就在你们几个人手里吗?!"

这下,周菊丢人丢大了,当着那么多职工的面,灰溜溜地坐下,低着头再也没有吭声。

统计结果,百分之七十九的员工赞成兼并,弃权票四张,剩下不赞成的只是少数。

这样,当工作人员在汇总票上神圣地签下自己的名字,而后把票交到工作组组长杨副主任手里,并当众宣布之后,在台上坐着始终未发一言的季健中站了起来,看得出他这是伤透了心。面对工作组和在场的员工,他站起来之后,好一会儿没有说出话来。没有了往日的滔滔不绝,更没有什么慷慨激昂的话语,是痛心,也仿佛是在忏悔,道:"同志们,给大家添堵了。若是有什么对不住大家的地方,请原谅!"

说罢,季健中对着大伙儿深鞠一躬,然后从主席台后边绕过来,同在台下等着的石惊天等八九位被派过来工作的同志一道朝门口走去。

立时，也没等工作组答话，耐火材料厂一帮新生代们先是一愣，当看出这是人家不管了，甩甩手要走人了的时候，这就慌了神。先是人群中有人喊道："季厂长，不要走！"紧随着喊声，坐在门口以张硕为首的一帮新生代们，呼啦一声站出来十几个人，立时便把路堵住了，不仅不让走，而且一个个义愤填膺，现场立时就成了声讨带头挑起事端闹分裂者的舆论场。特别是坐在会场后边的一帮老工人，他们有的虽然跟梁如宾一帮人有着这样那样千丝万缕的牵连，但企业不是靠几个心照不宣人的私下交情就能发展起来的。眼下，企业有困难，但他们是亲眼看着炭材厂的领导，为厂里出力流汗，也尽了心。看受了委屈的厂领导执意要走，又见一帮小青年因气愤在万般无奈之下，对周菊一帮人都爆了粗口，即将退休的老工人张义臣大声喊道："季厂长——"见喊声吸引了众人的目光，大家都朝他看，张义臣从后边走上来对着健中道，"我早就看出来了，您是识大体、顾大局之人。要不然，当初您不会同意搞兼并，背上这个累赘。可是，季厂长呀，今天您是怎么了？难道说就因为一只老鼠，您真的要把这一锅汤都泼了吗？"话音落地，他担心留不住人，这就双膝一弯，扑通一声跪在了季健中面前。

一看一向被人冠以"老面蛋儿"的老父亲关键时候有这么个举动，张硕一愣，禁不住冲上来拉住父亲，试图拉他起来，道："爹，您这是干什么？"

张义臣道："傻孩子！爹要是再当'老面蛋儿'，咱爷儿俩都得扎住脖子喝西北风呀！"

困惑中，张硕被父亲的义举感染了。在小伙子心里，他正愁留不住人，若能以此把人留住，又何尝不可呢！这么想了，这个二十二岁的厂团支部书记挪了挪身子，紧挨着父亲也跪下了。

立时，莫说新生代们，包括刚刚还在跟着梁如宾和周菊几个人站在一边的一些工人，突然良心发现，也紧跟着黑压压跪下一片。

季健中愣住了，王远山、石惊天几个人愣住了，就连调查此事处理问题的工作组的全体领导同志也都愣住了。

调查结果是第二天一大早报到县委常委会上的。

鲁阳太落后了，改革开放二十年了，可耐火材料厂个别人，还在用那一套在企业搞内耗。尤其是在当下这么个困难时期，作为党员干部，不知同舟共济，反倒过河拆桥，此风不刹，企业难以发展。

尽管季健中有言在先，要对带头闹事的人严肃处理，可是到了紧要关头，他还是赶在县委常委会结束之前，给刘振国书记打了电话，为了稳定大局，请求不予追究。

他觉得，冤家宜解不宜结。

毕竟，人非圣贤，孰能无过。

季健中的妥协表面上缓和了潜在的矛盾，但利益之争是永远都难以回避的。特别是当集体利益和个人利益发生冲突时，斗争将会更加激烈、更加残酷。

季健中的"中庸之道"，后果将是什么呢？

第十九章　铤而走险

　　没有了正常的融资渠道，为了企业的生存，拿到"八大合同"后，季健中除了在市工商银行李祥瑞行长那里采取"鼓肚贷"融资方式和在企业内部集资外，另一方面，他还是想继续向早年的联营单位——南方院，伸手筹集企业急需的生产资金。

　　可是，春末夏初的时候，按照合同该给南方院的集资户兑现集资款了，但由于资金极度匮乏没能及时兑现。当然，没兑现，不是集资户们不在意，而是说了无穷好话，又加上南方院领导出面协调，这才拖到现在。

　　然而，现在的炭材厂，形势越来越严峻了。

　　从一九九〇年春末夏初拿到北方钢铁高炉大修合同到当下，从南方院筹得的资金，每年的本生息，息转本，本再生息，以及新增本金，集资总额，已经从最初的近一百万元增加到了八百多万元。

　　这时候，季健中早已看到了企业的大限。因此，作为厂长，同时也作为从南方院得恩之人，他的心里十分矛盾。

　　为着生产，他必须得拿到资金。同时，为着履行合同，他必须得走下去。在他心里，为着南方院的集资户，他多么希望早早地把集资一事给画上一个圆满的句号呀！可是，就现在这情况，纵然有天大的本事，这个圆他也不好画了。因为，在南方院这些恩人们心里，人家对集资款还款期到了却迟迟不见动静而惶惑不安，早就打电话催促过多次了。显然，现在筹划着到南方院去，不是去集资，而是要还账的。

　　明知道是没有什么希望的，可季健中还是在入冬后第一场零零星星飘落的雪花中，敲开了县工商银行行长蔡金城的门。他心里还抱着一线希望，想通过蔡金城到上级金融部门求求援、解解围。不然的话，炭材厂就要走上绝路。

开门一看是大舅哥，蔡金城脸上的笑容立时没了，愣愣地道："哥，你怎么有空到这儿来了？"

"啊，我出来办事，路过这里，过来看看。"看着对方倒了茶放到了面前，健中擦了擦淋在脸上的雪水，然后端起茶浅浅地呷了口，道，"怎么样，最近怪忙吧？那天你说回去哩，咱妈忙着给你包了韭菜羊肉馅饺子，等了半天，你也没回去。"

"唉，就是回去哩，来了客人。"蔡金城抱歉地说。

"你才拿住驾照，开车又冒失，咱妈惦记你。"

"吭事。"

"你是吭事，可妈年纪大了，不大点儿事就着急上火。"健中说着，从兜里掏出一部摩托罗拉公司刚刚推出的一款手机递给对方，接道，"晓明的公司办起来了，赚到了第一笔钱。那年走时，你送给闺女的玉佩，闺女一直戴着。现在长大了，闺女看到玉佩，就想起了你这姑父。孩子知道报恩，买了两部手机，这是给你的。"

"我就说嘛，她们姊妹中，晓明最有出息。"看了手机，蔡金城想了下，又道，"哎，哥，你说晓明办起了公司，那她不回国了？"

"原先说回来，这下暂时不回来了。知道炭材厂的事，闺女心里也很着急。别的实在没办法了。你在金融系统跑了这么多年，上下关系熟，该舍脸的时候，你替我舍舍脸。"看着对方愣愣地看他，又解释道，"兑现集资款的事儿早就到期了，你知道那窟窿有多大。眼下这儿停产那儿倒闭的，谁的心里都是七上八下的，我要做好充分准备才是。"见对方不递腔，知道对方也有难处。为打消他的顾虑，季健中拿出个账册和一些材料让他看，道，"这是我的原始账册。刨去被你划走的一千来万，应收款账上合在一起还有两千多万。这是我手里现有的生产合同，我有干不完的活儿，弄到哪儿炭材厂都死不了。只是南方院集资户的集资款又该兑现了，你想办法到上边活动活动，贷不来多的，先弄二三百万也中。时间也不长，我就是临时周转一下救救急。要不然，我没脸见人。"

自小要强，当他为着厂里的事情，向他的妹夫乞求的时候，季健中心里十分难受。

听了大舅哥的话，蔡金城头上的汗立时就冒了出来。看得出，但凡有一线希望，他都会帮他的。可眼下，这政策那规定的限制着，到上边活动肯定是白忙活，县级行又没这个权限。想想大舅哥为家里，为兄弟姊妹们出的力、操的心，蔡金城真的想豁出去帮大舅哥一把。可那能成吗？自己亲手制定的金融服务管理流程，就是想尽一切办法堵塞漏洞的，你就是想犯错误，要想把钱弄出来也是不可能的呀。想想这几年有那么多的好机会都放弃了，蔡金城着急中就免不了埋怨起对方，道："哥，你也是生就的爬叉命。虽说副县长给耽误了，可县领导心里都明镜似的。不吭不哈给你弄个县长助理头衔，这说明什么？这也是对你做出成绩的充分肯定。有着这么好的人脉关系和基础，赖好活动一下，你也不至于在炭材厂作这么大难。还有，放着福你不会享。早几年，咱爸爸在床上躺着，为尽孝，你走不了，这是实情。可这几年呢？老婆孩子都在国外，又有那么大一摊子生意，要钱有钱，要福有福。可你，你却待在这儿活受罪。你说你……我这个当兄弟的都没法儿说你啦！"

蔡金城说的是实话，也是至紧人的心里话。可这时候，季健中心里想的是钱，是想尽办法要把南方院的集资款的窟窿给补上，背离了钱这个主题，即便是亲人的掏心窝子话，他也听不进去。

唯一的希望就是在妹夫这儿，让其想办法到市行申请贷款。但眼下，断定在这儿是弄不到钱了，可他还是不死心，就苦笑了下，生硬地道："我是你大舅哥，这忙你帮不帮吧？"看着对方愣愣地看着他却不吱声，季健中就彻底灰了心，遂气狠狠地道，"行了，没你这个兄弟！"

"哥——"看着摇摇晃晃走出去的季健中隐没到雪雾里去了，蔡金城禁不住两眼湿润了。

着急上火，可能是血压升高了，踉踉跄跄回到厂里，季健中连飘落到头上脸上的雪水都没想起擦一擦就倒在了沙发上。休息了一会儿，季健中觉得头晕得轻一些，遂折起身定了会儿神。看看手里的应收款账册，越看越生气，这就随手给扔在桌子上。痴痴地愣着神想了好大一会儿，终是没有化解危机的办法，遂起身拿起茶叶盒，想沏上一杯茶压压心火。可是，盒子里没有茶叶了。无奈中，他就倒了杯白开水捧着发起呆来。

剪不断，理还乱。季健中纵然有登天的本事，却怎么都无法解开当前这万般愁绪。

忽然，他的门被人敲响了。打开门一看是蔡金城在门口站着，季健中心烦，正要把人关在门外，蔡金城忙叫了声"哥"，道："我想起一个办法，不知道行不行。"

翻翻眼看看蔡金城，季健中没好气地道："什么办法？"说着把人让进屋里。

蔡金城道："急需多少流动资金？"

"大数五百万，如果困难，少点儿也行。"

"有个地方，可以去试试。不过利息比较高，不会下二分五那样子。"

"是毒药我也得吃。走！"

坐上蔡金城的车子在县城老法院对面一家储金会门前停下。

雪，这会儿下得大了。

季健中还真的不知道这里也有一家融资公司，他撑着伞在窸窸窣窣飘落的雪地里站着端详了好一会儿。

推门一看，像是云霄翔在里边坐着，季健中还当是看错眼了，细看正是其人。这情况实在太意外，季健中一时没有反应过来，立时便愣在了那里。一旁，待蔡金城喊声"云经理"打上招呼的时候，季健中就像是看见了瘟神，唯恐躲避不及，遂扭头就走。

这下，云霄翔慌了，忙起身道："老三！"见对方听到喊声站住了，又道，"你不会把二哥这门槛儿隔过去吧？"

定了下神，季健中哑哑嘴遂十分不情愿地在云霄翔特意给他拉过来的椅子上坐下。看着对方又是递烟，又是忙着沏茶的样子，季健中心里真的跟翻江倒海似的翻腾开来。

从一九五四年在县育英幼儿园到今天，季健中与云霄翔已经相识四十五年了。若不是看到眼前的一幕，说实话，季健中万万没有想到，云霄翔这么一个人，居然搞起金融来了。

此刻，听对方这么说，季健中颇带讥讽意味地道："真是林子大了，什么鸟儿都有啊！"

"哎，看你说的，这是士别三日，当刮目相看。"蔡金城知道大舅哥和云霄翔两人之间有矛盾，唯恐出现不愉快，忙在一旁打起掩护来。

当然，这时的云霄翔，自然不会把一句半句刺挠话放在心上，遂笑起来，道："还是蔡行长这话好听。来，喝茶！"

云霄翔的这家储金会，起步的时候正赶上国家对此类金融机构放的口子逐渐收窄，而且要合规经营，门槛自然就高了。由于起步晚，路子还没有蹚开，经营情况不怎么红火。说白了，从开张到眼下，一直都是小打小闹。看着手里压着的现款贷不出去，还得查日头付利息，云霄翔心里如鲠在喉一样难受。也就在刚刚的时候，云霄翔给蔡金城打了个电话让他帮忙。这几年，云霄翔跟蔡金城多有业务往来，说起来也算熟人。一听他手里有现钱，蔡金城自然就想到了急等用钱的大舅哥，这就急急忙忙把人领来了。

眼下，面对言来语去间的挖苦和讥讽，云霄翔都能"笑纳"。当然，不是他的脸皮有多厚，而是他早已成了奸商，一切以利益为重使然。

面对季健中咄咄逼人的气势，云霄翔扑哧一笑，道："老三，说吧，跟蔡行长来，是不是有什么事呀？"

"呒事。天不是下雪了嘛，这景致多美呀，随便转转。"季健中左右看看，又道，"这么排场个地方，还当是谁在这儿坐庄哩，原来你在这儿管钱串儿。"

"什么管不管的，也就是混口饭吃。"想起当初从炭材厂被劝退一事，云霄翔免不了搔拭道，"被三弟你无情地扫地出门了，不想点儿法子，那不得饿死呀？"

"美你的吧！"季健中翻翻眼看了云霄翔一眼，"不过我现在后悔了，当初不应该把你扫地出门。"

云霄翔道："是吗？"

"记得我说过，不该给你这个机会。"季健中说着，伸手拨了下面前桌子上的地球仪，使其扑棱棱转起来。

云霄翔又是一笑，回敬道："那你挡不住。天无绝人之路，地有好生之德。说吧，什么事？"

季健中道："吭事。"

"真吭事？"云霄翔愣愣地看看季健中，又看看蔡金城。

蔡金城憋不住了，插话道："云经理，是这样——炭材厂想用俩钱，我们那里办起来比较烦琐，想在你这儿把业务办了。你看……"

"没问题。"云霄翔道，"过去归过去，现在是现在。不管怎么着，是光屁股一起长大的发小儿，又是一个头磕在地上的结义兄弟。再说了，那年在沟口村知青点上，还是你大舅哥把狼扒子给撵跑的。咱这人，得人滴水之恩，自当涌泉相报。说吧，帮不了大忙，咱帮小忙。老三，你要多少钱？"

"一千万。"

"一千万？！"云霄翔惊得瞪大了眼睛。就他这个庙，贷个三五百万没问题，但要上千万，他根本就没那么大的实力。虽然注册时他的公司账面上是有不少钱，但实际柜子里也就股东们手里那几个子儿。现在公司办起来了，外边的存钱是个大宗，人家要取，他不敢压住不给人家。这样，压下一定额度的储备金不敢动，剩下的活钱就少得可怜，要是一下子都给贷出去了，还开门不开门了？可他那德行，他会给你透出实情吗？云霄翔眨巴着他的小眼睛想了下，道："没问题，莫说一千万，就是三千万五千万也没问题。不过这么大的数额，怎么着也得有个保人。"这时，云霄翔瞟了蔡行长一眼，是想让蔡行长出面担保，只要蔡行长敢担这个保，他还真能弄来三五千万。

"没保人。"季健中猜透了对方的心思，便一口回绝。然后，把带来的生产合同丢到云霄翔面前的桌子上，接道，"就这合同，信不过你可以先把合同押在这儿。"

愣了下神，云霄翔拿起合同细细地翻了翻，然后又沉思一下，道："那就这个数——"说着，他伸出一个手指头比画了下。

"不行！太少，我还懒得费事呢！"季健中说着，遂伸出个六个数的码子。

云霄翔摇摇头，又伸出一个指头，道："两百万。"

"不行！太少。"季健中比了个五的码子。

"就这个数。"云霄翔还是比的两个数的码子。

蔡金城看看季健中，又看看云霄翔。他知道两百万根本不济事，就道："云经理，炭材厂账面上根本就不缺钱，而是流资一时出现了缺口，也算是火烧眉毛的事，就当是济世哩，你大方一点儿嘛！"

云霄翔想了下，仿佛是破上了血本，道："这个数——"随着话音儿，比了个三的码子。

季健中愣了下，道："那就谢啦！"

云霄翔道："时间多长?"

季健中道："三个月。"

云霄翔点点头，叫了声"季厂长"，开始磨开脸了，道："我这儿的利息可是比蔡行长那儿要高一些呀！"

季健中道："怎么个高法儿?"

云霄翔道："随大流——月息三分。但咱们这关系，别人比不上，给你二分八。"

"你……你喝血啊！"说罢这话，季健中觉得有点过分了，遂自我解嘲地笑了下，又道，"关系是关系，钱是钱，没什么好说的。我只说一句，僧面佛面你都不用看，就看当年我给你打狼的分儿上，你也得给我优惠点儿。"

云霄翔是胸有成竹的。在过去的生意中，他最低放过二分二厘的款。但眼下季健中亲自走进门来，是逮住了大户，他能松口吗？还有，压住回城时搞的那个偷梁换柱一事不说，单说"劝其调离"这一切肤之痛，他恨不得一口把季健中给吞进肚里生生吃了，他能不狠狠地宰一刀吗？这个云霄翔，干正事不咋着，却有歪材料，更有表演的天赋。就见他沉思了下，道："破例了！老三，二分五，不能再少了。"

"二分二。"蔡金城咬得很死。

"下二分三免谈。"云霄翔说罢，靠在沙发上歪那儿了。

季健中看看闭目不动老谋深算的云霄翔，料定二分二厘五对方不会跑了他这个用款大户，遂咬定蔡金城刚刚喊出的价，道："超过二分二厘我立马走人。"看云霄翔不为所动，季健中知道对方在观察他，不由得笑了。心里说，能吧，掐不准你小子的脉，我还出来混什么？朝蔡金城摆了下手，道："走！"

可是，刚没走两步，季健中便被云霄翔喊住了。经双方讨价还价，以月息二分二厘五给炭材厂解决了三百万元现金。

次日下午，雪还没停，只是没有再下大。

季健中带着曹艳玲来四里营农家院看望杨逸菡老两口。

四年前，正当鲁阳炭材厂红火的时候，厂里不缺钱，杨逸菡就把他集的三十万元兑出来了。去年也是这时候，厂里又遇到了困难，为着"八大合同"，老两口又把三十万给集上了。

此刻，面对七十来岁的人，季健中实在不想让倾尽心血和鲁阳炭材生死相依的杨老在心里有什么纠结，他就叫了声"叔"，说："您和俺婶都是鲁阳炭材的大恩人，不管到什么时候，鲁阳人都感谢您对鲁阳炭材做出的贡献。"

听了这话，杨逸菡老人没吭气，他的老伴儿陶老师笑了一声，道："你这孩子，什么时候也学得会奉承人了？"

"就是！"杨逸菡沉思了下，"健中，你是不是不想让我和恁老婶子在这儿住了，要撵我们走呀！"

"哎，看您想哪儿去了。"季健中道，"我这是说的心里话。"

"是呀！刚才在路上，季厂长说起炭材厂的当初，都不知道该怎么感谢您了。"曹艳玲拉住陶老师的手亲切地拍了下，"季厂长说，一天到晚总是忙，对您照顾不到，心里有愧。"

为着照顾杨逸菡老两口，也为着老人好腾出时间投身企业发展，那年晓燕回办公室后，健中就把在招待所工作、勤快能干的白小鸽派过来。一时没看见人，健中就问小白去哪儿了。陶老师遂告诉健中，说是她这几日眼老流泪，小白叫医生来一看，说是肝经有热了，就出去买菊花去了。

眼下，用陶老师的话说，她的关节炎不疼了，走路也好多了。对此，陶老师和杨逸菡老两口打心里高兴。想想鲁阳人的好，陶老师也是有一肚子话要说，就对艳玲道："你们这个厂长呀，那是打着灯笼都难找。你看看，曹科长——每到入冬的时候，健中一大早就打发人过来给我收拾'土暖气'，生怕我冻着。"说着，她走过去拿起放在桌子上的温度计给曹艳玲看。

一看红线在二十摄氏度上停着，曹艳玲十分惊讶地道："陶老师呀，屋里暖和和的，二十摄氏度这就是春天呀！"

"可不是嘛！"陶老师道，"每到夏天，天要热了，健中大早就过来在门前给我收拾凉棚，生怕我热着。特别是小白姑娘，人家还真能干，一天到晚，又是给我捶背，又是给我捏胳膊揉腿的。老杨在厂里出力不大，可是天下的福都叫俺两口子享了。"

陶老师还是来时那个样子，虽然八九年过去了，也是七十挂零的人，但她一点也不显老。只是诗人嘛，爱动感情，说到高兴时眼里总是泪花花的。

扯了会儿闲话，一看健中和艳玲来给他退集资款，杨逸菡沉思了下，就笑着说："行，先办出来也好，需要时再拿出来。"想了下又说，"你们什么时候去南方院？"

"再过几天就是阳历年了，我想赶在前头过去。"健中说。

看看外边还在飘着雪花，杨逸菡不无担心地道："天还没有亮，这就去？"

季健中道："大伙儿早就急疯了，不能再拖了。"

杨逸菡叹了口气，道："是呀，眼下形势这样，都是血汗钱，谁都挂心。"想了下，又道，"多天没回去了，走时我和你婶子跟你们一起回去。"

南方院之行，就像赴鸿门宴，变数很大，如果发生挤对，炭材厂的灭顶之灾将提前到来。一想到这些，季健中像在云彩眼儿里踩钢丝一样，一下子吓出一身冷汗。

在这样湿冷的日子里，又加上遍布亚洲的金融危机在人们心里投下的阴影，十有八九的集资人脸上和这天气一样，没有一丝的喜色和暖意。

看透了国内外经济形势发展趋向的季健中却不敢谈形势。为稳定人心，健中没有急于和大伙儿见面，而是统一口径，让一道来南方院办理集资事项的工作人员，着重介绍当下正在履行的"八大合同"，是炭材厂自创建以来，任务最重、产量最大、产值最高的一年。说到眼下的生产发展，健中没让大伙儿多说，只要求把手里现有的合同，让集资户们传看，以便用业务量让人们吃上一颗定心丸。

他——季健中，正在违心地编织一个现实版的"美丽的谎言"。

当然，此时此刻，季健中心里隐藏着许多不忍和无奈。不忍的是，他不想对真诚善良的集资人，隐瞒当下企业所面临的窘境。对此，天性偏强而又坦诚的季健中心里无疑在滴血。无奈的是他不得不只说有利的一面，而把不利的一面给回避了。不然的话，他这个当厂长的，此时此刻，就会把企业推进万劫不复的深渊。

俗话说，做官凭印，做人凭信。可此时，偏强、率直、真诚、善良的人硬是被形势逼着变得虚伪了，变得不敢说真话了，其心里该是多么无奈、纠结和难受呀！

对炭材厂而言，虽然有一连串生产数字在面前摆着，虽然有现成的客户合同在手里握着，但南方院集资户这些老头儿老太太，许多人都是高级知识分子出身，有的还是国家级专家学者，即便有的退休了成了闲臣，但他们仅从电视、广播、报刊宣传中，时时提到的"抓大放小""金融危机""下岗失业"等关键词里，闭着眼也能在心里做出许多文章来。更何况，严重的经济下滑形势，犹如瘟疫般正在扩散。莫说中小企业，就连南方院不也是如此吗？钢铁工业生产形势下滑，基本上没有什么新上项目。这样，专门为钢铁企业服务的南方院设计业务锐减，经营亏损，收入降低，这就迫使一部分员工下岗。同时，就在健中一行来南方院的前几日，南方院周边一个大国企，还发生了下岗工人围堵市政府大门，导致交通堵塞的恶性事件。眼下，你一个鲁阳炭材，芝麻大点儿的企业，能独善其身吗？

不管多少，都是血汗钱。

固有的中国式的理财方式，又在这么个敏感时期，集资户最怕的就是自己的血汗钱打了水漂。

就在季健中与大伙儿在南方院刚一出现，迎面而来的就是一个个质疑声。而质疑的焦点，则是企业到底有没有效益，能不能如数退还集资款。

这是季健中不敢面对和最不愿面对的。因为尽管生产发展了，员工们流了汗出了力，可效益呢？累计两千多万元货款收不回来，还有生生被银行划走的一千万，你敢跟大伙儿说吗？更何况这次带来的三百万元现金，是从"三会一部"用高息以短期融资的方式贷出来的，是高利贷呀！你敢让大伙儿知道吗？

现实的情况，就是要逼着季健中自己说瞎话。同时，要正视当前形势，如果闪烁其词，或有意回避，那不就等于是此地无银三百两吗？

为着带来的三百万元款子不至于全都砸在这里，并确保不发生挤对现象，季健中确实是费了心了。他根据事先掌握的信息，和受聘在鲁阳工作的唐运生、曹晖等人，一道深入不同层次的集资户家中进行拜访，倾听集资户的意见，并从集资户急于了解鲁阳炭材真实情况的愿望出发，不失时机，而且实事求是地给集资户介绍鲁阳炭材在国内外的市场布局，以及在国家高炉用炭质耐火材料方面的名声和地位。无形中从侧面证实，鲁阳炭材不仅有能力应对危机，而且在不久的将来就能把企业做大做强。

但通过反馈的情况，季健中清楚地看到，担心鲁阳炭材还不上集资款的集资户大有人在。

这好似一场刺刀见红的肉搏战，不管输赢，都是残酷的。

连日来，季健中的心就一直在紧紧地揪着。因为集资款是那么大一个数，而你手里带着的钱只有那么一点点儿。同时，就这点儿钱还是那么个来路。季健中万分焦灼，他明白，一旦发生挤对，场面失控，接下来的事情他就不敢往下想了。

南方钢铁设计研究院科技处，是负责南方院和鲁阳炭材联营的代表处室。处长吕继忠睿智而又稳健，关于当前市场低迷的情况，他是再清楚不过了。他知道，若把真情讲出来，现场不仅会发生挤对，甚至会激化矛盾，后果不堪设想。但是若不把实情讲出来，大伙儿的钱打了水漂，将来自己还怎么面对那些抬头不见低头见的集资户呢？背不起的责任，化不掉的危机在面前摆着，又是合作单位，一旦发生了问题，也是逃脱不了干系的。于是，善于谋事的吕处长前后忙了一阵，待腾出三间办公室，把一切安排就绪之后，他言称有事，就急急忙忙地回避了。当然，他不是逃避，更不是要看鲁阳人的笑话，而是带上两条烟找他在派出所工作的老朋友去了。显然，为着集资款一事，他已经料到了最坏的结果。

事先通知的时间是上午九点，可八点不到，早就准备好资料的一帮老头儿老太太一看雪下得小了，这就在南方院腾出来的临时办公室门口的走廊里排成了长队等着取款。往年，这是鲁阳炭材来南方院集资时司空见惯的场面。有所不同的是，此刻集资户的心绪不仅是急躁，而且还带有不安和恐慌。

为着在北方钢铁高炉上树起鲁阳炭材的旗帜，南方院的亲人们，向鲁阳炭材伸出了友谊之手。每到办理集资事项的时候，季健中都用笑脸招呼每一个人，感谢他们的支持和帮助。同样，看到投进的钱生了子儿，一个变成两个，不久的将来，两个还要变成三个时，集资户心里也无比高兴。他们打量着热情厚道的季健中，感谢鲁阳炭材年富力强的好厂长，信守承诺，还本付息如期兑现，给大家创造了红利，送来了喜悦。为此，集资户无形中都把季健中捧为福星。

可眼下呢？不是人变了，而是形势变了，过去的福星眼下会不会变成灾星呀！

大家在嘀咕着、议论着、分析着，说什么的都有，但说得最多的是，存在别人的柜子里，不如拿在自己的手心里放心。

是的，风险来了，身边已经有那么多人下岗了，有的企业干脆关门了。投资有风险，这是人人皆知的道理，但谁也不愿风险落在自己头上。于是，大伙儿焦急地排着队往前挤着，等着要自己的集资款。不难想象，过去得了利，现在看到不对劲儿了，要见好就收了。

听着人们的议论，看着一溜儿排开在三张桌子前焦急等待取款的人们，季健中面带笑容，看似镇定自若，但心里早就紧张到了极点。

还是那些面孔，还是那一个个微笑，但健中分明感到此时的一切表情不似先前那么自然了。

也就不到一个小时，一百万元现金已经兑出去了。若说到转存的，健中也看到了，但很少，而新的存款人却一个不见。

又一个小时过去了，又是一百多万元让集资户拿走了。照这样下去，要不了一个小时，可怕的场面就要出现。

季健中真的慌了。因为等着取款的队伍，早就排到院子里去了。

由于天冷，都知道要等着兑现，这些排队的人不仅穿着厚厚的衣服，还大都戴着厚厚的手套。他们在寒风中夯着手站着，一个个焦急不安。

同时，不仅仅是排队等待那么简单了，而是为着能早点儿拿到钱，已经发生了好几拨因插队而发生的争执，这是过去从未发生过的现象。显然，人们这是担心排得靠后了，到跟前拿不到自己的血汗钱呀！

似乎是血压又升高了，季健中觉得脑袋十分难受，冷汗都冒出来了，而且他都看不清三几步开外等着取款人的面目了。

不知是看透了场面，有意要他回避一下，或是怎么的，就在季健中心烦意乱、焦急不安之时，曹艳玲站起身来，有意以打电话为由，把季健中拉到了里屋。

是的，应该到里边。但不是歇歇，而是想想对策。就在季健中掏出手机准备与吕处长通电话，让他随时准备好把派出所的民警们带过来维持秩序，确保不出现流血场面的时候，一位年近七十的老者，突然从人群中走了过来。他对在一旁同样也焦急不安的唐运生道："唐工，请问他们哪位是鲁阳来的季厂长？"

唐运生见对方面熟，可一时又想不起来是干什么的，就愣愣地问："你找季厂长？"

老人说："我想见见他。"

仔细打量了下老人，不说对方有仙骨之气，却也和善敦厚。这么看了，唐运生忽地想起来了，十分惊讶地笑着道："哎哟，你是盖老盖教授吧？"

"不敢！不敢！盖国富。"这么谦逊地说了，盖国富笑了下，"帮帮忙，让我见见季厂长。"

"好的！好的！"唐运生伸手拉住对方的胳膊，把其带进了季健中所在的办公室。

三百万元现金，还在鲁阳没动窝的时候已经支付给杨老三十万，剩下这二百七十万，眨眼工夫已不足五十万了。为着兑现集资户的血汗钱，季健中卖血的心都有了。一看唐运生领着个老人到了面前，言说是找他的，季健中当是要节外生枝了，这就急忙起身。哪知起得猛，加之血压升高，他差一点一头栽倒，扶着椅子停了下，也顾不得自己怎么了，遂彬彬有礼地道："来来来，请坐！请坐！"

"不用！不用！我只看看你。"盖国富一边说着，一边掏出他的老花镜架在鼻梁上。然后定了下神，仔细地对着季健中端详起来。

盖国富是汉江钢铁学院的老教授，老伴儿是设计院档案室的一般干部。当年，杨老领着季健中来南方院集资的时候，正赶上他的研究项目获得了政府大奖，老伴儿见了非常高兴，她就拿出来给集上了。这几年，因为"节能型墙体材料"是杨老和盖老两个人一起搞出来的，盖老原本是要拉上杨老一起干的，可是碰上季健中了，杨老就再也没顾上，不得已，盖老就一个人回到他乡下的老家，把"节能型墙体材料"厂建起来，全身心地帮助乡亲们脱贫致富，基本上很少回城。因此，他还从未见过季健中。

大概是盖国富对《易经》有所研究，待他认真地端详了季健中之后，遂连连点头，且自言自语道："行，有佛相，问题不大。"这么说了，他又伸手与健中握了握手。但这个握手不是一般的握，而是有轻有重、有松有合、若即若离那样。通过手的感触，传导到心里，盖国富暗自揣摩了下，仿佛吃了定心丸，随之呵呵地笑起来。

这下可把季健中给弄迷糊了，愣愣地道："请问您老贵姓？"

盖国富道："免贵，姓盖。"

听了这话，一旁的唐运生忙道："这是汉江钢铁学院的盖教授！"

"哎呀，您就是当初第一个拿钱集资的盖国富盖教授呀！"季健中显得很惊讶。

盖国富笑起来，道："可是我这第一个拿钱集资的人，直到眼下才得以见到你这福星的真容呀！"

"谢谢您！谢谢您一直以来对炭材厂的支持。"季健中对盖国富深表敬意。

"哎，看这话说的。要说谢呀，我还得谢你呀！"盖国富扳住指头算起账，"你看呀，我当初集了五万元，没几年本钱就收回来了。眼下，本生息，息转本，我是从你这里发了财呀，我得感谢你呀！"

在季健中的陪同下来到外边，正看到杨逸菡打人群中走来，盖国富十分惊喜地道："哎呀，杨工，您老什么时候回来啦！"

"刚回来，刚回来。"杨逸菡说着，亮了下手里掂的提包。

老人看了，又道："哎呀，杨工，您这是……来集资的？"看杨逸菡笑着点了头，盖国富上前几步，拉住杨逸菡要到里边去，可是人多，他就亮开嗓子道，"让让！请让一下！"见人们把路让开了，盖国富道，"大伙儿都是来取钱的，您是来集资的，您到前边来。"

这情况，立时吸引了现场所有集资户的注意。同时，更吸引了鲁阳炭材厂前来办理集资款事宜的现场工作人员的目光。

是的，眼下带来的资金已经不足二十万了。也就是说，要不了一二十分钟，箱子里就没钱了，剩下的还有三分之二的集资户拿不到自己的血汗钱，哗一下围上来，你说你该怎么给人家说吧！人家又会怎么对待你呀！你还能走得了吗？这情况，季健中不敢想，曹艳玲等工作人员谁也不敢想。

季健中的心早就揪到了一起。

同时，就连南方院的唐运生、曹晖几个人的心也揪在了一起。为着横向联合，走产学研科技兴企之路，为国家高炉长寿，杨逸菡、唐运生和曹晖几位高工，当然还包括南方钢铁设计研究院的其他专家学者，在新型炭砖方面，早已把自己的才华毫无保留地全都奉献给了鲁阳炭材。他们是共和国新型炭质耐火材料行业的顶梁柱，是走出国门的金字招牌。从鲁阳炭材厂新型炭砖和独一无二的陶瓷砌体复合炉衬技术的含金量考量，与高炉打了大半辈子交道的教授级高工们，对鲁阳炭材面对的前所未有的困难，他们是清楚的，而且对这三百万元现金的来路也是清楚的。在他们心里，不是猜想，而是深信，只要有了钱，鲁阳炭材厂就绝不会倒下。眼下，鲁阳炭材厂需要钱啊！打了这么多年交道，早已建立了深情厚谊的南方院的集资户们，这是怎么了？遇到坎坷了，正是需要大伙儿帮一把的时候，难道要真的眼睁睁看着鲁阳炭材厂活生生地倒下关门歇业吗？

就在大伙儿焦急万分的时候，看出季健中面带佛像的盖国富，挽着杨逸菡的胳膊打人群闪开的道上笑呵呵走来。

鲁阳炭材厂的人，全都下意识地愣在那里看着两位老人。特别是季健中，当他随着盖国富老人走出来的时候，他看到的情景是，码在箱底为数不多的现金眼看就要返还完了。现在，愣愣地看着杨逸菡把一捆捆现金，从手提包里拿出来，季健中都糊涂了，心里道："杨工，这可是您的养老钱啊！"

杨逸菡看看围在跟前等着取款的人，又看看季健中，带着真诚的感情，道："从五八年大炼钢铁开始，我就跟你们鲁阳人打交道。四十多年了，我没有看错人，跟着你们，吃不了亏。"说罢这话，杨逸菡伸出手，把摆在一起的三十万元现金，刺啦一声，往前一推，还有意提高了嗓门，道："给我集上！"

前边说过，杨逸菡早年出国留学，归国后潜心研究新型炭质耐火材料，是我国新型炭砖的首创者。他有时像个虔诚的佛教徒，仁慈善良，乐于助人。有时又像个眼里揉不进灰星儿的倔人，疾恶如仇，从不会与人同流合污。在单位，有了苦差事，需要有人到艰苦的地方去了，他总是第一个站出来去应差。若不然，当年他也不会在乡下染上那病，还差一点儿丢了性命。这么多年来，成绩卓著早已成为国家级专家的他，不仅没有权威者的傲慢和清高，反倒显得更加谦卑。每当有了成果，出了成就，他总是让给别人，甚至连个名字他也不让别人给他署。一旦遇到难啃的骨头，或是碰到现场难以解决的复杂问题，他总是冲在前边独当一面。鲁阳人说他是最好打交道的技术专家，员工们称他是最亲近的人，南方院的领导们则称他是中国知识分子的典型代表。在南方院，上至院领导，下到一般员工，几乎没有人不认识他。同鲁阳人打交道四十余年，特别是这几年杨逸菡带着老伴儿把家安在了鲁阳，大伙儿都知道他对鲁阳的情况最熟悉，底细也摸得最清楚。在集资一事上，尽管大伙儿都知道杨逸菡同鲁阳人走得最近，心贴得也最紧，但钱是自己的，看着是坑，谁也不会硬往里边跳。

看看杨逸菡几十万都给集上了，同时，长期在鲁阳工作的专家唐运生和曹晖也将自己手里集资款条拿出来办理了转存手续，那些正准备取钱的集资户立时就愣住了。你看看我，我看看你，加之盖国富也紧跟着，把到期的集资款给转存上以后，又追加了五万元，这就让现场所有人吃惊不小。这样，虽然一部分集资户不想再牵肠挂肚，把钱取出来终结了集资，但还是有大部分人不仅办理了转存手续，还像盖国富那样，也追加了集资款。

不是有意的安排，而是真情的表露。这样，赶在一九九九年元旦来临之前，几乎是处在绝境之中的鲁阳炭材厂，在南方院的集资款办理过程中，转存也好，兑付也罢，这一趟，面对八百来万元的兑付额，在杨逸菡和盖国富等人的真情帮助下，不仅没有发生可怕的挤对现象，带过去的三百万元现金，在最后只剩不足二十万的时候出现了转机，并最终又惊喜地带回来一百多万元。

有人很可能会觉得杨逸菡等人的所作所为是为鲁阳人当了托儿，其实完全不是那回事。他们之所以把到手的钱又集上了，那是他们清楚地看到取款的人太多了，他们不愿看到朴实善良的鲁阳人出现什么意外，而且相信炭材厂也绝不会就此倒下。说白了，杨逸菡等人看似是拿钱来为鲁阳人垫底解围的，实则是他们早已把自己的整颗心都交给了鲁阳，交给了鲁阳炭材事业。

可能有人说杨逸菡这些人是"傻子"。

但鲁阳人用真诚和善良，还真的就结交了一帮像杨逸菡这样的"傻子"。

第二十章　屋漏偏逢连夜雨

捂住了南方院集资款这个窟窿，又带回来一百多万元现金，加之业务上一家钢铁厂预付款到账，同时秦明杰的战友听说厂里困难，开着车四处周转了一番，亲自送过来五十万元解困，还真是帮了大忙。这样，鲁阳炭材厂从内部挖潜和强化管理入手，把有限的资金集中使用，确保生产运转。

这时候，国际、国内的经济形势不仅依然严峻，而且由这一波金融危机引发的企业倒闭潮，仿佛多米诺骨牌效应，一夜之间，就把一个又一个中小企业稀里哗啦地推倒了。

现在的季健中，每每睁开眼睛，已经无法谋划鲁阳炭材厂的明天，就仿佛是消防队队长，他得随时准备为企业赴汤蹈火，纾难解困。

由于企业的生产环境越来越差，在电话中三五句话说不清楚，加之有些话也不好当面表达，季健中遂在春节值班期间，以书信的方式，向县委、县政府主要领导，言之凿凿地把自己要说的话全都写了出来。赶在正月初六大开市这天，他叫办公室的同志，郑重其事地用炭材厂的"红头文件"以报告的形式，在文印室打印了十多份，紧急上报了。在他心里，他衷心希望县委、县政府关注炭材厂目前所遇到的困难，并采取措施改变这种现状。特别是炭材厂对外担保的损失，他恳求县领导以组织的名义，出面协调并加以解决。

山雨欲来风满楼啊！

季健中觉得，作为国有企业的鲁阳炭材厂，当前所存在的问题，尽管领导们不可能完全帮助解决，但应让他们知道，造成炭材厂目前这种现状的根源在哪里，以及这样下去的严重后果。

就像是沙漠里的骆驼，不仅是路途遥远环境恶劣，而是身上驮着的重量，远远超过了自身所能承受的，真的是抬不起腿、迈不动步了。

季健中的心，像刀割了一般难受。

为着兑现合同，他把手里所有的资金，除了给职工每人发了三百元过年钱之外，其他的全部用在生产上。眼下，为大西北一家钢铁厂生产的炭砖总算完成了任务。接下来等着的就是组织发货，但炭材厂账面上又没钱了。

手里没钱，连车皮也弄不来呀！

于是，他把唉声叹气刚刚从外地要账空手而归的杨智欣和另一个业务员叫到跟前。这两人手里的应收货款有三百多万元。他仔细地听了两人的汇报，最后挑出一笔，皱着眉头想了一息，对杨智欣说："把这个手续给我。"

杨智欣愣了下，说："筹建处撤销了，新单位还没有正式运作，找不到主事的人呀！"

"没关系。手里吭钱，等着干着急，让我去试试吧，只当是散散心，也解脱一下。"季健中说。

东北风是半夜里刮起来的，像哨子一样呜呜地叫。看看黑咕隆咚的夜空，季健中担心倒春寒来了下雪，遂仰脸想感受一下，却真的有雪糁儿打在脸上。三五步回到屋里，他摘下围巾把自己武装好，赶在快到中午的时候，他就在风雪中站到了河北人用鲁阳的炭砖建起来的那座高炉旁。

这座新建高炉尽管一切都就绪了，但还没有点火烘炉。不过，让季健中心里多少感到欣慰的是，业主正在围绕烘炉做准备，车辆和人员来来往往，现场已经忙起来了。还在施工刚刚开始的时候，季健中从东北回来特意拐到这里看过。那时候，筹建处办公的地方在高炉的东北角，眼下那里已成了料场，活动板房早已拆走了，一帮工人正在那里从卡车上往下边卸料、送料。

这是新扩建的项目，占地面积大。正想着过去向冒着风雪赶工的人打听行政机关在哪里办公，季健中忽然看到四辆轿车鱼贯而来，并在不远处停下。

从下车的十来个人的穿戴和气质，季健中猜出这是政府方面来现场调研的。

来到跟前，季健中喊一声"同志"，向正要商量事的人打招呼道："跟您打听个事儿。"

一个手里拿着笔记本的中年人拦住并把季健中拉到一旁。他斜着膀子躲避着风雪，急急地道："同志，市领导正下来调研，你有什么事快说。"

见是这样，季健中连连表了歉意，道："我是这家高炉的供货商。想问一下，筹建处撤了，接手的单位在哪里办公？"

那人听了，转转身朝远处指了下，道："从这边绕过去，左拐一直往前走那座新楼就是。"

道了谢，都走了四五步了，季健中还听见指路的人说："又是个要账的。"

脚下是钢厂大道，宽阔又气派。由于风大，大部分雪花一落地都被吹到一旁去了。当季健中躲躲闪闪尽量走雪少的地方来到办公大楼的时候，他看到一胖一瘦两个人，正在一楼的廊道里，忙着把制作得十分精致的处室标牌往门上挂。大概是刚刚开始，其他标牌在手推车上边的大纸箱里装着。

看看还真是个尚未就绪的局面，季健中走上前向对方敬上香烟，又忙着掏出打火机把香烟给一一点上，道："都忙着哩，中午也不休息？"

胖子道："趁空儿挂上，这样就不影响同志们办公。"看看健中，又道，"你有什么事？"

季健中道："有点儿业务，想问一下财务处在几楼？"

"四楼。"

那人说了，又道："哎呀，这都中午了，不知有没有人。"

季健中道："没关系，我去看看。"

来到四楼，听动静敲门问了两次找到了财务处。

吹着电暖风正在忙着剥火腿肠烧水冲方便面的几个女同志，一听他是打鲁阳来讨账的，其中一个穿驼绒毛衣、年纪稍大一点儿的，要健中不要急，说刚刚接住账，还没一点儿头绪，让过半月二十天再来。显然，这跟杨智欣汇报的情况大差不差。

季健中感到很无奈，但他并不灰心。听话音，对方似乎不缺钱，要不然，人家也不会让他过半月二十天再来。

他想给钢厂筹建处的李副处长打个电话。他觉得，尽管筹建处是个临时摊子，工程完工后，大部分人都回原单位去了，但像李副处长这样的人不会走。因为他是负责技术的，高炉建成后不是炼铁厂的一把手，就是二把手。这种情况下，解决这十万二十万货款应该不成问题。可是，不知是忙晕了头还是记错了，电话本都翻过来了，也没找到李副处长的电话号码。

又回到财务处，一问才知道李副处长已经随大部分筹建人员回原单位去了。

顺着楼梯往下走，听洗手间里响起的叮叮当当洗餐具和哗哗的流水声，可能是条件反射的作用，季健中这才感觉到又饥又渴，遂从挎包里掏出一块面包，撕开包装吃起来。可是，刚吃了几口他就吃不下去了。从一大早出发到现在，他都没有沾水，本来就口渴，一吃东西就更受不了了。

沿着钢厂大道往回走，季健中在街对面小卖部买了瓶在盆子里边温着的奶茶。

回过身朝新厂区那边看看，季健中就立在那里仰起脖，咕嘟咕嘟一气就喝了大半瓶。

这时候，他发现旁边有一个小凳子。他实在累了，很想歇一歇，就伸手往外边拉拉凳子坐下来，接着把剩下的奶茶一气喝完。抬头看见开店的大娘笑眯眯地看他，健中苦笑着摇了摇头，一副着急无奈的样子又掏出钱，道："老婶子，您这儿生意好，给我再来一瓶。"

大娘应着，忙又拿起一瓶，用毛巾擦去上边的水递给健中。

大娘有六十开外那个岁数，中等个子，体态不胖不瘦，脸上喜眯眯的，待人很温和。她找着零钱，道："听话音儿，你是河南鲁阳一带人吧？"

"是啊，您听出来了？"猜出对方是老乡，季健中显得很开心。

大娘道："你一开口我就听出来了。咱是老乡。"

"是吗？"

"是的。"大娘道，"鲁阳哪地方人？"

"县城。"

"是吗？"大娘感到很惊讶，又忙道，"县城哪地方？"

季健中道："箭道街。"

"箭道街？"大娘都不敢相信自己的耳朵了，见健中点了头，她更高兴了，又紧着问，"那你一定认识个人，他叫季国重，是个大夫。"

见健中憋不住笑，大娘道："你笑什么？"

季健中道："你说的季国重，那是我父亲。"

"哎哟，那我这是碰上恩人啦！"说罢这话，大娘急忙把健中让到小卖部里边，然后沏上茶，让健中喝着，十分亲热地说了一段往事。

她十七八岁那年夏天，突然腹痛难忍，高烧四十摄氏度不下，一连三天粒米未进，一家人快要急疯了。拉到县卫生院，经检查确诊为化脓性阑尾炎，需要住院做手术。但那时候人们的思想观念还比较保守，害怕动手术落下后遗症。再者，一姑娘家，也羞于动手术。季大夫知道后就给开了个中药方，每天一剂煎汤服下。同时，又让到供销社买了三斤芒硝，缝了一个小布袋，每次装一斤，放入冷水中浸一下敷在阑尾处，每日三次，每次一小时。按大夫交代的，吃药加外敷到第三天，疼痛减轻，高烧也慢慢儿退了，一周后即明显好转。为了减少开支，季大夫让她出院在家治疗，说这样既少花钱，又不来回跑着两头忙。出院后的几天里，季大夫冒着酷暑，下班后天天都到家里来，观察病人恢复情况，调整治疗方案。她说她那场病，一共在家吃了七服中药，外敷用的芒硝还没用完，阑尾处原先鸡蛋大的肿块就消失了，免了一场手术之痛。而且直到现在，都没有再犯过。

说罢这段往事，大娘想起健中刚刚那样子，就道："看你刚才着急的样子，是遇到什么难办的事了吧?"

一听是来钢厂讨要货款的，大娘立时就笑了。原来，大娘就是钢厂的退休职工，儿子不仅也在钢厂，而且还是刚刚建成的这家钢厂一部门负责人。

有着这么个巧合，季健中就打听李副处长的事情，准备前去找人，就听大娘说:"你先别急，我先给你想想办法，不行的话咱再说。"说话间，大娘起身拨通了放在柜台上的电话。

不到吸半袋烟的工夫，大娘的儿子开着一辆崭新的"桑塔纳"轿车到了。一听是这么一件事，他想了下，遂拉上健中就走。当天下午，健中就在那老乡的办公室里坐着，也就一个小时多点，二十万元现金支票就到手了。

坐着老乡的私家车来到火车站，正急着去排队购票，季健中突然被人喊住了。

一看是当年的冤家对头，而后还曾打算要请对方出山的人喊他，季健中甚感意外，忙道:"哎呀，王总，你怎么也在这儿?"

此人就是王二怪。辞去公职下海后，王二怪先在南方历练了一番，眼下在他老首长的家乡安阳从事房地产开发。此番到河北来，人家是来弄钢材的。

王二怪跟着季健中买了票，一看要乘坐的列车离到站还有一点儿时间，两人就在附近一零售服务部门口坐下来。

自从离开鲁阳中学，两人虽然有过几次碰面，却从没有过多余的话，更没这么面对面坐过。显然，儿时的芥蒂，在二人心里，王二怪觉得十分愧疚，不好意思面对。而季健中呢? 他心里的伤疤太多了，结的痂太深了，他怎么都无法面对，更不愿再勾起对往事的回忆。如此，这二人，不是路人，就形同路人那般了。早几年，到炭材厂履职，鉴于王二怪一个坐机关的能屈蹲下来，主动为企业排忧解难那些事，也不是要消除芥蒂，把早年的那些恩恩怨怨抛开，而是炭材厂需要像王二怪那样的人才。可是，事不凑巧，此事未能遂愿。此刻，相互道了生意上的事，又见季健中作为国有企业的一厂之长，在这样的鬼天气里，还亲自出来忙业务上的事，王二怪心里感慨颇多，遂把手搭在季健中的手上有力地一握，似乎有一肚子话要说，却什么也没说。他用真诚的眼光看着季健中，饱含歉意地咂咂嘴，道："兄弟，人这一辈子就那，啊，不说了，你知道我心里想说啥。好兄弟，今后的路远着哩，有什么事儿，只要我能帮上忙，言一声儿，我一定当自家的事来办。"

此话，在外人眼里，自然是云遮雾罩，而在季健中心里，那就是另有一番深意了。

君子记恩不记仇，健中笑了笑，点了点头。

次日回到厂里，安心平一听要账要回来二十万块钱，他就说到了供应。眼下，焦油、沥青已经用光了，原煤也急等着拿钱去拉，不然的话，车间都得停工待料。可是，健中却告诉他，就这几个钱，先把大西北乌钢的货发了再说，这是当务之急。

正在这时，季健中的电话响了。一听是乌鲁木齐钢厂供应处的袁处长亲自打过来的电话，健中知道人家急等用货，就立马答应人家，说万事俱备，马上就开始装车，准备发货。并强调说，按交货日期，绝对不会耽误。对方听了，连声说谢谢。季健中知道工程上的事，都是牵一发而动全身的，所以他不敢有一丝懈怠。

为了赶时间发货，季健中不放心就来到车站。正像安心平几个人所担心的那样，要车皮的事，尽管早就联系过了，也列入了车站货运计划，但车皮紧张，对方光说正在调车，却不知何时才能调来。就在车站值班室里，季健中先是给本地铁路方面说好话，接着联系洛阳局和武汉局，最后又拐弯抹角找熟人出面，车皮才算落实下来。

这时候，安心平和邢留义带着人，已经冒雪把集装箱往铁路货场站台上运了好几趟。

从"八大合同"开始，炭材厂人为钱所困，并且越干越急。在季健中心里，干少了少急，干多了反而更急。但当下，总算把乌钢的事给安置住了。

可是天公不作美，大风过后，原先下的雪糁儿则变成了大雪片子。

这是"桃花雪"。

开春了又给冬小麦盖了一层被，好兆头让人们的心情好极了。

大街上，打雪仗、堆雪人，还有坐在塑料盆或木板上的孩子被大人牵着滑雪，人们喜气洋洋，天都黑下来了还不愿回家。

雪里水里踏着跑了一天，季健中的鞋子早就湿透了。加之一连几天都没有休息好，他见奚书记和安副厂长把加班往车站货场运货一事安排得井井有条，甚至连防滑链都盯着给车轮子绑上了，遂在大伙儿的催促声中，忙里偷闲回到了母亲身边。

家是温暖的，是行者的港湾。

可季健中的家，眼下却是那么凄凉。

母亲的背不知何时已经弯下去了。当他洗了手，从七十六岁高龄的老母亲手里接过往日里爱吃的烙馍卷鸡蛋的时候，季健中没有咀嚼出香味。因为，那馍是和着他的泪水咽下去的。

在外边，无论再苦再难，季健中只把泪水吞进肚里从不掉下来。但到了母亲身边，有时实在忍不住了，他也会向母亲倾诉。

眼下，他多么想依偎在母亲怀里倾诉心肠。但母亲老了，年纪大了，已经承受不起世事了。

默默地注视着相框里的妻子和女儿，他仿佛听到了大海汹涌澎湃的波涛声，还有飞机引擎强劲的轰鸣。

他多么盼望贤惠的妻子，还有聪明伶俐的女儿眨眨眼就在面前呀！

他又是多么想听一听妻子的问候，还有女儿甜甜的呼喊。在他心里，他是多么想向妻子和女儿唠叨一番厂里的事和自己的心里话。于是，他拿出了手机，可号码都拨一半了又停下来。受亚洲金融危机影响，大华珠宝公司亚洲业务，由于提前作出了正确研判，不仅是在泰国的公司，就连在新加坡的公司也都作了重大调整和重新部署，总体是，有百分之八十的资金已经转移到总部去了。这半年多来，天天忙得几乎是连接个电话的空都没有。当然这是其次，最主要的是他有太多的话要说，电话里怎能说得明白呀。于是，他就铺开了信纸。

就像是行云流水，季健中伴着窗外的清冷与孤寂，洋洋洒洒地写满了三张稿纸。回头看了一遍，觉得要说的话都说到了，遂长出了口气，又十分怅惘地伸了个懒腰，端起洗脚盆起身倒了些热水把脚放进去，随便泡了下便睡下了。

这一觉，季健中从午夜一下睡到次日大天明还没醒。这时，电话铃声把他惊醒了。

翻开电话盖，他道："喂，您好！哎呀，听出来了，您是乌钢的袁处长。"季健中显得十分兴奋。

"是的，季厂长，您好！我们的货是否上站了？"乌钢的袁处长在电话中急切地询问。

季健中对着电话道："您放心吧，袁处长，我们都联系好了，估计今晚就能发车。"

"是这样呀，季厂长——我们这边准备工作已经就绪，马上就要施工了。我给你说过，这个项目是自治区重点项目，也是集团一次性投入最大的工程，上下都非常重视，无论如何要及时供货，一天也不敢拖延呀！"电话中的袁处长不无担忧地反复强调着说。

鲁阳炭材和大西北的乌钢集团是多年的合作伙伴，季健中对此特别重视。尤其是在当前这种形势下，正运转的高炉大都被迫停炉了，而乌钢却逆势而上，足以说明这个工程对地方经济发展是多么重要。听了袁处长的话，他马上道："好的。请您放心，我们一定确保按时到货。"

袁处长对着电话道："谢谢！谢谢！季厂长，非常感谢，请您装完车把车号马上发过来，好吗？"

"好的！"放下电话，季健中洗漱了下，连母亲做好的早饭都顾不得吃，就推着自行车走出院子。雪地里，他一路咯咯喳喳地到了厂里。

六百多吨货，这时候已经快要突击运完了。

看看奚道强疲惫的样子，季健中一边系着安全帽的带子，一边催促道："最后两车了，你那腰不行，快回去休息吧！"

奚道强笑了笑，道："真是岁月不饶人，这腰真是顶不住。不过不要紧，我刚刚在连椅上躺了躺，这会儿好多了。"

车间一旁放着两个保温桶，见里边的粥和包子像是没动的样子，季健中知道大家为着赶任务还没用餐，他就上前把叉车司机换下来。从他那熟练的程度，不难看出，季健中在叉车作业方面也是一把好手。由于正赶到收尾，也就半个来小时，最后几个集装箱便装完了。

卡车轰隆隆响着开出车间去了。

季健中和奚道强看着装卸工们说说笑笑开始用餐了，也在大伙儿的催促声中洗了手和大家围在一起准备用餐。可是，接过包子刚咬了一口，健中的电话响了。

电话是安心平打来的。他在电话中急急地道："季厂长，不好了，税务局来了几个人，把我们要发的货物全部查封了。"

"什么？把货物查封了？"听此消息，季健中忽就急了，"为什么？"

安心平在电话里说："他们说我们欠税了。"

"啊！"季健中感到十分惊讶。

"欠税了也不能扣货呀！"奚道强愤愤地道。

这消息，就像是一记闷棍，包括装卸工们在内，全都愣住了。

离开组装车间，季健中一边急急地往楼上走，一边拨通了曹艳玲的电话，道："曹科长，我们是不是欠税了？"

曹艳玲在电话中道："是的！已经两个月没缴税了。"

"糟了，货被税务局查封了！"

"查封了？他们……怎么能这样呢？欠税的不只是我们一家，而且我们欠的最少。"曹艳玲在电话中说。

季健中无奈地摇摇头，道："目前，我们一共欠了多少税？"

"大约三十万元。"

"好了，我知道了。"来到办公室，季健中拨起了政府值班热线。可是，电话那边没人接。再打，还是没人接。

拿起手机正要走，县税务局丁科长带着几个人到了，季健中忙笑脸相迎，道："欢迎丁科长光临。来，请坐！"

这时，接待科王红珠跟脚过来为客人倒上茶。

看着王红珠出去了，丁科长道："对不起了，季厂长，我们把你们发往乌钢的集装箱查封了。"

季健中苦笑了下，道："丁科长，我就急着找你去哩。是这样，这俩月货款回收不好，没有及时纳税，这是我们的责任，对不起了。但还得请您高抬贵手呀！这批货无论如何别查封，因为乌钢那边工期很紧，人家急着要货，刚刚货主还来了电话，正在催哩！"

丁科长想发火，但没有。他咂咂嘴，两手一摊，没好气地道："季厂长，我们是多年的朋友了，眼下我们也是咒办法呀！"

是的，鲁阳县有二十多家国有工业企业，除了电业局外，当下只有炭材厂还在苦苦地支撑着。没有了税源，地方财政捉襟见肘，税官们的压力自然就大了。

听丁科长这么说，季健中笑了下，说："咒办法你也得开开恩，给我们宽限几日。"

"一天也不能宽限。"丁科长板着脸道，"企业倒闭了，我们没地方收税。你们车水马龙地正在发货，再不缴税，你让机关干部喝西北风呀?！"

听了这话，季健中的肺都要气炸了。

这是什么逻辑呀！

企业关门了，倒闭了，税务部门自然没地方收税，可没有关门的难道非要逼着也得关门吗?

但气是在心里，在这些收税人员面前，季健中自忖是弱者，就只有赔笑脸给人家说好话："丁科长，现在情况特殊，货款收不回来，我们也怕了。所以，在同大西北乌钢签订合同时，我们特别强调货款问题。对方是自治区的骨干企业，项目是地方重点工程，人家不缺钱。签订合同时人家答应，这批货只要到厂，人家也破了例，保证支付百分之五十的货款。几百万元的大额合同，税款只有三十万元，还能缴不上吗?"

"今天是十五号，我们已经给你宽限了。中，再给你十天时间，二十五号之前，你的货款能回来吗?"丁科长盯着健中问。

季健中实话实说："货要发到大西北，哪能那么快? 根据以往的发货情况看，没有半个月发不到。之后，人家还要办理入库、货检、走账等一系列手续，最快还得半个月。"

"那就是说，没有一个月时间，货款回不来?"

"是这样。"

"那不是兔子过岭——没影儿的事了？这个月，我们的任务完不成，你让我们这些弟兄们下岗喝西北风呀！"丁科长显得也很无奈。

"丁科长，真的不敢封呀！你要是一封，炭材厂几百号员工，也都得喝西北风不说，厂子要想站起来就难了。同时，耽误人家施工，那影响就更大啦！"季健中想唤起对方的同情。

"我们管不了那么多！"丁科长丝毫也不让步，说着起身，准备走人。

"丁科长！"季健中慌了，紧走两步拉住对方，祈求道，"大西北这批货款是跟不上趟了，我再想想别的办法好吗？但你无论如何不能查封这批货。这是专用物资，你就是就地拍卖也没人要。再者，有合同在面前摆着，若耽误了人家的工程进度，我上法庭事小，人家开口索赔，那就不是三十万元了。"

"那是你们的事，我管不了那么多。"丁科长毫不留情。

"丁科长！老大哥求你了，好吗？炭材厂已经二十年了，为地方做了不少贡献。这些年，你都看见了，我们哪欠过税？眼下，我们确实是遇到了困难，希望你高抬贵手，宽限几日吧！"季健中只差没有跪下了。

"不错，炭材厂是有贡献，这一点我清楚。但那是过去，你对得起的是别人。现在轮着我了，你不缴税，这是跟我过不去。"丁科长用冷若冰霜的眼神看着健中，"算了，今天就说到这儿，你想法儿吧，反正不缴税款，我是不会放行的。"拉开门，看到门外围了一群人虎着脸看他，丁科长吓得一愣。但他想到自己是国家的税官，遂耸了耸肩，拨开人群，气昂昂地走过去。

季健中追出来，他还想再给人家说说好话，让对方高抬贵手，急忙道："丁科长——"看着人下了楼要上车了，他来不及冲下楼去，就扶着楼道栏杆，大声喊道，"丁科长——"在季健中心里，他还是要央求人家的，可是身后是他的员工，他不想让员工们为他难过，求人的话就没有再说出来，而是傻呆呆地看着丁科长一行，坐上轿车，扬起一路雪雾去了。

气倒在沙发上，季健中心里五味杂陈。

远在祖国的西北边陲，乌钢负责业务的人一日三催，高炉施工急等用砖，可砖却被查扣了。想想解铃还须系铃人这句老话，季健中拿起手机想给税务局李局长打电话，又觉得事大，必须当面说，便急急忙忙到税务局来了。

李局长寒暄着要给他倒茶，季健中忙把对方拦住，推心置腹地说："谢谢局长！茶我就不喝了，厂里的砖在火车站被你的人扣下了，拜托你赶紧给我想想办法。税，我一分都不会少缴，只求你宽限我几天。你想想，乌钢集团这座炉子，是自治区'九五'规划重点建设项目，赶工期急等用砖，你这里把砖扣了，李局长呀，这可不是要税，是要我的命哩！"

听了这话，李局长坐回到他的黑光明亮的老板椅上，不紧不慢地点着烟吸了两口，仿佛是过足了瘾，这才慢条斯理地说："我知道你会来，所以哪儿都呒敢去，就是专门在这儿等你的。季厂长，扣砖的事儿丁科长给我说了。我不同意，我还反复交代他们，让他们再想想别的办法，可他们没办法可想。你想想，县里就这么几家企业，一个个人都找不到了，哪里还有税呀！"

"李局长，你说得没错。这说明什么？这是大气候造成的，企业的日子实在难呀！我们呢？你可能听说了，为了确保生产，兑现合同，我们把想不来的法儿都想了，这才维持到眼下。你若能宽限我几天，让我把货发给人家，有了回头钱，炭材厂就倒不了，你们自然有地方收税。"见对方十分反感地盯着他，知道人家听不进去，此事没了回旋余地，要是换个人，保不准就得干仗。可碰到的偏偏是季健中，即便怨气再大，他也能压下来。因为他知道，只有把眼下这盘死棋走活，他才能想尽办法保住炭材厂，从而保住职工的饭碗不丢。否则，等待炭材厂的，那就可想而知了。于是，无法回旋的事情，他也要坚持一下试试。他掏出香烟敬到李局长面前，见对方愣愣地看着他不接，他想把抽出来的那支烟再重新塞回盒里，却怎么也塞不进去了。接下来，他把整盒烟往桌子上一撂，随之叹了口气，心平气和地道："李局长，你是老同志，干地税也不是十年八年了。查封一事，对炭材厂的影响有多大，你比谁都清楚。"

"是的，我清楚。"李局长愣愣地道。

"那就宽限我几日吧!"季健中道。

"宽限你，还要我们这些人干什么?"李局长反问道。

"李局长——"季健中实在无法了，他就发出了灵魂质问，"难道说，我们也只有停产关门才可以吗?"

"那是你们的事。"李局长愣愣地看了一眼季健中，道，"税务局是为政府办事，咱俩犯不着抬杠，有意见想不开你找县长去。"

企业倒了，没有了税源，上边急，下边也急，这就把眼睛盯住了还没有关门的企业。对此，季健中想不通，这就真的到县政府来了。

当下，鲁阳县常务副县长封春发也算是老领导了。但是，人家忙，若不是蜻蜓点水般地陪着上级领导到炭材厂视察、调研，除了在电视画面上，季健中还真难见人家一面。但现在他必须得见，因为人家是政府主管领导。

封春发是豫南人，家在山沟里，一九五五年腊月出生。但那时候父母给他起的名字叫"冬来"。自打记事的那一天起，他从来就没觉得自己吃饱过肚子。八岁那一年，家里生活有所改善，母亲用靛泥把家里织的老土布染成蓝紫色给他做了一个书包，翻山越岭送他到十几里外的学校读书。他吃不起学校食堂，每星期回来临走的时候，都是背着一袋子黑得像驴屎蛋儿一样的窝窝头。过惯了苦日子，即便是黑窝头风干了，啃不动了，甚或是变馊了，里边扯着长丝，又黏又苦的，他也能用开水泡泡吃下去。高中毕业后，看着身边的几个同学，有的到公社、县上换成"亦工亦农"身份走出大山了，有的到学校当了民办教师，风刮不着，雨淋不着，他羡慕极了。封冬来知道父母亲老实，家里又穷，没本事给他谋来外出做事的门道，他嘴上不说而心里则是多么向往啊!一天十个工分，日值不及一毛钱。说白了，累死累活从大年初一干到年三十，除了从生产队分点稻谷、玉米、红薯勉强糊口外，别的一无所有。看看别人家和他一般大的孩子早就结婚生子了，父母亲坐不住了，就张罗着四处托人说媒。尽管他是高中生，也长得一表人才，可人家到家里一看，说声"除了一圈儿红薯干儿，别哩啥没有"，饭也不吃，扭头就走了。

那时候，封冬来死的念头都有了。他先是埋怨当官的都是瞎了眼，看不到他这块闪光的金子，后又埋怨父母给他起的名字晦气。什么"冬来"？万物萧条，天寒地冻的，能有好日子过吗?! 能不受穷吗?! 于是，他就向大队革委会主任讨要了一份介绍信，到派出所把名字由"冬来"改成了"春发"。在他心里，春天来了，暖意融融，万物复苏，那不就是个万紫千红的锦绣世界，日子还能赖吗？说来也巧，也就在他改了名字不到三个月，早为他愁坏的舅舅一大早就进了山，说是国家高考制度恢复了，要把他接到山下温习功课。封春发乐坏了，因为他有底子，也没有辜负家人和亲戚们的一番苦心，经过努力，终于考上了大学。七年后，封春发从本科一直读到硕士研究生毕业。一九八四年，封春发没有听从他的导师让他出国留学或读博的建议，而是立即投身到改革开放的大潮中。面对行政机关和企业的选择，他毅然决然地选择回到家乡的一家化工厂工作。从企管办主任到副厂长，他用了五年。这一年他三十五岁，基于改革开放的大势考量，满以为企业会如日中天，却不料在铺天盖地的经济大萧条中败下阵来。好在省直机关公开招聘，封春发过关斩将，从众多竞争对手中脱颖而出。这之后几年里，看着身边或朋友圈里的人一个一个都另谋高位了，而自己则在处长手下压着抬不起头，封春发不免唉声叹气。正感到窝憋时，有位省政府领导忽然来到他就职的单位。对此，他感到喜出望外。因为那领导曾带队到他毕业后就职的那家化工厂做过调研，而且对他颇为赏识。也就掂了两盒巧克力和一些时令水果，封春发拿着一篇名为《改革开放与贫困地区经济发展浅谈》的文章，敲开了这位领导的家门。生在山里，长在山里，大学毕业后又有在地方企业从业的经历，封春发深谙贫困地区穷的根源，他开出的挖断穷根的处方，一下子便让面前的领导眼前一亮。于是，这位领导就当起了伯乐，而封春发则饱蘸心血给组织部门写了封信，来了个毛遂自荐。没多长时间，组织部门就找他谈话，把他放到市里，任市委副秘书长。有了这一平台，封春发心里想得就多了，过些日子，任职文件还真的下来了，任命他为鲁阳县人民政府常务副县长。但这绝不是他想要去的地方，况且这头衔上还带个"副"字。于是，也就在到任的第二天，封春发就后悔了。全国贫困县，撒葱花一样发展起来几家企业，又一个一个全都趴下了，甚至连工资都成了问题。这样，在他心里，翻来覆去怎么想都是不痛快。

作为大山深处的一家地方小企业——炭材厂遇到困难实在过不去了，为着力解决这棘手的难题，季健中要见主管领导了，他就十分无奈地敲开了封春发的门。

关于炭砖被扣一事，封春发听后，说了声"他们这是怎么做工作的"，当即就把电话打到税务局去了。显然，他是要给李局长打电话协调此事的，可是接电话的偏偏就是丁科长。在电话里，丁科长的话健中听不到，但他见封春发的表情是越发地难看了。

放下电话，看着救火样找他来的季健中，想想他才来的时候，为个煤矿担保，季健中这的那的跟他磨牙，封春发满心都是不痛快。原地蹀了两步，这就扭过头说："你们有难处，税务局也有难处。不过，听听他们说的，我觉得也有道理。作为纳税人，你应该体谅他们的难处。不然的话，税收不上来，财政没有钱，机关一帮人吃什么喝什么？"

季健中听不下去了，可是人家是主管，你能跟人家理论什么呀！季健中遂哭笑不得地问："他们说什么了？"

封春发道："他们说收税是他们的职责，如果企业有困难不缴税，他们完不成任务，只要县领导不批评，他们同意放行。"说罢这话，封春发好像悟出了什么，这就十分不客气地道，"季厂长，你是党员干部，你应该知道其中的道理。税嘛，不缴不行。都不缴税，政府怎么运作呀？"

"这不是情况特殊嘛，货发不出去哪来的钱缴税？"季健中见封春发愣愣地看他，忙喊了声"封县长"，以商量的口气道，"你看能不能这样——先让我们把货发出去，人随货走，在那边多做点工作，只要拿到钱，我们立马补上税款。"

封春发不耐烦了，生硬地道："那是你们的事，你们自己商量去吧！"

看看封春发，季健中哑哑嘴不知说什么好了。就当下炭材厂这种情况，但凡有一线希望，谁也不会为晚缴两天税找到县领导这里来。健中自忖，换上他是管事的，他一定会把双方叫在一块儿协调解决。毕竟，货给压住，发不出去，不仅缴不上税，而且还要面对合同违约、对方索赔的问题。总之，有一百条理由和办法来解决此事，目的是确保企业正常运转。否则，都像其他企业那样关门了停产了，你还能有税源吗？这么想了，季健中在心里不免对封春发生出许多怨言，只差没有骂对方是占着茅坑不拉屎的熊包蛋了。

季健中连夜又找了几个与李局长和丁科长要好的人出面说情，但都没能说下来。

这时，天也跟人作对，冷飕飕的风不知何时又刮起来了，像哨子一样地叫着。

与帮忙跑事的人分手后，饥渴难耐又加着天冷，季健中夹着膀子，站在街头，犹豫了再三，还是掏出了手机。县长周新政认准了"旅游富县"这条路，而且是倾注了全县之力，为此他要亲抓，季健中知道人家无法分身，他不敢打扰，遂就越级拨通了老同学刘振国的电话。当然，他心里更明白，为把企业救活，他这个老同学已经想尽了办法。这么想了，他也不想再打搅他。可是，不找他又有谁能解决呢？

一听健中说炭砖被扣了，刘书记马上打断对方，问此事封春发知道不知道。健中说已经找过了，就是没用。刘振国遂想了想，安慰道："健中啊，天晚了又这么冷，你现在就赶紧回去休息，可别急出什么好歹。明天市领导要下来调研，也是为企业脱困的事，我离不开。不过，你不要担心，我尽量想办法腾出点儿时间，同他们协商一个解决办法。总之一句话，天塌不下来！"想起白天在矿山商谈的事情，他觉得有希望，就又道："赶快回去休息，问题再多，困难再大，总会有解决的办法。"

天实在太晚了，季健中不想回家打搅母亲，就回到了新宅。

现在，有了县委书记的一句暖心话，季健中心里踏实了许多，就随便找了些东西填了肚子，草草地刷了下牙，没有热水，他就用凉水随便洗了下脚，躺下来。

算算年纪，就要进入知天命之年了。这么个年纪的人，睡觉时大都不停地做梦，但此时的季健中不是这样。因为他压根儿就没有睡意。当然，不是他不瞌睡，而是心里急成了一团火，翻来覆去熬煎得头都是疼的也睡不着。到天快亮的时候，季健中实在没办法，就喝了安眠药，这才抑制住自己的情绪，迷迷糊糊睡着了。

第二十一章 风雪交加的日子

突然，季健中被牛皮大鼓般咚咚咚的响声震醒了。折起身来一看，才知道是司机春阳正拍门喊他。

开门一听是职工上访了，季健中立时就是一愣。

昨天，也就是季健中接了安副厂长的电话，得知发往大西北的货物被扣那会儿，鲁阳的头号暴发户——云霄翔带着小秘俞小曼冒着风雪悄无声息地到了车站货场。

他之所以要悄无声息，是因为"三会一部"那方面出了一些乱象，政府出台文件，对民间融资机构，开始规范管理。作为董事长兼经理的云霄翔，不仅见风使舵，而且来了个先下手为强，遂卷着钱来了个人间蒸发。此刻出现在这里，是他对诸事作了安排，又回来打通了关节，觉得平安了才敢露一露头，透透风的。

那年，俞小曼架不住云霄翔一步又一步的诱惑，遂成了"第三者"，钻进了云霄翔的被窝，过起了另外一种方式的生活。

那日，不费吹灰之力在季健中那里搞到夏、秋两季一千多套工装后，云霄翔心里不是感念他的三弟的开怀大度，而是讥笑季健中不长心眼儿。

在云霄翔心里，一千五百多套夏、秋两季工装，没有万把块钱的好处费是无论如何也拿不下来的。可是，放着这么大的油水，季健中却只字未提。单凭这一点，云霄翔就觉得季健中实实是个大傻帽儿。但这笔业务费，云霄翔毫不犹豫地装进了自己的腰包。

在当下的鲁阳地界，说起工商企业，季健中那是人们心目中响当当的人物，无人不知，无人不晓。打着这一金字招牌，云霄翔把标着"鲁阳炭材"徽标的样服往人们面前一展，县域内服装方面的大小业务，没有他拿不下的。也就是说，云霄翔利用炭材厂和季健中的影响力接了一批活儿。

还在温来运和林如山在鲁阳炭材厂主政的时候，云霄翔钻窟窿打洞搞点儿小动作，也无非是想多占点儿厂里的便宜而已。而当下的云霄翔，他的脑海里就绝对不是贪图那些个仨核桃俩枣的便宜了。

追溯鲁阳工业企业的发展史，大都经历了公私合营到集体所有制，再到地方国有等一系列的历史变革。工人是政府统一安置的，或者是老工人退休后子女顶替接班的。财务是集体的，盈利要上缴。企业的重大支出也要有计划，要经过上面批准。这个僵化的管理体制，在当下改革开放的前进路上，无可避免地就成了制约企业发展的绊脚石。没有风浪坎坷的时候，企业还能勉强生存。一遇大风大浪，势必要面临灭顶之灾。

社会就像一幕大戏，有出场就得有谢幕。

赶上了时代大潮，遵循社会发展规律，敢于弄潮之人是赢家。当然，还有像云霄翔这样深谙世故人情，善于投机的"能人"也是赢家。

在鲁阳服装厂，借助国家为应对金融风暴出台的一系列化解中小企业危机的优惠政策，云霄翔一看房地产生意风生水起，立时就动了心。可是，真正规划中的地皮他买不起，这就在服装厂地盘上打起了歪主意。经过一阵紧锣密鼓的精心策划，他便打着深化企业改革的名义，以原承包人的身份，在没有任何竞争的情况下，以零资产方式，整体收购了服装厂的所有权。

但这绝不是天神之手，而是魔爪。

因为，从租赁承包经营，到整体零资产收购，也就一年多点时间，一个国有企业，就这样无声无息地在鲁阳大地上消失了。而员工们辛辛苦苦，用四十余年时间和心血积累起来的所有财富，便在一夜之间全都装进了云霄翔个人的腰包。

借着改革开放，经济发展了，老百姓腰包鼓起来了，急着改善住房条件、享受改革成果这一良机，云霄翔要搞房屋开发赚大钱的计划，早在他整体收购服装厂之前就已拉开了序幕。可是，国家有规定，要想在原服装厂地盘上起楼盖厦也不是那么容易的。于是，他就人为地把服装厂搞乱弄砸，虽然手里有钱，但他不再组织生产，更不给职工们发工资，造成停产倒闭的假象，让其看不到希望，逼职工们上访。这样，趁着政府为了稳定，有关部门又无可奈何之时，他先是四处活动，拉拢起地方上几个强势部门的头头儿，加入他的房地产开发公司里来，形成盘根错节的利益集团。接着，他便以改革者的面目出现，搞了个盘活资产的企业红头文件上报政府部门。由于他作了充分的"课前准备"，云霄翔一路绿灯，这就堂而皇之顺顺当当地拿到了服装厂土地整体开发的审批文件。于是，地处县城繁华地段，又赶上百姓买房热，云霄翔的楼盘刚一开工就被抢购一空，这便是云霄翔继贩卖黄色磁带、开发温泉山庄之后赚得的第三桶金。

有了这些资本积累，云霄翔的腰粗了，这便由人变成了鬼。

当然，当他拥有了这些资本的时候，回过头来，他一没有感谢两脚泥巴的乡下表舅，二没有念起季健中的好。他表舅那里，守着温泉双手捧给人家富了，自己还是个穷人。而季健中呢，他觉得季健中给他的好，帮他渡过难关那是他姓云的自己的本事。当然，季健中也从来没有想让云霄翔念什么好。他早已看透了云霄翔这个人根本就不是什么好鸟儿。否则，人们能公开叫他"黑蝎子"吗？

这个时候，面对云霄翔，季健中心里只有恨。当然，他不是恨别人，而是恨自己当初瞎了眼，千不该万不该，不该同这样的人一个头磕在地上拜了把子。

与此同时，在云霄翔心里，他更不会把季健中给忘掉。在被他视为手下败将的季健中面前，他无论如何也不甘心败下阵来，况且还有"劝其调离"那一箭之仇在心里压着。一方面，打心眼儿里他容不得季健中好。另一方面，用他的话说，他是要在哪里跌倒还要在哪里爬起来的。

人啊！一旦丢掉了良心，真的比豺狼还要可怕和凶残，而且让人防不胜防。

此刻，大老远看见炭材厂的人同税务局的人在货场上吵吵闹闹的，在炭材厂待了多年的云霄翔，不用问就知道发生了什么。

企业欠税了，货被查扣了，这对炭材人来说，就是一场灾难。但对云霄翔来说，那就是天大的机遇。

审视炭材厂，云霄翔知道，要想吃掉对方，眼下还不是时候，也只能在心里想想而已。

可是，前一阵子，云霄翔陪着俞小曼逛商场，无意中碰到周菊，都是老熟人，三个人遂寒暄起来。一听周菊一肚子牢骚，而且对炭材厂简直恨得要死，云霄翔立时脑洞大开，这就找到了下蛆的缝儿。

当然，这时候他还不是要对周菊所在的耐火材料厂怎么着，而是看到季健中遇到周菊这个大麻烦，有过不去的坎儿了，想节外生枝，打侧面给季健中上点眼药罢了。可是，当他一踏进耐火材料厂，看到比服装厂至少大三倍那么偌大个院子，既坐落在县城开发区黄金位置，又紧邻着省道，这家伙的两眼忽一下就红了。他觉得，这么好的区位优势，要是还能像服装厂那样给弄忽塌，然后再花俩钱把其收购了，这么大地方都盖成楼，前边再建个大花园当招牌，那绝对不是五六千万元的财富。

这么想了，云霄翔当天就把周菊一帮人邀到了酒席上。

听听周菊和梁如宾一帮人对兼并一事怨声载道，云霄翔离开酒店就直接到了放贷人张光有那里。不是听说，而是亲眼所见，眼下的耐火材料厂债台高筑撑不下去要倒闭，云霄翔鼓动对方，上门逼债。接着从他的表姐夫冯建义那里，找了一份保护集体企业财产的上级文件，把梁如宾一帮人又叫在一起，以吃饭为名，煽风点火。看看大伙儿的情绪被他鼓动起来了，就以旁观者的姿态，道："现在这社会每天都在进步，没人再堵塞言路，也没有那么多大帽子了。你们几个，不是我说你们，看看你们办的那算是什么事？要知道，有诉求憋在肚里，那可不是粮食种子，种下了就有收获。那是什么？那是冤屈！憋在肚里屁事不当不说，那可是要憋出毛病的。"说到这里，他拿出上级政府有关保护集体企业财产的"红头文件"一亮，又道，"有意见都说出来吧！集体财产是决不允许侵占的。"说罢，他把"红头文件"啪的一声，撂在众人面前。

传看了文件，众人立时来了精神。于是，这几个人就凑在一块儿，由耐火材料厂颇通点儿文墨的潘有志执笔，云霄翔口授，署名为"耐火材料厂广大职工"的大字报便赶在职工上下班之前，贴在了耐火材料厂大门一侧的门柱上。

这一炮放得惊天动地，连县委常委们都坐不住了。可最终是个空炮，不仅没有炸住季健中，还让其长了那么大脸。

此刻，赶上炭材厂发往乌钢的集装箱在火车站货场站台上被税务局查扣一事，云霄翔又把周菊一帮人给召集在一起了。

想起当着那么多职工的面丢了脸挨了一顿训斥，周菊气得都懒得来了。

看着挨了数落还在一个劲儿笑的云霄翔，周菊道："云霄翔，亏你还能笑得出来。你这什么狗头军师，当得也太没水平了。罚一杯！"

"不行！罚一杯太便宜了，罚三杯！"梁如宾和潘有志几个人在一旁添柴加火。

云霄翔点头应着，乖乖地自罚了三杯，然后一抹嘴，对周菊道："你有所不知，上次行动叫火力侦察。"

"光侦察有个屁用？再侦察十年八年，我不是退休走了，而是憋死了。"周菊说着，少不了要白对方一眼。

"用不了十年八年。"云霄翔显得胸有成竹的样子，看着周菊。

周菊道："你给估个时间。"

云霄翔道："多则两个月，少则半月二十天，他季健中就得屎壳郎磨屁股——自己滚蛋。"

周菊听了，撇撇嘴，一百个不相信地道："咦，吹吧你！"

云霄翔道："不信？"

周菊道："鬼才信你。"

云霄翔道："那你就是鬼。"

周菊道："不会再放空炮了吧？"

"绝对不会。"说着，云霄翔掏出他的"大中华"，给面前几个吸烟的人分了，最后又抽出一支叼在自己嘴上，不紧不慢地掏出一个十分精致的打火机，噌的一声，打出火苗，给梁如宾和潘有志二人点着后，这才把自己的烟燃着。他美美地吸了一口，成竹在胸地道："这都快半年没发工资了嘛，就以维护集体财产，要工资、要生活费为名上访。只要大伙儿往县政府门前一坐，为着地方稳定，不用谁说一声，他季健中立刻就得被免职了。到那时，是你们几位把耐火材料厂给夺回来的，厂里的事自然由你们说了算。"

听听是这个理儿，而且也相信只要这么一闹腾，县委、县政府指定会以稳定压倒一切的名义换将。可眼下这形势，对于耐火材料厂来说，连全县知名企业家季健中都摆不平的事，在座的谁敢接手呀！

知道了大伙儿的担心，云霄翔又笑了，而且还不说明笑的背后所隐藏的玄机，只让大伙儿按他说的意思办，说好戏就在后头。

有着十分成功的温泉山庄和服装厂开发经营那鲜活例子在面前摆着，周菊一帮人遂立即行动。他们找到臭味相投的人，四处联络起来。有着耐火材料厂大笔杆子之誉的潘有志，对着周菊亲自掏钱买回来的白布略加沉思，写上了"侵占集体财产犯罪，还我耐火材料厂！""我们要工资，我们要生活！"等口号，准备集体上访。

这天一大早，周菊、梁如宾和潘有志几个人上蹿下跳，吆吆喝喝，这才组织起二三十个人打着横幅，并赶在上班高峰时段，招摇过市，排着队，泥里水里全都不顾，来政府大院闹起了集体上访。

这是鲁阳城改革开放后第一宗越过信访办，直接到政府大院集体上访的，一看是自己管的口出了这么大个事，封春发头上的汗珠忽一下就冒出来了。"鲁人善讼"，这是封春发还没到鲁阳就听说的。如若处理不当，这些"善讼"的人再来个越级上访把事情闹大了，莫说还指望着活动一下到一个好的地方去，怕是眼下这把交椅也坐不稳。于是，他先给季健中打了个电话，说你是怎么搞的，把企业弄成这样，然后以命令的口气让其过来领人。紧接着，他亲自出面把周菊和梁如宾几个所谓的职工代表请进了二楼会议室。看了周菊等人递交的上访信，又听了周菊几个人的当面陈述，封春发转脸一看季健中匆匆忙忙地赶来了，先是没好气地剜了他一眼，才转过身去，向周菊一帮人表态，政府将认真调查研究职工们的诉求，尽快给大伙儿一个答复。说这话的时候，他还特意朝季健中看了又看，显然他这是有意敲打一下健中的。

面对这帮上访者，季健中知道不能一味迁就，因为这是经全厂干部职工公投过的事情，现在由少数人再次提出来，并以此上访，实属别有用心。同时，周菊和梁如宾几个人挑起的那个锁门事件，县委已有定论，是他季健中拦着，才没有采取组织措施加以处理，现在这帮人又公然组织集体上访，其性质就不一样了。可是当着这么个当权者的面，季健中所有的苦水只能往肚里咽，还是挨了一顿训斥。至于工人工资的事，季健中知道目前的确有困难，担心红口白牙胡乱许诺，弄不好会被人抓住不放造成被动，遂据实相告，说自己会积极筹措，尽快给职工们兑现。周菊几个人不同意，当着封春发的面，硬逼着让季健中说出尽快是快到什么时间。

这时候，季健中很想给大伙儿交交底，让大家明白当下企业的现状。可是刚说了外边有两千多万元货款收不回来，封春发便把话接过去，而且是愤愤然地道："你说这些干什么？放着货款收不回来，能怨他们吗？只能说明你这个当厂长的无能！"看看季健中哑哑嘴想说什么，封春发更加来气了，"你什么也别说了。这样，限你三天时间，把工资给职工们补发了。否则，就地免职！"

倔强的季健中愣了下，但心绪很快就平静下来。想想自己为企业出的力、劳的神，在这个主管领导面前，不仅没得过一句暖心话，好像还欠着他什么，再想想牛不喝水强按头，为企业担保，生生被银行划走那近一千万元钱的出处，季健中满心都是气。若不然，企业能这么困难，当厂长的能这么无奈吗？这么想了，季健中再也忍无可忍，遂当着周菊几个人的面，掷地有声地回敬道："封县长，企业弄到这一步，仔细想想，都是我季健中一个人的错。这样，不用你免，我现在就辞职！"

封春发愣了下，道："你——"

"我无能，你找有能力的人干吧！"说罢，季健中拂袖而去。

离开政府大院，在回炭材厂的路上，想想刚刚同封春发说过的那句话，季健中感到十分痛快，遂一身轻松地掏出了他的口琴，吹起了他喜欢的曲子《弹起我心爱的土琵琶》……

一旁，司机奚春阳不知季厂长这时候哪儿来的这般好心情，就透过车内后视镜瞄了眼。见他突然没了往日的疲惫不堪的样子，而是如释重负般地把身心放松下来吹他的口琴，奚春阳遂禁不住打断对方，道："季厂长，封县长给您说了什么，您心情这么好？"

停下吹奏，季健中道："他说要就地免我。"

"什么？"奚春阳急了，随即把车靠路边停下，愣愣地道，"他要免你？"

"不用他免，我说我现在就辞职。"

听了这话，奚春阳再看季健中时，季健中眼里已经泪汪汪的了，奚春阳立时又是一愣，而且也不知道该说什么了。

就在这时，季健中的手机响了。

一看是经贸委老主任赵明的电话，季健中料定是为辞职一事来的，遂当即就把电话按了关机键。

大概是再打也打不通，赵主任又拨通了奚春阳的电话。一听是老主任，奚春阳正犹豫，就听对方在电话中催促说："赶紧把电话给季厂长，我有话要说。"

接过电话，未待对方吱声，季健中道："我已经辞职了，老领导您能有什么事找我呀？"

电话里传来赵明的声音："别赌气了，要辞职也不是这个时候……"

"赵主任——"季健中试图打断对方，但对方不给他说话的机会。

赵明在电话中说："好了，什么话也别说了。单位那么多事，赶紧回去工作。"

"喂！喂喂！！"对方把电话挂断了，季健中无奈地道，"看来辞职也是难事。"

但更难的事情还在后边，不可回避的人生大考正在一步一步地逼近季健中和他的团队。

季健中心里窝憋极了，愣愣地都不知一路上看到了什么。可是，季健中刚回到厂里，始作俑者云霄翔看机会到了，就派人把季健中给堵在了办公室。

去年年末，为捂南方院集资款那个窟窿，季健中走进了云霄翔的储金会。之后，还款时间虽然早就到了，但在云霄翔心里却没当一回事。他觉得，有炭材厂这块牌子在面前立着，他不仅不担心，而且还巴不得。因为，你把我的钱用了，利息是在天天地涨啊！可是，当看到税务局查封炭材厂发往乌钢集装箱的时候，他的心里禁不住就是咯噔一惊。看来是炭材厂真的没钱了，连税也缴不起了。这是个连锁反应，云霄翔正求之不得。当然，主张债权还在其次，而真正的用心是通过追讨债务，把炭材厂一下推进死胡同，从而让季健中分身乏术、自顾不暇，为他下一步顺利拿到耐火材料厂的土地开发房地产铺路搭桥。若不然，一切都只能是想想而已。

在季健中的办公室里，已是厂保卫科副科长的秦明杰，不知何时把他转业后已经珍藏起来的军装，又给拿出来整整齐齐地穿上了。厂里遇到了困难，他看讨账的情绪激动，这就以标准的军人姿态，仿佛铁塔一般神圣不可侵犯地站到了季健中的身旁。他那样子，似乎谁要敢动粗，他立马就会出手把对方揍趴下。作为厂保卫科的一员，他觉得这就是他的职责。

傍晚，由于雪后路滑，季健中担心大伙儿路上不安全，瞅瞅几个讨债的不走，就劝办公室一帮人下班回家，说自己陪着人家再坐会儿。

看着大伙儿忧心忡忡地走了，而秦明杰却一动不动。季健中站起来，拉了把椅子让秦明杰坐。哪知他刚一站起，云霄翔的司机程海一磨屁股就在健中的办公椅上坐下来。同时，他的两只脚还高高地跷在办公桌上，不停地摇晃，一副玩世不恭的样子。

季健中哭笑不得。忙累一天了，健中想歇一歇，清醒清醒头脑，就对在沙发上躺着的几个讨债人说："你们快回去吧，就这种情况，你们都看见了。作为国有企业的厂长，不管欠你们多少钱，我保证，一分都不会少大家的。但现在实在没办法，请你们给我点儿时间。"

"甭说那不打粮食的话，反正是不给钱，你上哪儿，我们就跟到哪儿。"程海黑丧着脸，十分不客气地说。

"对，这就是狗皮膏药——粘上了。"张光有的小舅子孙现在一旁说。

季健中无奈，提起茶瓶想为讨账的加点水，可是对方不领情。讨了没趣，健中把茶瓶放回原处。他想从抽屉里找出清凉油擦擦太阳穴，但对方在那里霸占着位置让他不得靠近。

这时，秦明杰对躺在椅子上晃腿的程海一指，道："你，起来！"看对方瞪着眼看他，身子却没动，他提高了声音，道，"我，让你马上起来！"

秦明杰知道自己拙嘴笨腮的帮不上腔，一直在忍着。想当年在骑兵团，每年接新马服役，怪不老实怪烈性的马只要到了秦明杰的手里，跑不出三百步，就被驯得服服帖帖低下头。在他眼里，炭材厂厂长的办公椅只能厂长坐，别人是没有资格的。

"不起来是吧?!"秦明杰说罢，上前一步，没等对方来得及反抗，就像抓小鸡一样，忽地一下，把程海掂了起来，转身扔到一边的地上。动作之快，令对方猝不及防，让屋里人都大吃一惊。

僵持中，季健中拿了手纸刚要出门，在门口沙发上坐着的朱秋三忽一下就站了起来，道："你要干什么?"

季健中没好气地道："干什么？你管得着吗?"

"是不是去厕所?"问了这话，见对方不屑一顾，朱秋三立时慌了。他急急忙忙跟在屁股后头，追到卫生间去了。

这时候，天已完全黑下来。

风虽然不大，却尖溜儿溜儿的，天气十分寒冷。

在季健中的办公室里，讨账的几个人早已累了。有地方能躺的躺着，没地方躺就那么在沙发上侧歪着。只有秦明杰直直地站着，两眼时刻保持着足够的警惕，随时准备着冲锋陷阵。

突然，季健中的手机响了。接通一听是南方院的集资户，询问发往大西北的货被查扣一事，健中想了下，道："办企业没有一帆风顺的，何况炭材厂跟别的企业不一样。我们有合同，即便有困难，我们也会想办法解决。"

在季健中心里，关键时候，他多么想有一个相对宽松的企业发展环境呀！

然而，眼下却糟了。每年春、冬两次的南方院集资款存取时间虽然还不到节点，但受大气候影响，人家知道形势不对劲儿，已经来过几拨人要提前兑现集资款。没办法，是办公室的人说了无穷好话才把人打发走的。现在，得知因欠税款，税务局查封了货物，南方院那边的集资户立时就乱了套。

这时候，由于遍地开花的"三会一部"出了问题，政府下发了"红头文件"，对这些民间融资机构进行整顿，停止了借贷业务，炭材厂最后一根维持生存的救命稻草也没有了，真是到了雪上加霜的地步。

同时，季健中也知道，南方院的集资款像滚雪球一样已经越滚越大，而还款能力却越来越小。同时，就当前的经济形势而言，真的像刚刚降临的夜幕，不知道这漫漫长夜何时才是尽头。

落地钟在墙角那里嘀嗒嘀嗒地摆着，时针已指向午夜十二点。

季健中坐在椅子上眨蒙了一会儿，睁开眼看不到讨账的人了，就向烧水泡方便面的秦明杰道："秦科长，他们人呢？"

"都顶不住了，走了。"

接过秦明杰递过来的方便面，季健中长叹了一声，十分伤感地说："为什么企业这么难？我们如此尽心，难道上天都没看见？"

"季厂长，我们是有难，但我们一定会挺过去！"秦明杰，这个铁打的汉子，斩钉截铁地说。

在这个雪后的寒夜里，秦明杰就陪着季健中在沙发上躺着。

凌晨一点多点儿的时候，放在桌子上的手机突然响了。一听是王远山的爱人兰芝问自己男人去哪儿了，季健中头上的汗，立时便出来了。

莫不是福无双降，祸不单行吗？

一个不可名状的预感，突然闪现在季健中的脑海中。

还在吃晚饭的时候，兰芝左等右等不见人回来。看看饭都凉了，兰芝心里着急，遂拨通丈夫的电话却没人接，又拨了两回还是没人接。想到天明后单位有事，她得有精力应付，同时又想到男人这会儿不接电话可能有什么事接不成，她就指望过一会儿男人自然会回来或是把电话打过来，遂和衣在沙发上躺下睡了。哪知睡了一会儿，睁眼一看都到凌晨了还没见人，兰芝忽就折了起来。想想厂里贴的大字报，再想想闹访的事，兰芝就再也坐不住等不及了。预感到不妙，兰芝遂急急忙忙拨通了健中的电话。

一听王远山都这时候了还没回家，而且也联系不上，季健中给他可能去的地方都打了一遍电话，还是找不到王远山。再打王远山的手机，听听光有彩铃声还是没人接，季健中想不到会出什么事，遂又把电话打给兰芝，安慰了一番。

没了睡意，心里又不净，季健中看看手表才凌晨两点多，听听外边风平浪静的，就穿上大衣，又拿起手电筒，同秦明杰离开厂子，在耐火厂到家属院来去的路上找起来。遇到小胡同什么的，他们就停下来用手电筒四处照照。季健中知道王远山心烦的时候喜欢喝两杯，担心人喝醉了倒在冰天雪地里冻出毛病，可是他们什么也没发现，只好郁郁而回。

这时，尽管是在寒夜里，但厂区里依然浸润在淡淡的煤烟气味中。来炭材厂十年了，季健中习惯了这淡淡的味道，而且感到很温馨。

但此刻他却没有一丝的惬意。

在"八大合同"执行期间，市场形势进一步恶化，货是发出去了，但拿回的资金也只有合同额的三分之二。单从效益考虑，当下的炭材厂，即便怎么努力，实际上都是在为筹来的资金支付利息，为放高利贷者打工。这样，就是送上门的大订单也不敢接了。没办法，一线工人待完成乌钢合同后便放假了。

自去年春上开始到眼前，为了保生产、保合同，除了给职工发了几个过年钱，实际上已经有十个月都没有发过工资了。为着企业能生存下去，职工们虽然有牢骚，但谁也没有影响到工作。毕竟有生产任务压着，机器在那儿转着，企业就有希望，职工们体谅厂里的难处。但作为厂长，你是企业的法定代表人，你该怎么面对呢？还有，职工们长期拿不到工资，这又放假在家闲着，都是工薪阶层，他们又该怎么生活呀！步前任厂长的后尘辞职吗？季健中不会接受这样的现实。在他心里，从来还没有"退却"这个想法。同时，尽管鲁阳的炭砖走出了国门，在印度、伊朗和津巴布韦等有了稳固的市场，可远未到一飞冲天的时候。就像是手中挥出去的利剑，季健中绝不会半道上再收回来。

那么企业的出路又在何方？

万千思绪涌上心头，季健中感到异常郁闷。

正在这时，他的手机又一次响起。

电话还是王远山的爱人兰芝打来的。一听王远山一夜没回去是被人绑架了，对方说着说着就在电话那边哭起来，季健中心里仿佛被刀子扎了一般难受。

昨天傍晚，就在季健中被讨债人围着脱不开身的时候，在耐火材料厂那边，主持工作的王远山也同样遭受到被围困了一天的厄运。

当他送走最后两个讨债人的时候，天已经完全黑了下来。

救火般在厂里忙了一天的王远山又饥又困，穿上大衣把手套往胳肢窝里一夹系着扣子下了楼。他本是要骑自行车的，这是他自来耐火材料厂那天起就养成的习惯——军人出身的王远山喜欢运动。他说，骑自行车是最好的运动方式。但是由于路滑，他都走到自行车棚了又作罢。

此时，昏暗的灯光透过行道树的枝枝权权，斑斑驳驳地洒在夜幕中由厂区通向外边去的大路上。

出来工厂大门，忽一股寒风吹来，让王远山禁不住打了个寒战。整理了下大衣的领子，又把腋下夹着的手套戴好，王远山正要昂首挺胸加快速度走去，突然从暗地里蹿出来两个人横在面前。

为首的皮笑肉不笑地道："问一下，你是王远山王厂长吗?"

王远山预感到来者不善，他定了下神，避开对方的提问，道："请问你有什么事?"

对方哼了一声，道："这么说你就是王远山。"说罢，不等王远山反应过来，欻一脚，便把防备不及的王远山踹倒在地。接下来，他们冲上来架起王远山，将其塞进停在一旁的面包车里，眨眼工夫，车子便消失在了黑夜中。

看着被人绑架了，王远山本能地挣扎着要坐起来。哪知刚要起身，便被坐在一旁的一个彪形大汉嗵的一声，就是一个掏心捶。紧接着，另外两人也似恶狼般挥起了手中的橡胶棒。顷刻间，王远山便失去反抗能力，昏了过去。

当寒风把他吹醒的时候，王远山已在雪地里躺着。打了个寒战，喘息了一会儿，活动活动胳膊腿，除了疼痛，他没感到缺了什么，遂咬着牙慢慢儿折起身。四处看看，他发现身边有个好像地堡一样的建筑。求生的欲望使他艰难地爬过去。原来，不是什么地堡，而是人家把他扔在一个废弃的砖瓦窑场里了。

天寒夜冷，又处在冰天雪地中，王远山不住地打哆嗦。他浑身酸痛难耐也快要冻僵了，尤其是额头上突突的疼，而且睁眼的时候觉着很吃力。

他艰难地把手放在腋下擦了擦，然后往额头上摸去。他摸到个包，感觉有半拉青皮核桃那么大。由于肿胀，牵扯到了眼部。他觉得，应该是头上的这一处伤让他昏厥了。

靠着凹凸不平的窑壁坐下来，王远山掏出烟想抽一支，摸摸又没找到火，遂懊丧地又装起来。

回想刚刚发生的事情，他一时还想不起是谁这么大仇恨要下此毒手。先前拦在面前搭话的两个人，他从没见过。在车里给他一掏心捶，打得他倒噎一口气的那个彪形大汉呢？尽管当时车里没有开灯，但借着照进车里摇曳不定的马路灯光，他仔细想想，觉得似乎在什么地方见过此人，但一时又想不起来。

现在，王远山心里憋得难受。

是的，堂堂一正连职军转干部，那也是条硬汉。想当年，由于留守，他没有参与那场真刀真枪硬碰硬的交锋，没有获什么耀眼的军功可资炫耀，但戍边一十三年，在雪域高原上，他也曾是让不法分子闻风丧胆的英雄。现如今，被一帮不明身份之人稀里糊涂地狠揍了一顿，他能咽下这口气吗？

从置身的地方，王远山推测，这帮歹徒虽然下手死狠，但并没想要他的命。要不然，身旁十几步远的地方就是水塘，他们并没有把他扔进冰雪覆盖的池塘里。

他们这么做到底是为了什么呢？

若说有仇人的话，那是在祖国的边境线上，他曾不止一次带着边防战士同走私分子当面较量。转业后，他到耐火材料厂一直担任副职，即便现在主持工作，尽管有与人红脸的时候，但绝不至于闹到痛下毒手的地步。至于停薪留职后在铁厂干那两年，说好听的，他是民营企业的高管，通俗一点说，也就是个打工的，任怎么也不会与人结下这般冤仇。

揍一顿把人放了，这显然是给人颜色看的。

一想到此，王远山忽然想起一个人——张光有。此人原在县监狱工作，由于贪酒，差一点酿成重大事件，遂被单位开除成了无业游民。改革开放后，能源紧俏，他就把煤矸石粉碎掺进原煤里倒腾煤炭，接着又搞起了走私手表捞了不少钱，遂与人合伙办了个小煤窑，这便积累下了资本。后来，赶上国家整顿小煤窑，张光有听到风声，即提前下手，抽出本金，全身而退，遂入股搞起了地下钱庄。

开春那阵子，升级改造后已投入批量生产的耐火材料厂急需流动资金，王远山呃办法，遂通过熟人介绍，在张光有的地下钱庄里借了十万元。按照当初企业的情况，王远山觉得最多三个月借款就能还上。哪知企业陷入困境不能自拔，借款到现在还没还上。早几天，张光有又来厂里催要借款。面对债权人，王远山实在没办法，就指着院里讨回来的一堆螺纹钢，对张光有说："张经理，眼下实在没办法，你再行行好，把钢材拉走吧！"

"值多少钱？"

"出厂价四十万。"

"十万我拉走。"

"你打劫去吧！"

听了这话，张光有翻眼看看王远山，咂咂嘴什么也没说，只把正吸的烟往地上一摔，抬脚猛地踩了下，然后气呼呼地走了。

想到这里，王远山断定张光有就是此事的幕后主谋。因为这时候，他忽然想起给他一掏心捶的那人不是别人，而是张光有的拜把子兄弟，姓什么叫什么他不知道，但曾亲耳听见张光有喊他"老黑"。之所以他能这么想起来，那是他主政耐火材料厂不久，王远山在云霄翔那里见到过此人。当时，这个人正同张光有在云霄翔的办公室里坐着喝茶，云霄翔向张光有要打火机用，张光有手头没有，就叫了声"老黑"，那人便应着掏出打火机递给了云霄翔。

王远山咬着牙忍着疼痛，从地上慢慢地站起来。他准备这就去找张光有算账。他觉得，张光有虽然长得五大三粗壮得像头牛，身边又有老黑等一些帮手，但他自忖，揍翻那帮小子不成问题，还得让他们不知道是怎么趴下的。

可是，站在荒郊雪地里，王远山断定这地方他没来过。看看窑场两端都有路影儿，在雪光映衬下，近处是白茫茫的，往远处看就变得灰蒙蒙的，使他辨不出东西南北。

他想打电话叫人，可是摸摸手机，早就不知丢到哪里去了。他急于弄清置身的地方，遂滑滑踏踏爬到窑顶上。他想往远处看看，好辨别方位，找到回家的路。可是，尽管有雪光映着，但二三十步之外还是什么都看不清楚。爬到窑顶上，不仅没辨出方位，下来的时候，一脚没有踩牢稳，就从上边滑下来，好半天没有缓过劲儿。

疼痛加上寒冷，不甘心就这么死在荒郊野地里，他喘息一阵，然后挣扎着爬起来。

进出窑场的路被冻得硬邦邦的，但走着并不怎么艰难，只是他浑身疼痛，每迈一步都十分吃力。两旁的田野里，不知是撂荒了，还是太过贫瘠，看不到苗子，只看到明一块暗一块的。他猜想，暗的地方是风把雪吹跑露出了地皮。

听着时不时传来汽车的嗡嗡声，王远山不知用了多长时间才走到大路上。

前不靠村，后不着店，尽管有车辆从身边驶过，王远山也不敢贸然上前拦车。他想找到一个界碑，好确认一下身处的位置。可是，沿着路边走了好久也没找到什么，就不敢走了，他怕走上反方向。

在窑场里刚刚苏醒过来的时候，他满腔的怒火就是找到打他的凶手以牙还牙，甚至还曾一度萌生出要把对方灭了的恶念。毕竟英勇了半辈子，哪能受这般窝囊气，挨一顿不明揍呀！可设身处地想想，张光有即便是放高利贷，那不还是你找到熟人，向人家伸的手吗？人家把钱给你了，不管怎么说那也是为你救了急。打人不对，威胁恐吓自然也不对，可是你欠了人家的债呀！

他设想，如果银行还和以往一样正常放贷，企业不是也能正常维持吗？如果国家的经济形势好，钢铁企业不拖欠耐火厂的货款，他手里能没钱吗？如果没有这"三角债"，他王远山能使张光有的高利贷吗？如果不是欠人家张光有的高利贷，人家张光有又为何要揍你呢？

这么反复地想了，王远山满心的怨气这就变成了晦气。

这时，气头上的王远山又在心里开始埋怨起从铁厂拉他回来的好兄弟季健中。

是的，不是你让我到耐火材料厂主持工作，我能遭这难、挨这揍吗？还有，我都是停薪留职的人了，你为什么非要认准我这么个老军转啊！

但他又一想，人这一辈子，图的仅仅是多挣几个钱吗？若那样，在铁厂，当着经理，又使着年薪，一年的收入，比在耐火厂两三年的收入还多。放弃年薪不拿，不就是想甩开膀子干成点儿事吗？现在出了点儿事，能把怨气归结到认准你、给你创造施展才华平台的人身上吗？

还有，兼并耐火材料厂，并使其翻过身步入快速发展之路，明知道是场硬仗，但你是从部队上下来的，是有着二十多年党龄的老党员，关键时候人家不用你你觉得脸上有光吗？

当下，耐火材料厂是有困难，而且是前所未有的困难，如果没有困难，要你来干什么？假如四平八稳、歌舞升平的，你来这里，你王远山觉得有意义吗？能体现出你自己的人生价值吗？

王远山这么扪心自问了会儿，忽地身上就充满了力量。

立时，他也不感觉到冷了、饥了。

拂晓，天上露出了星星。

正赶上过来个骑三轮车的人，王远山大老远便同人家打招呼。

王远山是个打掉牙齿往肚里咽的人，也不想让别人看到他的一副狼狈相，就在骑三轮车好心人的帮助下，悄然回到家里。

叫开院门，一看兰芝吓愣了，王远山忙做出若无其事的样子苦笑了下，道："多喝了点儿酒，摔倒了，在胡同里躺了一夜。"

天刚麻麻亮，什么也看不清楚，兰芝半信半疑中把丈夫扶进屋里，她想细问一下，可是王远山说了声"给弄点儿吃的"，便直接进了洗澡间。

听着哗哗的洗澡声，兰芝心里七上八下。自家男人会喝酒，而且也能喝，从结婚到现在，她还从没见他喝醉过。莫说在外边喝酒，就是单位开个小会晚回来一会儿，他也总要想办法儿给家里捎个信儿。特别是眼下，有手机，这就从来没有让家里人担心过。今天是怎么了？电话开着却一直不接，身上弄得肮脏不堪的，头发也乱蓬蓬的。再者，说是喝了酒，可身上并没有一点儿酒气呀！

　　越想越不对劲儿，看人在里边洗澡，却不见手机，兰芝心里更是生疑，遂把鸡蛋打到锅里就从厨房里走出来。拨了电话号码，听听没音儿，再拨还是没音儿，兰芝忙对着洗澡间问："远山，你的手机呢?"

　　"手机? 忘办公室了吧!"

　　"那怎么没音儿了?"

　　"可能是没电了吧!"

　　可是，当洗了澡要衣裳的时候，什么都瞒不住了。

　　身上青一块紫一块的，尤其是额头上的包，鼓得像是扣着小半拉馒头，青紫青紫的，拉扯得整个左眼只剩下一条缝了。

　　一听王远山是被人打了，兰芝流着泪拨通了季健中的电话。

第二十二章　迈不过去的坎儿

急急忙忙赶到王远山家里的时候，王远山已经随便吃了点饭，正在沙发上趴着。

这情况，别人遇到，指定躺在医院里起不来了。经过这一夜的折腾，王远山浑身酸困难忍。尤其是刚刚冲澡的时候，不咬着牙他的左胳膊都抬不起来。还有腰和臀部，那个样子，都不敢摸了。

季健中见王远山被人打成这样，又断定此事是张光有所谋，遂掏出手机就要报案，可是王远山说什么也不同意。因为就张光有的地下钱庄而言，虽然姓张的是挑头之人，但充其量不过是个小股东、马前卒而已。当然，他不是臆测，而是在跟地下钱庄借钱之前，据帮他搭线的那位朋友透露，张光有的地下钱庄，除张光有之外，其他几个股东，不是手里有多少钱，也不是入了多大股，而是地位或权势，那都大了去了。据此，王远山觉得，张光有敢耀武扬威带着人登门逼债，还弄出这么大个动静，指定不简单。就算眼下报了案，把张光有抓了，说不定前门进，眨眨眼人家就从后门出来了。如此，以后该怎么办？不是害怕什么，而是当下的事情实在是太纠结了。还因为，你这是摊上高利贷了。

季健中觉得，厂里面临的困难是前所未有的，更不是一时半刻就能化解掉的。考虑到放贷人的凶残，人家在暗中，自己在明处，怎么做你都是被动的。同时，企业成了这个样子，你用了人家的高利贷，这就是摊上了要命的事。毕竟，放高利贷者绝不会看着自己的钱打水漂。既然他敢给你个初一，如果你还不还钱，他指定会再来个十五。为着不让此类事情再次发生，季健中就和王远山分头给人打电话筹钱。可是，不管是亲戚朋友，还是拐一个弯认识的小老板们，只要能够联系到的，一个一个全都打过了，却一个子儿也没借到。是的，人家再同情，眼下生意都不好，你硬要问人家借钱，这不是强人所难吗？更何况，企业成了这么个样子，人家就是有钱，谁还敢再借给你呀！

同时，一个更要命的现实也在面前摆着。以往，实在没办法的时候，还能向"三会一部"这些地方融资机构伸伸手，临时救救急。虽然"三会一部"也是高利贷，但毕竟是政府有关部门批准的，安全性自然就会高一些。可是，现在却不行了。因为所有的"三会一部"全都关门整顿了，甚至有的连老板也找不着了。

在回厂的路上，由于心神不定，汽车差一点撞到人，季健中就赶紧猛打方向盘，结果车冲到绿化带上去了。他吓了一跳，把车停在路边，头抵着方向盘静了好一会儿才重新把车开动。离工厂还有三百来米远的时候，他先是接到厂保卫科秦明杰的电话，得知南方院的集资户派出的二十一位讨账代表，已经搭乘夜间的火车到了炭材厂。接着是化工厂办公室打来电话，说刘厂长被讨账人堵在家里出不来了。同时，这部手机通话还没结束，那部手机就又响起来。几个副职，还有财务科的人全都被讨账的给盯上了。听了此话，季健中一下子刹住了车子。

要账的人想尽了理由讨账，都是急等着用钱。不管这些理由是真是假，但人家把真金白银借给你用，人家现在也要用，而且是来哀求你的，你却没有钱了，莫说人家来了二十一个人带着二十一张嘴，人家就是一张嘴，你长一百张一万张嘴，你能说什么呢？

想想昨天被讨账人堵在办公室的情景，更有王远山遭绑架挨打受那磨难，季健中断定事情已经到了没有退路的地步。权衡之后，他认为，一切都陷入了被动，到了无法面对的时候。若不采取有效措施，局面失控，情况将不堪设想。这么想了，为了确保几位副职的人身安全，他立马给身上债务不太重的副职通了电话，简单安排下工作，又反复交代让大伙儿注意安全，遂找了个地方把车藏起来。毕竟，他的"桑塔纳"被人开走顶账了，现在的车是从朋友那里借来的，尽管破得没人看上眼，但毕竟有四个轮子，办事方便。听手机一个劲儿地响，知道没法回答人家，他就无奈地把手机关了。路过一家店铺的时候，看到门口挂着各种帽子，他随手买了一顶大檐帽戴在头上，又把帽檐往下压了压遮住脸，悄悄来到了余华星老师傅的家里。

余华星是四年前退休的。这几年，逢年过节或生日的时候，季健中都要到家里来坐坐说说话。可眼下不年不节的，又是这么一个打扮，是干什么呢？余师傅心里正想着，老伴儿在一旁给他丢了个眼色，看出有隐情，遂急忙把健中给让进屋里。

"企业的资金链断了，讨账的围破门，远山厂长昨天夜里被人打了。"说话间在沙发上坐下，季健中对心神不宁的余华星道，"也没有什么大事，只是围住门呒法儿办公，就到您这儿来了。"

余华星无奈地摇摇头，气愤不已地道："厂里形势好的时候，人来人往的，如今形势一不好，这就落井下石，还敢打人，真是无法无天，良心都叫狗给扒吃了。"

季健中苦笑了下，说："这也不全都怪人家，都是血汗钱，都不容易。"

余华星道："你就是心太好。"

"好也白搭，企业成了这个样子，再有理由，欠人家钱不还就是呒理。"健中道，"烦您老跑一下，刘厂长被人堵在家里出不来。找个借口，设法让他出来，我在这里等他。"

余华星去了不多时候，刘昌盛跟着余华星就匆匆赶来了。

季健中十分高兴，道："他们走了？"

刘昌盛道："哪走了，我是打后院翻墙逃出来的。"

季健中点点头，赞许地道："行！你刘昌盛没干过地下工作，却有地下工作者的斗争经验。你坐吧，远山马上过来。下一步怎么办，咱得好好儿商量商量。"

这时，刘昌盛见余师傅把茶端过来，忙起身接住，很是过意不去地道："没想到这时候会给您添这样的麻烦。"

余华星道："都是单位的事给劳累的。你们坐吧，我去买点菜，中午咱们吃卤面。"

季健中无奈地笑了下，说："好!"

不多时，王远山一瘸一拐地到了。

聚在一起，看王远山头上的紫疙瘩比早上那会儿更大了，而且眼睛不用劲儿根本就睁不开，季健中心里十分难受。特别是刘昌盛，见王远山被打成这样，心里非常气愤，和先前健中的想法一样，也是主张报案的，为此几个人又免不了议论一番。

这时，奚道强和安心平仿佛大革命时期的地下工作者那样，躲躲藏藏地也相继到了。

静下心来，刘昌盛和王远山简要说明了各自厂里的情况，季健中也谈了炭材厂面临的严峻现实。这么简要地捋了一遍，所有问题集中到一点，那就是资金。业务单位欠炭材厂不少货款，反过来炭材厂又欠集资户和"三会一部"一屁股债。

事情弄到这一步，大伙儿谁也想不通。

谁之过呢?

一向以扶持中小企业发展的银行业，万不该把融资的大门关得这么死。要不然，稍微松松口活泛一些，中小企业的厂长经理们，给他们胆，他们也不愿让职工集资，更不会向"三会一部"和地下钱庄的高利贷者伸手借钱。

哀叹也罢，埋怨也好，现在都不能解决实际问题。

大环境在一天天恶化，企业形势每况愈下，季健中不知道到何年何月才是个头儿。这种情况，换个人指定早扔下了，明知道是个死结，谁还有心来解围呀!

可此事却偏偏被季健中碰上了。在他心里，接下来，不管企业的发展之路会走得多么凄凉，他也绝不会就此止步。

他们简单地碰了头。季健中权衡了下，刘昌盛和王远山两个人身上的债务重，已经有了切身教训，不能再被同一块石头绊倒。为着安全起见，让二人在余华星师傅这儿暂避一下。有关发往乌钢的货物被扣一事，跟刘书记约见的时间到了，本来健中是要去的，可是眼下南方院的集资户代表正在厂里，健中觉得自己不去不合适，遂安排安心平去税务局等着刘书记。毕竟，货发不出去是大事。他相信刘书记出面协调，决不会像封春发那样处理问题。

看安排好了，季健中感慨颇多，不无戏谑地对刚刚买菜回来的余华星说："余师傅，在这特殊的环境下，您这儿就是'红色交通站'，使大家有个碰头的地方。"

余师傅哭笑不得地叹了口气，道："你们是炭材厂的希望，能为你们做点儿什么，我心里高兴啊！"

分派好后，季健中拦了一辆摩的，先把安心平送到税务局，随后就和奚道强一道匆匆忙忙赶回炭材厂。

迟迟不见厂长出面，南方院来的集资户代表险些把接待他们的工会主席何百松、副厂长肖汉伟以及几个工作人员抖搂零散。围绕着现在就要兑现集资款问题，还有协议上白纸黑字的权益，以及不见厂长露面等问题的吵闹声、质疑声，更有失去了理智的谩骂声，简直把接待室都要吵塌了。

这情景，王红珠实在看不上，她想给年过半百的工会何主席解围。毕竟，五十多岁的人，被人推推搡搡，他可怎么吃得消啊！可是怎么解围呢？她知道弄不好会引起这群情绪激动的老头儿老太太的反感，若那样的话，不仅解不了围，还可能激化矛盾把事情办糟糕。想了下，她觉得用电话把人引出来，然后再想办法让其脱身应该可以，遂用办公电话拨响了自己的手机，然后拿着手机朝接待室走来。

看现场乱糟糟的挤不到跟前，王红珠就扯着声儿喊了何主席两声。可是，何百松被众人围着听不见，王红珠索性举起巴掌，对着门啪啪啪就是三下。见讨账人听到这声音，一个个愣愣地扭头看她，王红珠十分礼貌地说："对不起，耽误大家一会儿。"说罢，她朝何百松亮了亮手里拿着的手机，道，"何主席，您的电话。"

拿住手机，喂了两声，听听没人应，何百松不知是计，立在那儿一个劲儿地喂喂着呼叫对方。

这时候，一旁的肖汉伟猜出王红珠这是要给何主席解围，而对方却意识不到，遂大声提醒道："何主席，这儿太吵，你出去再接嘛！"

立时，何百松领悟了，遂拿着手机朝外走去。

这下不好了。看出面主事的人走了，这就把肖汉伟给围住成了替罪羊。其中一位戴墨镜的半百老头儿，竟然把端在手里的茶杯，冷不防朝肖汉伟头上砸去。瞬间，血顺着脖子流下来，肖汉伟身子一软就秃噜在地上了。

一旁，王红珠几个人见势不好，急忙冲过来搀扶。见对方出手伤了人，王红珠这个平时再温顺不过的姑娘，一面用餐巾纸捂住肖汉伟头上的伤口，一面像护雏的母鸡那样，愤怒地回过头盯住对方，喊叫着为什么打人。

这么一来，早就窝了一肚子火的机关人员再也憋不住了。他们忽一下冲上来。立时，双方混在一起，现场吵闹成了一窝蜂。

这时，季健中到了面前，遂大声制止道："中啦，都静一静！"看人们愣在了那里，又见肖汉伟流了血在王红珠怀里躺着，健中的眼立时就红了。可是，此时此刻，一方是自己的员工，另一方则是曾经帮过自己大忙的恩人，他该怎么办呢？

弯下腰，季健中推了推肖汉伟，颤着声急急地呼叫道："汉伟！汉伟！"见对方昏厥着软绵绵地没有应声，季健中的心都要碎了。着急无奈中，季健中无助地哭诉道，"爷呀，这是要人的命哩！"

这时，奚春阳急急忙忙地开着一辆拖拉机，嗵嗵响着过来了，奚道强忙吩咐道："快！赶快送医院。"

奚道强和王红珠一帮人忙了一番，把肖汉伟抬到拖拉机上。然后王红珠把自己的上衣脱下来，慌忙地蒙在肖汉伟的头上，急急地走了。

目送车子远去，季健中转过身来，朝满脸怒气的人们看去。

同南方院打了整整十年交道，每年两次带着人到南方院办理集资款存取手续，面前的老头儿老太太，季健中大都脸熟，有的还能叫得上他们的名字，也知道他们过去所从事的职业。粗略地瞟了一眼，面前的这帮老人，不是从教师岗位退休的，就是坐了一辈子机关的人，一个个都是知识分子出身，自然也都是能言善辩的人。

上前走了两步，季健中在一位烫着波浪式发型、盯着他看的老太太跟前站定。他叫了声"陈阿姨"，道："您也来了？"

陈阿姨白了健中一眼，没好气地说："你们这厂子成这样子了，我能不来吗?!"

"对不起，对不起大家啦!"季健中朝在场的老人们拱了拱手，满含歉意地道，"用了大家的钱，又给大家心里添堵，是我这厂长没当好，对不起大家，也请大家原谅! 来，咱都到里边坐。"

接待室里已经乱得不成样子了。老头儿老太太们见健中弯腰收拾被人踢倒的凳子、椅子，想想光闹腾也不是个事儿，大伙儿遂一起下手把接待室收拾了一下。

看看大伙儿没有坐，都一个劲儿愣愣地看他，健中一语双关道："看什么看? 都不认识我了? 告诉大家，眼前的季健中，还是过去那个季健中。大家放心，使大家的集资款，不管到什么时候，我季健中保证，决不会少大伙儿一分钱。来，都来，咱坐下说话。如果有气，就朝我撒，是我对不起大家。想骂朝我骂，只要各位阿姨，各位大姐大嫂，还有各位老师傅能解气就行。"

说也奇怪，怎么都无法平静下来的这群老头儿老太太，只听了季健中这么几句话就全都平静下来。

可是厂里就是这么个情况，无法兑现人家的集资款，即便你能把中华五千年灿烂文明全都讲出来，那也是无济于事的。

正不知道如何是好的时候，季健中的手机响了。一看是刘振国书记的电话，季健中马上接通，道："刘书记，您好! 我是季健中。"

刘振国在电话中说："南方院的集资户来了多少人?"

"哦，他们来了不少人，都在我跟前坐着呢!"说话间，季健中有意让大伙儿听到对话，就摁了免提键。

刘振国在电话中说："南方院是咱们的合作单位，特别是这些老同志，在企业最困难的时候，人家伸出援手，帮助了我们，推动了企业发展。现在情况发生了变化，人家不放心，过来讨债，你们要正确对待。听说都是六七十岁的老人，是不是这样啊?"

季健中道："是的、是的，都是大叔大妈老婶子，年龄都不小了。"

"那你听着——老师们远道而来，你想法安排好他们的生活，不准出意外!”刘振国在电话中强调说。

季健中道:“一定!一定!”

刘振国接着说:“我刚刚同宏运煤矿取得了联系,你们不是给他们担保,本息加起来一共损失了五百多万吗?现在,政府同意投资商把煤矿买断,但手续还没办完,通过协调,人家同意把这笔钱先支出来一部分,分期把你们的本金还上。你安置一下就马上过去,把钱取回来先救救急吧!”

“好的。太好啦!谢谢刘书记!!太谢谢啦!!!”这是天大的好消息,季健中为刘振国书记亲自协调此事,感动得眼睛湿润了。

在一旁,听到这一好消息的南方院集资户代表也为此事高兴得鼓起掌来。

宋晓燕几个人领着南方院的集资户代表去宾馆走后,季健中便带着曹艳玲和出纳员小王,把藏起来的车又开出来,急急地朝宏运煤矿来了。

现在,有县委书记刘振国的亲自协调,季健中的心里就觉得宽慰了许多。有这几百万现款,他就能设法让企业再转起来。至于大伙儿的集资款,也包括南方院的集资户在内,他就有办法先说服大家,把局势稳定住。

当然,困难还是一重接着一重的,但他不怕。

虎生生的心志,从不服输的性格,季健中用了五年时间,使得鲁阳石墨矿成了地方的明星企业。为此,当时的常务副县长刘振国把他作为挽救鲁阳炭材厂的得力人选。如今,季健中与刘振国从初中时的同窗成了情同手足的兄弟。

回想这两天接二连三发生的事情,季健中最挂心的还是被税务局查扣在火车站的货物。于是,他就让曹艳玲帮他拨通了安心平副厂长的电话。

季健中道:“安厂长,情况怎么样?”

“我正等着哩,刘书记还没来。”说话间,大概是听到了声音,扭头看见一辆“桑塔纳”轿车进了院子,安心平马上又对着电话道,“来了、来了,刘书记的车过来了。”

电话里传来健中的声音:“好,到时候要好好儿感谢刘书记。”

“放心吧!”安心平挂了电话。他想迎上去帮着打开车门,可是税务局一帮人早迎上去了。眼看挤不到跟前，安心平就紧走两步把会议室的门拉开站在那里候着。

县委书记刘振国的身躯还是那么高大，但与十年前相比，明显地消瘦了许多。他是喜欢到基层走走看看的人，所以他的脸总是赤红的颜色，只是他也是年过半百的人了，皮肤就不似先前那么光鲜；头上已经生了华发，而且也谢了顶，稀稀疏疏的已经盖不住头皮了。除下做共青团工作和当秘书长那段时间，从组织部部长、常务副县长、县长，再到县委书记，刘振国在鲁阳已经奋斗了十一个春夏秋冬。官场上的磨砺，时时都让他充满了活力，并且眼睛还像早先那样总是闪烁着锐利的光芒。只是守着这么个国家级贫困县的摊子，这就使得他这个原本十分机敏的人，日渐地变得更加谦恭和敦厚了。

三年前，组织上想调他到省里工作，或是到个条件相对好的地市待上一段时间。当然，对于这种安排，谁都知道组织上这是要在刘振国的肩头放更重的担子的。可是他没有走。用他日记里的一句话说，他是冲着鲁阳来的，鲁阳县的穷帽子一日不摘，只要组织信任，老百姓需要，他就一日不会主动离开鲁阳。仅从这一点说，他是一个咬定青山不放松、不达目的不罢休的人。

前几日，看了季健中写给县领导的公开信，刘振国心里就像压了块石头，让他喘不过气来。一叶知秋，仅从炭材厂反映的情况看，就使他认识到，当前鲁阳的经济形势是多么严峻。同时，也让他重新感受到肩头的担子又是多么沉重。

那年，季健中临危受命出任濒临倒闭的炭材厂厂长后，经过上上下下的共同努力，炭材厂再次一跃成了县里的利税大户。作为从清华大学工商管理学院毕业的刘振国，怎么也不会想象得到，在他治理下的二十多家国有企业，会在这次经济大萧条中，好像秋风扫落叶那样，一个接一个地败下阵来，死得那么快。特别是炭材厂，那是他亲自打电话，硬把人家拽下山过来履职的。更何况，作为地方的主要负责人，在形势好的时候，为着帮助其他企业渡过难关，他曾经不止一次地给健中安排，让其为别的企业担保分担忧愁，纾难解困。毕竟，坐落在鲁阳地界，都是鲁阳的经济主体，就像是自己的十根手指头，动了哪一根都是连着心的啊！还有他为了救活冶炼厂、耐火材料厂而做出的决定，实际上是往健中肩上压了一副又一副重担，让他没有了喘息的机会。每当想到这些，刘振国心里就感到十分纠结。对此，他不仅觉得对不起像螺丝钉那样拧在岗位上辛勤工作的季健中，而且更觉得是他这个县委书记的失职。为了全县经济发展，刘振国到了寝食难安的地步，急得血压都高了，头都晕腾腾的。

回想季健中写给县委和政府的公开信，刘振国心里很难受。正没办法的时候，他突然想起了市经贸委欧阳主任，希望从国家政策上或其他方面想想办法，为炭材厂松一松绑，欧阳主任也正为此事头疼。只是他提到刚刚拍卖掉的县宏运煤矿一事，让刘振国的精神为之一振。

还是炭材厂为宏运煤矿担保的事。由于勘探失误，宏运打了一个"废井"，赔了个底朝天。面对这样一个现实，害怕追责到自己头上的县工商银行行长蔡金城，二话不说，仅宏运煤矿一桩担保，就将炭材厂刚刚到账的现金，连本带息整整划走了五百万。宏运走了背运，一千多工人没饭吃，不知上访了多少次，弄得县四大班子人人头疼。

去年秋天，鲁阳方面参加市里在上海举行的招商会，在欧阳主任的推介下，南方一老板来鲁阳考察，说起煤矿一事，人家很感兴趣，通过拍卖的形式，遂于近日签下合同，出资一个多亿，把宏运煤矿连同采矿权整体买断了。

那么眼下的手续办到哪一步了呢？能不能把炭材厂为提供担保而被银行划走的五百万给抽出来呢？刘振国担心电话里说不清楚耽误事儿，就把手头上正忙的工作推到一边，急忙坐车到宏运煤矿来了。

自从挑起鲁阳经济建设这副重担，刘振国几乎年年都到宏运煤矿来。他朴实无华的工作作风，还有和矿工们一起排队打饭、一起下井的情景，让矿工们怎么都无法忘怀。当下，老矿长到其他单位任职去了，原常务副矿长佟为民负责处理善后事宜。由于事先已经讲明了来意，下车后来到会议室，刘振国直接与有关人员见了面。谈到炭材厂为煤矿担保，被县工行划走五百万资金的时候，佟副矿长等人考虑到当下炭材厂的难处，加之书记亲自来协调，这就不得不积极配合。只是拍卖后有关矿山现状安全评价书、矿产资源开发利用方案、矿山建设项目开采设计等一系列相关文件还在审批之中。虽然温州方面已经整体接收了，而且前期款子也打过来了，但都用于补发工人工资和必要的矿山修复了。说白了，眼下煤矿账册上没有几个钱，莫说五百万，就是五十万也拿不出来。而且下批款子什么时候到位，还要等所有文件批下来后再说。毕竟温州方面，人家经的事多了，没有十成的把握，不会一步就跳进来。说白了，就现行的国有资产方面的管理办法和规定，当下要拿回这五百万，已经不是原宏运煤矿这方面的事了，刘振国请示市国资委和经贸委后，就和温州方面在鲁阳的负责人霍总见了面。

一看是县委书记来了，霍总自然也很给面子，就特事特办，打电话把温州方面的出纳叫到办公室，答应把炭材厂为宏运煤矿担保而损失的本金还上。虽然是这样，刘振国也十分高兴。毕竟，温州方面的办事效率刘书记很是佩服。只是支取这么大数额的现金，温州方面有规定，必须经董事长同意才行。怎奈多方联系，就是和董事长联系不上。最后得知，温州方面的曹董事长有重要活动，手机关了。

这样，刘振国白忙了一场。

这天一上班，刘振国处理了昨天压下来的急件，他惦记着炭材厂的事，就试着亲自给曹董事长拨了电话，哪知一打就通了。这时，身在鲁阳的霍总刚刚给曹董事长联系过，一听是县委书记亲自打电话过问这事，人家就十分婉地说："既然到鲁阳投资办矿，就免不了给地方添麻烦。现在，你亲自出面为炭材厂解难，有朝一日我遇到问题了，你也不会看着不管。这样，我们这边刚刚花了一笔大钱，账上一时周转不开，我先给你划过去一百万元，怎么样？"

"好！有这一百万元，我们就能先救救急。"显然，刘振国对温州曹董事长这么干脆利落心存感激。

现在，税务局的领导班子成员都在会议室里坐着，他不想耽误这么多人的时间，只把李局长留下。简单询问了炭砖在火车站被扣一事，他遂让李局长把负责此事的丁科长叫过来，他要亲自协调此事。

听了丁科长有关查扣炭砖一事的前后经过，刘振国沉思一下，就对丁科长说："既然查扣了，那就就地变现吧！"实际上，刘振国知道高炉用炭砖都是有针对性的专用产品，换个地方，炉型或炉子的大小变了，那就无法使用。之所以这么说，显然他不赞成丁科长这么武断的办事方法。

丁科长十分无奈地摇了摇头，道："就地拍卖怕是不中，因为这是专用材料，没人会要。"

刘振国说："既然是专用材料，为什么不让企业发过去呢？"

丁科长说："他们欠税了。"

刘振国说："今年全国各地各行各业的经济形势都不好，鲁阳的情况更严重些。我们县总共二十多家国有企业，眼下就剩炭材厂还在苦苦支撑。这是不是炭材厂一家的责任呢？我看不完全是。这是大环境呀！同时，就炭材厂的问题来说，不光是厂里的问题，也有政府和县委的责任。"他见对方悟出了他的话意，神情紧张起来了，就微笑着道，"你们税务部门为国家收税，想了不少办法，是积极主动的，应该得到肯定。有压力，甚至还挨了批评，你们心里急，但事情要办活，杀鸡取卵，饮鸩止渴，不是解决问题的好办法。丁科长，你说我说这话对不对？"

丁科长连忙点头，道："对对对！刘书记，我接受批评。"样子十分诚恳，也许在县委书记面前，静下心来的丁科长真的悟到了自己工作中的不足。

刘振国笑了。他转过脸对安心平道："安厂长，健中没来，你来了就得代人受过。企业有难处，也不能总憋在心里，你得让大伙儿知道。就像丁科长这儿，你们这是缺乏沟通。你们是纳税主体，人家丁科长是收税主体，本身就是一对矛盾。沟通到位了，相互谅解了，矛盾自然就会化解。丁科长收税，不是装在他的腰包里了，人家是为政府收税，是在执法。"

见刘书记说到这儿停下了，安心平遂探探身子，十分郑重地道："刘书记，您批评得对，我们诚恳接受。同时，我代表我们季厂长和鲁阳炭材厂表个态，再遇到这种事情，我们就是把老婆孩子卖了，我们也先把钱拿来缴税。"

"你……这是什么意思？刘书记在跟前坐着听着哩，你把我们说成什么了——黄世仁？！"李局长立时变了脸。

"不不不!"安心平自知话说得有点儿过头了,赶忙解释道,"我可没别的意思。我是说想办法也得缴税。"

安心平生怕把事情弄僵了,遂向对方拱拱手,赔礼道歉,由于慌张,起身拱手时把手里的钢笔也弄飞了,就忙着去接,样子很是滑稽,把李局长也逗乐了。

化解了矛盾,刘振国没有再多说什么,把炭砖被扣一事交给李局长处理。考虑到当下的实际情况,李局长自然没有再坚持什么,遂当着书记的面,与安心平副厂长达成共识。李局长也是行家,说起话来一二三四五,一层一层的头头是道。归结为一句话,他们立即放行,确保炭材厂的企业信誉不丢。同时,要求炭材厂派人去乌钢,待货款回收后,立即补齐税款。

见安心平急着要走,刘振国又把他喊到车内,然后到国税局来了。

说实话,不期而至的金融危机,让这位贫困县的县委书记难上加难。受此影响,企业倒闭关门了,本来就捉襟见肘的县财政少了许多税源,这就更是雪上加霜。机关干部再有两个月领不到工资,那会是个什么样的情景,也许别人不知道,或体谅不了,而作为县委书记,他身上的压力该有多大,更是一般人体会不到的。

今天一天早,刘振国到县委机关来。半道上,刚好碰上国税局张局长,二人就在街头聊起来。

这时,张局长自然早就知道了炭材厂产品被税务局查扣一事。张局长就和刘书记扯起了当下企业间的"三角债"问题。

听了县委书记不仅为炭材厂货物被扣一事操劳,而且还为货发出去后能不能收回货款操心,张局长想起自己有个战友,眼下转业到乌市国税局当局长,这位儒官就想为刘书记分点儿忧。

此刻,刘振国拉着安心平到国税局来,就是要找张局长谋划此事的。只是要接市领导下来调研,他就把安心平给领到国税局,特意向张局长介绍了他和安心平是初中时的同窗关系,便交代几句后匆匆走了。

本就是个儒官,又是和县委书记的同窗坐在一起,张局长更是像见到老朋友那样亲切,这让安心平心里很是感动。

张局长说："你们炭材厂的情况我清楚。相比起来，你们厂的问题还好一点。因为你们有应收款，只是被'三角债'困住了。我想跟你们商量商量，我有个关系，看是否可以利用一下。"

对张局长如此谦虚和蔼的态度，安心平回想起丁科长那边欲置企业于死地的做法，心里顿生敬意，又亲切地叫了声张局长，道："您有什么想法？请讲。"

张局长道："全国税务是一家。我想能否以鲁阳国税局的名义去对方国税局通融一下，让对方国税部门帮帮忙，加快一下货款回收进度。"

安心平一听是这么一回事，皱着眉头想了想，有点犹豫地说："可以倒可以，我们也深表感谢。只是会不会由此给客户造成压力，影响和客户的关系？"

安心平的担心不无道理。他深知，乌钢集团是我国钢铁界的后起之秀，市场潜力巨大。为攀上这家客户，鲁阳炭材厂上上下下都没少花费心血。若一着不慎走错了棋，把客户得罪了，再想恢复关系，那就难上加难了。这么想了，安心平遂把担忧说了出来。

张局长听后，想了下，说："这取决于方法和策略。我们利用关系去过问此事，但不过分地催要，更不采取强制措施逼要。"看安心平仍心存顾虑，张局长接道，"我和这个战友在部队上二十年，关系很好。眼下是同行，能说上话。保守地说，即便办不成多大事，但绝对不会把事办砸了。"

一提到乌钢，安心平心里禁不住颤动了一下。因为丁科长的过激行动，导致发往乌钢的炭砖推迟两三天了。为着催货，人家打了无数次电话，已经惹得乌钢上下都很不满意了，遂把此情况说给了张局长。

听罢此话，张局长点了点头，道："丁科长可能有他的原因。一来地税任务重，企业都停了，税收不上来，一开会就坐冷板凳。二来听说丁科长上上下下都有一定的人脉关系，那不是想干出点儿成绩等着进步嘛。"说着，为安心平续了茶，然后又挨着坐了，接道，"我和地税李局长交流时，他也说到过你们厂里的事，我能理解。所以说，有些事情不要往心上去，要往远处看。同时，你回去给季厂长说说，请他放心，税、企是一家，国税局知道轻重。既要确保税收任务完成，又要兼顾企业利益，不会趁火打劫，也不会竭泽而渔。我知道这事该怎么办。干我们这一行的应该都懂得，保护企业就是涵养税源这个道理。"

张局长的一番话，令安心平十分感动。他遂向张局长拱了拱手，表示了谢意。毕竟人家在积极想办法帮助炭材厂，不像地税局个别人那样硬骑在自己头上"撒尿"。但安心平也有顾虑，因为炭材厂在国税这边也有三十多万的税款还没交。此番前去，肯定能要回来一部分，但眼下因为地税方面把事情给耽误了，人家要是以此为借口硬是压着不给，或只给个仨核桃俩枣的，就只够填国税局的牙缝。尽管安心平表面上表示了谢意，但在行动上却有点儿不吐不咽、不甚积极的样子。

张局长看出了安心平的心思，笑了下，说："安厂长，这件事你放心，我知道你们联系个客户不容易。就此，我向你们承诺，虽然我们动用国税这个关系，但请你们放心好了。一是绝不会损害你们和客户的感情。二是回来货款后，要是数额小，我们也不会全要，最多百分之三十，其余的你们救急。"

张局长的态度让安心平着实没有想到。过去，他知道张局长和蔼，办事总是那么谦恭，那么游刃有余。现在，在事实面前，安心平终于被折服了。

第二十三章　祸不单行

季健中和原宏运煤矿的佟副矿长是老相识，事先又通了电话，人家就专门在办公室等着。

佟副矿长是焦作矿业学院毕业的科班生，从事煤矿生产将近二十年了，既有理论知识，又有实践经验。加上人实诚，温州方面买断后第一个要聘用的人就是佟副矿长。这样，佟副矿长现在的身份，既是原宏运的副矿长，负责原矿务方面的扫尾工作，又是新班子的副矿长，担负着修复矿井的重任。这样，他的办公室不仅换成了大房间，而且还安上了饮水机，就连空调也提前安上了。从接待健中几个人的气氛中，看得出佟副矿长现在是香饽饽。寒暄中，健中得知，为着这笔款子，县委刘书记昨天已经着手，但没办成事。今天上班后，可能是刘书记亲自给温州方面的老板打了电话，这才通知让安排取款。要不然，这笔款子还真的办不成。

现在，取款的人早已出发了，季健中见几个技术员出来进去地请示工作，佟副矿长也穿着工作服，显然是等着下井的。季健中觉得不便打扰，就来到外边随便转悠。

看着矿区里的人们都在热火朝天地忙碌着，为恢复生产做准备，季健中和曹艳玲的心情难得这么好。

突然，季健中的手机响了。电话是奚道强书记打来的。意思是说，季健中带着财务科的人到矿上取钱一事，不知道云霄翔和张光有是怎么知道的，这就各自带着一帮不三不四的人到了，眼下就在大门外喊叫着急着进来。

以往，但凡遇到外部干扰，县政府派驻企业的工作人员就会在第一时间站出来挡驾，以维护企业正常生产秩序。有着这么个前提，季健中遂不假思索地回道："这样，你先给经贸委王股长说说，看他怎么说。好吗？"

电话里传来奚道强的声音："我刚刚给王股长说了，他也请示了县政府有关部门，说这是借贷双方的业务往来，他们不好插手呀！"

季健中十分无奈："这真是一个将军一道令，一个和尚一本经。没办法那就放他们进去吧，但要给他们说，不许乱来。"

挂了电话，季健中刚刚才有的好心情立时全都没了。

开户行在市里，这么走一遭，需要三四个小时。看看时间差不多了，季健中和曹艳玲就来到矿外边的大路口远远地望着。在季健中心里，为提供担保被银行划走的五百万，要是能拿到四百万，他就能解决眼下所遇到的大问题。本来，就宏运煤矿还钱一事，他是连想也不敢想。现在，遇到了好领导、好雇主，虽然一时间还不能全都划过来，但有这一百万救急，简直就是天上掉下来的大馅饼。毕竟，将心比心，看着南方院的一帮老头儿老太太为着自己的血汗钱，千里迢迢跑来吃苦受罪，季健中心里十分不安。当然还有"三会一部"的钱，不管低息高息，人家毕竟是为你解了燃眉之急。眼下，刘书记务实而又雷厉风行的工作作风，温州老板善解人意的菩萨心肠，在苦恼和无助中，又让季健中在内心深处感到了些许慰藉。

这么想着，季健中有一搭没一搭地同曹艳玲和小王说着话，心里急切地等待着。

这时候，原宏运煤矿的主管会计老陈突然急急地跑来，大老远就道："不好了，季厂长，出事啦！"

季健中一愣，急道："怎么回事？"

"拉款车自燃，钱被烧啦！"

"什么？钱被烧了？"季健中一下子惊呆了。

"啊，怎么会这样？"曹艳玲在一旁十分诧异地说。

按照有关规定，取这么一大笔资金，是需要银行转账的。可是，炭材厂目前的账号全被查封了，再加上是用来兑付个人款项的，这就与温州方面协商让取成现金。

前去取款的一共四个人。温州方面去的是会计，名叫李春，负责把款取出来。原宏运煤矿去了三个人，一个会计是男的，姓马，单字叫辉，算是领导，负责开车。另一个出纳是女的，姓田，叫秀英，负责收款支付。还有一个是保卫科的干部。

四个人到市里后，没有赶到点子上。等到下午银行上班后，温州方面的李春递上手续说取钱。柜上一看数额是一百万就笑了，说："你是生手吧，怎么连这点儿规矩都不懂。"

李春笑了下，解释道："请给我们办吧，我们情况特殊，无法转账，是急等用这笔钱补发工人工资的。"

柜台上的人想了想，由于数额巨大，不敢做主，就让他们稍等。不一会儿，那人又出来了，大概是请示了领导，没有再言语，就开始办业务。

这样，待办完手续，四个人就急急地踏上了归途。哪知都进入了鲁阳地界，马辉手忙脚乱一番，说是车子有毛病，不好使。调整了一番，又说好了。可是，待加大油门，车子爬上来刚要下坡时，只听到砰的一声，一团火球就从车头那里燃起来。这情况来得突然，马辉等四个人来不及反应，眉毛头发都烤焦了。出于本能，四个人连滚带爬逃到车外，再想起钱的时候，车子拖着一团火焰朝山坡下边溜去，而且越溜越快。跟车担任保安的那个煤矿保卫干部一看不好，试图追上去却没有追上。

众人看着车子打了几个滚，在落日的余晖中掉下崖去，燃起了冲天大火。先是保卫科干部和马辉，一看已经烧着了崖下的植被，这二人遂脚蹬手扒迁回到崖下用树枝扑打灭火。接着是李春在惊吓和恐慌中反应过来，拨打了火警电话。待森林消防人员赶到，扑灭将要蔓延开来的大火，从摔坏的轿车残骸里，只扒出一些烧得少边没沿的残币。

唯一的救命稻草也没抓住，这时的季健中真的是六神无主，走进了死胡同，不仅无法面对南方院集资户代表，更难逃过云霄翔、张光有几个放高利贷者的威逼。

王远山已经被打了，刘昌盛也被撵得无家可归。这两年，化工厂同样失去了炭材厂的资金支持，刘昌盛一直在用云霄翔储金会里的钱。想想前些时，"黑蝎子"云霄翔为了情人俞小曼，竟敢把辛辛苦苦为他养儿育女操劳了大半生的结发妻的肋骨打断，季健中想象不到云霄翔撕下脸，还会干出什么伤天害理的事。

眼下，黑社会性质的案件层出不穷。炭材厂在东北有笔一百零八万元的旧账讨了两三年讨不回来，正无可奈何的时候，黑社会找上门以五折的方式把账接过去了。显然，黑社会早已渗透到经济活动中来了。

哧的一声刹住车，季健中掏出手机，想问一问厂里的情况，刚好奚道强把电话打过来，急急地说："我就是给你说哩，他们刚走。你们到现在没回来，姓云的等不上，听口气他们好像是到家里堵门去了。季厂长，你那里情况怎么样？钱拿到了吧？"

季健中叹了口气，遂把刚刚发生的情况简要说了一遍，弄得奚道强禁不住啊了一声。显然，这意外让奚道强也蒙了。

正赶上春耕时节，又适逢倒春寒刚刚下过一场雪，地里墒情好，庄稼人抢时间忙了起来。田间地头，勤劳的人们都赶到太阳落山了，还恋着不肯收工。特别是蚕坡柞墩，那是蚕农赖以生存的宝物。每当开春这时候，蚕农们把幼蚕由蛾房抱到河边喂养几天后，有的已经上了向阳的蚕坡。侧耳倾听，蚕歌伴着晚霞，那是多么的悠远自得——

> 清明过后谷雨天，
> 蚕儿姑娘上了山。
> 山上柞树一墩墩，
> 那是俺的钱罐罐。
> …………

山乡春来早，无处不温馨，那是多么怡人的景色呀！

然而，为不可抗拒的外部形势所困，季健中几个人的心情灰暗到了极点。

夜幕，不知不觉中早已降临了。

季健中、曹艳玲和小王三人面面相觑，不知道该怎么办是好。

厂里不能再去了，不用说家也不能再回了。作为炭材厂的法定代表人，身上背着的债务，硬是把季健中这位堂堂的五尺汉子逼得没处躲、没处藏了。季健中都不知道自己是怎么爬上琴台的。

星光下，高高的琴台上一片朦胧。

一千两百多年前，唐开元年间，深谙民苦又擅长音律的鲁阳县令元德秀，每当闲暇，就在街头抚琴，向进城上店的山里百姓传播农桑之事，宣讲朝廷德政，解民倒悬。后来，感念元县令恩德，百姓遂自发筑起琴台。自此，琴台便成为鲁阳地方的"善政之地"。

此刻，元县令早已魂归西天去了极乐世界，琴台疏于管理，几近荒废。

注目琴台下的城厢，万家灯火把四处照得迷迷蒙蒙。大街上，南来北往的车灯，画出一道又一道绚丽的彩虹，令人目眩。世纪之交的鲁阳县城，夜生活已是那么丰富多彩。大排档的喧闹、摇滚音乐的震颤、夜市里的叫卖，和着车辆的喇叭声和发动机引擎声此起彼伏，就仿佛是打开了盖子的蜂箱，一片闹哄哄的。

讨不回来的货款，背不动的债务，特别是眼看着就要到手的一百万元现金又在大火中化成了灰烬，就仿佛是一记闷棍轰然打在头顶，让季健中一下子呆了。不仅是神经麻木了，意识也好像是迟钝了，他还能看到什么，又能感受到什么呢？这时候，季健中很想歇一歇，他就那么直挺挺地躺在琴台粗糙的砖地上，两眼望着苍穹。

上弦月早已坠到西天去了，晴朗的夜空更加深邃。凝视浩瀚的天庭，季健中仿佛进入了一个三维世界，虽然看不到尽头，也数不清到底有多少颗星斗，他却分明地看到了所有的星星都发现了他。不知星辰是怎么和他通的灵气，而他则分明地感知到了。有的星星在那里同他深情地对视，有的却在时不时地朝他眨一眨眼睛。似乎是知道他累了，该歇歇了，这才从遥远而又神秘的地方探出头来，猛地睁一下眼睛，想看一看他睡了没有。也有的似乎是嫌他的无能和笨拙，就那么深沉、那么一动不动地漠视着他。

这个时候，季健中心里多么想对着星星说说话呀！

是的，四十九年的人生岁月，除了父母，除了妻子女儿，还有自己的兄弟姐妹，他自忖没有愧对过谁。可眼下的路怎么就这么艰难啊！

迈不过的坎儿一个接着一个，道不尽的烦恼事一桩接着一桩，使他百思不得其解。星星啊，既然你知道我累了走不动了，为什么不帮我，还用那么冷漠的眼神看着我？与其把时间空耗过去，为什么不多一分怜悯，暖一暖我这颗冰冷的心啊！

倏地，一颗流星在天际间猛地闪耀了下，朝西北方滑过没多远就消失了。同时，伴着这颗流星滑过的一刹那，健中的心里好像有谁用锥子猛地扎了一下，使他禁不住一颤。

小时候，听母亲讲，地上有多少人，天上就有多少颗星。

联想到刚刚滑过去的流星，季健中想，莫不是自己的那颗星落下去了？

企业走不动了，辜负了领导和同志们的重托与期盼，又愧对了那么多好心的出资人，还有什么脸面来面对这默默无语的星空啊！

这么想了，季健中忽就坐了起来。他心里既愧又痛，泪水禁不住顺着脸颊流了下来，而且流进了嘴里。他感到咸咸的、酸酸的，还带着苦涩的味道。同时，他还品到了血腥味……他的心情悲怆到了极点，痛楚到了极点。他想到了《苏武牧羊》，这就不由自主地折起身来从手提包里掏出他的口琴。他先在低音区舒缓地吹了一声，接着稍事停顿就用极慢的节奏吹起来。口琴旷远幽怨的音色，是他无助、茫然和忧虑的内心表白。

仿佛返回到两千多年前蛮荒的匈奴国度，草原是那么苍凉，主人公所受的折磨是那么沉重，内心是那么的凄楚和悲恸。永志不灭的汉室情怀是那么坚贞，还有惊天地、泣鬼神生生不息的浩然正气，是那么令人荡气回肠。此刻，把这所有的元素糅合在悲壮而又凄楚的阵阵琴声中，与其说表达的是一位流落塞外苦寒之地一十九年的老人，在倾诉生活的苦难和对故土的思念之情，倒不如说是他季健中此时此刻内心情感的真实流露。

汉室苏武，十九年后重回汉室，人家那是渡尽劫波，千磨万击，柳暗花明啊！

可是我的炭材厂呢？

何时才是尽头呀！

无情的市场风云变幻，机制体制上的先天不足，加上绕不开躲不过的资金担保拖累，还有企业间的"三角债"，最终把鲁阳炭材厂的法定代表人季健中压在了重重大山之下，动弹不得了。

为解脱这无尽的烦恼，卸掉身上无形的枷锁，季健中不由自主地站起身走过去登上了台裙，准备从琴台上纵身一跃而下，结束自己的生命，以死明志。

晕晕乎乎中，他的眼前幻化出一个五彩世界……

一条波涛奔腾的大江，誓死不屈的八女弹尽粮绝后，集体沉江；铮铮铁骨的狼牙山五壮士临危不惧，壮烈跳崖……他想到了逐日的夸父，抗金的岳飞，等等，无数个英雄；当然也想到了耶稣的门徒犹大，想到了《红岩》中的甫志高，《平原枪声》中的苏建才那些个无耻叛徒……

纠结不清了，可是他都把脚抬起来了，又回头一想，一个从不负人的汉子，结束生命容易，但到了九泉之下，即使变成鬼，你能心安理得吗？

在季健中心里，他无论如何也不能当懦夫，更不愿做欠债鬼。同时，他还想到，自己死了倒安生了，没有人再逼着要债，可跟着自己甘愿两肋插刀的一帮兄弟们，眼下连人身安全都无法保障了，又该怎么办呢？还有，这么轻轻松松地走了，舍去了那么多，又吃了那么多年苦，付出了无数的心血不全都白搭了吗？

还有自己的母亲、兄弟姐妹，大洋彼岸的岳母、妻子和女儿。

当然还有当初在就职典礼时，当着县领导和职工的面，他季健中红口白牙，是要让鲁阳人亲手缔造的新型炭砖——这只人们心中的金凤凰，飞出国门，走向世界的。

何为飞？那是展翅冲天，是自由翱翔。

所以，脚下的路还远得很哪！

你能逃避责任，违背承诺，当逃兵、当叛徒吗？

"不能，万万不能！"这是季健中坚定信念后从内心深处发出的誓言。

接下来该怎么办呢？

　　茫茫黑夜里，在这无路可走的万般无奈之下，季健中想起"有所为，有所不为"和"以静制动，以守为攻"的东方智慧，他的眼前霍地亮了。回首走过的路，他的心里没有丝毫的悔恨和歉疚，有的是一腔热血和担当。于是，磨而不磷的坚强意志、至高无上的人生追求，还有他在就职典礼上向着那么多人发出的郑重承诺，立时便化作热血在他的心田里不停地奔腾激荡，使他有了战胜困难、冲破险阻的决心和勇气。

　　那是一颗痴迷的心，袒露在天地之间。忍辱负重，勇敢地活下去，另辟蹊径，寻找生的希望，就成了季健中眼下唯一的选择。

　　刹那间，一个既朴素又智慧的"以不变应万变""拿时间换空间"的决定，就成了季健中打开面前迷宫的一把金钥匙。

　　为打破这至暗时刻，保企业不死，以便将来能够东山再起，季健中把《孙子兵法》搬出来，他要用"三十六计，走为上策"，给当下怎么都无法收拾的局面来个冷处理。

　　倚着台裙静静地坐下来，待到夜深人静，云霄翔、张光有等人困了累了防备不严的时候，季健中来到余华星师傅家，和跟自己一样陷入重重围困、像"地下党"一样在这里的王远山和刘昌盛见了面。简单说了傍晚时发生的事和眼下的困境，以及在困境中唯一的出路，季健中谢过余师傅两口子，便催促王远山和刘昌盛匆匆上了车。

　　阳春三月的夜晚，由于倒春寒刚刚过去，天还是带着浓浓的寒气。大街上行人不多，而一街两行的商铺这时候大都关门歇业了，只有赶夜市的商贩，大概还在盼着能有个顾客到来，迟迟不愿收摊儿……

　　天有不测风云，人有旦夕祸福。从知青下乡到回城参加工作。从一个普通的工人到当下的企业厂长、县长助理，季健中一步一步脚踏实地走到了今天。扑下身子，雄起起气昂昂地为鲁阳炭材厂闯过了一个又一个难关，可他无论如何也想不到会落到眼下这种地步。

　　这个时候，在他们三个人心里，不只是困惑，更多的是无奈和迷茫。

　　为着组织的信任，他们心无旁骛，从没有三心二意。一年三百六十五天，就像是一头老牛，不管坡有多陡、路有多长，只要搭上套，就是把腰累断了，也要把车拉上去。

可眼下呢？

偌大的鲁阳城，居然没有了他们的容身之地。

这是多么可悲啊！

长叹中，季健中轰的一声把车子发动起来。

虽然这是一辆油漆剥落的轿车，看似破旧，但发动机却是刚刚修过的，马达动力还非常强劲，略加油门，引擎便发出嗡嗡的响声。季健中和王远山，还有刘昌盛三个人在车内坐着，他们带着满心的无助，同时也带着十分不甘的心情，就要悄无声息地离开鲁阳城了。

可是，前去探路的余华星老师傅急急地跑回来说："不行啊，'黑蝎子'派人把路口堵住了，走不了了。"

看着余华星担惊受怕的样子，季健中忙安慰道："不怕，余主任，正东行不通，我们先正西再说。"

"对，条条大路通罗马。"余华星颇为赞许地说。

说话间，季健中就要调头，哪知已经晚了。因为余华星刚刚探路时猛不防撞上云霄翔的人暴露了身份，立时引起对方的怀疑，云霄翔的人开着车追过来了。

眼看就要被人捂住，余华星实在没办法，就见他待云霄翔的车就要冲过来的时候，身子一挺，挡在了道路中间。

只听哧的一声紧急刹车，那车头只差四指没有撞在余华星的身上。

与此同时，季健中手疾眼快，调过车头就加大了油门。只听嗡的一声，随着健中说声"坐好了"，那车子就像箭一样蹿了出去。

这边，待云霄翔的人骂骂咧咧地从车上跳下来，把余华星拖开的时候，季健中的车已经冲出去好远了。

但云霄翔的人绝不会善罢甘休，这就加大油门，拼命似的追了上去。

傍晚的时候，鲁阳炭材厂党总支书记奚道强心里不静，遂走出办公室。奚道强抬头见秦明杰在楼梯口郁郁而坐，身旁放着早两年他打扫卫生用的扫把和水桶，知道他是为健中的人身安全操心，心里禁不住一叹。

一个实心汉子，为着孝敬老娘和半傻不傻的嫂嫂，他一气之下把老婆给打跑了。在组装车间，为着把炭砖的连接缝隙砌得严实再严实，他用角磨机磨，用砂布打，像当年在部队上擦拭自己手中的武器那样仔细认真。现在，他为心中的好厂长免受人身威胁，即使人不在工厂，他也要痴痴地守护着。

"回去歇歇吧！"奚道强对秦明杰说，见对方愣愣地看着他没有递声，猜出对方心里不踏实，奚道强回头朝健中的办公室看了下，又说，"让他们闹去，别管他们。都这时候了，回去吧！"

秦明杰说："不回去，你一个人在这儿，我不放心。"

听了这话，奚道强心里一热，眼泪差点掉下来。

这时，从季健中的办公室里传来云霄翔一帮人"五五六六"喝酒行令的吆喝声。

说实话，奚道强不想搭理这帮人，可是他又想把他们赶紧撵走，于是，他吸着烟，朝健中的办公室走来。

他的身后，秦明杰紧紧地跟着。

看看暖风机在慢悠悠地转着，云霄翔可能是喝多了，正躺在沙发上打着呼噜，而张光有还在陪着他的小舅子孙现几个人划拳行令。

这帮人把健中的办公桌当成了酒桌，上面洒满了酒和啃剩下的鸡骨头，地上更是狼藉一片。

见此，奚道强心里来气，对着门啪啪拍了两下，待张光有抬头看时，就道："张经理，还不回家呀，你们要喝到什么时候是够？"

知道奚道强是在撵他，张光有醉眼惺忪地白了对方一眼，伸手拿起烟走过来让着，道："奚书记，我他妈在这儿早等得不耐烦了……"

"打住，你把嘴放干净点儿。"奚道强半真半假地虎着脸说着，接了对方递到面前的烟。

张光有不屑地笑道："你老哥说什么都中，我听你的。不过老季这人就太不够意思了。"说着，抬手看了下表，接着道，"你看看，这都什么时候了，他取点钱怎么就这么难呀！该不是揣着银子跑了吧！"

奚道强道："胡扯八道！谁跟你一样？"

说话声把云霄翔给吵醒了。他看看张光有，又看看奚道强，最后看了下手腕上的表，眨巴着眼睛想了下，暗自一笑，突然对一旁的程海和朱秋三道："撤！"

张光有一愣，道："云经理，这就撤？"

云霄翔心照不宣地道："我……有点儿事。"

看着云霄翔摆了下手带着人走了，张光有感到莫名其妙。

撤小六看看张光有站着不动，就道："表叔，想什么呢？"

张光有不怀好意地看了眼奚道强，恶狠狠地道："肯定是老奚头儿通风报信了，姓季的猴儿精猴儿精的，知道咱们在这儿等着，指定不会来了。走，跑了和尚跑不了庙。"

看着张光有带着孙现、撤小六和王孬等人扑扑通通冲下楼走了，想想这帮人在厂里没等上健中等人，指定不会罢休，奚道强心烦意乱地骑上自行车出了厂子。

路灯下，奚道强大老远就看见刚刚在厂里闹腾的程海和朱秋三两个人，在健中家老宅对面的小卖部前边坐着嗑瓜子。他知道这是来监视健中的，遂把车子扔在一旁，装作没事人似的朝健中家走来。

看看健辉在屋门口坐着抽烟，健民在一旁不知玩着什么，奚道强猜出这一家子还不知道厂里眼下的情况。

寒暄中，奚道强借着给健辉递烟，压低了声音，说了钱被意外烧掉一事。

健辉听了，先是一惊，而后又十分镇定地说："事情不会这么巧吧？！"

奚道强凄婉地笑了下，说："巧不巧，事情已经发生了。我想把大娘接到我那儿住几天。"

"不去！"健辉说着，起身朝街对面看了下。见对方也在看他，健辉故意咳嗽了下，又恨恨地朝外吐了口唾液。回过身来，他不屑一顾地笑了下，对奚道强道："放心，吮事。"说罢，他朝挂在墙上的用以自卫的三节棍看了看，意思是他早做好了最坏打算。

奚道强无奈地摇摇头，道："我知道没事，我是怕大娘跟着操心呀！"

健辉苦笑了下，回头朝厨房那里看了下，解释道："这不要紧，老太太想闺女了，想到健华家去两天。"

"这样也好。"

从季健中家出来，奚道强想想王远山和刘昌盛那里健中已有安排，遂想起曹艳玲。他觉得，云霄翔、张光有一帮人，在厂里没等到人，指定会去堵曹科长的家门，遂急急地朝炭材厂家属院曹艳玲家来了。

这时，见撖小六和王孬几个人推着氧气瓶从身边过去，奚道强也没在意，可待他买了烟吸着，推着车子过来的时候，那几个人已经点着氧气枪要割曹艳玲家的防盗门。见是这样，奚道强立时急了，道："哎哎！孬蛋儿，你们这是干什么?!"

看人扑过来要夺氧气枪，撖小六膀子一横，就把奚道强给挡在一边，并指着奚道强恶狠狠地道："老奚头儿，这儿没你的事!"说罢，扭头对拿着氧气枪的王孬说，"割!"

王孬原是门卫，是炭材厂的员工。还在云霄翔在炭材厂倒卖原煤的时候，由于王孬当班，遂涉嫌失职被牵扯进去。半年内只发基本生活费，把王孬整得没了脾气。赶在云霄翔倒卖磁带那阵子，王孬一看能挣大钱，而且来得容易，先是找了个幌子当起了无证小贩儿，也跟着贩卖起磁带来，紧接着就干脆把工作辞了。无证经营又随处设摊，那是工商管理部门打击的对象，整天东躲西藏的也不是个事儿，王孬便后悔了。可世上没有后悔药。没办法，王孬便整天赖在家里，弄得爹娘唉声叹气干着急就是拿他没办法。待云霄翔开发温泉山庄需要用人的时候，王孬遂不请自到。有着失职放走倒卖原煤车辆受到牵连那件事在面前放着，王孬觉得云霄翔绝不会亏待他。可事实恰恰相反，他不仅没有拿到比较优厚的待遇，反倒还没有看山庄的人拿钱多。王孬不想当眼子，遂直接找到云霄翔。一听说到工资，仿佛话就在嘴边，云霄翔道："人家值的有夜班。你也不用眼气，只要好好儿干，工资自然就会长上去。"接下来，王孬心里很不舒服，遂趁张光有的地下钱庄风生水起时跳了槽。

此刻，听到吩咐，王孬觉得自己早就不归姓奚的管了，也就没了顾忌，遂噌一声点着打火机，准备往氧气枪嘴儿上擩。

"反了你了，大庭广众之下，竟敢扒门入室。"说着，奚道强知道这些人是死蛤蟆说不出尿理，遂掏出手机准备报警。哪知刚要拨号，手机就被张光有的小舅子孙现一把夺去。

奚道强比季健中整整大十岁。他生于一九四〇年，老家禹州，祖上家境贫寒。只是从他父亲那时候开始，为着生计，跟着师傅学铸造，在翻砂上有一手，就弄个小炉子化点儿铁水，然后倒进砂箱里，翻个锅、鏊子或犁面儿、犁铧儿什么的厨具和农用物件，靠手艺过日子。经过十来年的汗水浇灌，家里日子才渐渐好起来，并置买了十来亩地。土改时划成分，由于手工作坊里要翻砂、化铁水什么的，几个亲戚在家里帮忙，算是雇工，加之方圆左右尽是穷苦人家，奚家这就成了八月的柿子——出了叶，被划成了地主。后来，奚道强辗转来到鲁阳，因为有一技之长，在县机械厂当翻砂工。由于吃苦耐劳，手艺又好，奚道强先后当上了组长、班长、车间主任，然后又入了党。炭材厂成立后，奚道强被组织部安排到炭材厂任党支部书记。兼并化工厂之后，企业摊子大了，党员也多了，就成立了党总支，奚道强又担任党总支书记至今。出身地主家庭，又经历了一连串的运动，说句实在话，把功名利禄什么都看淡了的奚道强，看着炭材厂和南方院联营那样的情况，支部书记有力使不上，这就开始过起了不图有功但求无过的日子。可是，碰上了季健中这么个人，他就再也坐不住了。干企业，他自知没那么高的学历和能耐，就沉下心来，尽可能地在后边给人推好车，打好下手。当下，企业遇到坎儿了，他除了让退伍回来的儿子开好车，四处跑着要账外，这就把自己变成了螺丝钉，拧在了工作岗位上。

眼下，看着讨债的要割自己员工的门，又奈何不了对方，他就冲过去扑到门上，两只胳膊一横，紧紧地护住门，道："割吧，还不起你们的账了，你们先把我割了吧！"

这情况让对方束手无策。

只见撒小六哑哑嘴，道："奚书记，你看看你，怎么不讲理了？"

"你们讲理？"

"我们当然讲理！"

"讲理还割人家的屋门？"

"喊门喊不开，我们当然要割门！"

"喊不开门那是人不在家！"

"不可能!"

"怎么不可能?"

"没见屋里亮着灯吗?"

听了这话,奚道强心里一颤。扭身朝猫眼儿里一看,他真的看到屋里亮着灯,便道:"有光不一定有人,或许是出门忘了关灯。"在奚书记心里,人在屋里不出来,指定是听到风声不对头,有意躲起来的。作为单位的财务科科长,假如屋门被人割了,这些人闯进去,不知会闹出什么乱子。因此,他容不得这些人胡作非为。可是对方人多,而且对方是发现人在屋里藏着不出来,这就非要割门。

看奚道强护着门,割门的无法下手,张光有仿佛幽灵般到了面前。

张光有先递上烟,看对方不买他的账,叹了口气,道:"奚书记,你这是何苦呢?"看对方不理他的茬儿,又道,"你也是正科级干部,你看看你混得,你再看看人家姓季的混得。你这一身,现在谁还穿这样的老粗布?人家出来进去是小汽车,你呢?你到现在还是一辆破自行车。"奚道强绷着脸,摸出老黄皮("许昌"牌香烟),却没找到火。张光有伸手夺过老黄皮扔在地上,掏出"大前门"递给奚道强,又给对方点上火,看着对方吸了两口在那儿品滋味,这就又道:"奚书记,只要我那两百万到手,你到我钱庄来,我包你天天有小酒儿喝着,高级香烟吸着。"

奚道强笑了,可是他很快就收了笑容,道:"张光有,我是穿的老粗布,可你知道吗?"

"知道什么?你这老土布还有什么讲究?"

"那当然了。这穿着舒服。还有这老黄皮,我也吸惯了。你这'大前门'呀,说实话,我还真吸不习惯哩!"说到这里,奚道强甩手把正吸的烟摔在地上,又踏上一只脚使劲儿踩了踩。

张光有看奚道强油盐不进,先是愣了下,接着冷笑一声,遂朝撒小六和孙现几个人丢了个眼神,道:"割!不识抬举的东西,我看谁敢挡我!"

听到吩咐,王孬手指一动,只听砰的一声,氧气枪点着了,呼呼叫着,喷出一尺多长的火焰。一旁,撒小六和孙现冲上来,拉住奚道强的胳膊,把人拽到一边去了。可是,他们刚一松手,奚道强就又冲过来。再要拉过去时，赵三春、李德昌、孙民旺一帮年轻人，还有杨长根等几位老职工已经赶了过来。他们有的掂着笤帚，有的拿着拖把，一个个仿佛遇到狼一样喊叫着冲上前。同时，在外边散步听到信儿的炭材厂员工，也都急急地跑回来把人围住吵叫起来。看看人们越聚越多，把院子都要挤满了，张光有面对众人的指责，知道是犯了众怒，于是带着人抬着家伙，气急败坏地走了。

这时，证实了钱被烧了，云霄翔禁不住心中暗喜。四处没堵住人，打电话再没人接，云霄翔断定季健中在劫难逃。

因为，这正是他急于看到的局面。

夜虽已深，但他料定南方院的老头儿老太太们这会儿指定睡不着，云霄翔遂带着程海、朱秋三两个"保镖"，开上他的"奔驰"朝县宾馆而来。

南方院的这帮老头儿老太太们，由于是亲耳听到的，又看到季健中带着人取钱去了，所以他们心里十分平静。晚饭后，闲着没事，有的在那儿看电视，有的拉开场子在那儿甩扑克牌粘纸条。更有八九位老头儿老太太已经商量好做出了决定，等拿到钱，就立即进山，趁机领略一下八百里伏牛山的绝美春色。毕竟这些老头儿老太太年轻的时候总是忙，没时间出来走走看看，退休了又总嫌手里的钱不受花，眼下既然到鲁阳来了，那就不能白来。

云霄翔搭眼看了，众人不仅没睡，而且气氛温馨而又祥和，于是扑哧一笑，没老没少在心里骂道："龟孙，有你们猴儿急的时候。"

接下来，他挨个儿扒着门看了，找到他要找的目标，把手机贴在耳朵上，一边装着正在接听的样子，一边朝屋里人喊道："韩阿姨，看没看到季厂长过来？"

这韩阿姨退休前是南方院子弟学校的教师，既是这次集体上访的代表，又是挑头之人。一看有人问话，放下在登记台上拿过来的报纸，愣愣地道："没见呀！"

"坏事了，听说是车在半路出事，钱被烧了。"说罢这话，云霄翔又拨了下号码，递给韩阿姨听。韩阿姨听听对方不接，遂把手机还给云霄翔。

腾出手来，韩阿姨从茶几上拿起自己的手机，拨了健中的电话号码，听听也没人接，再拨还是没人接，韩阿姨立时急出一头汗，但她不相信事情会那么糟糕，就愣愣地对云霄翔道："你怎么知道车出事钱被烧了？"

云霄翔叹了口气，道："车是回来时出的事，能瞒住谁？再说了，那时候响起的消防车警笛声谁会听不见？"说罢这话，云霄翔拨通了张光有的电话。一听连通了，也没等对方说什么，云霄翔开口就把季健中跑了的消息，当着南方院一群老头儿老太太的面，对着电话喊了出去。

看着云霄翔对着电话喊叫着走了，南方院二十一位集体上访代表，一个个仿佛吃错了药，愣在了那里。

次日一大早，南方院的集资户代表们首先来到厂里，证实了钱被烧了，再看看厂长的门紧锁着，怎么拨电话也没人应，这就彻底乱了阵脚。

能见到厂领导的时候，这些讨账的老人心里还踏实一点。但是眼看就要到手的钱被烧了，这又不见人，而且手机也关了，要讨回自己的血汗钱又没希望了，谁还能坐得住呀！

昨天晚上，云霄翔刚一离开宾馆，这些老头儿老太太就商量出了集体意见。因为，到南方院集资，鲁阳县政府出具的有公文，现在出事了，厂长跑了，找不到法定代表人了，人家自然要县政府承担责任。

这二十一位老头儿老太太，都是有知识有文化的人，人家也不吵，也不闹，就找信访办的人说理。一听信访办说的就是这么个形势，涉及集资款的事，他们也爱莫能助，而且又是集资有风险的那套官话，鲁阳这边的情况很快就被反馈到了南方院。

第二天一大早，南方院第二拨集资户代表，就像是战场上千里驰援似的，赶火车到了鲁阳。

就在接站途中，韩阿姨和陈阿姨几个人，争先恐后且愤愤不平地向第二拨赶到的代表们通报了他们所了解到的，炭材厂塌下的窟窿有多大，以及季健中等厂领导丢下一个烂摊子，拍拍屁股跑了，眼下无法找到债主等情况，并就如何才能讨要到集资款这一关键问题，提出了他们已经讨论好的集体上访方案。听听只能那么办了，这就连早饭也不吃了，两批代表会合在一起，直接杀到县委来。

轮值接访的是县纪委副书记冯建义。他原在县经贸委任副主任，两年前趁着机构改革，到纪委任副书记。昨天晚上，云霄翔是在他的"大奔"里给他的这位表姐夫哥通的电话，知道将要发生的事情，一大早在信访办坐着，等的就是这群人。

按理说他早已有了腹稿，但他还是认真地听了南方院集资户的诉说。听到激动的时候，冯建义啪的一拍桌子，唾沫星子喷大远，异常义愤地道："欠账还钱，天经地义，毋庸置疑。"说罢，他拨拨季健中的电话没拨通，遂给奚道强联系，要到了新的电话号码，拨通了手机。

冯建义道："季厂长，我是冯建义，难道说你这是真的跑了不成？"大概是对方的回话他听着不入耳，就提高了声音，道，"我不管你什么原因，也不管你现在在哪儿，我只给你说一句——南方院一帮老人，就在我跟前坐着，集中反映一个问题，就是到期的集资款兑现的事。我认为这个请求不过分。他们都这么大岁数了，你得理解他们。用钱的时候，人家支持了我们，现在人家要求归还集资款，你却拖着不还，你这是怎么回事？"

季健中在电话中说："冯书记，是这样，现在经济形势不好，货发出去了，钱却收不回来，你让我拿什么……"

"这不是理由。"冯建义没等季健中把话说完，就以命令的口气道，"你现在就赶紧回来见他们一下，想办法把钱还给人家。"

上访的老头儿老太太们听冯建义这样一说，好像遇到了大救星、当代包公，一个个心里十分高兴。

季健中在电话中说："冯书记，你说得对，用人家的钱，应该还人家。你是从工业口出来的，你应该清楚为什么现在还不上人家。冯书记，这样，能否容我回去先见你一下，你听听我的意见，然后再答复他们怎么办，这样更现实些，好吗？"显然，季健中这是带着祈求的语气与冯建义商量此事的。

可是冯建义却容不得商量。一听季健中在电话中这么说，就很不客气地道："没什么好说的。季厂长，你给鲁阳人留点儿面子吧！你没想想，你这么躲着不见人家，这跟社会上的赖皮有什么两样？我还是那句话，欠账还钱，天经地义。"

季健中在电话中说："冯书记，你批评得没错。但是，有头发，谁也不愿当秃子。当下，炭材厂真的没钱还账。请给我们时间，也请你帮帮忙，替我们做做工作。与南方院联营这么多年了，相互之间是了解的。麻烦你告诉他们，有关集资款的事，我们绝不会昧账，形势一旦好转，我们马上还钱。"

冯建义忍不住了，对着电话道："那你还东躲西藏干什么？赶紧回来见见人家，说说自己的想法。"

季健中在电话中道："冯书记，眼下情况特殊，我现在回不去。若是非要我回去，你能够保证我的人身安全吗？"

冯建义对着电话说："什么安全不安全的，你不要胡扯八道，没人会一口吃了你。我要你马上回来。"

一听冯建义火了，季健中也实在忍不住，在电话中说："冯书记，炭材厂的肖副厂长头都被打烂了，你现在让我回去，真的说不成事。而且也真的没钱还他们。如果不行，你是领导，那你就看着办吧！"说罢，季健中毫不客气地把电话挂了。

听听对方没音儿了，冯建义对着话筒又吼叫了两声还是没回应，他把听筒往电话机上一扔，悻悻地站起身来。

冯建义早就想收拾季健中了，但总是没机会，这下终于找到了茬子。冯建义遂对跟前眼巴巴的一帮老头儿老太太说："请各位放心，你们的钱，到什么时候都是你们的，这是天理。季健中用了你们的钱，他就必须还给你们，绝没有什么理由可讲。鲁阳政府给你们出具的有文件，现在炭材厂欠账不还，败坏的是政府的形象，政府绝不会坐视不管。这样，你们先回宾馆休息，我马上找县委书记反映你们的问题，并且一定采取特殊措施，绝对不会让你们的血汗钱泡汤了。"

听了此话，南方院的老头儿老太太们立时报以热烈的掌声，向这位俨然"包大人"的冯建义叫好致谢。那样子，只差没有跪地磕头了。

人倒霉的时候，喝口凉水都会塞牙。季健中这次真的摊上大事了。

健中啊，你这不是捅了马蜂窝了嘛！这年头，有哪个干部见了纪委的人不是毕恭毕敬、轻言轻语呀！而你不仅顶撞人家，还要挂断人家的电话，不把人家放在眼里。何况，二十年前你在经贸委的时候，因为你误撞上那么个场合，至今难解的误会成了永久的伤痛，再也难以修复。

人格是金！

这是季健中做人的信条。

当人格受到污损的时候，他会舍了性命去捍卫。

没有奴颜婢膝，有的是铮铮傲骨。这一点，季健中的骨子里，继承的是他父亲的基因，无论怎样都无法改变。

第二十四章　一缕晨曦

　　冯建义是本地人，家就在鲁阳镇。他父亲是在手工业改造时期加入鲁阳县供销社的。靠着一根扁担和两只脚板，走遍了鲁阳的村村寨寨，不仅为深山里的百姓送去了针头线脑，而且还有十滴水、救急丹、白敬宇眼药什么的，深受山里人爱戴。即便后来当了供销社副主任，还是没有放下货郎担子。为此，他父亲连续多年都是许昌地区供销社系统的先进典型，还曾当选过省劳模。但冯建义对他父亲这个典型打心眼儿里瞧不起，说他父亲有福不会享，就会下死力。冯建义商校毕业后，按他父亲的意思，是要他子承父业，从事商业工作的。但他说什么也不干，这就进了县经贸委，眼下又到了县纪委。

　　而当下，一拨又一拨南方院的老头儿老太太，滚成疙瘩来鲁阳讨要集资款，冯建义气得眼都黑了。他认为，是季健中根本不懂经营，导致企业走了下坡路，要了个人的政绩，丢了地方政府的面子，是标准的"个人英雄主义"在作怪。实际上，冯建义早就想把季健中晾在一边。可是，他自忖扳不倒季健中，因为刘振国一直在护着。再者，自己只是科级干部，人微言轻，人家早就是县长助理，省、市劳模，市、县两级人大代表，他怕弄巧成拙，影响了自己的前程。

　　眼下，尽管刘振国还在当着县委书记，但此一时，彼一时。因为他从市里听到风声，刘振国很可能就要调到外地任职。因此，干什么事他不再噤若寒蝉了。再者，由县纪委副书记升任书记的杜诚，年龄快要到站，而且还有糖尿病诱发的一身子病，加之早两年，因为一封群众举报信遭到调查，尽管最终查无实据，却无形中使杜诚窝了一肚子气，眼下早已当了甩手掌柜，没有什么大事，基本上不怎么上班。在冯建义眼里，如果不是他对刘振国惧怕三分，早就把季健中给"双规"了。他认为，季健中在企业当一把手这么多年，不会没有问题。如今，季健中竟然不把他放在眼里。于是，他把手中的烟送到嘴边猛吸了两口，然后把烟屁股往地上一丢，踏上脚狠狠地踩了下，径直找县委书记刘振国来了。

"刘书记，我要'双规'季健中。"冯建义一脸怒气，一进门就撂出这句话。

放下正看的文件，刘振国见冯建义气呼呼的，不知发生了什么大事，就道："什么事把你气成这个样子？"

冯建义这就把刚才他同季健中通电话一事，给刘书记宣泄了出来，言明要"双规"季健中。但"双规"一个干部，牵扯到党的干部政策和党员干部的个人权益，是个十分严肃的问题。刘振国一听，心里一时无法转过弯来，就无语地朝冯建义看去。

见刘振国看着他不语，冯建义道："我知道他曾经是工业战线上的典型，是一面旗帜，可今天必须对季健中进行'双规'。因为，就为几个钱，他不仅把政府的脸面丢尽了，还把你书记的脸面也丢尽了。"

有关季健中的情况，在鲁阳城，没有谁比他刘振国更清楚了。之所以这么多年窝在鲁阳不走，刘振国看中的，就是身边有一帮像季健中这样的实干家。对刘振国来说，他没有什么座右铭，也没有什么富含哲理的口头禅。但对于做人，他深信古人说的那句话："不为良相，便为良医。"相，是治国的；医，是医人疾病的。在山里当官，刘振国自忖自己不是相才，又没有医术，唯一能做的便是用山里人的朴实无华和埋头苦干，一点一点干出样子，慢慢儿摘掉穷帽子，让老百姓过上好日子。

当然，有关刘振国的身世，人们也多有猜测。有的说，刘振国的父亲，虽然是土改时的农会干部，但他绝对不是一般的种地人出身，而是原红二十五军的人，是长征时因伤在鲁阳掉队，没走成的老红军。刘振国之所以年纪轻轻就被提拔起来，是他父亲的战友们在上边的缘故。也有的说，刘振国的父亲是二十世纪三十年代初，领导"兴国联军"暴动的主要策划者，暴动失败后死了许多人，他却逃过一劫。当下，刘振国能这么踏实地待在鲁阳兢兢业业地做事，是他替父亲报恩的。但不管怎么说，都说刘振国与鲁阳有着不一般的渊源和情结。

现在，冯建义什么脸面不脸面的那句话，刘振国倒是没往心上去，他所关心的是冯建义要"双规"的人眼下的处境。实事求是地说，是他这个县委书记眼睁睁看着一个又一个企业关门了，倒闭了，工厂没活儿干了，工人没饭吃了，又到处欠着债。对此，你能说谁丢了谁的脸面吗？他们愿意关门吗？刘振国想到这些，结合下边对冯建义提拔县纪委副书记一事多有微词，他不想看到有谁把私人感情带到工作中来，就为对方倒了茶，并挨着他在沙发上坐下，十分亲切地道："冯书记，你为什么要'双规'季健中？"

听刘振国这么一问，冯建义先是一愣，可是也就眨眼的工夫，他就有了话头，道："我那里有材料，有人举报他。"

刘振国道："有没有具体问题？"

"嘻，现在的干部，哪个经得起查？"说罢这话，冯建义一看对方没接腔却盯着他看，知道自己说漏了嘴，遂嘿嘿一笑，跟着补了一句，"当然，少数人除外。"

刘振国没笑，而是郑重地反问道："那你呢？"

"我……"冯建义一时语塞，遂嘿嘿笑着，打起马虎眼儿，道，"人无完人。有时候，我也办过糊涂事。"

这下刘振国笑了，道："是的，金无足赤，人无完人。冯书记，有关季健中的事情，你先消消气。你是老同志了，应该知道领导干部最忌讳气头上拍脑袋做决定。这样吧，你先暗查一下季健中的问题，有了确凿证据，你不用来请示我，你可以马上对他进行'双规'。但目前，尤其是在组织上尚未掌握有价值的线索之前，我建议你们还是先不要采取措施。"看冯建义没有递声，刘振国又道，"法治社会，尤其是在处理党员干部问题上，不能凭个人主观办事，更不能随便拍脑袋。否则，人好抓，不好放啊。更何况炭材厂这么大的一个摊子，七八百号人，现在又遇到这么复杂而又严峻的经济形势，只要不牵扯到大的方面，现在也不是'双规'他的时候。阵前换将，兵家大忌。"

看着冯建义欲言又止的样子，刘振国知道对方心里不服气。考虑到冯建义的父亲早年那面旗帜，以及当下健中的处境，他不愿看到冯建义权大了，内心深处生出邪念，走到弯道上去，给他父亲脸上蒙尘，更不愿看到有损党的形象的现象发生。同时，他也不忍看到几乎是裸捐了自己的季健中，有人再来落井下石，就又道："一个人有点私心不奇怪。同时，毁掉荣誉容易，要挣来荣誉就难了。就像是当年的老主任，几十年如一日，用一根扁担和自己的一双脚板服务山区百姓，人民群众就敬他、爱他。"说到这儿，刘振国很亲近地伸手拍了拍冯建义的肩膀，又道，"冯书记，你要'双规'季健中，却没有先斩后奏，这说明'敬畏'二字在你心里还是占着重要位置的。对此，我感到很欣慰。有些事情，我不想说，可是你今天到我这儿来了，我还真要对你多说两句。你跟上边的个别领导同志走得近这没错，要求进步，这是好事。但假如地方上的同志不支持，能办成事吗？上边是云，云彩再厚，也不会总照着一个地方。地上有水，水能载舟，也能覆舟。人这一辈子图的是什么？各人有各人的理解。但我们共产党人，信仰的是马克思主义，图的是为人民服务。从官场上说我是书记，从个人角度上说我比你小两岁，你是哥，我尊重你。你也是土生土长的鲁阳人，相信你有这点儿感情。咱鲁阳百姓不容易。自古以来，贪官污吏，加上兵匪祸害，祖祖辈辈都是人家砧板上的肉，从没有翻身的时候。现在总算太平了，盼来了好世道，又逢上了改革开放的好时机，我希望你能像你父亲那样做出样子来，无愧鲁阳人这个名号。"喝了口水，看看冯建义头上出汗了，刘振国又道，"关于南方院集资户来上访的事，我马上安排政府来处理。"

作为毕业于省商贸学校的大专生，冯建义的脑子绝不是榆木疙瘩。但刘书记这么一番话来得太突然、太出人意料了，冯建义一时怎么都无法回过神来。又像是平地一声炸雷，把他轰得六神无主。

看着冯建义哑口无言，愣愣地低着头走了，刘振国很想就南方院集体上访一事，去见见那些老头儿老太太，而且也很有必要，只是他手头有份文件急等着上报，一时脱不开身，就拨通了县计委原主任、当下的副县长李延强的电话，道："延强啊，你现在忙什么呢？"

李延强在电话中说："我正在看政研室刚刚搞出来的县域经济运行情况调研分析报告。"

"哎哟，咱们看到一块儿了。这篇调研报告有分量，写得不错。"说罢这话，刘振国以商量的口气道，"南方院来炭材厂要账的事，已经闹得满城风雨了。他们都窝了一肚子火，我这边抽不出身，你先把手头的事放一放，见见他们。大老远地来了，别让老人们急出什么好歹来，你亲自和他们交换一下意见，想法做好他们的安抚工作。"

"好！我马上落实。"李延强道。

刘振国习惯性地点了点头，对着电话道："那就辛苦你啦！"

南方院来的这帮老头儿老太太都是福窝里的人，在家的时候，有退休金，又有儿女孝敬，不出门不说，一出门四处都是公交车，来来去去非常方便，说白了全都是养尊处优之人。但鲁阳城眼下还没有公交车，大街小巷跑的尽是摩的，坐上不舒服、不安全不说，还比城市的公交价格贵。从县委信访办出来徒步到宾馆，一个个早累得拉不动腿，这就挤在大堂里，谁也不想动了。

就在刚才，值班接访的冯建义的一番话，让这帮就像是茫茫暗夜里漂泊在大海中的小船的老人在绝望中看到了灯塔，终于找到了方向。特别是冯建义要整季健中那个急迫的样子，在他们看来，那就是雷厉风行，既刚毅果敢又疾恶如仇。正没办法的时候，有人站出来替他们说话了，他们还真的打心眼儿里感动。立时，他们就把所有的希望，全都寄托在冯建义身上了。可是，接下来，一听姓冯的和季健中在电话里的对话，他们又倒吸了一口凉气。

试想，一个国有企业的干部，哪个不对纪委的人心生三分敬畏？可他季健中，不仅不怕，竟然还挂了纪委副书记的电话。咀嚼其中之味，这些讨账的老人所悟到的是，季健中这是铁了心不还钱了。若不然，有一线还钱希望，他能去得罪纪委副书记吗？这么想了，这帮老头儿老太太，一个个心里又忐忑不安了。

当天晚上，按照刘振国的安排，李延强专门腾出时间，把南方院派出的五位代表，请进了县政府二楼会议室。

大体问了下情况，以及这些老头儿老太太在鲁阳的生活问题，待稳定了面前五位代表的情绪后，李副县长明确指出，炭材厂所遇到的问题不是个案，而是前进过程中不可避免的磕磕绊绊。具体到还款问题上，他对大伙儿没能及时拿到自己的集资款表示了歉意。针对南方院代表陈阿姨拿出来的当年到南方院集资时鲁阳政府出具的介绍信，以及由这封介绍信引出的质疑，他道："介绍信的事我当然知道。也请大家放心，既然是政府出具的，不管到什么时候，政府都不会不认账。事情就是这样——作为政府，下边的企业根据实际情况要办什么事情，以政府的名义出个信，推介支持一下，那也是分内的事。但我以负责的态度告诉大家，鲁阳炭材厂是鲁阳的国有企业，不管到什么时候，也不管有没有政府文件，但凡是鲁阳炭材厂的事，就是我们政府的事，这一点毋庸置疑。再说了，南方院是鲁阳炭材厂的联营单位，企业遇到困难了，鲁阳政府支持了，南方院也是责无旁贷的。你们为什么能把血汗钱给炭材厂？"听到身旁一讨账的老太太说是联营单位，是一家人，李延强又道："对嘛，既然是一家人，当初，你们把钱集在炭材厂，不仅是对鲁阳政府的信任，也是对你们南方院的信任。但大家想过没有，莫说企业集资，就是证券市场，但凡买过股票的都会记得入市时的第一句话，'投资有风险，入市要谨慎'。"

在南方院集资户看来，他们之所以这么理直气壮，而且集体上访，最大的支撑点，就是他们手里还保存着当初鲁阳炭材厂到南方院集资时带去的由政府出具的推介信。在他们眼里，县政府签发了推介信，就等于担起了责任，是捆绑在一起的，是分不开的。

所以，当李延强"投资有风险，入市要谨慎"此话一出，现场立时就吵叫开来。特别是韩阿姨，情绪更是激动。她本来就坐得直挺挺的，这就又把凳子往前边拉了拉，道："李县长，你说得对。当初集资的时候，是我们这些人自愿的。过去我们确实是谁也不认识谁，炭材厂也没有派人到我们家动员让集资。但我要问你，照你这么说，我们自愿集资了，你们县政府就什么责任也都没有了？"

"不是这样的。"李延强微笑着说，"假如说没有责任，那就不会把你们请到这里坐下来商量问题了。"看对方被他说愣怔了，李延强又道，"有关集资一事，我可以明确告诉大家，鲁阳县是国家级贫困县，莫说没钱，就是有钱，中央已三令五申，政府不准再为企业提供担保，更别说还账了。眼下，同志们采取这样的方式，真的解决不了问题。同时呢，大家这么心急火燎地闹腾，万一有个头疼脑热的，那就更得不偿失了。"

一听这话，韩阿姨不想再说什么，可是她不说心里又急得慌，就质问道："李县长，我们的血汗钱在你们这儿压着，除了上访，我们这些老头儿老太太还能怎么着？您当县长的，您给我们指一条路。"

"路肯定有，就看大伙儿愿意不愿意走这条路。"李延强说着，起身亲自为面前的韩阿姨和陈阿姨等五位代表添上茶。完事后，他见秘书在一旁跟着，就把茶瓶递给对方。

腾开手回到座位上，问问代表们都不吸烟，李延强都把烟叼到嘴上了又取下来。见代表们都愣愣地看着他，李延强心里百感交集，虽有一肚子话要说，却无一能表达他此时此刻的内心感受。

在面前坐着的五位代表，一个个白头丝窝的，无论韩阿姨还是陈阿姨，李延强觉得，真的跟自己的母亲年纪差不多大。可是，为着自己的血汗钱，从南到北跑来讨债，让李延强心里十分难受。不仅仅是此刻，还在一年前，他和刘振国一样，预测到了炭材厂不可避免地会走到这一步。尽管有这样那样的原因，但作为国家级贫困县的副县长，企业到了这一步，他觉得自己也有责任。

于是，随着"对不起"三个字说出口，李延强几近哽咽地道："请再一次接受我诚挚的道歉，也请大家能够理解和原谅。二十年前，贫困的鲁阳人不想在改革的大潮中掉队落伍，我们有幸遇到了南方院的高工杨老杨逸菡，是南方院的领导和专家们帮我们建起了炭材厂，走出了一条不平凡的科技兴企之路。尽管也发生过这样那样不愉快的事情，但那是一条生产企业与科研院所横向联合，共同推动技术进步和振兴民族工业的成功之路、希望之路。后来，工厂找到了发展机遇而又为钱所困的时候，就是在座的南方院的各位同志们慷慨解囊，帮助工厂一跃迈上了新的台阶，实现了华丽转身。那时候，我就在计委工作，炭材厂的发展，我可是亲眼所见。如今，二十年过去了，鲁阳炭材，由当初的小作坊，已经发展成了我国新型炭质耐火材料界的支柱型企业。目前，炭材厂的确遇到了前所未有的困难，这里边有炭材厂本身的问题，但是也有体制和机制等方面的问题。同时，还有亚洲金融危机的影响。不说因担保被银行划走的将近一千万元资金无法收回，沉重的'三角债'，使炭材厂这两年发出去的货物价值就有两千多万元无法收回来呀！各位老师，你们都是长辈，是对鲁阳炭材厂有过贡献的人。就目前的情况而言，作为地方政府的一员，我也不怕你们笑话。实话给你们说吧，全县二十多家国有企业，目前就只剩下炭材厂一家了。你们那里呢？从报纸上看，你们南方的中小企业的日子也同样不好过。这说明什么？这是大气候造成的。若把企业比作一所学校的一个班级，三五个学生考试不及格，这说明是学生自身的问题，是努力不够，功夫没有下到。要是一百个学生里边，有八九十个都不及格，那就得考虑教学和教育体制的问题了。我知道炭材厂已经将近一年都没有开过工资。同时呢，县委机关所有的工作人员也有两三个月没有见到钱。鲁阳贫穷，这是实情。可我们正在努力改变，但这需要时间呀！炭材厂欠你们的血汗钱，但它眼下已经停产了。这时候你们逼着还账，你们想过没有，这现实吗？我了解季健中这个人。可能你们有的知道，有的不一定知道。二十多年前，季厂长的老婆孩子都去了美国，人家开着公司，到处都是赚钱的机会。可是季厂长就是没去享清福，而是把什么都舍弃了，就选择在鲁阳工作。他的心在炭材厂，人家是个干事业的人，不是个赖人呀！同时，人家也没有把你们的钱用到别处，是用到发展生产上去了。一个年产三万吨炭质炉衬生产线，是经省计划经济委员会正式批准的项目，累计投资将近三千万元。这带来了什么呢？扩改后比扩改前的生产产值、销售收入、利税等，全都翻了几番。产品不仅销往全国一百多家钢铁厂，还先后出口到印度和津巴布韦等多个国家。这就充分证明，大伙儿的钱不是投进了无底洞，而是投到了该投的地方。因此，请大家将心比心，还是把气消消。这么天南地北的，你们在这儿受罪，我们不忍心。可你们知道吗？此时此刻，季健中绝不是害怕了，躲出去图清凉去了。年初的时候，为还你们南方院到期的钱，他借了高利贷。有人逼债，竟然雇佣黑社会行凶，把企业的主要负责人给绑架了。闹得人家实在没法在工厂办公不说，人身安全更无法保证，这才退一步，暂时避一避另想办法的。所以，各位老前辈，你们都是有文化、有知识的明白人，道理比我懂得多。不管是鲁阳炭材还是南方院，咱们是一家人。眼下这种情况，你们能给我们点儿时间，也给季厂长一点儿时间，想法儿让炭材厂活下来，才是根本。也只有保住了厂子，保住了市场，一切才有希望。总之一句话，你们的血汗钱，不管到什么时候，一分一厘也不会少。这一点，我向你们保证，请大家放心。"

这番话，李延强是动了感情的，也着实把南方院这群老头儿老太太说动了心。人心都是肉长的，谁会没有同情之心、怜悯之心呀！

就这样，在李延强的安抚下，五位代表的情绪平静下来。

接下来，怎样来安排这些老人尽快返程呢？总不能让南方院的老人们两手空空回去吧！

次日上午，正在李延强毫无办法的时候，他的电话突然响了。

电话是季健中打来的。

也就在刚才，新近到鲁阳履职的县农业发展银行的古行长，给季健中打了个电话。说是早几年，耐火材料厂为争取一笔国家扶持贷款，曾给该行二十万元，用于购买公务用车。现在，省行下来履行检查，发现这二十万元属于违规操作，遂责令退还企业。

李延强一听有这么个事情，当即指示季健中赶快把钱取出来，用来安抚南方院的老人们。

取钱的事，由曹艳玲负责。可是，企业的账号被封了，就是有钱该怎么转账呢？这时候，一旁的安心平想了想，说："厂里账号封了，就打到你个人的账户上吧！"

于是，曹艳玲就让厂办公室出具了一份证明，又盖上炭材厂的公章，遂到县农发行把二十万元转到个人账户上，这才把钱取了出来。

有了钱，加之李延强副县长亲自出面，代表县政府作出安排，送南方院的老人们返程，才使这波由资金链断裂引发的讨要集资款风波暂时平息下来。

第二十五章　鲸吞耐火厂

　　可是，就在南方院集资户代表来鲁阳上访风波暂时平息下来的同时，鲁阳的讨账户紧跟着也闹起来了，而且鼓动着闹起来的不是别人，还是那个心术不正、趁火打劫的"黑蝎子"——云霄翔。

　　两年前，云霄翔从县办宏运煤矿，几乎是在抛售的情况下，以超低价囤购了两万多吨原煤。前些时日转转手卖出去了，净挣了将近一百万元。为了答谢他的表弟，他就给在宏运煤矿当会计的马辉送了一个大红包，然后请到大排档，美餐了一顿。也就是在这次吃喝时，马辉给云霄翔透了个信息。说宏运办不下去了，政府同意把煤矿整体拍卖。这消息简直比强心剂都灵验，使云霄翔兴奋起来。因为那是国家资源，是个宝贝，上下活动一番，花个千儿八百万的，煤矿就能到手。他觉得，若能把鲁阳的资源握在自己手里，在今后的日子里，那就是捏住了鲁阳经济的命门。到那时，就不仅仅是人们仰脸高看的问题了……可是，一听评估价一个多亿元，这家伙就像落驹驴一样，头立时就耷拉下来。云霄翔虽然借着改革大潮暴富起来了，但他还远没有那个实力，一出手就能拿出一个多亿元人民币，这是眼睁睁看着煤矿落到了温州人的手里。紧接着，一听马辉说一点二亿元里头，有炭材厂当初担保时被工商银行划走的五百万元，云霄翔心里又跟着嘀咕起来。在他心里，尝到了以零资产方式收购服装厂的甜头后，他早就盯上了耐火材料厂的四十多亩地。上回没闹成事，这回他是绝不会放过的。就像一块肥肉在眼前放着，他是非要把它吃进嘴里的。眼下，炭材厂的形势，就像是绳索套在了脖子上，勒死炭材厂是早晚的事。可是，温州人把煤矿买断了，要是偿还了债务，有五百万元到了炭材厂手里，那就使季健中又有了喘息的机会。同时，云霄翔清楚，就这种形势，国家绝不会看着不管。到时候，一旦形势有变，炭材厂翻过身来，再想要耐火厂那块地皮，势必比登天还难。那么怎样才能把炭材厂给逼上绝路呢？正为此狗急跳墙的时候，马辉又给他来了电话，说温州老板已经同意先划出一百万元资金给炭材厂。云霄翔一听，心就嗵嗵嗵地跳了起来。一听要他劫了现金，马辉吓得浑身的冷汗忽地就出来了。接下来，想到煤矿被人家给整体买断了，自己没了退路，而云霄翔的房地产开发公司，等拿到耐火厂四十多亩土地后，准备高薪聘请他去做财务总监，马辉心里立时就激动起来，遂鬼使神差地沿着云霄翔给指的路走了下去。但他没那个胆量劫那现金，便利用会开车这一便利，把事先准备下的煤气点火枪暗中打着，导演了拉款车自燃这一让人误以为是意外的事故，烧毁了车上的现金。可见，马辉这个财会学院毕业的大学生，还真的比初中生云霄翔的计谋要更高一筹。

钱在大火中成了灰烬，云霄翔心里十分高兴，断定季健中在劫难逃。为把炭材厂逼上绝路，云霄翔煽动地下钱庄的老板张光有加大了逼债力度，并和周菊一帮人密谋，计划和南方院的集资户代表一块儿闹。他觉得，两拨人同时闹起来，指定比一拨人闹着影响大。于是，他找到他的表姐夫，想通过纪委这把刀把季健中置于死地。试想，由纪委出面把季健中先"双规"起来，企业那些账目，查起来，没有三五个月，能画上句号吗？还有，就炭材厂当下闹得鸡飞狗跳的样子，莫说三五个月，就是半月二十天也难以支撑。那么，在这段时间里，如若季健中被抓起来接受审查，炭材厂群龙无首，他云霄翔还会有什么事情摆不平呢？在云霄翔心里，双管齐下，只要能收拾住季健中，便大功告成。可是冯建义没给他办成事。一听表姐夫黑着脸要他收手，云霄翔当时就是一愣。接着，他想挖苦他表姐夫两声，又觉得没必要为此耽误时间，遂哼了一声便起身走了。看得出，此时的云霄翔，早已不是十年前的那个云霄翔了。

从冯建义那里出来，云霄翔想给季健中来个干脆的，就想起了张光有身边的老黑。当然，老黑不是因为人长得黑，而是下手黑。此人早几年经人介绍跟着一帮黑道上的人在外地混，是个出了名的快手，"老黑"的绰号就是那时得的。有一次，为着销售假烟扩充码头，这帮黑道上的人跟另外一帮黑道上的人发生了火并，双方互有死伤，自此结下了死仇。在紧接着的一次火并中，老黑一个人上阵，一连砍倒对方七个人。可是，看着是胜了，但老黑也就此走上了背运。没出三天，老黑正跟人在大排档里坐着喝啤酒听音乐，冷不防从背后冲出一个打手，只一砍刀下来，老黑背上的血口子把整个衬衣都塞进去了也没堵住。不过还算好，小命没丢。再后来，黑帮们自然进入公安视线，枪毙了几个，也判了一批。按照老黑所犯下的罪行，虽说不会被枪毙，也得判十年八年。可是，那帮黑老大被抓后自知性命难保，这就把老黑的所有罪名全都担起来。老黑在监狱蹲了七八个月，出来后知道无法立足了，这就回到鲁阳。也算是见过世面的人，张光有用人的时候，第一个想到的就是老黑。就老黑的手段，云霄翔觉得，一砍刀下去，要不了季健中的小命，也得让他的后半生躺在床上。可是他又一想，就老黑那德行，早晚是看守所里的客，担心粘上此人招来晦气。这样，云霄翔的车都快到张光有那里了，又停下来。

急急忙忙回到公司，一看俞小曼摁着计算器在那儿核对账目，云霄翔道："我让你写的那份材料你写好了没有？"

"什么材料？"俞小曼一时没有回过神来。

云霄翔道："炭材厂那份。"

"啊，写好了。"俞小曼说着，拉开抽屉，取出一份打印好的材料递给云霄翔。

云霄翔看了一眼，大概是只看了标题，就高兴地笑起来。接着，他和俞小曼学着外国人的样子，来了个贴面礼，然后又相互亲了下，就急急地离开办公室开着车朝县政府来了。

在走廊里，云霄翔差点和掂着茶瓶出来的通信员撞个满怀。

一看是云霄翔，通信员十分歉意地道："哎呀，云经理，你没事吧？"

"没事！没事！"云霄翔说着，朝一旁的办公室努努嘴，道，"封县长在吧？"

"在是在，就是正会见客人。"见对方犹豫着还想进，通信员为了证实说这话的真实性，跟着又补充道，"这不，刚刚才倒过水。"

云霄翔想了下，道："我也没什么急事，就是有份材料封县长催着要看，你帮我转交一下也行。刚好我也有点儿急事等着去办，我就不等了。"说话间，掏出材料递给通信员。

"这怕是不妥吧，云经理？"通信员道，"我这儿不一定啥事，怕忙起来耽误您的事，还是等会儿您当面给领导吧！"

"不会的。"云霄翔说着，随手把一盒"大中华"悄悄塞到通信员口袋里，接道，"拜托！拜托！"

看着云霄翔急急地走了，回头掏出口袋里的烟，通信员无奈地摇摇头。

离开政府大院，云霄翔把车停在一边，拨通了周菊的电话。云霄翔道："周主席，你那里准备得怎么样了？"

周菊在电话中唯唯诺诺地道："准备是早就准备了，只是……"

云霄翔等不及了，追问道："只是什么？你怎么吞吞吐吐的？"

周菊在电话中道："不是吞吞吐吐。云经理，现在这人都太滑头了，不好组织呀！"

"什么？"一听是这么个事，云霄翔当即就火了，"屁大点儿事儿，到现在还没办成，你们都是猪啊！"说罢，收了手机，开着车呜呜叫着朝耐火材料厂来了。

正为组织不起来人愁得急头怪脑的时候，周菊、梁如宾和潘有志等七八个骨干一看云霄翔开着车到了，遂赶忙迎上来。

这个时候，由于王远山暂时回避了，耐火材料厂遂处于瘫痪状态。这样，周菊一帮人就不再遮遮掩掩。面对云霄翔劈头盖脸的指责和牢骚，周菊说："你就别埋怨了，从昨天上午开始到现在，说句不中听的话，我们这些人把亲娘八辈老祖宗都赌上了，可还是不管用。上回没弄成事，都怕惹一身臊，再喊叫都不动。"

云霄翔四下看了下，见职工们躲躲藏藏的在暗中观察动静，他道："行了！行了！咱到屋里说话。"

来到办公室，看看周菊等人都在等他说话，云霄翔煞有介事地检讨上次失败的原因，胡抡瞎侃地道："上回没弄成事主要存在两个方面的问题。

一个是准备不充分。没有充分深入下去做群众的思想工作，群众没有发动起来，这叫宣传不到位，问题出在你们几个人身上。另一个是基础工作没有做扎实。针对政府方面的工作，我们缺乏应有的估计，使我们处于被动状态，这叫执行目标不明确。再加上，我们又中了季健中的圈套，致使职工们没看到希望，责任在我。"

听着云霄翔分析得头头是道，责任又划分得这么清清楚楚，周菊一帮人知道云霄翔成竹在胸，众人情绪立时便高涨起来。

周菊道："云经理，南方院那边风平浪静了，咱这儿什么都耽误了，你看怎么办？"

云霄翔道："这回要想弄成事，把工厂夺回来，那就得大家团结起来，拧成一股绳才行。至于上边儿，你们都不用担心，我刚刚从封县长那里出来。"

周菊十分羡慕，道："哎呀，你都直接找到封县长了？"

一旁，梁如宾也紧着问："怎么说？"

"当然是尊重群众意见啦！眼下，就看你们会不会弄事儿。"云霄翔说着，掏出"老黄皮"给梁如宾几个男人上烟。

梁如宾接了烟，一边点着吸了两口，一边向云霄翔表白道："我们几个好说，就是上联合国我们也敢去，只是大部分职工的思想工作不好做。"

"世上无难事，只要肯登攀。咱们这样——"云霄翔说着，知道不出点血很难办成事，遂从手提包里掏出一捆百元大钞，啪的一声，往面前的桌子上一拍，接道，"这是一万元，按人头发，只要跟着到县政府去，每人一百块。你们几个每人二百块。"

见是这样，周菊等人什么顾虑也没有了。

这诱惑实在太大了，因为县里一般的科级干部月工资也不过二三百元。而眼下，随便跟着跑一趟就是一两百元，谁能不眼气呢？

于是，周菊一帮人便分头行动。跑跑腿就能轻松拿到一百元钱，这样巨大的诱惑，不一会儿就联系到二十多个人，晚饭后又联系了十来个。同时，周菊给大伙儿言明，次日六点钟，所有人员，在十字街集合，安排集体就餐。

次日六点刚过，就有五六个人陆续到了指定地点。等到接近七点，周菊带着一眼眵目糊一路小跑赶到的时候，耐火材料厂已有三四十号人早等得不耐烦吵吵开了。同时，在十字街一下子聚了这么多人，等着吃油条喝胡辣汤，这在鲁阳城是不多见的。大伙儿不知为了何事，不仅仅是过路的，还有早晨起来闲着没事的男男女女，这就停下来指指点点看热闹。

一看人总算来了，梁如宾喊叫着让大家静下来，笑着对周菊道："大家早来了，你倒落伍了。"

知道这是等她来掏钱吃油馍喝胡辣汤的，周菊不无埋怨地道："你就不会把钱先垫上？"

梁如宾道："慌里慌张的，我忘了带钱，要不早垫上了。"

在这帮人敞开肚皮吃油馍喝胡辣汤的时候，按照商定的办法，为控制这帮人，防止有人耍滑中途溜走，周菊点了已经联系到的人名，并宣布了现场纪律。当然，她所着重强调的是事后还要点名，才能拿到劳务费。如若到时候点名不在，按厂纪严肃论处。这么一来，许多想应一下号就走的人，正吃着油条就愣在了那里。因为周菊说的厂纪就是旷工。旷工按三倍论处，那是要受处分的。要知道，在这么贫苦的山区小县，找到一份稳定的工作十分不易。同时，既然周菊说出来了，那就绝对不是耳旁风。

这周菊是大伙儿看着长大的。还在十来岁的时候，她跟着小伙伴们在城外的二虎桥上玩。看着小朋友一个个趴在桥护栏上往下边的河里看。山里的古石桥，说是有护栏，实际上也就是一尺来高的青石圪瘩儿，小孩子往上边一趴，刚好像杠杆一样轻巧。紧挨身边的是她家的邻居，五门头守这一小子，头上留个鳖尾儿巴，娇得跟金疙瘩似的。这下坏了，只见她弯下腰去，双手捉住人家的脚脖子，然后轻轻往上边一掀，只听咕咚一声，就把人头朝下从桥护栏上给撂了下去。这二虎桥下是清一色用圆周周的磨扇铺出来的，为的是过洪水时护住桥底，使桥墩不被洪水掏空。这下，所有人都吓愣怔了。因为桥高两三米，头朝下摔在磨扇上，那不脑浆迸裂才怪呢。可那娇疙瘩不知哪来的那么大命，头朝下掉下去愣是连一根皮毛都没有伤住。被人捞出来，只说弄湿了衣裳，非让周菊家包赔不可。后来周菊长大了，顶替她父亲到了耐火材料厂，受大伙儿抬举，不几年就当上了工会主席。有次轮到她带夜班，愣是因为有个人值班中打了个盹儿，她一下子揪出八个人罚站半夜，还扣了一个月的奖金。

此时，已经到了上班高峰。受百元大钞诱惑，又畏惧周菊的厂纪，这些个吃了油条又喝饱了胡辣汤的人，就不得不乖乖地跟在周菊的屁股后头，打着在白布上写的"我们要生活，工人要吃饭，还我集体财产"的巨大横幅，一个个哭丧着脸，像出殡样，招摇过市，向县政府进发了，最后把进出县政府大楼的唯一通道给堵了。

政府刚刚才处理完南方院集资户集体上访一事，此刻又见耐材厂职工打着横幅来讨要集体财产，一波一浪，皆由炭材厂引发。还有刚刚接到的政府《内部简报》上反映的有关炭材厂现状，再听听周菊等职工代表声泪俱下诉的苦，封春发知道火候到了，遂信誓旦旦地对上访代表说："一定尊重民意，按《中华人民共和国城镇集体所有制企业条例》规定精神，尽快解决耐火材料厂的问题。"

看代表们走了，回到办公室，封春发正想着耐火材料厂上访一事，他的门就被人敲响了。一看是云霄翔，封春发立时便眉开眼笑起来，寒暄着拉开抽屉，拿出据说是中央领导人招待外宾时才吸的高级香烟，递给云霄翔，又为对方亲自点着火。

云霄翔看对方肩并肩和他在沙发上坐下了，嘿嘿一笑道："县长大人忙，我不多耽误您的时间，就是想问问耐火材料厂那份紧急情况请示收到了没有。改革开放，时间就是金钱，耐火材料厂的事早已到了非解决不可的时候。人嘛，都得吃饭，不吃饭那不得饿死呀！"

封春发听了，起身过去拉开抽屉，拿出云霄翔递交上来的材料看了看，不无担心地说："有炭材厂在身后支持着还弄不成事，这要是恢复原建制，能成吗？"

云霄翔噗的一声笑了，心照不宣地道："弄成弄不成让人家弄弄试试。职工们有这个强烈要求，作为政府咱可不能强奸民意呀！"看对方还是下不了决心，云霄翔从皮夹里取出一张银行卡往桌子上一放，顺势往前一推，那卡往前滑去，刚好落进封春发拿了材料没有合上的抽屉里。

封春发看了，脸一沉，佯装正经地道："怎么又来这一套？"

"小意思！小意思！"云霄翔连连点头作揖，谄媚道，"鲁阳是个兔子不拉屎的穷地方，您县长大人吃苦受累帮助我们挖断穷根，我们这些基层群众，要是把上级领导给忘了，那还是人吗？"

"是吗？"

"是的。"

"下不为例！"

"一定！一定！"说着，云霄翔毫不隐晦地道，"把一个倒闭企业的问题一揽子解决了，那可是你县长大人的政绩呀！"

"政绩？政绩再大，那也没有你老兄实惠呀！"封春发嘿嘿笑着藏而不露地说。

云霄翔心领神会，凑近封春发，道："放心吧，鲁阳人也不尽都像姓季的那样薄情寡义。房地产开发公司里边，我给你百分之十的干股，你看如何？"

"哎，又来了！"封春发沉着脸说罢这话，紧接着又哈哈大笑起来，接下来，他拱了下手，又道，"那就多谢了！"

当晚，封春发就在政府常务会上滔滔不绝地大谈了稳定压倒一切，还有群众利益无小事等一大堆道理，然后把云霄翔搞的那套有关耐火材料厂紧急情况请示及解决方案抛了出来。

出身草根家庭，封春发也是自小立志要"为天地立心，为生民立命"的。当然，那时候他年纪尚小，还不知什么是"为天地立心，为生民立命"，也不知道怎么做才能达到那么个境界，唯一的决心就是要读好书，下苦功学到本领。可是，在社会这个大课堂里，如果内里不坚，是很容易被染黑的。因为你是地方权力的中心，好人见你是那个主儿，与自己的心贴得近，他会激发出干劲儿，推动各项事业发展；而坏人就会无孔不入，甚至会把当权者拖向万劫不复的深渊。

当年，那个不想当"冬来"，而要当"春发"的人，到鲁阳任职也就五六天那个样子，云霄翔打宾馆里出来，看见一位拉大粪的老人被路上的窝子打住车子走不动了，下班回宾馆的封春发看了不仅不上前，还伸手掏出一块雪白的手帕捂住鼻子就走了。

云霄翔一看新来的人在庄稼人面前是那么一副模样，就像苍蝇一样终于找到了下蛆的蛋。于是，他就装作走错门，敲开了封春发在宾馆下榻的房门。之后，有了一面之交，云霄翔和几个煤老板一嘀咕，就把封春发请到了他的温泉山庄。三说两说，一听对方哀叹地方苦，没什么发展头儿，云霄翔就一连灌了自己三杯酒，他的英雄气概就出来了。先是奉承了一番，接着便指指他的几个道上的朋友，道："鲁阳是太穷了，要想翻身，还真的难。不过，我们哥儿几个一定支持好您。尽管帮不上大忙，但有事您言一声儿就成。您记住，有我们哥儿几个在，在鲁阳地面上，就没有人敢挡咱的坝！"

为着云霄翔的这番话，封春发十分感动。

之后没多久，云霄翔先是打听到封春发的母亲在省城住院，他带上贵重礼物就到了。一见面，云霄翔张口就喊娘，临走又留下一张银行卡。接着，他从封春发老娘口中得知，封春发的儿子在医学院读书，于是就带着顶配的电脑和单反相机到了学校，说是封春发托人买的，是顺便捎过来的。事后，封春发埋怨了几句，又是"下不为例"那句嘴边上的话，就把这一页给堂而皇之地翻过去了。

此刻，面对云霄翔的紧急情况请示，封春发知道对方想拿到地皮起楼盖厦，对此他不但没有制止，反倒急于促成这事。

看看常委们意见不统一，他想发挥他的极富超常水平的综合能力给拍板定调，又担心事情办得太露骨，日后让人抓住把柄惹出麻烦，就没有急于拿出处理意见。毕竟，周新政县长抓着山里那一摊是急着"旅游富县"的，自己在家坐镇代行县长之职，一切都得谨慎从事才行。可此事已经牵扯到了封春发的神经，有着利益链条在面前摆着，他又急不可耐。这样，封春发心神不安了一会儿，终是坐不住，遂就周菊一帮人的哭诉，什么集体财产、职工利益说了一大套。于是，结合季健中在公开信上说的难处，他就围着炭材厂兼并耐火厂一事举了个例子。说是一个女人，你要娶她当老婆，而她又看不上你，心里没有你，你还要强行这的那的，她能不反抗吗？能行得通吗？拿官场上的话说，这叫强奸民意。

这么拐弯抹角讲了一通，政府常务会上尽管有的有异议，但考虑到封春发的特殊身份，就不得不顺着封春发的意思表了态。

这样，封春发就提起笔，十分欣慰地在云霄翔送给他的紧急情况请示首页上写道——

　　按有关文件精神落实。同时，集体企业要发挥集体智慧，企业怎么改、公司怎么办，不要越俎代庖，要让职工自己说了算。

签罢处理意见，封春发又连着看了三遍，这才郑重签上了自己的名字。显然，对于如此处理，封春发自以为是十分谨慎的。

次日，按照特事特办的原则，封春发让秘书把批件送到了李延强副县长面前。

这个李延强，是个正经干事业的。他清楚云霄翔的所作所为，为着地方经济发展，他怎么都不愿看到云霄翔零资产收购县服装厂那一幕再次出现。一看这么一个改法，他就去找封春发，说："耐火材料厂虽然遇到了很大的困难，但它手下的矿山那可是鲁阳的宝贵资源。这要是连矿山都转让出去不太合适吧！"

一听李延强这么说，封春发知道对方有看法，心里十分不快，但他不会把情绪带出来，自找台阶道："你手头事多，尤其是扶贫这一摊，刘书记不是去省里开会了嘛，昨天晚上还打电话问这事，你是分管领导，一切都得抓紧，咱可不能拖了全国扶贫摘帽的后腿。至于耐火材料厂这些小事，我再进一步了解了解情况。"

也就在当天，封春发赶着刘国振书记不在家，周新政县长这几年又全身心抓他的"旅游富县"项目的绝佳机会，先斩后奏，带着秘书，急急忙忙地亲自到耐火材料厂来了。在临时召开的职工大会上，他先是亮出上级颁发的有关保护集体企业的"红头文件"，接着便言说按职工意见办，遂当场宣布，免去季健中耐火材料厂厂长职务，同时宣布周菊为耐火材料厂厂长，梁如宾为党支部书记。

至此，云霄翔鲸吞耐火材料厂的美梦就这样轻而易举地圆了。

第二十六章　做人要有良心

那晚，眼看就要被人捂住，是余华星师傅舍老命掩护了他们。季健中靠着在矿山练就的车技，这就箭一般地沿着北环路朝西奔去，并在盆窑一带成功摆脱了追踪，把车开进山里一个小村庄停下。

这个小村庄叫董家庄。村里有个人叫董文昌。初级社那会儿，董文昌跟前十来岁的儿子突然得了急腹症，呕吐、发烧，而且疼得死去活来，急急忙忙抬到城里，指名道姓找季国重大夫。

一听是来找他的，又是急症，季国重赶忙过来。一检查，断定是肠梗阻。根据病情，转院已经来不及了，必须马上手术，否则就危及生命，季大夫立时就愁住了。病人疼痛难忍，如果转院，无论到洛阳，还是到许昌，都是二百来里地，交通不便，人非疼死在半路不可。那么手术呢？在这之前，尽管已经成功做过阑尾切除术，但肠梗阻手术比较大，虽然眼下医院里已经有了二三十位医护人员，但除了季国重之外，别的在这方面都是外行，万一手术过程中出个意外情况，那事情就大了。但救人要紧，季国重担着风险，不仅为病人成功实施了手术，还动员其他医护人员捐款，解决了病人没钱就医的难题。事后，董家感念季国重的救命之恩，这就把季家牢记在心里。逢年过节的时候，两家像亲戚那样相互走动，至今从未断过。

此刻，半夜三更的，三人把车开到一个隐蔽的地方藏起来，这就沿着村边的小路，悄然摸到董文昌家拍起了门。

时下，董文昌八十就要挂零，而当年被季国重大夫"开膛破肚"的那小子——董志豪在县钢铁厂下马后被安置到县物资公司，主要负责钢材交易。这两年，钢材生意走了下坡路，董志豪也快到了退休年龄，单位没什么事要忙，这就成了养蜂人。恍惚中被人叫起来开门，一看是季健中，而且还领着陌生人，董志豪当时就是一惊。进到家里，董志豪颇不放心地道："健中，这是出什么事了？"

"豪哥，你猜对了，还真出了点事儿。"季健中遂把当下遇到的麻烦大致说了一下，看看董家的老爷子没露面，健中就道，"大叔呢？"

"养了几笼蜂都在坡上放着，咱叔那脾气，不顺着也不中，喝罢汤又去了。"说到这儿，志豪见健中愣愣地看他，就笑笑又接道，"庄上三四家儿的蜂都在坡上，他不孤独。"

季健中知道老人操劳了大半辈子，是个闲不住的人，眼下都这岁数了，晚上还去照顾几笼蜂，说明身体硬朗，就笑了下，对紧着起来打招呼的志豪媳妇道："嫂子，我还饿着肚子，麻烦你给我弄点儿吃的。"

志豪媳妇是教师，三年前就退休了。虽然是山区，却吃喝不愁，五十多岁的人，看着却像四十来岁的样子。

忙了一会儿，由于远山和昌盛二人已经言明在余师傅家里用过晚餐，志豪两口子遂把葱花油馍和鸡蛋茶端到了健中面前。虽然没有细菜招待客人，但董家的小葱拌豆腐，又加了辣椒油，让健中吃出了一头汗。

看着健中狼吞虎咽的样子，想起那年，季国重在那场斗争中被打倒后，又在"运动"中遭的难，再看看又一辈人为着企业遭遇到的困境，董志豪心里就像打碎了五味瓶——酸甜苦辣涩什么滋味都有。

母亲早几年去世了，志豪跟前的闺女小子都是大学生，毕业后留在大城市没回来。赶着健中进餐的时候，志豪两口子也把住的地方收拾好了。

待到鸡叫的时候，健中三人就急忙起来。

看看人都上车了，志豪媳妇担心被云霄翔的人捂住，忙道："健中呀，你那车就别开了，太显眼了。"

志豪也道："对呀，健中，你嫂子说得没错。这样，你那车先扔这儿，我开面包车把你们送出去。"

季健中想想豪哥和嫂子说得对，三人遂上了董志豪的面包车，又接了嫂子递给他的三瓶蜂蜜，车子缓缓地出了董家庄。

当太阳升到一竿子多高的时候，董志豪就把季健中三人送到了矿区一招待所暂时安顿下来。

看着董志豪把车留下，打面的走了，季健中长叹了口气，对王远山和刘昌盛道："总算跑出来了，再睡会儿吧！"

可是三人躺下来谁也睡不着，遂又坐起来。

议论了一阵，他们决定，首先是把电话号码换掉。这样，既可排除干扰，又能保证联系畅通。至于厂里工作，实行遥控指挥，尽可能减少对业务上的影响。再者是三人不能在招待所住，必须另找地方落脚。一来住招待所得花钱，二来容易暴露目标。当然他们不是怕被云霄翔、张光有一伙人给一窝端了，而是眼下要处理的事情实在太多，他们怕耽误工夫。

商量好后，三人在矿区营业所，每人买了新的电话卡换上，王远山和刘昌盛分别到乡下亲戚家去了，季健中则在市内他的一个老表家里落下脚。

这是一个位于六楼的两室一厅。由于盖得早，根据当时城建部门的规定，八楼以下的楼房都没电梯。表弟小两口带着一个三岁的女儿住还算可以，但又搬进来个大男人，就显得不方便了。同时，这两口子都在企业上班，由于效益不好，工资也不能及时发放，生活上就有点捉襟见肘。但两口子都很热情，丝毫没有见外的意思，并且还把主卧室腾出来让健中住，感动得健中不知说什么好了。

一套普通的居民住宅，立时就变成了炭材厂的指挥中心。没有大一点的桌子可用，健中就把床头柜和大床都利用起来。早在王远山被人绑架的当天，为着预防万一，季健中就安排宋晓燕把有关炭材厂正在执行的合同、对外债务，以及三十多个业务员手上的应收款清单，还有南方院集资户名单及相关文件等，一份一份复印下来，悄悄给转移到余华星师傅家里。跑出来的时候，就算必需的生活用品不带，也得把这些材料给随身带着。

现在，他面前就摆着这些东西。用健中的话说，这就是当下炭材厂急需处理的工作，他必须随时做到心中有数。

季健中把面前的材料归拢了一下，他想厘出当前工作的轻重缓急，以便集中精力来应对，把事情尽可能地往好的方面引导，同时尽最大可能减少厂里损失。但不知是这些天把他忙坏了，还是诸多待办的事情把他的思绪打乱了，他完全没有了章法，任是他怎么努力也理不出个头绪。

站在阳台上远眺，整座城市一览无余。鳞次栉比的家属楼和机关办公楼，一层又一层自西向东连绵不绝的绿树长廊，那是矿区大道、建设路，还有沿河修建的开放式公园。再往南望，更是一望无际。只是在春晖的映衬下，那里既像云蒸霞蔚的远山，又似烟波浩渺中的岛礁，无不充满着神秘而又朦胧的幻影。在这片几乎是一眼看不到尽头的区域里，还有几栋拔地而起的高楼点缀其中，那便是煤业集团办公大楼、宾馆饭店、通信大楼和保险大厦。同时还有耸立入云、吐着淡淡的像轻雾一样白烟的几根大烟囱，那是这座城市的动力之源——发电厂和热力公司。这是一座新中国成立后建起来的现代化工业城市，打眼望了，犹如在晨雾中层层绽放开来的玫瑰花瓣，是那么生机勃勃，那么温馨诱人。

季健中默默地看着，对面前的盛世新景似乎并不特别在意。是的，他不是诗人，不是文学家，也不是应邀特地赶来的造访者。满腔的无奈和忧愁，还有委屈和不甘，任是飞花流红，也难以撩拨得动他的心扉。

车间停产，正常工作无法进行，这又跑了出来，季健中觉得愧痛无比。解不开的"三角债"让他寸步难行，就仿佛是水牛掉进井里那般无助。实际上，按照眼下炭材厂的生产及市场发展规模，若不是政府盲目干预和企业之间相互形成的"三角债"拖累，无论如何也不会走到今天这个地步。

那时候，健中是地方上的红人。企业发展好了，国内的，国外的，今天这个来参观，明天那个来考察，甚至一天接待几拨客人。宾馆饭店，只要报上炭材厂的名字，谁都乐意给面子。就连一街两行的商铺小老板，见炭材厂工人忘了带现金，都愿意让工人用职工食堂的饭票拿出来买东西。出入业务部门，人家远接高迎。即便是六亲不认、人称"铁公鸡"一毛不拔的县工行行长蔡金城，有事没事都会到厂里坐坐。季健中是平民，他长的是平常心，从没想在政坛上混个一官半职，可组织部门见他因举报耽误了时间，副县长没弄成，遂不声不响地下文宣布他为县长助理。这荣誉实在太高了，但季健中从没有沾沾自喜。他知道这是县委、县政府想让他挑更重的担子、做出更大的贡献，所以他必须低调做人，把"尾巴"夹得更紧。

对此，很多人都感到惊讶，更觉得不可思议。

伴随着改革开放的世纪大潮，以及市场经济的逐步放开，一时间，在大好形势的背后，污泥浊水也不可避免地夹杂其中。一些人躁动不安，追名逐利，甚至于趋炎附势也在所难免。对此，有许多朋友都劝健中好好儿想想，别让人生的大好机会给错过了。大家认为，十多年当矿长、厂长，用心血和汗水创下个明星企业，作为县里的利税大户，为地方的经济发展做出了突出贡献，事业干到了顶峰，上上下下领导又这么看重，该是华丽转身的时候。

反观现今社会，有些人把企业当作跳板，甚至为了仕途，不惜伪造业绩，愚弄百姓，欺骗组织。

而季健中呢？他真的从不为官位、金钱所动，这一切让许多人都无法理解。

然而，季健中之所以会一切都不为所动，也不是不开窍，更不是看不上副县长的位置，而是珍惜这个平台和当下的大好年华。毕竟好不容易逢上改革开放的好时代，有了干事创业的环境，他要扑下身子，做些实实在在的事情，用真情和看得见摸得着的成绩回报社会，还有和自己一起打拼的人。他觉得，掐头去尾，人生就那么三几十年光景，而自己得人家的好处又是那么那么的多。平日里，他总是三步并作两步走，似乎有走不完的路、报不完的恩，这要再把心思和时间用在跑官要官上，从而分散了有限的精力，这辈子势必会有许许多多的情与恩无法偿还。如若是那样的话，即便生前的身份怎样荣耀，地位如何显赫，到老了不中用了死了，不说成为一个欠债鬼，起码会有许多愧疚成为永恒而无法弥补。

是的，八岁时赶上了那场斗争，十六岁赶上了那场革命，十八岁又赶上知识青年上山下乡。作为"黑五类"出身，遭人白眼，受尽屈辱。同时，在劳动改造中父亲熬不过，出了意外下肢瘫痪了；弟弟受到连累也在小朋友们的恶作剧中，伤了大脑成了半痴半呆的人。沉重的打击，无情的折磨，几乎所有的不幸都降临到季家来了。可是，季家始终没有被社会的风霜雷电击倒。是季家人坚强吗？是的，季家人是坚强。可是，又不全是。因为，父亲被那场运动打成那样的人后，家里的倒霉事接二连三地来，一家人有老有小，户口也从商品粮变成了副业户。商品粮每人每月二十六斤粮食，百分之七十是细粮，供应的是大米和麦子面。副业户每人每月十五斤粮食，百分之七十是玉米、高粱和红薯面。仅此一项，季家就不得不过吃糠咽菜地生活。况且又正值"三年困难时期"，没有钱，粗粮杂面你也买不回来。吃什么？面对大街上今天这个饿死了，明天那个吃了观音土拉不出来，生生憋死人的现实，明面上由县上的领导干预，不仅让季家的子女在县里最好的幼儿园上学，在国家最困难时期，隔三岔五还能吃上油条，喝上面糊糊，甚至还能分到一个苹果吃。而且每月给季家增加四十五元钱的生活补贴，使季家有钱把粮食买回来。暗地里，数不清的朴实憨厚的山里人，这家一碗豆，那家一瓢米，暗中接济，才保了季家人的命。为了"黑五类"子弟不输在起跑线上，明知道办不成的事，老师和校长舍了脸找人说情，希望公社革委会能推荐季健中到高中学习。虽然最终没办成，可那印在健中脑海里的大恩大德使他没齿难忘。到了深山沟里当知青，为了争口气，身上晒脱了皮，从没出过门的桐花姑娘为买盒香脂，给他晒脱皮的地方涂抹，饥饿困乏，暑热天里，竟然在小溪边累倒睡着，招来山蚂蟥和花蚊子叮了一身红疙瘩。为个家访，郑寒光走了，梁婉君熬不过精神折磨，健中把她接到沟口村，是山沟里的父老乡亲们的真情关怀，鼓起了她活下去的勇气。山里人朴实，最能体会得到"民以食为天"的真实含义，加之他们穷怕了，总想着改变现状，把日子往好处过，所以他们对吃苦耐劳，真心到山里和他们一起战天斗地的季健中特别亲。知青大回城，面对那么大的就业压力，仅凭一篇调研文章，组织便把他安排到"以工代干"岗位上工作，把他当干部使用。后来，组织又把他从挂职锻炼的炭材厂，调到矿山负责石墨矿的建设。就是因为取得了一点儿小小的成就，人们便把他当成了宝贝，现场会、先进事迹报告会把他宠上了天……

　　一桩桩、一件件往事都在季健中脑海里浮现，使他无形中有了这样那样扯不断、理还乱的纠结。

用季健中的话说，做人要有良心，干事必须掏心用力。

所以，为着坐在轮椅上的父亲，还有自己的傻弟弟，当然还有山里人的一片真情，作为上山下乡的知青，他接受了贫下中农的再教育，成了对社会有用的人。眼下，山里人还很苦、很穷，他必须和他们一道，改变这贫穷落后的面貌。有着这么一个坚定的信念，一九七六年，当天天领着女儿跟着母亲移民到美国去的时候，季健中依然不为所动。在他心里，人活着不容易，如若把"忠、孝、仁、义"丢掉了，无异于行尸走肉。所以，当别人走走关系就有官儿当的时候，他仍然不为所动。在他心里，是山区的百姓，是同学和工友们成就了他，他无论如何也不会离开他们去贪恋享受。

而今天，当季健中因形势所迫走投无路之时，有许多人都为他感到惋惜，甚至连健中自己都说，这或许是命。显然，他的心里是多么煎熬啊！

面对这样那样的艰难困苦，说句真心话，他真的有动摇和彷徨的时候。他也有想过要卸掉身上的担子，能够腾出空闲，找出时间，静下心来，掸去衣襟上的泪水，疗一疗内心的伤痛，哪怕有个重整行装的机会他都感到满足。

可是，动摇了，彷徨了，他也绝不会退却。

这就是他的天性。

第二十七章　苦恋

此刻，从无尽的往事中回过神来，季健中的心绪慢慢地平静下来，头脑也清醒了。他审视当下的鲁阳炭材厂及自己这几年走过的路，往事历历在目，使他感慨颇多。

当然，到了难处，什么办法也没有了，他想得最多的还是那些个老领导、老同志，还有为生产发展，不惜抛洒心血和汗水的一个个工人兄弟。他想到了老书记陈明，得知炭材厂拿下北钢的大高炉供货合同却为流资所困时，他破天荒召开专题会议，成立会战"指挥部"，为企业解决生产用流动资金；想到了刘振国书记，每当炭材厂遇到困难的时候，所给予的无微不至的关怀与帮助；想到了副县长李延强，为平息南方院集资户集体上访事件所付出的心血。以及经贸委主任赵亮竭力举贤荐能，把一个回城知青安置到政府机关；还有国税局的张局长，为涵养税源，替炭材厂出谋划策，帮企业走出困境所做的一切努力……更有奚道强、余华星，以及秦明杰、赵三春、王红珠……为了生产和企业的未来，他们以厂为家的主人翁精神，那是多么的难能可贵呀！这一桩桩一件件，季健中铭记在心，激励他在磨难中从不低头，闯过了一道又一道难关，把企业一步步做大。这些尊敬的老领导、党的优秀干部，调走的调走，退休的退休，在季健中心里，本来就跟塌了天似的，但眼下可好，又碰到一个高学历的"封太爷"，怎么都不待见他不说，还想方设法挤占企业利益。你明明过得紧巴巴的，他却把你当作印钞机，想怎么拿就怎么拿。可是当你遇到坎儿过不去的时候，他又是那么一副盛气凌人、高高在上的样子不说，还与他人沆瀣一气，假借改革之名，为那个所谓的"企业家"云霄翔推开一扇窗之后又打开一道门，挖空心思吞噬国有和集体财产，把企业一步步逼上绝路。若不然，当下的炭材厂，不仅要人才有人才，要技术有技术，要市场有市场，而且还有自己过硬的拳头产品，同时员工们又那么上下齐心努力，企业能走到这一步吗？当厂长的能这么心寒、这么无助吗？

就像是一个失去了母爱没人可怜的倒霉蛋儿，虽然没有被人一棍子打死，却被人生生地用钝刀锯割，不仅血快要流尽了，而且无休止的痛苦折磨着他，让他生不如死。

应收的两千多万元货款，再加上为兄弟企业担保被银行划走的近一千万元，作为债权人，季健中明白，这两笔加起来，与企业背着的内、外债相抵，他丝毫不亏欠别人的。可他更清楚，要收回这些钱，真的比登天还要难。作为债务人，欠人家了，人家找上门来，不仅门被堵了，还被人打了。可作为债权人，尽管业务员在外边一住就是半月二十天不走，给人家说了无穷的好话，让人家开恩，祈求人家想法把钱给了，但他也可怜人家，体谅对方的苦衷，是无论如何也不会把人家逼得走投无路的。一个是心软，不管怎么做，他都不会干那些火上浇油的事。另一个是念旧，都是多年的老客户，他怎么能不考虑后果呀！

当下，他觉得对不起的人实在太多。而最让他感到不安的就是南方院的专家和集资户。是他们的才华和智慧，还有慷慨和爱心，帮助鲁阳炭材奋力一跃，登上了国家的大高炉，使企业从阡陌小径一举迈上了康庄大道，成了世人瞩目的企业新秀、炭材行业的明星。

再者是全厂的干部职工，以及他从曾经工作过的地方，抽调过来的懂技术、会管理的一帮好兄弟。是他们认定了他，又是他们扑下身来，用汗水和心血，夜以继日默默地同他并肩战斗，把一个濒临倒闭的小厂，一步步发展壮大起来。

还有就是自己的家人。母亲含辛茹苦，一连生下三男三女六个孩子。在那么一种情况下，母亲不仅要面对一家老小困窘的生活，还要时时为家人的安危操心。眼下，逢上了太平盛世，没有了诸多磨难，却万万没想到还要为儿子所在工厂的一身债务而担惊受怕。还有自己的弟弟妹妹和妻子、女儿，因为忙工作，有时自己多天都不曾回家，不能在老人面前尽孝，这样，许多本来应由他来做的事情，便都落在了弟弟妹妹们的身上。对此，他觉得他这个父母跟前的大儿子，弟弟妹妹眼里的大哥哥真的当得太不称职了。妻子是个内向的人，也是个感情丰富的人。想当年，为着感恩报德，健中没有和妻子、女儿一同到美国去，天天不仅没有一句怨言，反倒安慰他。前几年，父亲撒手走了，而且母亲和弟弟妹妹们也一再催他去跟天天和女儿团聚，可是他还是没有走。二十多年青春年华，漂洋过海，两头牵挂，你让人家怎么熬啊！当年那个才四岁多的女儿，如今已经长大成人，还办起了自己的公司，你一个做父亲的总不在身边，你尽到做父亲的责任了吗？一想到此，健中便百感交集，肝胆俱裂。

现在，电话号码换了，可是还没有告知母亲，遂慌慌张张把母亲的电话拨通了。

一听是健中的声音，母亲就在电话里埋怨起来，问健中这是到哪儿去了。健中心里一酸，眼泪止不住流了下来。已是七十多岁的人了，可是她不糊涂，迟迟不见她的老大儿露面，电话又打不通，想想讨债的不断上门威逼的那个情景，母亲就刨根问底，还是健辉几个人道出了实情。听着从电话里传来的母亲无奈的叹息声，健中的心简直就要碎了。

给母亲通了电话，健中接着便拨通了天天的电话。一听手机号码换了，联想到时下的金融危机，还有早些时候丈夫在来信中诉说的企业面临的困境，聪慧过人的天天不用问就知道丈夫遇到了什么，遂反复安慰他，说撑不下去就不要太委屈自己，她现在又回到大华公司。母亲已是七十出头的人了，没精力再这么硬撑下去，他腾出手了就马上赶过来，自己也好歇一歇。有他帮忙，大华公司必定会更红火。听了这话，健中不知道该说什么是好，就"啊啊"地打起哈哈来。

这么反反复复地想了一番、忙了一气，千头万绪，健中觉得，当务之急是把炭材厂的真相告诉南方院的集资户，不能让帮过自己的人，为自己一辈子辛辛苦苦挣来的血汗钱再这么着急上火。何况人家千里迢迢地来了，看到的却是这么个状况，健中心里很不是滋味，觉得有必要给人家一个交代。

趁着夜黑人静之时，他便铺开稿纸，准备就集资款一事，写一封公开信，以表达这些年横向联合期间的友谊，袒露企业当下所面临的困难，以及造成这些困难的原因。同时，他也对企业的未来作了深入细致的分析和研判，并给出了偿还集资款的一些想法和打算。总之，在季健中心里，他对鲁阳炭材的未来仍充满着信心。

这是用了心了，说的全是肺腑之言，季健中先在电话中向南方院负责联营的吕继忠处长通报了当下的情况，回过头来又把写好的信给寄去了。

在亲戚家住下后，为了不打扰健中的工作，表弟两口子把女儿送到她外婆家去了。健中不想给人家添负担，赶上做饭的时候，就下楼买些青菜什么的，以便表弟两口下班回来不再那么赶忙。可是，口袋里只剩下几毛钱了。由于工作需要，要不停地打电话，买回来的新卡，还没过两天，话费就用完了。他不好意思向表弟伸手借钱，也不敢向天天说当下的实情。因为天天有自己的事业，那么大个生意，已经够忙够累了，他帮不上她，怎能再给她添麻烦，让她牵肠挂肚呀！无奈，他就在街头公用电话摊上花了四毛钱给母亲通了电话，让她老人家安排人设法送来俩钱。这情景一下子刺痛了母亲的心，当健中刚急急忙忙挂了电话，母亲就又把电话打了过来。母亲知道儿子受了委屈实在是作了难，而且也知道她的儿子跳出企业会一身轻松，可是她又明白她的儿子不会知难而退，就还和小时候儿子在外边受了委屈那样安慰说："披张人皮就是这样，什么事都会遇到。不要怕，天大的事总会过去的，重要的是往前看。只要心不死，就没蹚不过去的河。"母亲的话，使季健中已趋冰冷的心，立时感到温暖起来。

次日半晌午的时候，母亲打发小妹健秀送来一千元钱。

健秀在健中兄妹中排行最小。

她是从工程质量管理学院毕业的大专生，是炭材厂质检中心的化验员，对当下厂里的现状看得透底，情况了解得更多。从鲁阳赶到矿区，看到哥哥提心吊胆，为个企业在外躲躲藏藏的可怜样，止不住的泪水夺眶而出。

健中三人离开的这几日，税务、电力等单位听到厂长带着两个副厂长跑了的消息后，都纷纷上门逼债，而且行为过激。电业局还把工厂的电停了，大家连喝水、吃饭都成了问题……听着健秀的讲述，健中知道自己的好搭档，奚道强书记、安心平副厂长和其他在家工作的同志同样身处困境，他就让健秀代他向他们问好，并再三叮嘱，要他们一定注意安全。同时，他还不忘说些鼓励的话，让小妹带给处在水深火热中的工友们，让他们不要泄气。

送走小妹，健中看着给他捎来的救急钱，已经五十岁的大男人心里真的跟刀割一般难受。眼下，身无分文的他，万不得已伸手花母亲的养老钱，这是健中自参加工作以来的第一次。他觉得，这是最大的不孝。

默默地想了会儿心事，季健中觉得心里很烦乱，他就仰面躺在床上。闭上眼，他要抑制自己，什么都不想。可是，人就是这么奇怪，当强迫自己什么都不想的时候，反而想得更多。

眼下，手机号换了，他见不到别人，别人也无法联系他。他知道这是把自己给封闭起来了，几乎与外界隔绝了，这是健中最不愿看到的事情。因为，自踏上社会，转眼三十多年了，自己从一个普通的工人到今天的企业当家人，他自忖自己不是天降大任的那个人，但他却强烈地意识到，自己肩头承担的，不仅仅是几百号人的吃饭问题，更是一个企业的生死责任。眼下，他与国内一百多家客户有着紧密的联系，同时在国外他还是印度电钢公司董事长恩西巴勒先生、津巴布韦钢铁公司雷扎克先生的好朋友。当然还有伊朗等客户，他怎么能与他们失去联系呢？

这么想了，季健中就把老电话卡又重新装到手机上。信息、电话，健中粗略看了下，有一百多个。筛选了下，回了二三十个电话。其中有两个是老关系户咨询炭砖业务的。按当下的情况，健中分析，老客户之所以这时候咨询，指定是对方听到什么负面消息，不放心特地打的电话。健中害怕失去客户，就不得不真诚而又违心地告诉对方，说鲁阳炭材眼下确实是遇到了一些困难，但地方政府非常重视，已经采取了一些积极有效的措施，困难很快就会过去。人家听了他的解释，不仅没有再说什么，而且要求预订一些捣打糊等配套材料，问健中能不能及时供货。听了这话，健中明知道就眼下的情况是无法供货的，却也不得不满口答应下来。因为生产高炉用配套产品，对鲁阳炭材来说，那是小菜一碟。假如说连这也不能及时供货，那不是拿自己的手打自己的嘴吗？健中觉得应该回的电话都回过了，便把手机放在茶几上。

突然，手机响了。回过身来，拿起来一看，是景山钢铁海外工程部沈和平老总的电话。早几年，鲁阳炭材同景山钢铁海外工程部合作在印度和津巴布韦搞工程，业绩不错，而健中同沈总的交往，也由工作关系慢慢儿变成了朋友关系。平时不怎么忙的时候，无论业务方面的还是个人生活方面的事情，两人都会通过电话相互联系。特别是春节，两个人总要问候一下。此刻，健中不知道对方有什么事，忙接通了电话。

这边刚"喂"了一声，连个"沈"字还没得喊出，沈总就在电话那边叫着"老弟"，道："好消息呀！伊朗阿斯法罕钢铁厂有技术交流活动，我推荐了你们的企业，拉赫总经理听了介绍非常高兴，他准备抽时间到你那里看看。同时，印度西海岸有家钢铁公司炉子要大修，需要用砖。他了解你们，这就省了很多事，可以直接商谈合同呀！"听听健中没有接腔，沈总道，"怎么，这么大的好事你不高兴呀？有什么问题吗？"

正在犹豫的季健中立即回过神来，问道："请问阿斯法罕的专家什么时候来？"

"啊，问这干什么？你要外出啊？"

"那倒不是。就是想问问，我好有个准备。"

"你呀，我还当你有什么事呢！"沈总在电话中笑了一气，又道，"国际交流，手续办起来比较烦琐，没有几个月准备，怕是办不齐全。不过，你这边不用急，有现成的资料，等着就是了。"

健中道："印度西海岸的那家钢铁公司什么时候用砖？"

"那早着哪！"沈总说，"海外工程签单，需要在他们实地考察之后才能确定下来，时间起码也得半年左右吧。"

放下电话，季健中心里既高兴又担心。高兴的是，企业都这样了，还有海外工程在等着。担心的是，讨债的围破门子，车间全线停工，手里又没有一分钱可用到生产上，拿什么来保证啊？

捣打糊等配套材料需要生产，伊朗阿斯法罕钢铁厂拉赫总经理要来搞技术交流，印度西海岸的钢铁公司要订合同都是迫在眉睫的事情。同时，去年夏秋的时候，根据炭材厂的发展现状和市场需求，一方面急着为企业储备发展后劲，研发核心拳头产品，提高市场竞争力，扩大销售份额。另一方面也是为着缓解资金不足的矛盾，争取国家扶持，炭材厂向国家申报了"微孔炭砖"和"微孔刚玉莫来石砖"两个新研发项目。现在，这两个新项目早就批下来了，而企业却成了这么个样子。尽管耐火材料厂闹分裂又恢复了原体制，炭材厂员工队伍有所缩减，但仍有六百多名勤劳朴实的工人下岗没饭吃。同时，尽管厂里几个主要负责人在鲁阳待不住暂时回避了，但日常性事务和客户关系从未间断。因为一旦经营业务停了，与客户失去联系，就意味着企业真的死掉了。同时，他对鲁阳炭材的未来发展充满信心。因为，在很多人眼中，与耐火材料产业关联度十分紧密的钢铁企业，由于在国家新一轮经济发展浪潮中发展过快，这就不可避免地存在着市场集中度低、低水平重复建设、技术创新能力差、企业间无序竞争等通病，从而导致钢铁市场供大于求，产业步入微利时代。看似矛盾重重，但季健中跳出来就看得更远。在他心里，在民族复兴的伟大历史进程中，伴随着工业化和城镇化的发展，钢铁消费将会与日俱增。当然，这不是臆测，而是从国家公布的国内钢铁的人均消费量，远低于发达国家的数据对比中，他真真切切地看到的。至于如何解决钢铁产业在发展过程中存在的矛盾，国家指定会出台一些积极有效的政策或措施，促使其健康发展。

分析了当前的形势，季健中冰凉的心又温暖了起来，并坚信，要想在此轮企业倒闭潮中坚强地挺下来，然后顽强地活起来，就必须从根本上对企业现有机制、体制进行大胆改革，才能立于不败之地。

从企业的长远发展考虑，季健中觉得，国有体制下的鲁阳炭材厂倒下了，办不成了，那么能不能创办一个股份制的民营企业呢？毕竟国家支持民营企业发展呀！就像青岛的"海尔"，还有珠海的"格力"，当然还有扬子钢铁，等等，人家的厂子办得多好呀！

当然，他之所以会萌生出这么一个想法，也是有参照的。因为，农村实行的土地联产承包制，仅仅一个"包"字，就把困扰了新中国成立几十年来农民的温饱问题解决了。

可是，炭材厂是工业而不是农业，做炭砖更不是下田耕地种粮食。想当年，那十八户种田人签名画押搞联产承包，只要肯下力气，土地就绝不会亏待人。可做新型炭砖呢？光有使不完的力气和甘与企业同生共死的决心能行吗？

不行！真的不行！！

因为工业生产需要大量的资金做铺垫。撇开原煤、焦油、沥青这些主要原材料不讲，单就一些常用的添加剂、零配件，就现在的市场形势，不拿现钱，怕是看一眼也没人肯为你耽误工夫。

不是畏难了，而是被人搞怕了。

焦急和无奈，扫兴和憋屈，把季健中烦得坐卧不安。

凉台上，有两只燕子飞过来在那里欢叫。

季健中被吸引了。

联想到碧空如洗下的原野里，墨绿色的麦苗、金黄色的油菜花，还有春风荡漾中洁白如玉的梨花……这一切，那是何等的醉人心扉！突然，矫健的燕子凌空飞来，呢喃有声，又是何等的绝妙啊！

痴痴地看着，那奋飞的燕子忽地幻化成远在大洋彼岸的天天，一伸手就把他拉了起来。肋下生出了双翅，在蓝天下飞翔，在白云间穿梭，还有呼呼的风声在耳畔回响，一望无际的原野，还有高山大河尽在脚下，那是多么的自由和欢畅呀！

想着想着，季健中乐得两只眼睛都笑成了一条线。

立时，他打定主意，这就要拍拍屁股走人，去找他的天天，还有他的宝贝女儿。他坚信，只要迈出这一步，他就可以了却所有烦恼，从此就会一身轻松。可是，这温暖的激情刚刚泛起，就又很快凉了下来。因为，他丢不下的事情实在太多太多了。

陷入了无边的烦恼和无奈之中，一连三四天，季健中寝食不安，加之天气炎热，他着急上火，先是嗓子哑了，紧接着舌尖上也发生了溃疡，疼得他坐卧不安。正心焦魔乱中，他突然听到嘭嘭的敲门声。

还当是讨债的追过来了，可打开门一看，却是湖北韩坪炭材公司的董事长刘文革，后边还跟着南方院的吕继忠处长。

无须多言，刘文革知道季健中这是到了人生的最低谷。在刘文革心里，就耐火材料业来说，他知道季健中是正儿八经唱戏的拿拂尘——不是凡人。假如没有那次正面交锋时对方不给他面子的恶气在心里压着，他会用十八抬大轿把人给请走。可是，恶气难以消除，刘文革要看笑话又恐鲁阳炭材厂不经意间再来个"春风吹又生"，遂灵机一动，把吕继忠抬出来，并给予总经理职位，要季健中到韩坪炭材公司发展。

这是摸住季健中的脉了。尽管鲁阳和韩坪分属两地，企业性质也不同，但功夫下到了，创造出的都是国家荣誉。同时，有了韩坪这个平台，还可以反哺鲁阳炭材。季健中坚信，冲上世界大高炉的梦想，指定更现实一些。

经过一番思量，季健中遂于次日把带出来的企业资料分门别类捆扎起来放进箱子里，然后拍拍手，准备拿电话向县委、县政府领导报告此事，并提出辞呈。可是，就在这时，他的手机响了。

一看是老伙计奚道强打来的，季健中忙把电话接通。在这之前，季健中会感到惊讶和不安，因为企业成了这样子，他实在怕再出什么闪失。可是，就要到韩坪去了，身上的负担要卸掉了，心里自然就少了许多压力，遂满脸堆笑地道："奚书记，又是债务方面的事吧？"

"唉，厂里就那样儿了。虱多不痒，债多不愁，只是……"奚道强犹豫起来，显然他心情十分沉重。

季健中一愣，猜出事情有蹊跷，忙道："奚书记，有什么事你说呀！"对方的犹豫，更加重了季健中的猜测，语气就显得有些急不可耐。

"是这样，季厂长——"奚道强道，"谢秋萍死啦！"

"谢秋萍？"季健中对着电话，愣愣地问。

奚道强知道，"谢秋萍"三个字，除了职工花名册和工资表上有，日常生活中，莫说季健中，就是经常在一起工作的很多职工，猛一听也觉得陌生，遂补充道："就是电煅烧车间的谢大姐。"

"啊，她……她怎么死了？"由于意外，季健中都有些结巴了。

长长的叹息过后，奚道强遂把谢大姐近来遇到的事情和死因说了出来——

还在季健中来炭材厂之后的内部改革中，季健中见谢大姐是正规院校毕业的大专生，又是学的工科，有意把她从电煅烧炉上调出来，安排在厂生产科副科长岗位上，负责全厂的设备管理，遂把她叫到办公室征求意见。可是意外地被对方婉言谢绝了。用谢大姐的话说，她在电煅烧炉上惯意了，她不想离开。再个，在电煅烧炉岗位上工作，劳动强度虽然不大，但一时一刻也不能分心，换个人，她怕人家不习惯，坐不住，影响了生产。

就是这次谈话，季健中一眼便认定谢大姐是个老黄牛式的好员工，不仅踏实肯干，而且责任心强，遂综合评价，并赶在次年评先中将其评为县劳模。另外，谢秋萍从事第二职业出夜摊儿卖馄饨的时候，虽然是微利经营，但毕竟是活钱，家里困难有了一定程度的改善。可是，夜摊儿也就出了一年多点时间，由于市场管理要求规范化，没有固定的营业场地，摊子就出不成了。

特别是"八大合同"完成后，厂里生产经营形势一天不如一天，直到再也无法运转，谢大姐和大多数员工一样，开始在家待岗。从不服输的性格，让她开始尝试做些小买卖。比如，批发点毛线，还有皮鞋、棉布鞋、花生、瓜子什么的跟着季节走，虽然赚不了几个钱，但总比闲在家里干着急强。但大街上的小贩多了，工商管理就抓得紧、管得严。谢大姐不愿当无证商贩，没有营业场地，但经营执照又办不来，正吮办法的时候，她见几个半老不少的娘儿们头天在乡下收柴鸡蛋，第二天带到矿区卖，跑一趟能落一二十块，虽然辛苦，却也是个挣钱门路，就也跟着干起来。可是，蛋要一个一个收，贩柴鸡蛋的人多了，收起来就不那么容易了。于是，谢大姐眼前的坎儿就迈不过去了。

几天前，接了在大学读书的儿子催要生活费的电话，再看看男人被硅肺病折磨得圪蹴在墙根儿喘不过气的样子，谢大姐一狠心，就把篮子里刚从乡下收回来的几个柴鸡蛋打在了锅里。

压住火苗不一会儿，荷包蛋熟了。她先给男人盛了一碗，自己也吃了两个。接下来，她收拾一番就打车到了矿区。

由于是临时动议来这一趟的，起身晚，车上没有碰上熟人。下了车，看看还是没有认识的人，谢大姐在烟卷摊上买了一包口香糖，遂抽出一个，一边嚼着，一边心里打鼓似的朝矿区西北角走来。

这里是个缓山坡，与矿区隔了条干河沟，随山就势，百分之七八十的地方都盖起了简易房，几家国有煤矿和十来个小煤窑的临时工、季节工，有的拖家带口，有的孤身一人在这里自建房和租房生活。说白了，这里就是富得流油的十里矿区的贫民窟。

从去年年里到现在，谢大姐跑此买卖已经十来个月，里边的门道她早已了如指掌。扳住指头算算，有五六个老主顾应该在家休息。

由于此趟生意的性质不一样，为了稳妥起见，谢大姐从这五六个熟悉的人中选了个四十来岁的人。此人姓娄，是个高中生，据说是一家小煤窑下边的一个小头目，好像是贵州那边的人，远离家乡不说，还是个单身出来闯荡的。以往买鸡蛋，人家从来没搞过价不说，还有意炫富。而且，有两次完成交易后，这人总是缠着不让走，只差没有动手把人摁在床上了。

听着空调机嗡嗡的叫声，谢大姐耳热心跳地把门敲响了。没反应，可是当她轻轻一推的时候，屋门却被推开了。

姓娄的比谢大姐大几岁，看看迎门的地方没人，她就娄哥娄哥地朝里边喊。

这下坏事了。里边的人一慌张，不知是怎么回事，挂在屋子中间把里外分开的布挡子，随着呼啦一声响动，连同竹竿一同落了下来。

只在吹了灯的时候同男人那么过，谢大姐没见过两个赤条条的人像蛤蟆一样叠趴着，还愣愣地一动不动地看她。

不知是怎么逃出来的，谢大姐坐在干河沿，两眼望着繁闹的矿区，脑子里却一片空白。直到小火车那边的高强灯光亮起，饿了一天的花蚊子像狼群一样朝她袭来时，她才意识到天黑了，得回家给男人做饭了。

可是，是那么一种目的出来的，买了来时的车票，身上分文皆无不说，天晚了，早没了回程的车了。

狠狠地自己给了自己两个耳光，嘟囔着骂自己不要脸，鬼迷了心窍，谢大姐没地方去了，她就又回到半下午时逃出来的那条高低不平的路上。那里有位大嫂，买过她的鸡蛋，看得出，那是个好人，落难了，她想让人家帮她。

可是，还没摸到那家，胡同口、岔路上，忽然间全都被身着警服的人包围了。

可怜谢大姐，尽管没有被抓现行，但在关键时期，又在关键地点被抓，虽然关了两天又给放出来了，但她纵然浑身是嘴，也无法洗白自己。加之男人黑一眼白一眼地看她，这个由鲁阳炭材厂第一任厂长从外单位要来，在电气煅烧无烟煤装置一干就是十六年没有动窝的县劳模——谢秋萍大姐，最终无法自赎而自缢身亡。

谢大姐之死，对季健中来说，令他痛彻心扉，震撼是巨大的。

第二天一大早，他悄悄回到了鲁阳，默默地站在了谢大姐的坟头。一个贤妻良母式的好女人，一个对企业掏心掏肺的好职工、工人中的劳动模范，由于企业倒了，万般无奈之下，她被迫想到了卖身又不甘堕落，最终又是那么个逃离人生的走法。从国家的、社会的，还有他当厂长的季健中个人的角度，翻江倒海地想了一遍，归结为一句话，那便是——假如炭材厂能正常生产，工人有活儿干，工资虽然不高，却能不中断地发放到职工们手里，纵然是一万条路断了九千九百九十九条，哪怕留一条路可行，谢大姐也断然不会……

工厂就是工人的命根子。

仿佛是万把钢刀扎在心上，季健中的眼泪禁不住扑簌簌地从脸颊上流下来。他打了个寒战，使他最终下了决心，那便是，什么都可以舍弃，唯独鲁阳炭材厂不能丢下、不能死。毕竟，谢大姐身为县劳模，同时还是企业的中层干部都这样走了，何况车间里的一般工人。

这么想了，季健中当即就跟王远山、刘昌盛二人取得了联系，并于当天像地下工作者那样，三人秘密地在沙河岸边一柳林里坐下来，并达成了共识。

三个人认为，就当下的形势，目前在鲁阳恢复生产已是不可能了。因为大伙儿已经领教过讨账逼债的厉害，再加上金融部门断贷，税务部门停开发票，电力部门停电……他们为着各自的职责无形中都在断炭材厂的生路。莫说没有钱投进去组织生产，就是有钱也搁不住人家扣和罚。那么能不能易地办厂另寻出路呢?

为着统一思想,以便形成合力共渡难关,季健中和王远山、刘昌盛三人于傍晚,借着夜幕的掩护,走进了鲁阳郊外一座偏僻的农家小院。

这是单位职工贺军宏的家。贺军宏是季健中到炭材厂上任后第二年从援柬部队转业分配到厂里的,一直在供应科工作。

厂里停产,供应上也没事了,但贺军宏恐厂里有事找不到他,就在家门口一家砖瓦厂干点零工,多少挣俩钱,养家糊口。

后半晌的时候,他接到厂接待科科长王红珠打来的电话。一听厂领导想在他家碰个头儿开个会,贺军宏二话没说就从砖瓦厂回来了。

之所以要选在这里开会,季健中看中的是贺军宏的人品。多年部队生活、援柬经历使他具有严格的组织性和纪律性,加上这里地处城乡接合部,既隐蔽又便利,能确保会议顺利进行。

这是在特殊时期召开的一次特殊的厂务扩大会议。

这帮人,大都在企业摸爬滚打多年,是经历过凄风苦雨的人。面对市场,他们深知,只有把企业搞扎实,才能经受得住市场经济大潮的冲击。就像是一个人,包里有钱,家里有粮,就是遇到了再大的荒年歉岁,你也不怕。而要把企业搞扎实,能经得起摔打,其核心的问题,不仅得有适销对路的产品,还要有可流动的资金。毕竟企业要持续地发展进步,就得研发新的产品,不断地推向市场,服务社会发展。而每一项新的产品问世,从研发到生产,中间需要巨大的投资。莫说中小企业,就是大国企,单凭自身力量,没有银行的支持,怕是也很难办到。但眼下,对炭材厂来说,银行停贷,是给企业来了个"搦脖子旱";而关闭"三会一部",则是对企业来了个"釜底抽薪"。现在,想让金融机构扶持,那只能是望梅止渴、一厢情愿的事。

针对眼前的局面,大伙儿心里非常酸楚,也都十分不甘和无所适从。尤其是王红珠和在一旁为大伙儿提茶倒水的贺军宏,听到伤心处,眼泪止不住地就流出来。委屈和无奈,还有灰心丧气的情绪,就像瘟疫一样感染了与会人员,他们实在扛不住就唏嘘出声。

男儿有泪不轻弹,只因未到伤心处。把此句用在费尽心血,到头来连公开露面也不敢，只得偃旗息鼓，商量点事儿还得东躲西藏，悄悄进行的季健中一班人身上，是再贴切不过了。

想想常务副县长封春发居高临下，在电话中不容分说的训斥，以及对炭材厂怀着险恶用心的云霄翔不择手段的威逼，还有南方院集资户为讨要自己的血汗钱千里迢迢赶来，一拨又一拨围堵县政府的场面，季健中心里百感交集。看着跟着他把心都操碎了的一帮好兄弟眼睛里饱含的泪花，健中心里像被黄连苦胆渍了一般痛苦极了，而且也委屈极了，但在同志们面前他却不能流泪呀！

他是大伙儿的主心骨，越是在困难时期，越是要坚强起来。也只能打掉牙齿往肚里咽，才能带领大伙儿冲破难关，寻找生机。

这么想了，他起身拿起毛巾放在水盆里湿了湿，拧干后递给一旁的王远山。他想让他擦去泪水，为大伙儿带个头，从低落的情绪中走出来。日前，耐火材料厂闹分裂，恢复了原建制，但王远山没有回去。拿他的话说，他是宁死也不回去了。此刻，接过毛巾，王远山是想擦去泪水的。可是，一想到黑夜里被人拎上车，拉到荒郊雪地里挨打受的那番罪，特别是炭材厂，费了那么大劲儿，又是上预砌平台，又是上磨砖机等设备不说，还把刚刚研制出来的高附加值产品也拿过来帮助耐火材料厂发展壮大，却好心没有好报，他怎么都想不通周菊一帮人到底是吃错了什么药，非要跟炭材厂过不去。这坚强的汉子有着太多的憋屈，在别的地方不敢哭，也不能哭，可是到了兄弟跟前有了倾诉的对象，泪水就像断了线的珠子从脸颊上扑噜噜掉下来。

屋里院里弥漫着一种凄楚悲怆的气氛，大家的眼里饱含着泪花。若不是贺军宏的老母亲领着孙儿过来送樱桃，吱一声打开院门惊了大伙儿，众人都不知道该怎样从这无边的痛苦情绪中跳出来。

大伙儿急急地擦了眼泪，遂把心沉下来。针对现状和下步工作，大伙儿认真地议了一会儿，谈了各自的想法并形成共识。大家一致认为，炭材厂虽然遇到了前所未有的困难，但大伙儿辛辛苦苦拼了命创下的"鲁阳炭材"这块牌子，无论如何也不能丢。因为炭材厂不仅曾是鲁阳的利税大户，肩负着振兴鲁阳经济的重任，而且也关系着数百名职工的饭碗，数百个职工家庭，还有集资户。炭材厂倒了，职工怎么办？那么多的集资款谁来还？如果到了那个地步，曾经同舟共济、摽着膀子干到当下的在座的每一个人，不都成了罪人吗？

可是，不能倒又该怎么办呀！

报上去的两个新的研发项目获批了，厂里还有全线停产后的一大堆日常性事务，但是季健中、王远山和刘昌盛都无法在鲁阳露面，奚道强书记，邢留义副厂长，还有工会的何百松主席年纪都大了，都已到了退休的年纪，他们不能再那么没日没夜地操心劳神了。

为应对困局，战胜困难，寻找生机，经党、政、工集体研究，由肖汉伟出任常务副厂长在家守住摊子。毕竟，厂子虽然倒下不生产了，但还有许多事情要处理，一刻也离不开人。而安心平则留下来和季健中等人一起想办法，重新谋求鲁阳炭材的重生之路。

第二十八章　曲线救厂

王红珠一大早就从城里把早点送过来了。

经过一夜的深思熟虑，大家权衡利弊，一致认为，"树挪死，人挪活"，只有易地办厂，才能曲线救厂。

这样，不管是国内客户，还是海外项目，就能进入实质性操作阶段，把业务接续下来。不然，连个落脚之地也没有，什么都无从谈起。

但易地办厂的主要问题是资金和时间。毕竟筹建新厂时间来不及不说，还需要大量投资，可眼下大家身无分文，只能想想而已。而要寻找一个比较合适的地方租赁厂房办厂，又有许多因素制约。比如，在哪里租场地？场地大小是否合适？租金高低能否承受得起？还有用电、用水各项设施和出行道路等等。总之，另辟蹊径也绝对不是件容易的事。但纵然有天大的困难，也必须去闯。否则，死路一条。显然，对季健中一帮人来说，要上"华山"面前只有这一条路可走，那便是易地办厂。

反复琢磨，又四处走访打听着煎熬了几日，季健中和安心平两人在鹰城郊区发现一个停办的机械厂，场地比较合适，遂进行了仔细打听。

这个机械厂也曾经是区里的一家明星企业，但在两年前它就倒了。尽管厂里铁制的大门锈迹斑斑，院内杂草丛生，门窗残缺不全，角落里到处都挂满了蜘蛛网，但两栋十五乘六十米的生产车间却比较理想。同时，除了院里有台变压器有现成的动力之外，两个车间里还各有一台行车可以使用。

"小满"已过，再有几天就要"芒种"了。随着田野里的小麦一天天生出了金黄色，天也热起来了。

享受着玉兰树下的阴凉，看着面前的这家工厂花园里荒芜的花草，季健中和安心平合计了一阵，看着这个废弃的厂子，虽然不怎么理想，但还是决定租赁下这两栋车间。高起点不敢想，只好先上一条简易生产线，生产一些散装料，目的是创建一个"根据地"，把老客户先接续下来。同时，两人也想尝试一下，为炭材厂东山再起积累经验。

打定了主意，两人为在困境中即将诞生的公司起了个名字，叫"鹰城新星炉衬材料有限公司"。

逆境中，在健中和心平心里，这个"新星"，就是鲁阳炭材的希望之星。

他们要以新的思维、新的管理模式和新的面貌，让鲁阳炭材踏上新的征途。

可是，到村里侧面一打听，并不怎么理想的这两栋车间，仅租赁费，每年就不下二十万元。立时，健中和心平吓了一跳。

为着尽可能地省钱，也是再无地方可找了，季健中他们就又拐回来盯住了这个废弃的机械厂。但他们没有直接找人家，而是找健中和心平早年的同学王光辉出面跟人家接洽。王光辉曾在这个村里当驻村干部，人头熟。一听是这么一个事，他骑着摩托车就去了，并最终以年租金五万元谈妥了此事。

场地是找到了，可五万元租赁费虽然是低得不能再低了，但钱上哪儿弄呢？还有，就是租下了场地，启动资金又从哪里来呢？时下，不要说五万元，健中口袋里连五百元都不足了。他思前想后，决定去找原来在鲁阳工作过的两位县级领导干部。一个是鲁阳纪委原书记蒋为民，另一个是县委政法委原书记葛红军。早年，他们两人在任时都与健中打过交道，可以说对健中了如指掌。还别说，一听健中要从头再来，这两位老领导就亲自出面，先后又联系了一些人进行游说。由于炭材厂和季健中过去给人留下的好印象，加上两位老领导的面子，终于筹集到了三十多万元。

健中认定了炭材，而且还断定，经济大萧条过后指定是大发展，这是规律性的，是不可逆的。接下来，他又找了一些人，和他们说目前的处境，谈企业的希望、新公司的前景，以及入股收益等。虽有一些新的收获，但距离开办新厂的要求仍然还差着好长一段距离。

这个时候，季健中为筹资弄得筋疲力尽。他感到，企业要想重新起步，真不是一件容易的事。

听着郊外田野里的虫鸣，望着蓝天上的朵朵白云，他多么想立刻就飞到天天身边去。为着山里人的朴实与真诚，他把自己的青春年华全都奉献出来了，也该静下心来歇一歇。可是他一想到费了那么大的心血，好不容易带着企业走到今天，特别是谢大姐的死，使他对炭材厂怎么都无法放下。

在季健中心里，排除一切困难，再造一个炭材厂的决心和意志，真的比金刚石还要坚硬。

隔了几日，炭材厂有三位同志突然造访。他们是即将退休的奚道强和已经退休在家的余华星，另一个是秦明杰，而且他们还都带着钱来了。

原来，帮着季健中联系场地的王光辉是余华星的外甥。大前天，王光辉看望余华星时说起此事。一听健中要重整旗鼓办厂，连租赁场地的钱都没有，余华星连饭也吃不下了，就到奚道强那里唉声叹气，道出了此事。

眼下，奚道强已经到了退休年龄，完全可以甩手不管了，但他却不是这样。在过去的工作中，奚道强已经出过大力，要不然健中在外边没日没夜地跑着不着家，也不会那么放心。看看手里的几个活钱都压在炭材厂了，再没有别的办法，奚道强就和儿子商量着把早几年单位分给他，因为钱不够，还没装修完的房子转让给别人，就把卖房子的四万五千元钱全都拿上。余华星想向闺女、儿子要钱，但他又不好意思开口。毕竟厂里集资的时候，他已经把闺女、小子借得差不多了。于是，就装病，说要动手术。这下，闺女、小子就慌了，每人拿了一万，他自己又周转了一万，凑了三万元钱。秦明杰原本不知道这事，他之所以会知道，是奚道强出让那房子，买主刚好是他的战友。一听老书记为帮助创办新厂把房子都让了人，从不向人开口的秦明杰就找到他当兵时的老排长借钱。有着秦明杰的母亲出殡时同健中的一面之交，虽然人家在炭材厂为完成乌钢合同发愁时，四处周转，已经为厂里借了五十万元救急，眼下听秦明杰这么说了，那战友还是二话没说，想法给秦明杰凑了两万元。

大家的良苦用心，把健中感动得半天没说出话来。

老伙计们在这样一个情况下聚在一起，没有什么好招待的，健中就买来面条，还有黄瓜和一包花生豆。表弟家买来的有现成的大蒜，阳台上的花盆里种的有十香菜，他们就吃蒜面条。没有酒，就用茶代酒。

多日没有吃得这么香过，季健中一连吃了两碗，又喝了半碗面汤，扭头见奚道强看着他，他还当脸上或身上有什么东西，遂扑哧一笑，道："看什么？"说着，用手摸了摸脸，又抬起胳膊左右看了看。

奚道强叹了口气，道："厂子到了这一步，也真是难为你了。"

余华星听了，点点头，附和道："是呀，健中的心太善，总想着鲁阳太穷，总想把企业弄得像模像样的。为了发展生产，几千万几千万地往里投，要不然，摊子甭弄那么大，一个院子，厂子瓷实实的，怎么说也不会作这么大难。"

"厂小有厂小的好处，厂大有厂大的优势，这都没错。关键是县里的领导，拉郎配不说还要牛不喝水强摁角，造成的包袱都让企业背着。"奚道强道，"兼并冶炼厂投进去恁些钱，兼并耐火材料厂又投进去恁些钱，吭有回报不说，在耐火材料厂那儿还惹了一身臊。还有对外担保，几乎把厂里的血都要抽干了！"

"还有呢！"余华星说，"我记得为了接送客人，厂里买了一辆七座的'标致'车，那个姓封的一个电话，就把车要走了。"

这时候，对这样的事感到哭笑不得的季健中叹了口气，给大家披露一个秘密，说："更让人想不到的是，就在前年临近春节时，县财政没钱发工资，打电话把企业厂长们和财政局局长、农信社主任叫到政府办公室开会。原以为是春节到了，领导们为了稳定，帮助给企业解决资金哩。谁知道一家一家挨着过堂，一边让农信社给企业贷款，一边要有关单位的厂长局长们完善贷款手续，钱到各家账户，就立即转到县财政账户上去，算预支来年的上缴利润。炭材厂分了一百万指标，你敢不答应吗？"

奚书记无奈地摇摇头，说："这就是国有企业，产、供、销是自己的，人、财、物都是政府的，你不听县领导的话能行吗？"

同志们一个劲儿地发牢骚，季健中感到这些都是无可奈何的事。谁叫你是国有企业呢？反省自己这几年走过的路，他感到最苦恼的是，企业之间多年来形成的"三角债"。积水成渊，积沙成丘，这就是现实，而且欠款的大都是大型或特大型国有企业。

一想到撒出去的钱无法收回来，再想想欠南方院和地方老百姓的集资款又无法还给人家，季健中真的是连出气都出不匀了。

但他绝不会只怨天尤人，而是要面对现实，走到哪儿说哪儿。不然，总被是是非非缠住跳不出来，那还怎么活呀！

秦明杰是个再实诚不过的人。他不知道，更无意知道厂里有这样那样的曲曲弯弯。在他心里，就认定两种人，一种是坏人，另一种是好人。如果是坏人，他就认为那是一泡臭狗屎，绝不会理它。如果是好人，他只恨不能把心扒给对方吃。现在，他知道他这大半生碰上了世界上最好的人作了难，心里就像是刀割了那样滴溜溜地疼。除了用善良的心从结交的好战友那里，借来了那几个钱之外，他不知道还能做些什么。看健中喝光了碗里的面汤，抹了抹嘴巴要把碗放下了，他就赶紧接过来又满满地捞了一碗。

健中愣了下，说："吃饱了。"

"你再吃点儿吧！"

"真吃不下。"

"你……瘦了啊！"说罢，秦明杰的眼睛湿润了。

一旁，奚道强和余华星心里同样十分难受。

患难中的真情，才是人间真情。

为着这份真情，季健中心里翻江倒海似的想了许多许多。说实话，面对重重困难，他真的想找个没人的地方放声痛哭一场。可在知根知底的老伙计面前，作为领头人，他只能把自己最脆弱的一面给隐藏起来，把泪水化作刚强，带领大家去战胜困难，勇敢地向前闯。

此刻，看着面前的人为他流了泪，他尽管没有用语言表达出来，但他却实实在在用心领了这份真情。同时，为了让面前的人重新乐观起来，他道："世界上的事都是一分为二的。面前遇到的问题和困难，看似是坏事，但也是好事。至少它能给我们以警示，让我们从困难中回过头来看看哪些是对的，哪些是错的。眼下的路不管有多少沟沟坎坎，我们都要面对。不然，欠了那么多账，还有那么多人支持和帮助我们，我们该怎么来面对他们呀！这是精神力量，更是沉痛教训，它会让我们今后的路走得更稳更好。"

寥寥数语，说到了奚道强几个人的心里，众人对接下来的工作更有信心了。

有了这几个垫底钱，季健中心里就有了数。他迫不及待地一边安排人筹备开办公司事项，一边安排几个下岗员工到新厂子收拾现场。很显然，季健中要逆势而上，背水一战了。

安心平原在机械厂工作，懂得机械，现在要办厂添设备，就由他负责办理。他初步核算了下，没有一百万元现钱根本开不开锣。同时，开公司办厂子没有流动资金，原材料什么的从哪里来呀！公司又该怎么运转啊！

正感到束手无策的时候，肖汉伟、石惊天和牛志刚几个当下厂里的技术骨干，从奚道强那里得到消息，结伴而来。特别是安心平还捎来一个装了八千来元钱的信封。一听出处，让健中和大伙儿的心情好一会儿都没有平静下来。原来，这个信封是健中和心平早年间当知青时沟口村的张桐花让人捎来的。

几天前，在县汽车运输公司工作的桐花的儿子赵谷雨陪同母亲来季家探望，无意中听健秀说起办厂子的事。桐花听了，愣愣怔怔地自个儿咕哝了一会儿，连饭都不吃就急着要走。这可把健中母亲和健秀急坏了。还当是哪里不慎惹桐花不高兴了。一问才知，桐花这次进城前，刚刚卖了几样药材，换了三千来元钱，加之手里还有俩积蓄，这是急着拿钱帮助他的健中哥办厂子的。

八千多元钱，对有些人来说可能不算什么，也很可能抵不住人家的一瓶酒钱，可对世居大山深处的农家来说，那可不是小数目。何况桐花自小患有地方性克汀病，智力有障碍。现在，易地办厂弄不来钱了，当季健中一班人拿到这份儿钱时，内心的震撼真的很不一般。

这样，付罢场地租金，手里还有七八十万元，季健中就把安心平和牛志刚派出去购买设备。用健中的话说，他这是在捅竹竿——捅一节是一节。

对有些人来说，这就是蛮干。但对季健中来说，这就是自信。同时，山东那家机械厂在国内来说，是这方面数得着的大企业。早几年，炭材厂"大型高炉用半石墨化新型炭砖"研制成功扩大生产规模，以及为了环保上配套设备时，都是选用这家企业生产的机器，合作关系还不错。健中觉得，剩下点尾款，对方不会不给面子。

在他心里，只要努力，就没有干不成的事。

可是，现在的事，还真的不好办，因为很多意想不到的事情早把人们整怕了。

安心平和牛志刚二人只争朝夕般地赶到山东，人家一看是老客户，非常热情。可是，看好了设备，也谈好了价格，待最后一车要发运的时候，人家把安心平叫到跟前，把脸沉下来了。让其看着，说设备是全部装完了，就等发车，但不把剩余的三十来万元钱打过来或不看到支票，说什么也不让发车。

一看怎么说好话也不顶用，安心平就把电话打了回来。一听是这么回事，季健中的心忽就凉了。自从把安心平打发走之后，他就马不停蹄地四处跑着筹款，可收效甚微。

看着前期拉回来的设备，已被工友们冒着酷暑，加班加点都给安装到位，而后续设备却因没钱拉不回来，同时根据客户需要又急等着开工生产，但能跑的地方，还有能借到的人家，全都跑过来也借过来了，真的很难再筹到资金，季健中又一次陷入深深的煎熬之中。

心里发愁，老天爷也跟着较劲儿。大概是空气湿度太大了，又没有一丝风，整个大地像蒸笼，闷得让人喘不过气来。而挂在半空的太阳，虽然不是那么毒，却热得让人流油。

傍晚，想起那天在火车站王二怪同他说过的"有事儿言一声儿"的话，季健中实在呒法了，遂在一声接一声的闷雷响起来的时候驱车到了安阳。

好不容易跟王二怪联系上，二怪让他在旅社别动，季健中就忙道："好好好，我等你。"他觉得应该有希望。可是，一看王二怪跟他两个多月前逃出鲁阳城的路数如出一辙，健中的心立时就凉了。

眼下，王二怪的建筑公司，由于新接了楼盘，资金自然就略显紧张，可偏偏又碰上个没良心羔子的出纳卷着钱跑了。楼房成了半拉子工程，业主们天天找，王二怪只得四处躲着慢慢儿想办法。

两位老同学见面，又都是处在人生事业的低谷，自然少不了以酒浇愁。两瓶"红旗渠"，也就打开了一瓶，两人都喝得酩酊大醉，遂秃噜在地上，头抵头流下了心酸的眼泪。

第二十九章　在洪水到来之时

就在季健中在安阳一家旅社里焦急打听找人的时候，远在鲁阳炭材厂办公室的王红珠，尽管企业倒下了，全线停产厂里几乎没人了，但她仍然按照原来的干部值班制度，天不黑就到厂里来。

她四处转转看看，车间的门都锁得好好的。往日里，被职工们擦得一尘不染的玻璃窗，已经落满了灰尘。原料、煅烧等几个停工早的车间门前，野草也从泥土里钻出来，有的都已经齐腰深了。天热气闷，连虫子的叫声也没有。走着看着，把整颗心全都交给工厂的王红珠，心情跟这天气一样沉闷和憋屈。

回到办公楼的时候，王红珠看见打了一阵电话、心急火燎的肖汉伟常务副厂长下楼走了后就接了一盆水。这时候，除了门卫室有微弱的亮光外，整个厂区里一片漆黑。王红珠习惯性地拉上窗帘，擦过脸又洗了脚，她就把蜡烛点亮，一边扑扇着扇子，一边坐下来看她爱不释手的《礼仪知识大全》。她深信"不学礼，无以立"这句话，而且深信，将来有一天，会有更多的海外客户来到鲁阳。所以，一有空，她都会静下心来认真地学习迎宾礼仪，还有各国文化习俗。直到午夜的时候，她才躺下来睡了。当她从雷声中惊醒的时候，暴雨已经下了一阵子。迷迷糊糊中，借着雷电打窗子往外看，瓢泼大雨中，她立时想到了围墙外边的棠梨河。她担心四里营的村民由于沿河私搭乱建的建筑物影响泄洪，怕大水灌进仓库，就急急地穿上雨衣，拿着手电跑下楼来。打生产区转了一遭，一切还好，只是有处下水道的箅子上淤积了一些塑料袋、破油布等杂物，已经影响了排水。王红珠整理下雨衣，一手捏着手电，一手把杂物清理到一边。

来到前院，她发现门卫那边也亮起手电，并传来姬海洋询问厂区汛情的话。

王红珠知道姬海洋和她一样，一颗心全在厂里，就大声把话接住了，道："后边没事。就是不知道围墙外边什么情况！"

"看看去！"姬海洋说着，伸手接过"知了皮"孙新志手里的铁锹。

伴随着电闪雷鸣和暴雨，姬海洋和王红珠二人来到棠梨河察看。

这时，河道里的水比平时多了许多，但还没有涨起来。

想想上游像簸箕一样的棠梨坡，暴雨如注，棠梨河不漫溢那就怪了。顺着河道察看了一番，二人发现，村民们沿河盖房，贪恋巴掌大块儿地方，有几处都是赖好弄两根水泥管子一埋就往河道里侵占，有意无意间把河道破坏了。而此时，洪水夹杂着从上游冲下来的杂物，还有村民们倾倒在河道里的垃圾，什么破衣服烂套子，还有塑料袋树枝子那些<u>丝丝秧秧</u>、<u>棍棍棒棒</u>的东西，快要把并排放着的两根一米来粗的水泥管给堵塞了。如果不采取措施疏通河道，要不了多少时候，洪水涨上来，势必会冲出河床灌进厂里。看看姬海洋用铁锹扒拉着解决不了问题，王红珠伸手拔掉架豆角秧子的竹竿对着水泥管捣了一通。想着能把杂物扒出来或捣过去，把管子疏通开。但谁也摸不透洪水的力量。杂物被洪水连冲带吸，在水泥管里紧紧地算着，不但无法疏通，眼看着越来越大的洪水马上就要把水泥管淹没。这情况吓坏了王红珠和姬海洋。王红珠声音都变了，道："不好，河道要阻塞啦！"

这个时候，回家属院叫人指定是来不及了，姬海洋伸手把丢了竹竿弯下腰去要用手拽那杂物的王红珠拉到河堤上，欲走又交代道："红珠，危险，不要下去，我去村里喊人！"

"不好啦——河道阻塞啦——"雷声雨声中，姬海洋一路喊叫着捏着手电朝村里跑去。

昨天下午，附近几个村里的党支部书记、主任相邀来到四里营，在牛二娃家碰了面。那年，和四里营一前一后，这些村也相继得到政府扶持，弄了一批良种獭兔，养殖业很快就发展起来。可是，由于缺乏技术，加工链没有建起来，红火一阵就销声匿迹了。这两年，大伙儿看中了绢花制作，眼下又红火起来了。为了抱成团把产业做大，这就找到牛二娃，商量成立绢花合作社的事。牛二娃是厚道人，除了商量事，大伙儿端几杯是少不了的。当晕腾腾地把大伙儿送走回来的时候，他还真的不知道是怎么躺到床上的。从睡梦中被老婆拽起来，一听是河道阻塞了，牛二娃忽就急了。牛二娃现在是村党支部书记，当主任的时候，他就是个能踢能咬的主儿，现在责任心更强。有关河道治理的问题，他自然跟人红过脸。可是村干部什么时候都有难处，这就留下了后患。一听问题果然出来了，他就把脸给抹下来。于是，在他的高腔大嗓中，全村能上阵的人几乎全都掂着家伙跑来了。手电光乱晃，人影乱动，这些人挥动手中的家伙，泥里水里叮叮咣咣不到半袋烟的工夫，就把埋在水泥管上的土，横着刨开三四尺那么大个豁子，让洪水越过水泥管向下游泻去。接下来，随着水流的冲刷，面前的口子很快就给撕开两三丈宽，仿佛是脱缰的野马，洪水咆哮着奔腾而下。

第一道清障完成了，这些人晃着手电到下游观察。由于水势大，种在河道里的芝麻绿豆什么的，很快就给淹没了。这情况引起牛二娃的警觉，打着电灯一照，见是河道里支撑平台的几根水泥柱子把洪水算住了。看看平台上堆着主人家用塑料布围着刚刚打下来的麦子，牛二娃正要组织人往下边搬运，却听到农用车"突突突"响着到了跟前。责骂声中，看着麦子搬到车上胡乱盖了盖，开到一边去了，村民们拿着镰杆和抓钩冲上平台忙起来。可是被算住的杂物受水流的冲压，怎么也疏通不开。正焦头烂额中，大远处传来喊叫声："危险，快下来！"喊话的是肖汉伟。

他也是半夜里被雷雨声惊醒的。知道眼下的险情，肖汉伟就四处跑着找了一帮人赶过来。

就在牛二娃和另外两个村民刚下平台的时候，只听轰的一声，平台被冲塌了。

胆战心惊中，肖汉伟一颗悬着的心落下来，嘿嘿一笑，道："牛主任，你有几条命？"

牛二娃也嘿嘿一笑，道："要是淹了厂子，有几条命我也赔不起呀！"

说话间，他发现平台的主人在一旁愣愣地看他，牛二娃的气就不打一处来。他抹了下脸上的雨水，责怪道："出了事，我头一个就把你的小洋楼儿抵出去！"

由于见势不好，人员撤离及时，平台倒塌时没有发生意外，众人这才松了一口气。可是，新的问题又来了。因为原先算在柱子上的各种杂物被倒塌的重物压着，形成了更大的障碍，就仿佛是堰塞湖，洪水呼呼地往上涨起来了。这阵势，要不了多大一会儿，洪水就将冲垮河堤，淹没炭材厂。

这情况是众人万万没想到的。

肖汉伟、牛二娃，以及姬海洋等人见势不对，就要下水疏通障碍。然而，水流太急，说句不好听的话，这情况要是下去，就等于送死。呒办法，众人只得分散开来，挖土打墙加固河堤，以防洪水漫溢，冲毁工厂。可是，撇开炭材厂员工手中家伙不济事不说，单说四里营前来抗洪的村民，除了几把铁锹和三齿耙子外，大部分人手里拿的都是打捞杂物的镰杆和抓钩，挖土打墙，工具显然不够用。

雷声雨声，泥里水里，正在大伙儿着急上慌束手无策之时，一辆"东风"牌卡车轰隆响着开过来了。

借着雷电，人们看见卡车停处，跳下来一群人朝河堤奔来。从他们的装束和携带的工具看去，显然这是一支专业抢险队伍。

还以为是政府方面派来的，可是政府怎么会知道这里有险情呢？正疑惑，一身穿红色塑料雨衣的人到了面前。原来，是吴俊芳。

那年，在鲁阳中学初中部上学的吴俊芳，无意中从"五一"特刊上发现了一首名为《我是一棵杜鹃》的小诗，这首诗一下子便打动了她的春心。其实，吴俊芳不懂诗，除了在课本上学过李白、杜甫这些"诗仙""诗圣"的经典名篇之外，基本上没接触过其他什么诗作，更莫说喜爱了。至于《我是一棵杜鹃》，她看了一眼就被打动了，拿她自己的话说，那是鬼使神差，是上天在点化她。若不然，一个还不满十六岁的山城少女，怎么会无缘无故地因为那么一首充满稚气的小小诗歌，就一下子喜欢上了作品的主人呢？就仿佛是得了相思病，特别是当她又在无意中发现,《我是一棵杜鹃》的作者,在宽阔而又春意盎然的校园里,与另外一位女孩肩并肩散步的时候,她的惊喜无限的心情竟一下子就变得十分的凄楚。

那晚,攒了多天劲儿又正好趁着停电她豁出去都要成就好事了,却没承想,好事没弄成不说,还被季健中连批评带数落给教训了一顿,吴俊芳羞得觍脸见人,一请假就是多天没有上班。婆婆家她没脸去,自己的爹妈家里,她又怕老人问起什么她编不圆圈给爹娘徒增烦恼,遂在她的闺密家里住下来。尽管她什么也没说,但她心里想的什么,她的那个闺蜜,不用问就猜出了一二,遂不无责备地道:"我早说过,不碰得头破血流你收不住心。这可好,是不是被季健中那小子一脚踹了?"

"不是。"

"那是什么?"

"他是好人,我不该有那些非分之想。"

"知道后悔了?"

"我糊涂,我鬼迷了心窍,我不要脸。"这么说着,吴俊芳左右开弓,发疯了似的照住自己的脸扇起来。

闺密上前搂住她,见对方趴在自己的肩上哭得浑身乱颤,明白她真的后悔了,就叹了口气,一边为她擦掉脸上的泪水,一边开导道:"好了好了,不哭了,明白了什么都不晚。"

当天傍晚,吴俊芳的那个闺密拨通了魏刚的手机,问声:"在家吗?"一听对方说在家,她又道:"俊芳想吃馄饨哩,你多准备点儿,我一会儿也过去。"

至于被吴俊芳恨到骨子里去的魏刚,季健中的突然造访,还真的给他下了一剂猛药。毕竟,作为国家干部、县煤炭局安检科科长,这要是妇联插手,给他扣上一顶不大不小家暴的帽子,你说你还怎么在外边混吧!何况,吴俊芳多日不进门家,看看左右,莫说有人给端茶递水,即便是黑一眼白一眼的人也没有,魏刚也觉得这夫妻关系被他搞砸锅了。接了吴俊芳的闺密打来的电话,一听老婆要回来了,仿佛正瞌睡的时候给了个枕头,魏刚放下电话,这就欢天喜地忙起来。

昨天下午的时候，由于公公婆婆上了年纪，都不想吹空调，吴俊芳听说五交化新进了空调扇，她就紧着给买回来。想起老公公每到夏天铺张席有在客厅里睡觉的习惯，她就把拖把涮涮又挤干了水，把客厅给拖得干干净净。接下来，问了婆婆想喝面片儿，她就和上面，麻利地擀出来晾在锅排上。忙完这些，吴俊芳惦记着丈夫，连满头的汗水都没顾得上擦，和风细雨地喊声"爸妈"，说"我回去了"，遂骑上自行车回到煤炭局给魏刚分的新家来。

进屋一看静悄悄的，吴俊芳知道魏刚正带着人搞一年一度的防汛集训演练，这时还没回来，基本上可以肯定不回来了。因为要保养身体，她基本上不吃晚饭，遂冲了个澡，然后洗了把樱桃，又喝了杯白开水，打开电视坐下来。

眼下的吴俊芳，早已学会了过日子。往日里，左一把奶糖，右一把瓜子的习惯不仅早没了，女儿在大学读书没回来，若要赶上丈夫也不在家的时候，宁愿把空调闲着，她也不开，说是怕浪费电。

看罢《新闻联播》，天气虽然闷热，但在电扇下边坐着，也就热不到哪里。于是，她就把抽屉打开，取出她的日记本，开始了一天的记述。

可是，也就刚刚写了两行，听见门外响起窸窣的声音，紧接着屋门呼啦一声开了。

抬头一看是自己的男人回来了，吴俊芳起身朝厨房走，却被魏刚叫住，说是吃过晚饭了。

看着男人把衬衫脱下了，吴俊芳伸手接住："集训结束了？"

"快了，光剩考核了。"见对方挂了衣服，又拉开冰箱把冷饮端到了面前，魏刚禁不住扑哧一声就笑了。

见是这样，吴俊芳还当有什么没办妥，遂愣愣地问："怎么了？"

魏刚欲言又把话打住，却凑到对方耳边嘀咕了下，逗得吴俊芳的脸立时红了。

由于防汛突击队集训任务重，尽管在同一座城里，魏刚却一个多月都没进家，此刻回来了，还真的是久别如新婚。

吴俊芳这边，卸掉了压在心里多年怎么也卸不掉的包袱，加之又办了那么一件不该办的没脸事，总觉得有愧于自己的男人，倒不是要惩罚自己，而是在各方面都想着用十二分努力来满足他。对于年轻体壮、血气方刚的魏刚来说，便急急忙忙宽衣解带，瞬间步入了温柔之乡。

刚才，雷声隆隆，暴雨如注，迷迷糊糊中，一看吴俊芳不知什么时候起来，正在四处忙着找东西，魏刚道："俊芳，你干什么？"

"铁锹。"吴俊芳道，"这么大的雨一个劲儿下，棠梨坡上的洪水下来，厂子怕是要淹呀！"一听这话，魏刚忽一下起来，说声"走"，拉上吴俊芳就出来了。

作为鲁阳县煤炭局安检科的科长，魏刚一个电话打到正在集训的矿山抢险专业突击队办公室，整整三十名集训队员，不到五分钟，全都整装出发，模拟训练就改成了实战。

关键时候，一看吴俊芳领来这么个专业抢险队，特别是炭材人，无不啧啧赞叹。

当牛二娃往下游巡堤归来，风雨雷电声中，一看河堤上黑压压站满了人，而且加高了河堤把洪水挡住了，他禁不住心中暗想：炭材厂虽然遇到了前所未有的困难，看似已经倒下了，但炭材厂的人心没有散。他断定，有这么一帮人众志成城同舟共济，炭材厂绝不会就这么倒下去。

第三十章　真诚的守望

季健中知道抗洪一事，是次日一大早从电话中听说的。他深深地感到，炭材人在困境中所表现出来的与企业永不分割的抗洪精神，比金子还要珍贵。

尽管还是愁绪满怀，但他此时的心情已经比昨天好多了。

回到新星，正盘算着怎么解开眼前的难题，季健中的手机响了。

一看是女儿的电话号码，一听这母女俩已经到鹰城火车站了，健中心里是又惊又喜。

那年，天天辞别母亲跟着季健中又回到鲁阳后，她不仅一手创办起鲁阳天天玉雕公司，还担负着大华在泰国和新加坡两家公司的重任，一年三百六十五天，天天忙得脚不沾地，虽然不能朝夕守望，却也时有嘘寒问暖的机会。这样过了五六年，一切又被打乱了。赶在亚洲金融危机爆发前夜，草草地安排了下天天玉雕公司的事务，天天遂急急忙忙赶往泰国。而后，随着大华珠宝公司亚洲两家公司业务大调整，鉴于天天母亲年事已高，且身体也不好，天天遂回到总部。受此轮危机的影响和沉重的"三角债"拖累等，万般无奈之下，季健中纠结不清也实在是跳不出来了，他就给天天写了一封信，也就是略微地流露了下炭材厂的现状和自己的无奈。可是，就这一点点的情绪流露，就让天天陷入了无限的忧虑之中。因为，健中从来就没有那么犹豫不决过。她知道自己的丈夫是遇到大难题了，当时她就决定要回来。可是，手头刚好有些事情压着，一时没有走开。也就在健中几个人离开鲁阳的次日，拨拨电话没动静，天天就把电话打给了小叔子。一听炭材厂出了点儿事，健辉在电话中支吾着又不肯说明白，天天心里当时就是一沉，急忙道："健辉，我是你嫂嫂，有什么事快直说！"显然，天天这是急眼了。可是健辉是人称"眨眨眼儿，一身点儿"的季老三，大哥交代过的话，不管怎么说，也不管对谁，他也不会透露出一丝风声。后来，健中把电话打过来了。在健中心里，他帮不上天天什么忙，就尽量不给她添麻烦。知道健中是打掉牙齿往肚里咽的性格，问不出什么，她就紧着赶自己手头的活儿。待处理罢因托运发生的一起诉讼案子，念着女儿早就嚷嚷着要跟她一起回中国一事，她就把电话打给晓明。晓明一听就愣住了，紧接着她就问："妈妈，咱不是说好了嘛，到中秋节才回中国，怎么现在要回去呀？"

天天急了，道："晓明，你不要问了，妈妈心里不安，我必须得回去看看。"

这么火急火燎的，天天遂带着晓明乘机直飞上海，然后再到鹰城，母女俩来了个先斩后奏。由此可见，这二人，一个为丈夫，一个为父亲，心里是多么焦急不安啊！

看着健中身上的汗渍，还有皮鞋上沾满的泥巴，天天心里禁不住一阵酸楚。因为她的男人一向是讲究的，莫说在外边跑事，就是在家看个书什么的，只要不是下厨或打扫卫生，他都是衣冠楚楚，十分整洁。特别是他那瓜子形的脸庞和炯炯有神的眼睛，总是焕发着热情洋溢的神采，无论处在什么场合，即便你满怀忧伤，他都会感染你，使你忘掉烦恼，找到快乐。而现在呢？过度的劳累和焦虑让他无法正常进餐，补进的营养远没有耗损得多。他的脸庞明显地消瘦了，颧骨突显出来，下巴也尖了。同时，红白的脸色变得黝黑，失去了光泽。特别是他的头发早就该理了却没有理，显得乱蓬蓬的，显然是遭罪了。天天感到诧异，简直都认不出眼前站着的人就是自己日思夜想的丈夫。

这么愣愣地看着，要不是机敏的晓明扑上去欢叫着喊爸爸，打破了面前的尴尬局面，她都不知道该怎么办了。

一路奔波从天而降，满心的忧虑，再加上丈夫一身狼狈不堪的样子，把天天的心彻底揉碎了。若不是想着穿云破雾回来一次不容易，即便是再辛苦，她都会立刻掉过头去，拉住他走人。在她心里，决不忍心让丈夫再这么煎熬下去。

坐上健中开来的油漆剥落的车子，离开火车站，经兴华路向北，也就不到十分钟时间便到了尧山宾馆。

一看要登记住宿，已经调整过来情绪的天天道："怎么？真的不敢回鲁阳了？"

"不是！不是！"说话间，健中开始登记房间，然后跟着服务员，来到五楼打开了房门。

以往，舟车劳顿这么折腾过来，任谁都是要冲个澡，好好休息一下的。可天天惦记着丈夫的事业，也就简单擦了擦脸，略整了下容颜，一家三口就坐下来。

一听目前的情况，天天沉思一下，理直气壮地说："我明白了，虽然工厂倒了，但咱尽了心了，应该说谁的咱也不欠。"

"那倒不是。"健中道，"财政、银行、亲戚朋友，还有南方院的集资户，我是一屁股债呀！"

"你欠别人，别人也欠你，那是'三角债'形成的，咱不用为此自责。"说罢，天天看看丈夫，知道自己说不动他，就看了看身旁的女儿，然后又转向健中，道，"这样，闺女也有了自己的事业，她年轻，接受信息多，眼光更开阔，看问题会更全面。眼下怎么办，咱听闺女的，好不好？"

"好！好！谁说得对，我听谁的。"健中说着站起身，接道，"走吧，一路辛苦，女儿也一定累了饿了，我给你们接风去。"从对方的眼神里，健中不用问就知道天天此时此刻心里想的什么，当然他也有一肚子话要说，可是他怕她接受不了现实，这就把话压住，催着吃饭。

看着母亲坐着没动，晓明知道母亲心疼父亲，一时无法转过弯来。可她崇拜自己的父亲，无论父亲做什么，或怎么做，莫说过去自己小，懂得的事理少，即便眼下自己长大了，有关父亲的事情，她同样觉得用不着去过多地操心。因为打自己懂事那天起，这二十多年里，无论什么事情，父亲的决策都是对的，而且是无可争辩的。一听父亲岔开了话题，知道父亲不想争论此事，遂连忙上前拉住母亲，附和道："走啊，妈妈，我真的好饿呀！"

天天无奈，白了女儿一眼，相随着往外走，道："晓明，你可小心呀，你要当和事佬，妈妈可不理你了。"

晓明笑起来，道："妈妈，没见女儿饿了嘛，我怎么会当和事佬呀！"

"还犟嘴！"天天说着停下来看着晓明，一副生气的样子。

"好好好！不说了，不说了好吧！"晓明说着，推着母亲进了餐厅。

健中知道天天和女儿都爱吃烧鱼片，这就先点上。接着又点了肉丝木耳和两个素菜，外加一份甜米粥和一份葱油饼，一家三口人便吃起来。

拉上女儿匆匆忙忙地回到中国，一看眼下是这种情况，天天是下决心要把丈夫给带走的。在她心里，无论如何也不会让就要五十的人再这么劳神费心吃苦受罪。可两天还没过完，从一个又一个的电话中，她就明白这一趟又白跑了。

自打那年一家人从开封回到鲁阳的当天开始，她就认定他是一个刚毅、顽强，不屈不挠，而且朴实、善良，敢于担当的人。

昨天晚上，临睡觉的时候，她私下里问女儿，说你爸爸借人家的钱用来发展生产，现在走了背运躲避在外，莫说生活，连起码的安全也没有，这可该怎么办呀！原觉得说了这话女儿会生出愁绪，或帮她想办法，顺理成章地把当家的给弄到美国去。哪知女儿听了这话，扑哧一声就笑了，说她是瞎操心。并举了一大堆例子，解释说她的爸爸是知难而进决不后退之人，莫说这点困难，就再大的困难也挡不住他，更吓不倒他。而且她还悄悄地告诉妈妈，说自己心里原本没有什么炼铁高炉、耐火材料这些概念，但现在就不一样了。晓明说，她这些日子呀，一边为美国一家公司做自己喜欢的数据库数字分析工作，一边开始学习世界冶金耐火材料及其市场分析了。同时，晓明还向妈妈透露一个秘密，说她一直在探讨是什么原因，能像磁石那样吸引着爸爸一直留在国内不弃不离。说过这话，看妈妈愣愣地不语，晓明不知何因，便道："妈妈，您想什么呢？"

天天叹了口气，道："在你们爷儿俩面前，我永远是被动的。"

这就是真实的天天。在众多人面前，她的善良就是宁可委屈了自己，也要反过来去成全别人。

翻阅了有关资料，又对国际市场进行了分析，天天心里原本要把丈夫带走的意念，就变成了沉下心来帮助公司发展的坚定意志。当然，她不懂炭材，对国内的市场信息也不熟悉，但她相信自己的丈夫和女儿，遂紧着回了鲁阳一趟，以董事长身份，从天天玉雕公司账上，调出五十万元人民币。她对健中说，这笔资金，可以作为原始股投入。如果需要流资，她可以再投。再投资金，可以算作股金，也可以以计息方式作为流动资金使用，如果其他股东愿意投资，她的资金（包括原始股）可以随时抽出来。

听天天说得合情合理，而且一切都是为着公司发展，健中无以相报，遂把天天揽在怀里亲了又亲。

现在，季健中把安心平、王远山、刘昌盛，以及奚道强、肖汉伟、石惊天、牛志刚、余华星和王红珠等工友们叫在一起。他简要说了下公司筹备情况，以及面临的困难，然后把时间让给天天。

眼下的天天，已不是当年那个腼腆的样子，也不是总把一肚子话全都藏在心里的天天了。二十六岁一边抚养着孩子，一边在美国知名学府学习，并以优异成绩读完工商管理学，获硕士研究生学位的天天，经过这多年的商海历练，当她看准了事情或有话要表达的时候，虽然她没有锋芒毕露的样子，但却会娓娓道来，让你如沐春风般把她的话听个仔细。

此刻，她看了看面前的人，除了安心平是健中的同窗，而且结婚时也是他摁着她的头和健中亲的嘴，她是那么的熟悉。再一个便是老街坊余华星了。从第一次带着女儿离开家乡，到眼下已经整整过去了二十四年。其间，她也曾数次回来，并且还长住过几次，却没有机会和街坊们坐在一起说说话，拉拉家常。

"走遍天南海北，根在哪儿，哪儿亲呀！所以，我又回来啦！请问，你们欢迎不欢迎？"一见大伙儿喜气洋洋拍手欢迎，天天深深地向众人躬身一礼，接道，"那就烦劳大伙儿，请告诉我们大师傅一声儿，中午呀，多加双筷子，多放只碗，让我也和大家在一个锅里捞面条。"

原本，街坊邻居的，直接也好，间接也罢，一个城厢里住着，大家都知道或听说过天天这么个人。可是面前的人久居海外是见过大世面的人，不是自惭形秽，而是文化等方面的隔阂，使大伙儿对天天还多多少少有那么一点点难以融合在一起的感觉。可是，寥寥数语，天天要和大伙儿一个锅里耍稀稠的话，一下子就把彼此之间的那道墙推跑了。

当年，天天第一次离开鲁阳的时候，她都是有了孩子的妈妈了。那时候，她之所以要走，也不是要咬定什么远大目标，而是赌着一口气，要活出一个人样来。如今，她不仅找回了自我，而且还众星捧月似的被股东们推举，接管了大华珠宝公司的帅印，并成了享誉国际界的成功人士。每当更深夜静的时候，她都会为自己的成长而感到骄傲和快乐。总觉得自己当初的选择是对的，走过的路也是正确的，人生价值也得到了充分体现。同时，这次回来，她的思想也是冲动的。认为丈夫吃了苦，受了屈，而且连最起码的人身安全也没保障，她是一心想着要把丈夫给带走的。可是，就是那天，看着大伙儿就那么一锅面条吃得那么香，还有大伙儿在闷热的天气里，加班加点时的冲天干劲儿，在天天心里，真的就像是晴天一声霹雳，不仅让她猛醒，而且也让她觉得有愧于自己的丈夫和家乡的父老。从自己的丈夫身上，还有大伙儿拼了命的干劲儿中，她对人生的价值有了重新的认识，遂提出一个严肃的思考话题：一个人活着究竟是为了什么？

当然，天天能认识到这一点，也是有其深刻的历史原因的。毕竟，她的父亲郑寒光，从当年在河大西迁路上，历尽千辛万苦对知识的追求，到背着"历史不清"和"臭老九"的罪名到大山深处的沟口村，手把手传授果树嫁接技术和中药材种植方法，以及在一次学生家访归途中，不幸被山洪冲走所走过的路和要做的一切，那不就是大山一座吗？

当下，在天天心里，她景仰父亲，更把丈夫视为人生标杆。因为，在丈夫心里，他在装着让员工过上好日子的同时，是立志要让我们的民族工业走出国门，造福人类的。

悟出了其中的道理，天天暗中感谢，这多年来，无论企业形势多么复杂、资金运转多么困难、前进阻力有多大，大伙儿都义无反顾地和健中风雨同舟，并肩前行。特别是在当前的严峻形势下，大伙儿依然不离不弃，她为丈夫能有这么一帮好伙伴而感到无比高兴。她还觉得，丈夫是从事炭材生产的，她自然就是半个炭材人。为此，她已经打定了主意，而且也做好了充分的思想准备，不管到什么时候、什么地方，也不管要面对什么样的艰难困苦，她都要和丈夫、和大伙儿站在一起，共同承受。

饱蘸激情说罢这话，天天就把与健中说过的向新公司投资的意项和额度与大伙儿交了底，提请讨论。

在面前的这群人中，大伙儿本来就对天天感激不尽，一听在企业最困难的时候，人家再一次出手相助，那个感激之情，大伙儿都不知说什么或用什么方式表达好了。

于是，在季健中的提议下，这帮肝胆相照的汉子，按公司法有关程序完成了各项议程，并商议新公司由安心平担任董事长兼经理，负责公司各项事务。同时，早在鲁阳人自己生产的新型炭砖冲上北方钢铁的大高炉那时起，季健中就想搞个企业产品标准，用以规范炭材厂在产品、质量等方面的管理，以期适应时代发展步伐，把企业做优做强。但这么多年来，每天都像救火似的忙这忙那，产品标准的制定工作虽然早已布置下去了，却始终没有真正地抓起来。现在，新的公司成立了，而且是自己真正能够当家做主的企业，健中就想把这一课补回来，遂安排早已着手此项工作的牛志刚牵头，在做好新上项目的同时，做好产品标准的制定与编纂工作。

大盘子定下了，大伙儿正要分头行动，忽地看到一辆出租车鸣着喇叭开进院子来。大家还以为要发生什么事，纷纷扭头观看，神情显得十分愕然。因为严酷的现实把人们搞怕了，担心发生节外生枝之事。

真是一朝遭蛇咬，十年怕井绳呀！

但人们这回是虚惊一场。因为，随着车门打开，下来一位气质非凡的女子。众人细看，她一袭白裙，亭亭玉立，天蓝色太阳帽下，乌黑的秀发仿佛泼墨了一般油光发亮。时下，莫说城里姑娘，就乡下的女孩，也都把头发烫得让你想都想不来会是什么形状，以示新潮。可这姑娘给人展现出来的是自然美。秀发就那么自然地飘洒着。肤色白里透红，是那种东方知识女性的健康美。典型的瓜子脸堆满笑容，一双水灵灵的大眼睛机灵而又睿智。修长的身材，美丽而又大方。这位漂亮的姑娘不是别人，正是季健中的女儿——晓明。

看人们愣在了那里，天天急忙迎上来，道："晓明，你怎么找到这儿来了？"

晓明莞尔，道："爸爸妈妈都在忙着大事，做女儿的岂敢落后啊！"

"哎，这儿没你的事。"天天说着，忙把晓明从太阳地里拉到树下。

见爸爸给她打着招呼，而他身后跟着的一帮人都围上来了，晓明连忙落落大方地往前一步，微微地弯下腰，十分礼貌地同大伙儿行了礼。

与众人寒暄后，晓明把父亲往旁边拉了下，压低了声音，道："爸爸，是不是打扰你们了？"

"嗳，怎么会呢？"健中说着把晓明拉进怀里，父女互相亲了下，健中又道，"你看看，你来了，你的叔叔伯伯们都多高兴呀！"

晓明十分自豪地道："那是，季健中的女儿，老子英雄儿好汉嘛！"一句话，逗得大家全都笑了。

也就是那天，晓明让妈妈给她保密，她在自己的公司商务数据库中增加一项新业务之后，这就在下榻的宾馆里沉下心来，扑到世界冶金和耐火材料里边去了。她之所以会这样，当然是她的一片孝心使然。原本，晓明钟爱的是信息分析与管理，对于新型炭砖什么的，她只是有所耳闻。可是在火车站，当她看到爸爸为公司累成了那么一副模样，她知道妈妈心疼，可谁知道她的心比妈妈的还要疼呀！

为着分担爸爸肩头的重担，也为着能为家乡父老做些力所能及的事情，和叔叔伯伯们肩并肩在世界炭材市场上分一杯羹，晓明把电话打到美国，要她的合作伙伴麦克先生通过传真，发来了一份又一份国际炭材行业最新动态，以及世界耐火材料高端产品数据。这里边，既有欧美一些冶金设计院的材料，也有日本著名耐火材料公司的最新宣传资料。就像是海滩拾贝，又恰似蚌里挑珠，拿到了当今世界各种炭材的数据，与鲁阳的同类产品相比，晓明心里立时便有了底气。因为，鲁阳的新型炭材无论工艺技术还是产品质量，虽然和欧美及日本的同类产品相比还有一定的差距，但"新型炭砖—陶瓷杯砌体复合炉衬技术"却是独一无二的。

打开互联网，鲁阳炭材虽然也有中英文介绍资料，但在宣传推介上，鲁阳的炭质材料和筑炉技术与人家相比，没有显示出竞争优势。而且也压得靠后，不是特意寻找，很难让人翻到。当然，仅仅靠互联网也不行。因为，你没有跟人家打过交道，人家不了解你，即便能翻出你的网页，没人帮你推介，既不会有人在意，更不会有人问津。再者，即便与景山钢铁的海外工程部，"打包"在印度和津巴布韦等国有过业务往来，但罩在人家大公司旗下，你那技术再好、产品再过硬、服务再周到细致，也无非是往人家脸上贴金。为了更好地展示鲁阳炭材产品优势，更好地开拓国际市场，晓明就策划了一个方案，想和大家分享。

季晓明毕业于美国加州大学伯克利分校，获商务管理学硕士学位。该校一向以极度严谨的学风、严苛的教学管理和杰出的研究成果而闻名。

纵观世界经济发展态势，旅居美国从事商务数据库分析与管理的晓明，在电子网页上看到，中国复关及入世谈判首席谈判代表龙永图，就发展中国家的地位之争，中国与欧美等国之间的最惠国待遇等问题，与缔约方就我国复关，进行非正式双边磋商的日内瓦"试水"谈判等有关信息，她马上意识到，开放的中国，恢复关贸总协定缔约国地位的世纪大潮，是任何力量也无法阻挡的。

不久的将来，中国入世了，摘掉了"非市场经济国家"歧视性大帽子，世界经济的大门就会向我们打开。借助国际市场的优化资源配置功能，我国的社会主义市场经济，必将进入一个突飞猛进的发展阶段。到那时，借助多边、稳定、无条件的最惠国待遇和发展中国家应享受的普惠制特殊待遇等，中国企业就能站在世界经济发展的同一起跑线上。试想，有着先进的炭材生产工艺、独特的炉衬结构和专业筑炉技术以及热情周到的服务，起步于改革开放初期，有着进入世界耐材市场梦想的鲁阳炭材人，还有什么愿望不能实现呢？

因为，人世间，所有的机会都是留给有准备的人的。

看到了发展前景，有着坚定的报国信念，晓明自己问自己，此时不出手更待何时呀？

于是，晓明这就把她这几天的所思所想对大伙儿说了出来。

此一番话语，犹如猛地打开了一扇窗户，让大伙儿眼前豁然一亮。

这时，大伙儿的积极性本来就十分高涨，又有了这么好的设想和发展前景，心里充满了掩饰不住的惊喜之情。于是，已担起公司重任的安心平和刚刚成立的董事会几个人简单商议了一下，全票通过晓明加盟一事，并就开发海外市场及劳务报酬等事项进行了协商。

按照一般的情况，新公司成立是要热闹一下的。可是，这么偷偷摸摸地逃出来，除了挂牌时放了挂鞭炮，其他一切都是在不声不响中进行的。

也就在很短的时间内，新星炉衬材料有限公司便以崭新的面貌呈现在人们面前。

时下，国际的、国内的经济形势如此低迷，硬是有人不请自到创办企业，辖地领导高兴地拉住健中的手，十分真诚地说："兄弟，如有什么困难和问题，你谁也别找，就找我。"

这是季健中和他的兄弟们曲线救厂要成立的第一家民营企业，也是鹰城第一家炭素企业。它像广袤大地上的星星之火，点亮了黎明前的希望之光。它打破了旧体制的束缚，为下一步企业的创新发展投石问路。

新公司的成立，不仅把国内外业务关系给接续起来，而且留住了业务骨干和技术人员，同时也为鲁阳炭材能够浴火重生播下了火种。